Gertrude

HEYNE

Das Buch

Die junge Martina Kannegießer, Tochter aus gutem Hause, soll den erfolgreichen Jungdiplomaten Arndt Graf Solm-Weltingen heiraten. Zwar zeigt sich ihr Vater von dem Auserwählten wenig begeistert, aber Martinas Mutter Helene, selbst eine Baronesse, plant bereits das rauschende Fest. Die Crème de la crème der Münchner High Society soll zu diesem Ereignis auf den Bauernhof in Oberbayern geladen werden. Alles läuft bestens, das Fest kann beginnen, doch ehe die Hochzeitsglocken läuten, passiert das Unvorhersehbare …

Der Roman wurde von der Bavaria Film im Auftrag der ARD/DEGETO für Das Erste verfilmt.

Besetzung:

Lara Joy Körner	*Martina Kilian*
Daniel Morgenroth	*Erik Wilcken*
Mathieu Carrière	*Arndt Graf Solm-Weltlingen*
Ilse Neubauer	*Helen Kilian*
Siegfried Rauch	*Otto Kilian*
Gila von Weitershausen	*Donna Joanna Martinez*
Pierre Brice	*Butler William*
Stefan Reck	*Friseur Siggi*
Michael Habeck	*Tierarzt Dr. Peter Mosner*
Sepp Schauer	*Sepp Grainzinger*
Billie Zöckler	*Zenzi*

Die Autorin

Utta Danella ist in Berlin aufgewachsen. Sie begann ihre schriftstellerische Laufbahn mit Arbeiten für Presse und Radio. 1956 veröffentlichte sie ihren ersten Roman *Alle Sterne vom Himmel*, dem viele weitere Bestseller folgten. Heute liegt ein umfangreiches Romanwerk der beliebten Autorin vor. Fast alle Titel sind im Wilhelm Heyne Verlag lieferbar. Utta Danella lebt heute in München und auf Sylt.

Utta Danella

Die Hochzeit auf dem Lande

Der Roman zum großen Fernsehfilm

WILHELM HEYNE VERLAG
MÜNCHEN

HEYNE ALLGEMEINE REIHE
Band-Nr. 01/20098

Umwelthinweis:
Dieses Buch wurde auf
chlor- und säurefreiem Papier gedruckt.

(Der Titel erschien bereits in der Allgemeinen Reihe
mit der Band-Nr. 01/6467.)

Taschenbuchausgabe 04/2002

Wilhelm Heyne Verlag GmbH & Co.KG, München
Printed in Germany 2002
Umschlag-und Innenillustrationen: © DEGETO FILM GMBH
Umschlaggestaltung: Nele Schütz Design, München
Gesamtherstellung: Elsnerdruck, Berlin
ISBN: 3-453-21252-5

http://www.heyne.de

Inhalt

Ort und Zeit

Die Hochzeit werde Ende Mai stattfinden, bestimmte Frau Helen eines Morgens. Denn nachdem sie sich endlich darüber klargeworden war, wo die Hochzeit passieren sollte, bot sich der Mai zwangsläufig an.

»Das ist eine herrliche Zeit im bayerischen Oberland«, schwärmte sie, »die Wiesen sind dann grün, wißt ihr, so richtig leuchtend grün. Smaragdgrün«, fügte sie poetisch hinzu, denn sie besaß eine poetische Ader. »Und dann diese vielen gelben und weißen Blümchen in dem Grün, nicht? Dazu der weißblaue bayerische Himmel! Von unserer Dorfkirche werden die Glocken läuten, über das ganze Tal hin. Es wird die Hochzeit des Jahres.«

»Im Mai regnet es in Oberbayern oft ganz erbärmlich. Speziell im Mai regnet es, mitten in dein smaragdgrünes und weißblaues Idyll hinein«, bemerkte ihre Tochter lässig.

Zwar war es ihre Hochzeit, um die es sich handelte, wenn man jedoch den spöttischen Zug um ihren Mund betrachtete, hätte man annehmen können, es bereite ihr ein ganz besonderes Vergnügen, wenn es an ihrem Hochzeitstag recht erbärmlich regnen würde.

Da Helen ihre Tochter kannte, interpretierte sie Bemerkung und Gesichtsausdruck genau richtig.

»Bloß um mir den Spaß zu verderben, würdest du dir wünschen, daß es regnet.«

Herr Kannegießer blickte von der *Welt am Sonntag* auf und hob die rechte Braue.

»Wenn man dir zuhört, Helen, könnte man meinen, es geht um deine Hochzeit. Warum soll sich Tina wünschen, daß es an ihrem Hochzeitstag regnet?«

»Um mich zu ärgern«, erwiderte seine Frau. »Ich kenne deine Tochter. Besser, als du sie jemals kennen wirst.«

»Es ist einer der vielen Vorzüge, die Männer in der menschlichen Gesellschaft genießen«, sagte Braut Martina, »daß sie die Frauen niemals richtig kennenlernen. Weder Ehefrauen noch Geliebte, weder Mütter noch Töchter. Das erleichtert ihnen das Leben ungemein und erhält ihnen ihre Illusionen.«

Herr Kannegießer warf seiner Tochter einen amüsierten Blick zu. »Damit dürftest du recht haben, Kleines. Ich bin genau wie du der Meinung, daß diese unzerstörten Illusionen unbedingt notwendig sind im Umgang mit Frauen.«

Vater und Tochter lächelten sich zu.

»Und«, fügte Martina hinzu, »sie sind genauso notwendig für die Frauen. Was ließe sich mit einem desillusionierten Mann anfangen? Er wäre absolut unbrauchbar.«

Helen Kannegießer, die weder Sinn für Ironie noch für Pointen besaß und überhaupt über wenig Humor verfügte, genaugenommen über gar keinen, mochte diese kleinen Dialoge zwischen ihrem Mann und ihrer Tochter nicht, an denen sie sowieso nie teilnehmen konnte. »Also reden wir hier nun ernsthaft oder nicht?« fragte sie leicht gereizt.

»Durchaus ernsthaft, meine Liebe, fahre fort. Mai finde ich ausgezeichnet, und es wird bestimmt nicht regnen, wenn Tina heiratet.« Damit wandte sich Herr Kannegießer wieder seiner Zeitung zu.

Mai behagte ihm schon deswegen, weil es erst Februar war und weil er, seit die Verlobung sehr konventionell unter dem Weihnachtsbaum gefeiert worden war, immer befürchtete, daß Martina ganz plötzlich verheiratet und verschwunden sein würde. Da er die Eigenwilligkeit seiner Tochter und ihren Widerwillen gegen Feierlichkeiten kannte, erwartete er erst gar nicht, daß diese Hochzeit auf normale Weise über die Bühne gehen würde.

Überhaupt mochte er gar nicht gern daran denken, daß sie heiraten würde. Von allen Menschen, die er kannte, war seine Tochter der einzige Mensch, den er wirklich liebte. Wenn er auch wenig Zeit für sie hatte, sowenig wie für die übrige Familie, sowenig wie für sich selbst, so verbrachte er das bißchen Zeit, das man im Leben eines reichen und mächtigen Mannes als Freizeit bezeichnen konnte, am liebsten in ihrer Gesellschaft. Und bisher war es so gewesen, daß Martina immer für ihn dagewesen war. Sie sagte jede Verabredung ab, jede Party, sie ließ ihren neuesten Flirt stehen und liegen, wenn ihr Vater anrief und fragte: »Könnten wir nicht heute mal...?«

Es kam, wie gesagt, ohnedies selten genug vor.

Sie war bereit zu einer Fahrt über Land, zu einem Spaziergang durch den Wald, zu einer kräftigen Brotzeit in einem Dorfgasthaus – denn das waren so die Dinge, die Otto Kannegießer als Entspannung bezeichnete. Aber sie begleitete ihren Vater auch auf einer Reise, wenn er es wünschte, zu einem Kongreß, einem Vortrag, einer Ausstellung – sie war für ihn da, und sie tat es gern, denn sie liebte ihn genauso, wie er sie liebte. Darüber brauchte man nicht viel zu reden. Das wußte man.

Das würde aufhören, wenn sie verheiratet war, das wußte Herr Kannegießer auch.

Dann hatte sie einen Mann, andere Interessen, andere Freuden und Sorgen, irgendwann auch Kinder, sie würde in einer anderen Welt leben und ihm verloren sein, irgendeine Frau würde sie werden, eine wie viele andere auch, nicht mehr diese etwas unterkühlte Amazone, die ihren Vater allen anderen Männern vorzog. Es würde eine Lücke in seinem Leben sein, die sich nie mehr ausfüllen ließ.

Er konnte überhaupt nicht einsehen, warum sie schon heiraten mußte. Sie war einundzwanzig, seiner Meinung nach hätte sie noch drei bis vier Jahre Zeit gehabt. Zumal

Martina nie den geringsten Eifer an den Tag gelegt hatte, einen Mann zu ergattern. Es war gar nicht so lange her, da hatte sie noch nachdrücklich versichert, sie werde überhaupt nicht heiraten, Ehe sei etwas total Altmodisches. Aber sie änderte ihre Ansichten und Pläne oft, das wußte er schließlich auch. Erst wollte sie Chemie studieren, dem Unternehmen zuliebe, zweifellos auch ihm zuliebe, später dann auf einmal Architektur, dazwischen wollte sie mal Krankenschwester werden oder noch lieber Entwicklungshelferin im Urwald, und eine Zeitlang träumte sie von einem ganz, ganz einfachen Leben – »weißt du, Papusch, man sollte eigentlich wissen, wie die Menschen so leben. Die richtigen Menschen, nicht solche wie wir. Verstehst du, was ich meine? Eigentlich ist es doch irre, daß man gar keine richtigen Menschen kennt. Man müßte mal so leben wie sie –« und sie erklärte ihm in allem Ernst, daß sie am liebsten in einer Fabrik arbeiten würde.

Das waren so Ideen, wie junge Leute sie hatten. Otto Kannegießer nahm das nicht weiter ernst, und daran tat er klug und weise. Denn er wußte ja, wie richtige Menschen sind, er wußte auch, wie sie lebten und wie ihr Alltag aussah. Und er wußte auch, wie sich das Leben, das sogenannte wirkliche Leben, im Kopf einer solchen Schokoladenprinzessin, wie es seine Tochter war, abspielte.

Dabei hätte er es gern gesehen, wenn sie sich ernsthaft und konsequent für einen Beruf entschieden hätte, ganz egal was für einen. Er war ein Mann, der es weit gebracht hatte, der von ganz unten nach ganz oben gestiegen war – nein, nicht gerade von ganz unten, mehr von mittel-unten, aber immerhin –, und nun war er ganz oben, doch selbst auf diesem Höhensitz hatte er weder seine Herkunft vergessen noch die Befriedigung, die es bedeutete, solch einen Weg zu gehen. Zu gehen. Nicht gegangen zu sein.

Alles konnte er seinen Kindern bieten. Das nicht. In gewissem Sinne fand er das schade. Sie wurden damit um den besten Teil des Lebens gebracht. Um die Befriedigung, die Arbeit, Leistung und Erfolg bescherten und die kein Geld der Welt ersetzen konnte. Alles, was Geld kaufen kann – so viel war es gar nicht, und es waren nicht die wichtigsten Dinge.

Soweit es seinen Sohn betraf, brauchte man es nicht weiter zu bedauern. Der würde niemals von einem Platz auf einen anderen, besseren gelangen. Der hatte sich, sobald er einmal begriffen hatte, in welche Verhältnisse er hineingeboren war, selbstzufrieden als Junior und Kronprinz etabliert, er war ein Mensch ohne Fantasie, ohne Elan, ohne Variationen. Wenn er es jetzt mit neunzehn nicht war, würde er es vermutlich nie sein. Anders Martina. Sie besaß eine innere Spannung, auch wenn sie sich gern passiv und gleichgültig gab und diese wurschtige Gelangweiltheit, die heute bei jungen Menschen Mode war, zur Schau trug. Otto Kannegießer hatte ihr diese Attitüde nie ganz abgekauft, um so mehr, als er sie ganz anders kannte, von den Stunden ihrer Zweisamkeit her.

Sie konnte reden, sie konnte fragen, sie hatte für vieles Interesse, und er hatte die Hoffnung nie aufgegeben, daß sie sich eines Tages doch für einen Beruf entscheiden würde, für einen eigenen, selbständigen Weg.

Aber nun heiratete sie. Zu früh und zu jung. Und sowenig das Herrn Kannegießer gefiel, um so glücklicher machte es seine Frau. Für Helen Kannegießer, geborene Baronesse Sorgau, Helene Charlotte Luise, war diese Heirat ein erfüllter Traum, denn erstens konnte sie sich für ihre Tochter sowieso nichts anderes vorstellen als eine Ehe, und zweitens war der Erwählte ein Graf.

Im vergangenen Herbst, als ihnen bei einem Empfang des Ministerpräsidenten im Antiquarium der Residenz der junge Graf Solm-Weltingen vorgestellt wurde, hatte Herr Kannegießer sofort gewußt, was ihm bevorstand. Er hatte seine Frau nur anzusehen brauchen, das Glimmern in ihrem Blick, er brauchte ihre Worte nur zu hören, mit denen sie den jungen Grafen zu einer kurz darauf in ihrem Haus stattfindenden Gesellschaft eingeladen hatte.

Ach ja! Die Menschen. Im Grunde blieb sich jeder immer gleich. Es war so leicht, sie zu kennen, so ernüchternd, sie zu durchschauen.

Helen hatte alles, was eine Frau sich wünschen konnte. Jeden Luxus, eine angesehene gesellschaftliche Stellung, einen Mann, der alles für sie tat, zwei wohlgeratene Kinder, sie sah jetzt mit siebenundvierzig immer noch blendend aus, und sie genoß dieses Leben wirklich ausgiebig.

Wenn ihre Tochter nun noch eine Gräfin sein würde, dann konnte sie endlich auch verschmerzen, daß sie die Baronesse gegen eine simple Frau Kannegießer eingetauscht und das Schloß ihrer Ahnen im fernen Osten verloren hatte.

Nebenbei: Es war kein Schloß gewesen, nur eine Fünfzimmerwohnung in Stettin, die Familie war unbemittelt gewesen, schon ihr Großvater hatte das verschuldete Gut verkaufen müssen. Aber das wußte hier keiner.

Herr Kannegießer, oder, um ihn nun endlich mal in seinem vollen Glanze vorzustellen: Herr Generaldirektor Konsul Dr. h. c. Otto Kannegießer, Träger des Bundesverdienstkreuzes und des Bayerischen Verdienstordens, Sohn eines Handwerksmeisters aus dem Münchner Lehel, hier und heute Chef der Bayern-Chemie AG, Aufsichtsratvorsitzender einiger bedeutender Unternehmen, international bekannte Persönlichkeit der großen Industrie und, obwohl ein fieser Kapitalist und Topmanager, ein ausgesprochen liebenswerter und bescheidener Mensch – Otto also, kurz gesagt, konnte sich an diesem Sonntagmorgen nicht in Ruhe seiner Zeitung widmen.

Helen fauchte gereizt: »Kannst du nicht endlich deine

dumme Zeitung weglegen? Es geht hier schließlich um das Lebensglück deiner Tochter.«

Otto Kannegießer, obwohl, wie berichtet, einfacher Herkunft und lange nicht so gebildet wie die weiland Baronesse, verzog ein wenig schmerzlich die Mundwinkel. Die pathetischen Redewendungen seiner Helen gingen ihm immer noch, vermutlich bis an sein seliges Ende, auf die Nerven. Übrigens auch ein Punkt, in dem er mit seiner Tochter übereinstimmte. »Ob es ein Lebensglück sein wird, kann man noch nicht wissen«, bemerkte er trocken. »Zunächst dreht es sich nur um die Hochzeit –«

»Nur«, warf Helen empört ein. »Nur ist gut!«

»– und da du, meine Teure, angeordnet hast, daß sie im Mai stattfindet, wird sie im Mai stattfinden. Ich weiß bloß nicht, ob es eine gute Idee ist, die Sache da draußen abzuwickeln.«

»Dieser Punkt ist geklärt«, sagte Helen bestimmt.

Denn bevor man vom Termin gesprochen hatte, oder, besser gesagt, bevor Helen davon gesprochen hatte, war die Rede vom Ort der heiligen Handlung gewesen.

Helen hatte weitschweifig darüber meditiert, während sie Honig auf ihren Toast kleckerte.

Sie begann mit dem Dom, der Münchner Frauenkirche, und faßte den Kardinal als vollziehendes Organ ins Auge. Leider befand sich der Dom im Umbau und stand nicht zur Verfügung. Letzteres, meinte Herr Kannegießer, müsse man auch bei dem Kardinal befürchten. Die Michaelskirche, dieses barocke Prachtstück, erschien Helen auch kein übler Rahmen. Oder besser die Theatinerkirche. Allerdings würde es in der Stadt schwierig sein mit der Auffahrt der Gäste, die natürlich zahlreich sein würden.

»Oder meinst du, Otto, daß der Schreiber für diesen Vormittag die Theatinerstraße sperren läßt? Das könnte er dir zuliebe eigentlich schon tun, finde ich.«

(Schreiber = Polizeipräsident von München)

Otto ersparte sich die Antwort, er hob nur wieder einmal die rechte Braue, was so seine Art war, wenn er Erstaunen, Mißbilligung oder Ablehnung ausdrücken wollte.

Über die Ludwigskirche, die ihr nicht originell genug erschien – »dort heiraten eigentlich viele Leute, nicht?« –, geriet Helen ins Schwabinger Kirchlein St. Sylvester, das natürlich sehr reizend, aber viel zu klein war. Und wo sollten die vielen Wagen parken?

An dieser Stelle hatte der Konsul auch einen Vorschlag beizusteuern. »Wie wäre es denn mit Blutenburg? Das ist doch ein sehr stilvoller Rahmen. Man wäre vor der Stadt und hätte den Himmel über sich.«

Darauf entstand ein Schweigen am Frühstückstisch. Otto konnte eine Weile ungestört lesen. Martina, die es ja eigentlich am meisten anging, hatte sich an dem Gespräch sowieso nicht beteiligt. Sie spielte mit ihrem Dalmatiner.

In Helens Kopf kreiste währenddessen der stilvolle Rahmen um den Himmel über uns. Da war was dran, was ihr Mann gesagt hatte. Leute von Familie heirateten nicht einfach mitten in der Stadt, bei all dem Lärm und Gestank.

»Ich hab's«, sagte sie auf einmal. »Jetzt weiß ich es, wie wir das machen. Einmalig! Das hat es noch nicht gegeben.« Sie machte eine wirkungsvolle Pause, die ihren Mann veranlaßte, von der Zeitung aufzusehen, und auch Martina, die rücklings auf dem Teppich lag, den Hund auf dem Bauch, hob den Kopf mit den langen blonden Haaren und blickte erwartungsvoll ihre Mutter an.

»Wir machen etwas ganz anderes. Wir machen eine Hochzeit auf dem Lande.«

Helen blickte vom einen zum anderen, und da beide nichts sagten, fuhr sie fort: »AUF UNSEREM HOF! Eine richtige bayerische Bauernhochzeit. Martina bekommt ein weißseidenes, bodenlanges Dirndl, irgendwie mit Röschen oder so. Und eine Brautkrone.«

»Nur über meine Leiche!« rief Martina. Groß, schlank und langbeinig, ein sportlicher moderner Mädchentyp, paßte sie absolut nicht in das Bild, das ihre Mutter malte. Aber das würde ihr nichts helfen, denn Helen war offensichtlich von ihrer Idee ganz hingerissen.

»Eine Hochzeit auf dem Lande«, wiederholte sie mit Emphase. »Wir mieten alle Gasthäuser und Hotels in der Umgebung. Wir machen ein Festzelt im Freien. Das ganze Dorf kann mitfeiern. So, wie wir es früher auf unseren Gütern machten... Daß ich noch nicht darauf gekommen bin! Ich kenne so etwas doch. Ach, es wird bezaubernd sein in dieser goldigen kleinen Kirche, mit dem Zwiebelturm. Und dieser ulkige dicke Pfarrer, ihr kennt ihn doch. Und der Käfer macht das Büfett.«

»Gott steh mir bei«, murmelte Otto. Statt einer kurzen Zeremonie sah er sich in ein tagelanges Fest verwickelt. »Das kannst du mir nicht antun, Helen«, sagte Martina. Dann kamen die smaragdgrünen Wiesen mit den gelben und weißen Blümchen.

Draußen schneite es. Kurz darauf erschien Max Ludwig Kannegießer, der Sohn des Hauses, auf der Bildfläche. Er sah blaß und unausgeschlafen aus und war schlecht gelaunt. In der vergangenen Nacht hatte er einen Faschingsball besucht, denn noch, man wird sich erinnern, war es Februar. Extra zum Fasching war Max Ludwig mit einem Freund auf Wochenendurlaub aus seinem exklusiven Internat in die Stadt gekommen. Es sei fad gewesen, ließ er die Familie wissen.

»Fasching ist nur noch was für die Plebs«, sagte er mit seiner monotonen, gedehnten Stimme, die er sich zugelegt hatte, seit er das Elite-Internat besuchte. »Für mich ist so was gestorben!«

Sein Vater dachte daran, wie königlich er sich als junger Mann im Löwenbräukeller beim Fasching amüsiert hatte, und warf seinem Sohn einen mitleidigen Blick zu.

Helen sagte: »Warum gehst du da auch hin, Maxi? Ich habe dir gleich gesagt, das ist nichts für dich. Du bist ein aristokratischer Mensch, ein Ästhet. Du hast unter diesen schwitzenden, stinkenden Leuten nichts verloren.«

»Genau«, sagte ihr Sohn und nahm das Glas mit dem Orángensaft, das sie ihm reichte. »So was Fades!«

»Schläft der Peter noch?«

Peter war der Freund, der übers Wochenende Gast im Hause Kannegießer war.

»Der ist gar nicht mit mir heimgekommen. Hat sich 'ne Biene angelacht und ist mit ihr abgezogen.«

»Willst du damit sagen, daß er woanders ... eh, geschlafen hat?« fragte Helen indigniert.

»Na klar, was denn sonst? Er wird kaum die Nacht auf einer Bank im Englischen Garten verbracht haben.«

»Es wird ihm doch nichts zugestoßen sein? Diese Mädchen heutzutage, sie sind so schrecklich verdorben. Wer weiß, wo er da hingeraten ist.«

»Na, vielleicht hat wenigstens er es dann nicht so fad gefunden«, meinte Otto.

»Genau«, sagte sein Sohn und schob nun eine Scheibe Schinken zwischen die Zähne.

Max Ludwig Kannegießer, der einzige Sohn des Hauses, war neunzehn und besuchte bereits zum zweitenmal die Unterprima und war auch nicht abgeneigt, sie ein drittesmal zu besuchen.

Er fand die Schule genauso fad wie den Fasching. Und Zeit hatte er genug, denn einen Beruf hatte er schon, der seinen Mann ernährte. Er war Vaters Sohn. Und das würde er sein Leben lang bleiben.

Ein kurzes Kapitel Familiengeschichte

Noch was unklar über die Familie Kannegießer?

Rekapitulieren wir:

Otto Kannegießer, geboren 1908; Vater Maler und Tapezierer, gutgehender Handwerksbetrieb in München, in der Herzog-Rudolf-Straße, ein ordentlicher, fleißiger Mann, zugewandert aus Niederbayern, fünfter Sohn von einem Bauernhof; Mutter eine resche, hübsche, sehr patente Münchnerin; glückliche Ehe.

Fünf Kinder; drei Buben, zwei Mädchen.

Otto hat eine schöne Jugend, ist folgsam, strebsam, auch ehrgeizig, Ministrant in St. Anna, sehr guter Schüler, darf darum das Alte Realgymnasium besuchen. Studium der Chemie, wobei er sich als außerordentlich begabt erweist.

1934 bekommt er eine Anstellung in einer Arzneimittelfabrik im Rheinland. Bereits verlobt mit Anna, seiner Jugendliebe. Heirat. Das erste Kind eine Tochter. Zurück nach München. Anstellung in einem kleinen pharmazeutischen Betrieb, der Job im Rheinland war besser, aber beide – Otto und Anna – haben Heimweh nach München.

1938 dann seine erste gute Position in den damals schon angesehenen Bayerischen Chemiewerken. Der Verdienst ist recht ordentlich, die Familie ist, wie man so sagt, auf dem Weg nach oben.

Dann bricht der Krieg aus. Otto wird zunächst zurückgestellt, da in der Heimat von größerem Nutzen, in der Fabrik macht er einige brauchbare Erfindungen, erst 1942 beteiligt er sich am Krieg. In diesem Jahr wird auch das zweite Kind geboren, wieder ein Mädchen.

Kurz vor Kriegsende kommt Anna mit ihrer älteren Tochter bei einem Luftangriff ums Leben.

Ende 1945 kehrt Otto aus englischer Gefangenschaft heim, zeitgemäß schwierige Verhältnisse, er ist unglücklich, dann stirbt, 1948, auch noch seine Mutter.

Aber 1947 wird er bei seiner alten Firma wieder eingestellt. Da männliche Erben den Krieg nicht überlebt haben, macht man ihn Anfang der fünfziger Jahre zum Teilhaber, ganz bescheiden natürlich nur, ohne Einlage, damit er der Firma treu bleibt.

Doch dann geht's los mit dem Aufstieg. Wirtschaftswunder und so, damit ging das wie geschmiert, wenn einer wollte und konnte. Bayern-Chemie AG, damit brauchen wir uns nicht weiter aufzuhalten, kennt schließlich jeder.

Helene Charlotte Luise, die Baronesse, geboren in Pommern, verarmter Adel, Vater Offizier, im Krieg gefallen. Baronin und Baronesse als arme Flüchtlinge in München. Die Baronesse hat das große Glück, Otto kennenzulernen, der zwar noch nicht der große Boß ist, aber schon ein Mann von Format und Ansehen, von seiner Arbeit aufgefressen, ein bißchen einsam und höchst beeindruckt von der zarten blonden Baronesse, die immerhin siebzehn Jahre jünger ist.

Sie wird Ottos zweite Frau, er liebt sie zärtlich. Jedenfalls anfangs. Dann wird ein Kind geboren, wieder ein Mädchen, man nennt es Martina, zu Ehren von Vater Kannegießer, der Martin heißt. Der ist sehr gerührt, er ist stolz auf seinen Sohn, die Schwiegertochter schüchtert ihn ein wenig ein, sie ist so vornehm, so fein.

Zwei Jahre darauf kommt endlich ein Sohn zur Welt. Dann kommen keine Kinder mehr. Dafür beginnt nun Otto Kannegießers große Karriere, Wirtschaftswunder und so – hatten wir schon.

Martina entwickelt sich zu einem hübschen Kind, ein

wenig eigenwillig, in der Schule guter Durchschnitt, Hauptinteresse Sport. Und endlich wird sie das, was man eine goldene Tochter nennt, ein verwöhntes Mädchen aus reichem Haus, das nie die Schattenseiten des Lebens kennengelernt hat. Ein Goldfisch made in Germany (West), munter plätschernd in einem goldenen Bassin zu Zeiten der Hochkonjunktur, die es damals gab, die es noch ein bißchen gibt, vielleicht nicht ewig geben wird.

Goldfisch Martina kennt nur eine Art von Leben. Der Vater erfüllt ihr jeden Wunsch, Verehrer hat sie jede Menge, es beeindruckt sie nicht weiter, es ist selbstverständlich. Nun also verlobt mit einem Grafen aus guter Familie. Der Graf ist in Bonn und steuert die diplomatische Karriere an. Soweit alles bestens.

Sohn Max Ludwig – darüber ist alles schon gesagt und bis auf weiteres nichts hinzuzufügen.

Schluß mit Familiengeschichte.

Der Hof

Nachdem sie alles hatten, eine Villa in Bogenhausen, ein Wochenendhaus am Ammersee, eine Ferienwohnung in Ascona, kamen sie auf den Bauernhof. Natürlich wieder eine Idee von Helen. Eine andere Frau Konsul in München, auch eine sehr feine Dame, hatte sie darauf gebracht. Es war bei einem Empfang im amerikanischen Konsulat.

»Gott, ja«, sagte die andere, »das Ticino!...«

Schon wie sie das langgezogen aussprach! »Wir hatten da auch mal einen Bungalow. Ich bitte Sie, da kann man doch nicht mehr hin. War ja mal ganz exklusiv. Aber heute!... So überlaufen. Da fährt doch jetzt jeder hin. Und dann diese Touristen. Und was sich alles dort so niedergelassen hat. Diese Rheinländer! Nein, wissen Sie, wirklich. Das geht nicht mehr. Wir denken daran, einen Bauernhof zu kaufen. Wissen Sie, es werden viele Bauernhöfe heute angeboten. Landflucht, nicht? Sehr traurig, wirklich sehr, sehr traurig. Aber die Zeiten sind nun mal so. Man kann verhältnismäßig preiswert an hübsche alte Höfe kommen. Es muß natürlich wirklich ein alter Hof sein. Bekannte von uns haben in Österreich etwas gekauft. Stammt aus dem sechzehnten Jahrhundert. Einfach fantastisch. Kostet natürlich ein Vermögen, so etwas umzubauen. Nur innen natürlich. Da braucht man schon ein bißchen Komfort. Aber man hat dann wirklich etwas Besonderes. Ich suche etwas in Bayern, nicht zu weit weg. Ich habe zu meinem Mann gesagt, weißt du, hab' ich gesagt, man muß so einen Hof in sein Leben einbeziehen können. Das ist es nämlich, was man heute braucht. Einfaches Leben. Tiere, Landschaft. Und das muß erreichbar sein, man muß damit leben.«

Darüber hatte Helen tagelang nachgedacht. Daß sie nicht von selbst darauf gekommen war! Natürlich – ein Hof. Gerade sie, die schließlich auf einem Gut, auf einem Schloß groß geworden war, sie brauchte das einfach. Und warten durfte man nicht, bis alle das wollten, das trieb nur die Preise in die Höhe.

Sie fragte ihren Anwalt, dann ein paar Makler, dann wußte sie den Namen des richtigen Maklers, der für solche Dinge die richtige Nase und die nötigen Verbindungen hatte. So kamen sie zu dem Hof im Chiemgau. Otto hatte erst ein wenig protestiert – wozu, warum und was das wieder kosten würde, brauchen wir denn nun auch das noch?

Aber sein Protest fiel verhältnismäßig schwach aus, ihm gefiel diese Sache nämlich bei näherem Nachdenken. Gefiel ihm besser als die Wohnung im Tessin. Seit der Hof da war – die Zeit, die er bis jetzt dort verbracht hatte, ließ sich nach Stunden berechnen –, aber seit der Hof da war, dachte er manchmal an später. Wenn er aufhören würde zu arbeiten. Das würde er eines Tages. Er war dreiundsechzig, in guter Verfassung, abgesehen von gelegentlich mal ein bißchen Herzstiche – aber aufhören würde er eines Tages. Und nicht zu spät, das hatte er sich vorgenommen. Sein Sohn, na ja, von dem war nicht viel zu erwarten. Aber es gab genügend gute Leute im Betrieb, man mußte sich nicht einbilden, andere könnten nichts leisten... Also, wenn er aufhören würde, so träumte er manchmal, dann wollte er auf dem Hof leben. Immer. Jeden Tag. Sommer und Winter. Das war der schönste Traum, den er je geträumt hatte. Schade, daß sein Vater das nicht mehr erlebt hatte. Der stammte ja selbst von einem Bauernhof. Und Otto erinnerte sich noch an seine Kinderzeit, wenn sie in den Ferien bei den Großeltern in Plattling waren. Dort hatte es ihm gefallen, auch wenn es nur ein kleiner Hof gewesen war.

In fünf oder sechs Jahren etwa würde er aufhören. Und dann da draußen leben. In die Stadt hinein würde er nur ganz selten fahren... Er sprach zu keinem davon. Nicht einmal zu Martina. Schon gar nicht zu Helen. Sie hätte es nicht verstanden. Sie war noch jung, wollte das Leben genießen, Partys, Bälle, Empfänge, Premieren – nun ja, das würde sich finden. Er jedenfalls würde auf keine dieser blöden Partys und Empfänge mehr gehen. Oder nur ganz selten. Ins Theater schon eher. Er liebte die Oper. Aber das war kein Problem. Es war nicht weit nach München hinein vom Chiemgau. Leben würde er dann in diesem sanftgehügelten Land unter weitem Himmel, die Berge in der Ferne sichtbar, in der Nähe ein See, Wald und Wiesen und eine Luft, die man atmen konnte...

In fünf oder sechs Jahren, spätestens in sieben. Manchmal, wenn sein Herz schmerzte, legte er die Hand darauf, und eine flüchtige Angst überfiel ihn. Würde er es noch erleben? Seit neuestem hatte er das Rauchen aufgegeben. Früher hatte er es nie fertiggebracht. Aber jetzt neuerdings, wenn er nach einer Zigarette greifen wollte, dachte er an den Hof und an die vielen, vielen Jahre, die er dort noch so gern verbringen wollte.

Helen war stolz auf den Hof. Professor Stemmer, ein berühmter Architekt, hatte den Umbau gemacht, das Ergebnis war großartig. Außen noch immer ein alter, verwitterter bayerischer Bauernhof. Innen ein Luxushotel. Allein schon die Badezimmer! Jedes in einer anderen Farbe, zu jedem Gastzimmer eins, das eine gelb und rosa, das andere blau und grün und ähnlich aparte Kombinationen, wobei Schwarz und Flamingo der absolute Hit war. Die wenigen Freunde, die den Hof bis jetzt gesehen hatten, staunten. Was für ein wundervolles Haus! Was für herrliche alte Bäume! Und was für Wiesen! Und drinnen staunten sie dann weiter. Welch ein Komfort! Und so gemütlich! Die Bar im uralten wurmstichigen Bauernschrank, der wuchtige Kamin, die Gastzimmer mit holzgeschnitzten Bauernbetten. Ent-zück-end!

Und nun also würde es eine Hochzeit auf dem Hof geben. Das war die richtige Premiere für den Hof. Es war einsame Spitze. Die Hochzeit des Jahres.

Auch Martina liebte den Hof.

Genaugenommen wußte sie selbst nicht, was sie mit sich anfangen sollte. Eine gewisse Unrast war in ihr – manchmal der Wunsch, alles sollte anders sein, ganz anders... Oder einfach weglaufen. Aber wohin? und warum? Zu welchem Zweck, zu welchem Ziel?

Sie liebte ihren Vater. Sie verstand sich auch mit ihrer Mutter leidlich. Es gab keine albernen Generationskonflikte, dafür war Martina zu intelligent und zu sicher gefügt in ihrem Dasein. Die Sicherheit, die eine sorgfältige Erziehung und wohlfundierte Verhältnisse gewähren.

Nach dem Abitur verbrachte sie ein Vierteljahr in Boston, Mass., bei Freunden ihres Vaters, und dann, nach ihrer Rückkehr, wollte sie eigentlich studieren. Obwohl sie nicht genau wußte, was.

Zu jener Zeit wurde gerade die Sache mit dem Hof aktuell. Der Hof faszinierte sie. Diese alten, dicken Mauern, die schweren Balken an der Decke, die großen Räume – alles alt, voll von Vergangenheit, irgendwie geheimnisvoll.

Als erstes ließ sie den Stall modernisieren, und dann brachte sie ihr Pferd Sturmwind, von ihr zärtlich Stormy genannt, aufs Land hinaus. Wie ein Irrer raste Stormy auf der großen Koppel herum, warf den Kopf hoch, prustete und schnaubte und wieherte laut sein Entzücken über diese herrliche weite grüne Welt in die Luft. Ein armes Großstadtpferd, das zum erstenmal seit seiner Fohlenzeit über eine Wiese galoppieren durfte.

Damit er sich nicht so einsam fühlte, kaufte Martina ein zweites Pferd, ein altes Verleih-Pferd, das bisher in dem

Reitstall in der Stadt, wo Stormy gestanden hatte, Manegendienst getan hatte und nun eigentlich für den Schlachthof bestimmt war. Die beiden wurden die besten Freunde, grasten Kopf an Kopf, und wenn Martina mit Stormy ausritt, stand der alte Wallach am Koppelzaun und wartete regungslos, bis sein Freund wiederkam. Er fraß nicht, er rührte sich nicht, nur manchmal wieherte er hoch und dünn, ein banger, sehnsüchtiger Ton, mit dem er nach seinem Freund rief.

Während des Umbaus fuhr Martina fast jeden Tag mit ihrem Sportwagen hinaus. Erstens mußte Stormy bewegt werden, und zweitens mußte sich einer um den Bau kümmern. Sie hatte einfach keine Zeit, zu studieren ... Manchmal blieb sie auch über Nacht draußen. Im oberen Stockwerk richtete sie sich ein kleines Zimmer ein. Sie fand das höchst abenteuerlich. Ihr Vater auch. Er machte sich Sorgen um sie, wenn sie nachts allein da draußen war.

So kam der Josef auf den Hof.

Er hieß Josef Grainzinger und hatte viele, viele Jahre in der Bayern-Chemie als Pförtner gearbeitet. Er war so lange in der Firma wie der Chef selbst. Dann war er pensioniert worden, und das war für ihn das Ende aller Lebensfreude. Eine Frau hatte er nicht mehr. Die Kinder waren längst fort, verheiratet, fremd geworden, er war sehr einsam.

Immer wieder kam er zum Werk hinausgepilgert, lungerte da herum, fragte, ob er was helfen könne. Man ließ ihn hier und da was fummeln, gab ihm einen Auftrag, unterhielt sich mit ihm. Sogar Otto nahm sich die Zeit für einen kleinen Schwatz, wenn er den Alten traf.

»Des is koa Leb'n net, allweil z' Haus umanandsitz'n, naa, des is koa Leb'n net, Chef«, sagte Josef Grainzinger. »Da werd ma alt und deppert dabei.«

Eines Tages kam Otto auf die Idee, den Josef auf den Hof zu schicken.

»Schaust dir's halt amal an, Josef«, schlug er vor. »Mal für ein paar Tage. Wäre ganz gut, wenn einer nach dem Rechten sieht, solange da draußen gebaut wird. Es sollt einer im Haus sein. Und ich mag's nicht, wenn meine Tochter da draußen allein übernachtet.«

Josef war sofort einverstanden. Martina nahm ihn mit hinaus. Zusammen richteten sie ein Zimmer für ihn her, und der Josef verliebte sich umgehend in den Hof. Er wollte gar nicht mehr weg. Kurz darauf zog er mit seiner ganzen Habe hinaus und blieb da. Mit den Arbeitern kam er gut zurecht, er packte auch selbst mit an, und vor allem waren Leute um ihn herum, mit denen er reden konnte. Auch im Dorf kannte er bald ein paar Leute, saß im Wirtshaus bei einer Halben, paßte irgendwie dazu – kein Fremder aus der Stadt, einer, der sich nahtlos einfügte. Sein Vorhandensein, die Art, wie er war, wie er sich gab und wie er redete, minderten das Mißtrauen der Dörfler gegen die Großkopfeten aus der Stadt, die den Hof gekauft hatten und an ihm herumbauten. So gesehen war der Josef ein nützlicher Gesandter für die Kannegießers, was die aber gar nicht wußten.

Josef blieb, als der Umbau fertig war. Er lebte glücklich und in aller Selbstverständlichkeit heraußen auf dem Land, sah gut aus, werkelte den ganzen Tag umeinander und kümmerte sich um alles.

Helen hatte zuerst protestiert und etwas von einem Butler gemurmelt.

»Auf einen alten Bauernhof paßt kein Butler«, sagte ihr Mann.

Und da Helen einen Blick für Wirkung hatte, erkannte sie bald, daß der Alte sich prächtig auf dem Hof ausnahm. Und mit der Zeit wurde er unentbehrlich. Er besorgte ein Mädchen aus dem Dorf, das zum Aufräumen kam. Fand schließlich auch einen, der die Pferde versorgte und sich um den Garten kümmerte. Dann hatte er plötzlich einen

Hund und bald darauf auch noch zwei Katzen. Das letzte, was er angeschafft hatte, waren Hühner.

»Also Hühner brauchen wir nun wirklich nicht«, hatte Helen gesagt.

»Schau'n S', gnä Frau, Sie woll'n doch aa amal a frisch's Ei ess'n, net nur aus 'm Brutkasten. Des schmeckt ganz anders, glauben S' mir.«

Der Umbau, wie gesagt, dauerte ziemlich lange. Und war sehr teuer. Man hätte in der gleichen Zeit und für dasselbe Geld gut und gerne drei neue Häuser bauen können. Martina genoß diese Zeit. Sie hatte immer etwas vor, es war interessant und abwechslungsreich, und dann war da vor allem der Architekt. Der Architekt wurde ihre erste große Liebe. Nicht der erste Mann. Sie hatte schon zwei kurze, nicht sehr befriedigende Erlebnisse gehabt. Versuch Nummer eins und Versuch Nummer zwei nannte sie das.

In den Architekten verliebte sie sich ernsthaft. Er sah gut aus, so ein richtiger Erfolgstyp, irgendwie kühn, sehr männlich, ein wenig brutal, so der Typ: mir gehört die Welt. Manchmal hatte Martina sehr mädchenhafte Träume. Daß er das Haus für sie beide baute und daß sie später darin zusammen leben würden. Natürlich sprach sie so etwas nie aus, das lag ihr nicht. Immerhin hatte sie ein Verhältnis mit dem Architekten, das dauerte so lange, wie der Umbau dauerte. Meist trafen sie sich auf dem Hof. Einige Male fuhren sie nach Salzburg, wo sie übernachteten. Gelegentlich, aber selten trafen sie sich in München.

Der Architekt erfuhr nie, daß Martina ihn liebte; er hielt sie für ein kühles, hochmütiges Mädchen, jung und unerfahren, sehr hübsch, es war für ihn eine reizvolle Zugabe zu dem Umbau. Mehr nicht. Natürlich kam er nicht auf die Idee, sich scheiden zu lassen, was Martina im stillen gehofft hatte. Er war fünfundvierzig und glücklich verheiratet, hatte zwei reizende Kinder. Kam dazu, daß er mit seiner Frau sehr erfolgreich zusammenarbeitete, sie war Innenarchitektin. Die gesamte High Society hatten sie abgesahnt, er von außen, sie von innen; es gab keinen Grund, so eine Ehe aufzugeben wegen einer verwöhnten Tochter aus reichem Hause. Ihr Geld reizte ihn nicht, er verdiente selber genug. Er verschwand aus Martinas Leben. Der Hof blieb. Der Hof, der nun auch für sie ein wenig Vergangenheit barg.

Nachdem sie sich an den Gedanken gewöhnt hatte, fand Martina es ganz reizvoll, dort zu heiraten. Nur hätte sie es vorgezogen, es wäre eine kleine, wirklich ländliche Hochzeit geworden und nicht dieses Superding, das ihre Mutter plante. Aber es hatte wenig Zweck, dagegen zu protestieren. Man würde sehen, was passierte.

Zunächst war es sowieso ganz unübersichtlich, wer alles kommen würde. Es gab so viele Leute, die Helen für wichtig hielt. Auf jeden Fall einmal die vorhandene Verwandtschaft. Und dann die neue Verwandtschaft, die war beträchtlich, die Solm-Weltingen waren eine weitverzweigte Familie. Martina blickte ihrer Heirat mit Gelassenheit entgegen. Arndt, der Graf, war ein netter Mann, sehr groß und schlank, elegant, sehr verbindlich, vielsprachig, wundervolle Manieren, man konnte wirklich nichts Besseres auftreiben. Er war nicht so aufregend, so männlich wie der Architekt. Aber man konnte nicht alles haben. Für eine Ehe war so einer wie der Graf sicher besser.

Nur der Gedanke, daß sie sich von dem Hof trennen mußte, wenn sie verheiratet war, bekümmerte sie. Erst würden sie in Bonn leben, später vermutlich meist im Ausland.

Früher hätte sie das interessant gefunden, jetzt fand sie es lästig. Die Tatsache, daß sie den Hof verlassen mußte, daß sie ihn nur noch selten, vielleicht in den Ferien, wiedersehen würde, vermieste ihr die ganze Heirat.

Überhaupt waren ihre Gefühle sehr gemischt, wenn sie

daran dachte, daß sie durch die Ehe mit einem angehenden Diplomaten viel im Ausland würde leben müssen. Für sie war München die schönste Stadt der Welt, auch wenn sie durchaus nicht alle Städte kannte. Möglicherweise würde sie ja nun in Zukunft einige kennenlernen. Aber ob sie das darüber hinwegtrösten würde, nicht mehr in München leben zu können, das erschien ihr doch sehr fraglich.

Die Personalfrage

In der Zeit zwischen Februar und Mai bedeuteten die Vorbereitungen zur Hochzeit für Helen einen Full-time-Job. Das meiste ließ sich mühelos erledigen, es gab eigentlich nur zwei wirklich ernsthafte Probleme: wen man einladen würde und wo man ausreichend Personal herbekam.

In der letzten Frage erwies sich ein Freund des Hauses als hilfsbereit, der Konsul Emil Hartl, Don Emilio, wie er in der Münchner Society genannt wurde.

Genaugenommen war er nicht mehr Konsul, sondern Ex, er hatte sich seit Jahren von allen Ämtern und Geschäften zurückgezogen, lebte nur noch seinem Vergnügen, was ganz leicht ging, denn er hatte viel Geld und eine überaus lebenslustige Frau, eine Russin. Die beiden fehlten auf keiner Party, bei keinem Fest und führten selbst ein berühmt gastliches Haus. Auch dies war in ihrem Fall keine Kunst, denn sie hatten einen Butler.

Nicht irgendeinen Butler, sondern den Butler aller Butler, dekorativ, rundherum versiert, treu bis ins Mark. So etwas gab es sonst eigentlich nur im Film. Oder hatte es früher gegeben, in Opas Kino.

Jungfilmer geben sich natürlich mit solchen Fossilien der verhaßten kapitalistischen Gesellschaft nicht ab. Im Film. Im Leben fühlen sie sich höchst geschmeichelt, wenn sie eingeladen werden. Was selten vorkommt.

Don Emilio – man nannte ihn so, weil er mit der Würde und der Anmut eines spanischen Granden durchs Leben schritt –, Don Emilio also hatte bei einem Dinner, das er in seinem Hause gab und wobei er von Helens Sorgen hörte, einen großartigen Einfall.

Es begann damit, daß Helen, kurz nachdem sie von der

Tafel aufgestanden waren, mit Sehnsucht im Blick den Butler William beobachtete, der mit weißen Handschuhen und nicht weniger Grandezza als sein Herr den reibungslosen Ablauf der Veranstaltung dirigierte. Sie beneidete die Hartls immer um diesen Mann.

Sie seufzte. Don Emilio fragte besorgt: »Was bekümmert Sie, Madame? War das Dessert nicht nach Ihrem Geschmack?«

Helen lächelte schmerzlich. »Es war wunder-wundervoll.«

»Vielleicht ein Glas Champagner?«

Helen nickte und nahm gleich darauf mit dankbarem Lächeln das Glas entgegen, das William ihr persönlich brachte, was eine Auszeichnung war, wie sie wußte. Er brachte es übrigens, *ohne* daß Don Emilio ein Wort gesagt oder eine Geste gemacht hätte, denn William mußte so etwas wie eine unsichtbare Antenne besitzen oder hellseherische Talente, man mußte ihm nie etwas sagen, er *wußte* einfach, was man wollte.

»Wie ich Sie beneide«, sagte Helen zu ihrem Gastgeber.

»Mich?« fragte er. »Eine schöne Frau wie Sie? Gewiß bin ich im Moment zu beneiden, da ich hier sitzen und mit Ihnen plaudern darf. Aber doch nicht gerade von Ihnen.«

Das war so die Art von Don Emilio, zu reden, und man wird verstehen, warum er so beliebt und hochgeschätzt war.

Die beiden saßen auf seidenen Sesseln in einer Ecke des Louis-Seize-Salons – alles echte Stücke natürlich – und plauderten. Don Emilio zog sich manchmal jetzt ganz gern in die Ecken zurück, er war ein ganzes Stück über siebzig und mußte ein wenig haushalten, trotz der jährlichen Frischzellen.

»Ich beneide Sie um William.«

»Oh! Doch, das verstehe ich. Darum hat man uns schon

oft beneidet. Er ist wirklich nicht mit Gold zu bezahlen.« Das wußte Helen. Es war stadtbekannt, daß William allen noch so lukrativen Angeboten, allen noch so vergoldeten Versuchen, ihn abzuwerben, mit kühlem Desinteresse begegnete. Ebenso, wie es bekannt war, daß er im Hartlschen Hause alles, aber auch alles besorgte, bewachte, in Gang hielt, vorantrieb, stoppte, regulierte, organisierte – kurz, als eine der letzten echten, unangezweifelten Autoritäten auf diesem Globus ebenso erfolg- wie segensreich wirken konnte.

»Es ist mir leider nie gelungen, solch ein Juwel aufzutreiben«, sagte Helen.

»So etwas gibt es auch nicht mehr. Eine ausgestorbene Spezies der menschlichen Rasse. Bedenken Sie nur, William ist seit mehr als fünfundzwanzig Jahren bei uns. Meine erste Frau hat ihn entdeckt.« Don Emilio warf einen pietätvollen Blick zur gegenüberliegenden Wand, wo die erste Frau Hartl in Öl hing.

»Wir lebten damals in der Schweiz. Da war doch gerade die Sache mit diesem Hitler hier. Und ein Krieg kündigte sich an. All diese Unannehmlichkeiten. Darum hatten wir es vorgezogen, Ende der dreißiger Jahre in die Schweiz überzusiedeln.«

»Sehr klug«, murmelte Helen, »sehr umsichtig.«

»Meine erste Frau hatte sowieso immer ein Faible für die Schweiz. Sie war in einem Pensionat in Lausanne erzogen worden. Darum gingen wir auch an den Genfer See. Ach ja, es war nicht immer ganz einfach. Wir hatten ein kleines Häuschen gemietet, nichts Besonderes, acht Zimmer, ich mußte mit dem Geld jonglieren, weil wir doch das meiste in Deutschland zurückgelassen hatten. Ach ja.«

Don Emilio blickte noch einmal, ein wenig nachdenklich, zu Madame Hartl I hinauf. Sie verzog keine Miene, blickte aus großgemalten, unergründlichen Augen an ihm vorbei.

»Wir lernten William in Genf kennen, es ging ihm nicht besonders gut, er arbeitete in einem Hotel. Zuvor war er der Butler eines englischen Politikers gewesen, der dem Völkerbund angehört hatte. Er war damals noch relativ jung. William, meine ich. Sein Herr starb ganz plötzlich bei einem Unfall, und William zog es vor, in Genf zu bleiben. Er sah wohl die düstere Zukunft Europas voraus, und er hätte, so sagte er mir damals am Beginn unserer Bekanntschaft, nicht die geringste Lust verspürt, eine militärische Karriere anzustreben. Nun ja, wie das so geht. Später kam er mit uns nach München, und allen Göttern sei Dank, er blieb bei uns.«

»So ein Mann wie er fehlt mir«, sagte Helen. »Ich weiß nicht, wo mir der Kopf steht, wenn ich an diese Hochzeit denke.«

Don Emilio und seine Frau Anastasia würden natürlich auch zu den Gästen gehören, also konnte sich der Exkonsul ruhig eine Weile Helens Sorgen und Nöte anhören.

»Wo soll man bloß die Leute herbekommen? Käfer schickt ja das Personal für den Service mit, Gott sei Dank, das ist wirklich eine segensreiche Einrichtung, aber wir brauchen ja auch im Haus Leute zur Bedienung. Und ein paar Fahrer. Mein Mann weigert sich, mir Leute aus dem Betrieb zur Verfügung zu stellen.«

»Nun, ich glaube, da tut er gut daran«, meinte Don Emilio und wiegte sein gepflegtes weißes Haupt. »Das gibt nur unnötigen Ärger, heute, mit all diesen sozialistischen Strömungen. Und diese Dings da, diese Gewerkschaften, für die wäre das doch ein gefundenes Fressen. Sie wissen, wie gern diese linken Blätter heute so etwas aufgreifen. Können sie denn draußen keine Leute bekommen?«

»Keine Rede davon. Auf dem Lande ist das heute auch nicht mehr so wie früher. Wenn ich noch denke, früher zu Hause, auf unseren Gütern, also da gab es keine Schwierigkeiten, da hatte man immer ausreichend Personal. Und gut geschultes dazu. Wir hatten so einen alten Diener im Schloß, so ein richtiges Faktotum, dem konnte man alles überlassen. Er war schon lange da, als ich geboren wurde. Mein Gott, was mag aus ihm geworden sein!«

Helen seufzte abermals und nippte an ihrem Glas... (Zu Hause, in Stettin, hatten sie ein Dienstmädchen gehabt. Das Faktotum existierte nur in ihrer Fantasie, aber dort war es so fest etabliert, daß sie es genau vor sich sah: alt, gütig, etwas gebückt, ein frommer Diener seines Herrn.) »Und wenn es mir wirklich gelingen sollte, da draußen jemand aufzutreiben, dann höchstens einen Trampel. Wer ein bißchen etwas versteht, arbeitet ja doch in der Stadt. Die Leute müssen ja auch angelernt und beaufsichtigt werden. Ich kann das nicht auch noch machen. Nein, wenn ich an diese Hochzeit denke...«

Don Emilio seufzte nun auch, mitfühlend. »Ja, so eine Hochzeit, das ist keine leichte Sache. Gut, daß Sie nur eine Tochter haben.«

Genaugenommen war das gar nicht gut. Wären es beispielsweise drei Töchter gewesen, so hätte Helen ihre Aktivität auf drei Hochzeiten verteilen können. So aber mußte sie alles, was ihr einfiel, in diese einzige Hochzeit packen. Man konnte sich nicht langsam steigern, nicht auf neue, bessere Einfälle warten, sie heranreifen lassen, nein – es mußte alles gleich und auf einmal passieren.

»Was ist eigentlich aus dieser – eh, aus dieser Tochter Ihres Mannes aus erster Ehe geworden? Hat sie nicht geheiratet?«

»Die? Nie. Ich bitte Sie, wer sollte es mit der aushalten! Das kann man keinem Mann zumuten. Sie hatte doch immer schon total verrückte Ansichten. Man sagt...« – Helen senkte die Stimme und näherte ihren Mund dem Ohr Don Emilios – »...man sagt, sie sei jetzt eine veritable Kommunistin geworden. Treibt sich in unmöglichen Kreisen herum, angeblich soll sie in einer Kommune leben.

Vermutlich gehört sie zu irgendeiner Bande und wirft Bomben.«

»Ist sie über das Alter nicht hinaus?«

»Die nicht. Die wird nie vernünftig.«

Die Rede war von Otto Kannegießers Tochter aus erster Ehe; man erinnert sich: mit Frau Anna hatte er zwei Töchter, von denen eine überlebte. Leider gerade die – muß man in diesem Fall sagen, denn sie entwickelte sich zu einem Alptraum für die Familie. Ob man sie zur Hochzeit eigentlich einladen mußte, dachte Helen mit plötzlichem Erschrecken. Aber man hatte ja sowieso keine Adresse. Man wußte nie, wo sie sich aufhielt. Zuletzt sollte sie in Berlin gehaust haben. Daß sie noch am Leben war, erfuhr man eigentlich nur dadurch, weil das Geld, das ihr von ihrem Vater auf ein Konto überwiesen wurde, immer pünktlich abgerufen worden war.

»Ja, mit Kindern kann man böse Geschichten erleben. Überhaupt heutzutage«, meinte Don Emilio. »Ich bin froh, daß mir dieser Ärger erspart geblieben ist.« Don Emilio hatte mit beiden Frauen keine Kinder zustande gebracht. Oder möglicherweise in beiden Fällen erfolgreich verhindert – wer konnte das wissen. »Aber mit Martina können Sie dafür sehr zufrieden sein«, fuhr er fort, »ein bezauberndes Mädchen. Wir haben sie unlängst in der Pause in den Kammerspielen gesehen. Stasi meinte, Martina sei das hübscheste Mädchen in der ganzen Stadt.« Helen lächelte geschmeichelt.

»Und so wohlerzogen, so anmutig. Nun – alles kein Wunder bei dieser charmanten Mama.«

»Ach, lieber Freund –«, sagte Helen und hob die Hand, Don Emilio ergriff sie und küßte leicht die Fingerspitzen, »es ist wirklich wahr, mit Martina hatten wir niemals Ärger. Sie ist sehr klug. Sehr besonnen. Und in gewisser Weise noch wie ein Kind. Ihre Pferde, ihr Hund, ihr Sport, das füllt sie ganz aus. Es ist erstaunlich, wenn man bedenkt, wie verdorben doch die jungen Mädchen heute oft sind. Aber Martina ist von dieser Zeitströmung ganz unberührt geblieben. Sex und das alles, es existiert für sie einfach nicht.«

Von dem Architekten wußte Helen selbstverständlich nichts, auch nicht von den Versuchen Nummer eins und zwei. Mütter wissen so etwas nie.

»Blütenweiß und unschuldig wie frisch gefallener Schnee«, zitierte Don Emilio gefühlvoll, »was für eine hübsche Vorstellung. Der Bräutigam ist zu beneiden.«

Beide blickten William nach, der eben wieder durch den Raum wandelte, bei Madame Anastasia stehenblieb, einen geflüsterten Wunsch im geneigten Ohr entgegennahm, leicht den Kopf neigte und von dannen schwebte.

In diesem Augenblick hatte Don Emilio den Einfall des Jahrhunderts.

»Vielleicht ließe es sich machen, daß William während der Hochzeit bei Ihnen gastiert, Madame? Daß er für acht oder vierzehn Tage hinauskommt auf Ihren Hof und alles in die Hand nimmt.«

»Liebster, Bester!« rief Helen außer sich. »Meinen Sie das im Ernst?«

»Vorausgesetzt, daß er will«, schränkte Don Emilio ein. Denn so war es natürlich nicht, daß er über dieses Prachtstück verfügen konnte, wie er wollte. »Stasi hat sicher nichts dagegen, das kann ich mit Sicherheit behaupten. Sie ist immer hilfsbereit, wenn sie kann.«

»Oh, das weiß ich. Das wissen wir alle!« rief Helen. »Anastasia ist ein Engel. Sie hilft, wem und wo sie kann. Aber – was meinen Sie, was könnte man tun, um Williams Zustimmung zu erlangen? Meinen Sie, daß ein großzügiges Angebot –?«

Don Emilio schüttelte den Kopf. »Mit Geld können Sie ihn nicht reizen. Er hat Geld genug. Mehr, als er je verbrauchen kann. Was denken Sie – in all den Jahren! Immer gut dotiert, dazu die Trinkgelder. Ich möchte nicht wissen, was er nach manchen Abenden hier kassiert. Und wie günstig das steuerlich ist. Kein Finanzamt kümmert sich darum. Außerdem spekuliert er sehr geschickt, er versteht viel von der Börse, das hat er bei seinem ersten Herrn gelernt. Er hat mir schon manchen guten Tip gegeben. Nein, mit Geld ist da nichts zu machen. Man muß ihn ganz einfach für den Fall interessieren. William ist ein großer Organisator. Unsere Partys sind ihm sowieso zu klein geworden. Nun ja, man wird älter, nicht? Und die Zeiten sind überhaupt nicht mehr glanzvoll. Dieser sozialistische Touch, es wirkt so lähmend. Ich glaube, das geht jedem von uns so.«

»Wem sagen Sie das«, bestätigte Helen.

»Die ganze Lebensfreude geht verloren, das bißchen Glanz und Licht, die das Leben verschönern. Wissen Sie, ich habe nichts gegen gerechte und faire soziale Verhältnisse. Ganz im Gegenteil. Ich freue mich, wenn es jedem Menschen so gut wie möglich geht. Wenn er alles bekommt, was er für sein Glück braucht. Aber darum geht es denen ja gar nicht. Sie wollen alles nach unten ziehen, alles düster, freudlos, billig machen. Ich kenne nichts Unsozialeres als den Sozialismus. Ach ja.« William mußte aus der Ferne ihre bekümmerten Gesichter gesehen haben. Er kam mit einem Tablett, auf dem zwei gefüllte Champagnergläser standen. Don Emilio nickte ihm zu. Helen schenkte ihm ihr schönstes Lächeln.

»Danke, William!«

»Glauben Sie mir, es war richtig, was ich eben sagte«, meinte Don Emilio, als sie wieder allein waren, »man muß ihm die Sache schmackhaft machen. So etwas wie eine große Hochzeit zu organisieren, das würde William bestimmt Spaß machen. Er ist da wie ein Dirigent, der ein großes Orchester leitet. Besessen wie der Karajan. Wenn er es macht, können Sie ihm alles überlassen, er besorgt

Ihnen das Personal, er schafft alles herbei, was nötig ist. Ich werde mal mit ihm sprechen, Helen, so ganz nebenbei. Ich werde ihn um Rat fragen, werde sagen, daß Sie mich gefragt haben, wie man das am besten aufziehen soll, und so setzen wir ihn auf die Spur. Lassen Sie mich nur machen!«

Er machte es. Anfang April hatte Helen die Zusage des Butlers William, daß er das Management der Hochzeit übernehmen würde. Damit, so sagte Helen zu ihrem Mann, sei die Schlacht schon geschlagen.

Zu jener Zeit war von Schulze-Varell, *dem* bekannten Münchner Modeschöpfer, das Kleid der Braut schon entworfen worden. Nicht direkt ein Dirndl, so ein stilisiertes Zwischending, mit einem Touch von Renaissance. Martina betrachtete die Zeichnung höchst mißtrauisch, was unnötig war, denn das Kleid – was heißt Kleid: das Gewand wurde prachtvoll. Ein Professor der Akademie der Bildenden Künste entwarf die Einladungskarten. Die Gästeliste wurde lang und länger und war ständigen Änderungen unterworfen.

Der Pfarrer der Gemeinde Endershausen, zu der der Hof gehörte, machte sich schon Gedanken über die Hochzeitspredigt. Die sollten nämlich nicht denken, die großkopfeten Stadtfräcke – so äußerte er zu seiner Pfarrköchin–, daß er ihnen Honig ums Mei schmieren werde. (Für Nichtbayern: Honig ums Maul) Die Gelegenheit wär grad günstig, denen mal ein paar saftige Wahrheiten zu sagen, die ihm schon lang auf der Seele brannten.

»Ob ma des grad bei einer Hochzeit dean soll, i woaß fei net«, meinte die Köchin und fügte hinzu, die Braut sei eigentlich ein ganz nettes Madl.

»Des scho«, gab Hochwürden zu. »Wann s' nur net das G'nack bricht bis zu dera Hochzeit. Wundern taat's mi net.«

Denn erst am Morgen hatte Hochwürden die Braut gesehen, wie sie auf ihrem schwarzen Roß mit wehender blonder Mähne einen schmalen Feldweg entlanggaloppiert war. Der geistliche Herr hatte ihr nachgesehen und sich bekreuzigt.

An rasende Autos war er gewöhnt, er war selber ein rasanter Fahrer.

Aber so ein Pferd? Das kam ihm außerordentlich gefährlich vor.

Denn – traurig, aber wahr –: In Endershausen und näherer Umgebung lebte zu dieser Zeit außer Martinas beiden kein einziges Pferd. Keiner der Bauern hielt, wenn schon nicht zur Feldarbeit, wenigstens zum Reiten ein Pferd. Erst in einem Ort, etwa fünfzehn Kilometer entfernt, gab es einen ländlichen Reitstall. Aber dort kam der Endershausener Pfarrer selten vorbei.

Die Gäste

Zahlen wollen wir hier nicht nennen. Genaue Zahlen hätte auch Frau Helen im April noch nicht zu nennen gewußt. Verschickt waren mittlerweile jedenfalls hundertfünfzig Einladungen, Familie nicht gerechnet. Aber dabei würde es wohl nicht bleiben, sicher gab es noch diesen oder jenen, der tödlich beleidigt gewesen wäre, keine Einladung zu erhalten. Und erfahrungsgemäß brachte der oder jener auch noch diesen oder jenen mit – man mußte auf alle Fälle mit zweihundert Leuten rechnen. Vielleicht sogar zweihundertfünfzig. »Die reinste Fürstenhochzeit!« sagte Konsul Kannegießer mißgelaunt. »Hätte ich doch dazu nie meine Einwilligung gegeben.« Was eine rein rhetorische Bemerkung war, wie er selbst wußte. Aber ihm grauste vor dem ganzen Unternehmen. Das war zu verstehen.

In manchen Fällen war es schwierig mit den Gästen. Man besehe nur aus der Nähe so einen Fall wie den Minister. Leute wie er erschwerten es von vornherein, den Tag der Hochzeit festzulegen. Wenn man einen Minister einladen wollte, mußte man seine Termine bedenken, beziehungsweise kennen. Aber wie sollte man bei einem Minister Wochen oder Monate zuvor wissen, ob er an einem bestimmten Tag auch zur Verfügung stehen, ob er sich nicht gerade auf einer Reise nach Ost oder West befinden würde oder am Ende an einer unvorhersehbaren Bundestagsdebatte teilnehmen mußte?

Anfang März hatte Helen den Minister in Frankfurt bei der Eröffnung der Internationalen Messe getroffen. Das konnte man wirklich als einen glücklichen Zufall bezeichnen.

Abends gab die Stadt Frankfurt einen Empfang, und anschließend war ein Essen, und nach dem Essen hatte Helen endlich Gelegenheit, ein paar Worte mit dem Minister zu sprechen. Er war charmant wie immer, er wußte schließlich, was er Otto zu verdanken hatte. Ohne Otto wäre er weder in den Landtag noch in den Bundestag gekommen, geschweige denn wäre er Minister geworden. Immerhin – jetzt war er Minister, und die Hochzeit von Ottos Tochter war so schrecklich wichtig für ihn auch nicht.

Er sagte: »Aber selbstverständlich komme ich, gern sogar. Wenn ich es irgendwie einrichten kann. Sie wissen ja, wie unsereiner lebt, gnädige Frau. Vergangenes Jahr hatte ich selbst silberne Hochzeit, nicht einmal da war ich zu Hause. Ilse war sehr enttäuscht, das können Sie sich denken. Aber so ist das nun mal in diesem Job.«

»Wir wissen alle, wie Sie sich aufarbeiten, Bob«, sagte Helen. Er hieß Robert, und er mochte es, wenn man ihn Bob nannte, es klang jung und dynamisch.

»So, so, die kleine Martina. Da heiratet sie also schon. Nicht zu glauben. Ich weiß noch, wie sie damals als kleines Mädel bei uns draußen am Starnberger See war. So lange ist das schon her! Sie war eine großartige Schwimmerin. Sie wollte partout immer durch den ganzen See schwimmen. Einmal bin ich ihr mit dem Motorboot nachgefahren und mußte sie fast mit Gewalt ins Boot holen. Schwimmt sie immer noch so gut?«

»Natürlich. Sie schwimmt, sie reitet, sie spielt Tennis, sie läuft Ski. Sport ist bis jetzt das Wichtigste in ihrem Leben. Offen gestanden, wir sind nicht so glücklich darüber. Otto und ich. Wir hätten es gern gesehen, wenn sie auch noch ein paar andere Interessen entwickelt hätte. Na, ich denke, wenn sie erst verheiratet ist, wird sie anderes zu tun haben. Ein paar Pflichten hat man schließlich als Ehefrau.«

»Sie wird eine ganze Menge haben, wenn ihr Mann im diplomatischen Dienst ist. Ich glaube, ich kenne ihn, so ein Großer, Schlanker, nicht? Solm-Weltingen, warten Sie mal? Sitzen die nicht im Württembergischen?«

»Ja, es stimmt. Nicht weit vom Bodensee entfernt.«

»Ich weiß, ich weiß. So eine Mischung aus Süd und Nord. Ein Zweig der Familie stammt aus Schweden.«

»Sie sind wieder einmal erstaunlich gut informiert, Bob.«

»Ach, sagen Sie das nicht. Ich war es einmal. Früher. Heute frißt einen ja die Arbeit auf. Ist es eine Liebesheirat?«

»Aber Bob! Selbstverständlich. Was sonst? Die jungen Leute heutzutage, die heiraten nur aus Liebe. Andere Gründe lassen sie nicht gelten. Finanziell ist er gar keine besonders gute Partie. Die Solm-Weltingen sind nicht mehr ganz – na ja, nicht so flüssig. Eine Schwester meines zukünftigen Schwiegersohns hat in Konstanz eine Boutique. Wie finden Sie das?«

»Tüchtig.«

»Nun ja, eben. Warum auch nicht. Und von dem Onkel, dem Grafen Gustav, von dem haben Sie doch sicher gehört?«

»Ach ja, natürlich, der Gussi Solm, wer kennt den nicht? So ein Jet-Set-Graf, ein richtiger Playboy. War er nicht mal mit einer amerikanischen Filmschauspielerin verheiratet?«

»Eine Schlagersängerin. Der gehört auch zur Familie, so eine Art schwarzes Schaf. Aber wissen Sie, Bob, ich finde es fabelhaft, f-a-b-e-l-h-a-f-t, daß Sie bei Ihrer vielen Arbeit noch über solche albernen Kleinigkleiten informiert sind.«

»Dank Ilse. Die erzählt mir solche Sachen immer.«

Hier wurden sie gestört. Es gab auch noch andere Leute, die mit dem Minister sprechen wollten. Helen sah es ein. Sie konnte nicht den ganzen Abend einen Minister mit Beschlag belegen. Aber sie blieb und lauschte mit höflichem Lächeln dem belanglosen Gespräch über irgendwelche Finanzgeschichten. Danach machte der Minister Anstalten, sich zu verabschieden.

»Momenterl, Bob«, sagte Helen. »Was ist mit dem Termin?«

»Eh – was für ein Termin?«

»Martinas Hochzeit. Es ist noch früh genug, ich könnte mich nach Ihrem Terminkalender richten. Im Mai – ich sagte es Ihnen bereits.«

»Ah ja, die Hochzeit. Ja – was machen wir da? Ich kann das schlecht im Augenblick sagen.«

Er blickte über ihre Schulter hinweg, nickte jemandem zu. Er hatte genug von dem Gespräch. Schließlich hatte er Wichtigeres zu tun, als sich wegen einer Hochzeit den Kopf zu zerbrechen. Er würde sowieso nicht hingehen, das war ja klar.

»Es ist mir im Augenblick unmöglich, etwas festzulegen. Aber Ilse kommt bestimmt gern. Er wird wohl ein großer Auftrieb?«

»Aber gar nicht. Wir denken an eine ganz einfache schlichte Hochzeit auf dem Lande. Auf unserem Hof im Chiemgau – nur die Familie, ein paar Freunde.«

»Auf dem Lande! Sehr schön. Ausgezeichnete Idee.«

Er stellte sein leeres Glas einem Ober aufs Tablett und murmelte: »Aber jetzt muß ich wirklich ... ich sehe da gerade ...«

»Im Mai«, sagte Helen dringend, »Ende Mai.«

»Warum rufen Sie nicht einfach Ilse an? Die weiß dann schon ... aber nun muß ich wirklich, Sie entschuldigen mich, gnädige Frau? Wir sehen uns nachher noch.«

Auf der Fahrt hinaus nach Kronberg – sie wohnten immer im Schloßhotel Kronberg, wenn Otto in Frankfurt zu tun hatte – sagte Helen: »Glaubst du, daß er kommt? Er *muß* kommen.«

Otto, ein wenig ermüdet sowohl von dem Empfang wie von dem Thema Hochzeit, sagte: »Lieber Himmel, Helen, ist doch ganz egal, ob er kommt oder nicht. Es werden Leute genug da sein. Viel zu viele für meinen Begriff. Ich frage mich nur, warum du so eine Monsterschau aus dieser Hochzeit machen willst.«

»Es ist schließlich deine einzige Tochter, die heiratet. Und du bist schließlich einer der bedeutendsten Männer in diesem Staat.«

»Jetzt übertreibst du wieder mal gewaltig. Solche wie mich gibt es gerade genug.«

Den Hinweis, daß Martina nicht seine einzige Tochter sei, ersparte er sich. Helen ignorierte Iso, seine Tochter aus erster Ehe, geflissentlich, seit diese vor nunmehr zehn Jahren endgültig das Haus verlassen hatte. Was man Helen nicht einmal übelnehmen konnte, denn als letzte Tat hatte Iso Hummermayonnaise über Helens blondes Haar gekippt. (Zugegeben, der Becher war nicht mehr ganz voll gewesen, nur noch halb, doch das genügte, um ihr einen echt dramatischen Abgang zu verschaffen.)

»Auf jeden Fall bist du ein Mann mit großem Einfluß.«

»Mit einigen geringen Einflüssen, die auch immer weniger werden. Die Zeiten haben sich geändert. Und es interessiert mich auch gar nicht mehr so sehr.«

»Er hat dir viel zu verdanken.«

»Wer?«

»Robert.«

»Ach, hör doch auf. Das ist Schnee vom vergangenen Jahr.«

»Na, ich denke, er saß damals ganz schön in der Patsche. Du hast für ihn ausgesagt und hast ihm sogar Geld gegeben. Damit hat er dann seine Wahlreise finanziert. Das war *sehr* nobel von dir. Schließlich stehst du seiner Partei gar nicht nahe, nicht? Du hast politisch ganz andere Ansichten. Die Geschichte war damals reichlich prekär für ihn, genaugenommen hätte man ihn...«

»Bitte, Helen, lassen wir doch diese alten Geschichten«, sagte Otto Kannegießer sehr energisch und warf einen irritierten Blick auf den Rücken des Chauffeurs. »Was ich für ihn getan habe, habe ich getan, weil ich weiß, daß er ein anständiger Kerl ist. Und sehr tüchtig. Sein Vater hat mir auch mal geholfen.«

»Ja. Du bist eben dankbar. Er nicht.«

»Wieso er nicht? Was willst du damit sagen?«

»Na, wenn er nicht mal zu Martinas Hochzeit kommen will...«

»Das geht aber zu weit! Laß mich endlich mit dieser Hochzeit in Ruhe.«

Schweigend legten sie den Rest der Fahrt zurück. Helen war beleidigt. Otto wußte es, aber im Moment war es ihm egal. Wirklich, Helen hatte es schwer mit ihrer Familie. Überall fand sie geeignete Gesprächspartner für ihr großes Thema, nur nicht daheim. Denn ihre Tochter konnte das Thema Hochzeit auch nicht mehr hören.

»Man könnte meinen, die ganze Sache ginge dich überhaupt nichts an«, sagte Helen einmal erbost zu Martina. »Ich zerbreche mir Tag und Nacht den Kopf, dabei bist du es, die heiratet.«

»Eben«, sagte Martina gelangweilt. »Wenn es nach mir ginge...«

»Ja, ich weiß. Wenn es nach dir ginge, heiratest du im Vorübergehen wie eine Zigeunerin.«

»Du hast von Zigeunern keine Ahnung, Helen. Zigeuner machen Riesen-Hochzeiten. So gesehen ist es eine ausgesprochene Zigeunerhochzeit, die du planst. Erst hast du gesagt, eine einfache Hochzeit auf dem Lande. Gut. Das war mir recht. Ich bin gern da draußen, das weißt du. Und ich konnte mir das sehr gut vorstellen. Aber wenn du so eine Riesenschau daraus machst, kotzt es mich vorher schon an.«

»Martina, ich bitte dich! Schließlich heiratet man nur einmal, und...«

»Wer sagt denn das? Ich heirate das *erstemal.* Aber ob es das letztemal ist, kann kein Mensch wissen.«

»So ein dummes Gerede! Bist du vielleicht irgend so ein kleines Gammelmädchen aus Schwabing? Oder ein Filmsternchen? Du bist schließlich wer. Und du heiratest den Grafen Solm-Weltingen.«

»Komm, Helen, hör auf. Mach dich nicht lächerlich. Ich bin niemand. Vielleicht ist mein Vater jemand. Aber ich? Und Arndt ist auch niemand. Vielleicht wird er mal was. Daß er ein Graf ist? Wen interessiert das heute noch?«

»Er ist aus guter alter Familie. Ein Salem-Schüler. Hochintelligent. Bestens erzogen. Mit allen Möglichkeiten, die ... «

»Geschenkt. Ich kenne den Herrn flüchtig.«

»Ein Mann von seltenen Qualitäten.«

»Das wird sich ja herausstellen. Himmel – ich wünschte, diese verdammte Hochzeit wäre schon vorbei!«

Aber eigentlich wünschte Martina dies gerade nicht. Am liebsten hätte sie die Hochzeit verschoben. Irgendwann auf einen späteren Zeitpunkt. Je näher der Termin kam, um so unbehaglicher wurde ihr. Nicht, daß sie sich aus Arndt nichts machte. Doch, natürlich, sehr sogar. Aber irgendwie hatte sie keine Vorstellung, wie es weitergehen sollte. Bisher hatte sie so dahingelebt. Hatte nur getan, was ihr Spaß machte. Gegammelt auf höherer Ebene gewissermaßen. Und manchmal dachte sie, wie dumm es von ihr war, dieses angenehme unbeschwerte Leben aufzugeben. Arndt Graf Solm-Weltingen war ein sehr seriöser Mensch. Strebsam. Mit Grundsätzen. Ehrgeizig war er auch. Karriere wollte er machen. Irgendwie war das alles lästig.

Der sogenannte Ernst des Lebens kam mit Riesenschritten auf sie zu. Und auch gleich noch so viel auf einmal von diesem Artikel: ein Ehemann, Schwiegereltern, die Pflichten einer Diplomatengattin, die angeblich ebenso vielseitig wie wichtig waren, wie Arndt schon des öfteren verkündet hatte. Und denen sie sich, ehrlich von innen betrachtet, eigentlich gar nicht gewachsen fühlte.

William, der Eroberer

Wie die Zeit das so an sich hat, sie schreitet fort und fort. Alle Jahre wieder wird es Mai. Auch in diesem Jahr. Und genau wie Martina es boshaft prophezeit hatte, der Mai brachte Regen. Es regnete nicht nur ein wenig, es regnete ununterbrochen, tagelang, eine Woche lang und dann immer noch. Davon wurde das Gras zwar schön grün, smaragdgrün, so, wie es von ihm erwartet wurde, aber die gelben und weißen Blümchen, die zur Dekoration gehörten, ließen sich nicht blicken.

Dafür ließ sich jedoch eine Persönlichkeit von Rang und Bedeutung am Ort der Tat blicken, weitaus wichtiger als alle Blümchen der Welt: William, der Butler.

Vorangegangen waren diverse Inspektionen, die Vorbereitungen der Vorbereitung gewissermaßen.

Das erstemal hatte er an einem hellen Frühlingstag Anfang April seinen Wagen nach Endershausen gesteuert, hatte kreuz und quer den Ort durchfahren, womit er schnell fertig war, und war im Gasthof ›Zur Post‹ eingekehrt. Ein distinguierter Herr im grauen Glencheckanzug, weißem Hemd und modischer Krawatte. Er wählte sorgfältig sein Menü, bestellte den besten Wein, der auf der Karte zu finden war, denn wenn Endershausen auch ein kleines Dorf war, etwas abseits der großen Straßen, sein Gasthof konnte sich sehen lassen. Wie so viele Gasthäuser im bayerischen Oberland.

Die Wirtin von der ›Post‹, Frau Therese Obermaier, die eine Vorliebe für distinguierte Herren hatte, kam selbst an den Tisch, um sich zu erkundigen, ob der Herr zufrieden sei und ob es ihm geschmeckt habe.

»Vorzüglich«, erwiderte William mit gemessener Liebenswürdigkeit. »Ihre Küche verdient es, daß man sie weiterempfiehlt. Ich werde daran denken.«

»Dank auch schön«, sagte Frau Obermaier. »Wissen S', um die Zeit kommen ja nicht viel Fremde her. Jedenfalls am Werktag net. Samstag und Sonntag, da haben mir's immer g'steckt voll. Und dann halt im Sommer. Mir haben viele Stammgäst, die ihren Urlaub hier verbringen. Leut, die's halt gern ruhig haben.«

»Das dürfte sich um vernünftige Leute handeln«, lobte William. »Meiner Ansicht nach sind alle Menschen töricht, die ihre Zeit und Nerven auf langen Reisen verbrauchen und sich sowieso in einem fremden Land, wo sie sich gar nicht behaglich fühlen, nicht richtig erholen können.«

»Seh'n S'«, antwortete Frau Obermaier erfreut, »des sag i aa immer. Da fahr'n die Leut bis nach Spanien und Jugoslawien oder gleich gar bis nach Afrika und kommen halbtot z'rück. Bloß daß s' nachher erzählen können, sie wären recht weit fort g'wesen.«

»Eine Unsitte«, meinte William. »Sie entspringt dem Nachahmungstrieb primitiver Menschen. Hier ist eine wunderschöne Landschaft, gerade das richtige, um sich auszuruhen und neue Kräfte zu schöpfen. Wieviel Einwohner hat Endershausen eigentlich?«

Das wußte Frau Obermaier nicht genau. »So Stücker dreihundert oder vierhundert san ma scho«, schätzte sie.

Im Hintergrund, in der Tür zur Theke, erspähte sie die Glatze ihres Mannes, der nicht so kontaktfreudig war wie sie, sich zwar mit seinen Spezis aus dem Dorf gern zum Schafkopf niedersetzte, die Konversation mit den feineren Leuten aber lieber ihr überließ.

»Alois, geh amal her!« rief sie ihm zu. »Weißt du, wieviel daß mir Einwohner ham?«

»Wo?«

»No hier, bei uns, in Endershausen.«

Herr Obermaier wußte es nicht genau. Er begann, etwas befangen von den kühlen, beobachtenden Augen des fremden Gastes, die Bevölkerung von Endershausen einzeln zusammenzuzählen.

Wie sich's gehörte, begann er mit dem Herrn Pfarrer, dann kam der Lehrer, der aber kein Lehrer mehr sei, sondern in Pension, und einen neuen gebe es nicht, denn eine Schule habe Endershausen auch nicht mehr, das heißt, es habe sie schon, die Schule, sogar neu gebaut und sehr schön, und teuer sei sie auch gewesen, aber man benütze sie nicht mehr als Schule – Sauerei, so was –, und die Kinder führen jetzt fünfzehn Kilometer zur nächsten Mittelpunktschule. So sei das eben heute. Der pensionierte Lehrer also versorge die Gemeindebibliothek, und dann gab es sogar einen Doktor in Endershausen, er sei auch schon alt, ein Junger gehe nicht her, weil die jungen Leut heut alle in der Stadt bleiben wollten. Dann kamen die Spezln vom Stammtisch dran, dann der wohlhabende Teil der Bevölkerung, und als der Wirt bei einem Herrn Bramhuber angelangt war, der sieben Kinder sein eigen nannte, was die Einwohnerzahl beträchtlich erhöhte, unterbrach ihn William.

»Ein schönes großes Dorf, ich sehe schon. Auch die Kirche hat mir gut gefallen. Sie ist verhältnismäßig groß. Ich nehme an, daß auch noch einige umliegende Dörfer zur Gemeinde gehören.«

»Ja freilich, das ist's ja eben. Drum ist's so schwer, alles zusammenzurechnen. Man müßte den Lehrer fragen, der wissat's vielleicht.«

William wechselte das Thema. Er blickte Frau Obermaier an. »Sie vermieten also Zimmer hier im Gasthof. Wie viele sind es?«

»Mir ham sechzehn Zimmer im Haus. Alle mit fließendem kaltem und warmem Wasser. Zwei ham sogar a Bad. Will der Herr die Zimmer anschaun?«

»Vielleicht später. Gibt es noch einen Gasthof im Ort?«

»Der Brandinger, gleich bei der Ausfahrt nach Süden. Aber dort können S' nicht wohnen.«

»Hm«, machte William, zog eine Karte von Oberbayern aus der Jackentasche, öffnete sie sorgfältig und breitete sie auf dem Tisch aus, nachdem er das Weinglas vorsichtig auf die Seite geschoben hatte. Da war der Ort Endershausen bereits angekreuzt, und um Endershausen herum war mit einem Zirkel ein sauberer Kreis gezogen. Generalstabsarbeit – das war es, was William leisten würde.

»Man muß«, überlegte er laut, »eine Liste der nahe gelegenen Orte aufstellen, zu denen eine gute Verbindung besteht, die alle leicht zu erreichen sind und wo sich einigermaßen empfehlenswerte Gasthöfe befinden. Sagen wir, im Umkreis von dreißig Kilometern. Ich nehme an, daß Sie mir dabei behilflich sein können.«

Er blickte auf, sah erst Frau Obermaier, dann Herrn Obermaier an, die nicht recht wußten, was sie davon halten sollten. Frau Obermaier blickte ratlos ihren Mann an, dann den Gast und meinte, leicht gekränkt: »G'fallt's Ihnen denn bei uns net? Warum woll'n S' denn andere Gasthöf anschaun?«

»Weil Ihr Haus nicht ausreicht, liebe Frau«, sagte William. Er runzelte die Stirn, zog einen Kugelschreiber und einen großen Notizblock aus der anderen Tasche und plazierte beides vor sich auf dem Tisch.

»Ich brauche mindestens hundert Zimmer, vermutlich sogar hundertfünfzig, und möglicherweise auch noch mehr. Alles in erreichbarer Nähe.«

Darauf trat erst einmal tiefes Schweigen in der Gaststube ein. Wie man sieht, William hatte Sinn für Wirkung, er machte es spannend. Doch Frau Obermaier, die nicht auf den Kopf gefallen war, fand rasch eine Erklärung: »Ja so, Sie san von einem Reisebüro!«

»Das gewiß nicht«, sagte William indigniert. »Ich bin nur damit beauftragt, eine Hochzeit zu organisieren, die

Ende nächsten Monats hier in diesem Ort stattfinden soll.«

Offiziell wußte man zu dieser Zeit im Dorf noch nichts von der Hochzeit. Zwar hatte ein gewisser Grainzinger, der da draußen auf dem Schlättersbacher-Hof lebte und der öfter ins Wirtshaus kam, mal etwas von einer Hochzeit gemurmelt. Das blonde Fräulein, die man manchmal auf einem schwarzen Gaul umeinanderreiten sah, will heiraten – so hatte es geheißen. Und zwar hier im Ort.

Ganz ernst hatte die Frau Obermaier das nicht genommen. Das Fräulein kannte sie nur aus der Ferne, sonst keinen von der Familie, die den alten Hof gekauft hatte. Er lag ziemlich weit ab vom Dorf, und gar so gern hatte man die Städter nicht, die sich schöne alte Höfe kauften, um sie dann selten zu besuchen.

Aber William, obwohl erst bei der Vorbereitung, brachte gleich Schwung in die Sache. Er hoffe auf ihre Mithilfe, sagte er und blickte die Postwirtin streng an und dann auch den Postwirt, es würden Gäste aus aller Welt erwartet, anspruchsvolle und verwöhnte Gäste, reiche und berühmte Leute, prominente Persönlichkeiten aus der Politik, aus der Wirtschaft und dem Kulturleben. Und am Anfang stehe das Problem, wo man diese bedeutenden Leute alle unterbringen würde.

»Es müssen genügend Quartiere ausfindig gemacht werden, die höchsten Ansprüchen genügen. Quartiere, die vorher besichtigt, geprüft und eventuell verbessert werden müssen. Ihr Haus wird ohnedies voll besetzt sein. Wir werden nachher einen Rundgang durch die Zimmer machen und sehen, was noch zu beschaffen ist. Aber darüber hinaus wäre ich Ihnen dankbar, wenn Sie mir behilflich wären, geeignete gastronomische Betriebe im näheren Umkreis zu finden, die wir in unser Programm einbeziehen können. Sie kennen ja sicher Ihre Kollegen und sind darüber orientiert, wie leistungsfähig ihre Betriebe sind. Es wäre umständlich und zeitraubend, wenn ich erst von Ort zu Ort fahre und jeden Gasthof besichtige. Sie können mir diese Arbeit abnehmen, wenn Sie mir gleich geeignete Häuser empfehlen würden. Häuser von Niveau natürlich.«

»Jetzt so was aa!« sagte Frau Obermaier mit hochroten Wangen. »So vui Leut' kemman da her zu uns?«

Herr Obermaier ging erst einmal sich ein Bier einschenken. Wenn er Bier trank, konnte er besser denken – das wußte er vom Schafkopf her.

So begann Williams Wirken in Endershausen. Er besuchte am gleichen Tag noch den Pfarrer, den Gemeindevorstand, das größte Lebensmittelgeschäft am Ort und machte die Bekanntschaft des Tankstellen- und Kraftfahrzeugreparatur-Betriebs. Denn William, versehen mit redlich erworbener Lebens- und Menschenkenntnis, hatte gleich bei diesem ersten Vorstoß begriffen, daß das Unternehmen ›Hochzeit auf dem Lande‹ nur erfolgreich durchgeführt werden konnte, wenn man das Wohlwollen und die Hilfe der einheimischen Bevölkerung gewann.

Als er ziemlich spät in der Nacht seinen Wagen nach München zurücksteuerte, sehr langsam und vorsichtig, denn in den letzten Stunden hatten alle seine Verbündeten mit ihm gemeinsam im Hotel ›Post‹ nicht nur Pläne entworfen und durchgesprochen, sondern auch auf ihr Gelingen mehrfach angestoßen, war William voll der guten Hoffnung, daß das Unternehmen ›Hochzeit auf dem Lande‹ in glorreicher Schlacht siegreich geschlagen werden konnte. So jedenfalls hatte er es zuletzt, bei einer Schlußansprache, formuliert, worüber er sich selbst wunderte, denn er war gar kein militärischer Mensch. Aber es waren genau die richtigen Worte gewesen, sie kamen an, sie rissen mit. Herr Obermaier spendierte daraufhin noch eine letzte Runde, Frau Obermaier lächelte selig, denn es war nur mehr die Rede vom *Hotel* ›Post‹, und das war der

Traum ihres Lebens. Hinfort sprach auch sie nur noch per Hotel vom guten alten Endershausener Gasthof.

Am 5. Mai bezog William in Endershausen sein Hauptquartier, das er als geübter Stratege gleich an zwei Stellen etabliert hatte. Er bewohnte ein Zimmer auf dem Hof. Und ein zweites im Hotel ›Zur Post‹, das ihm gleichzeitig als Büro und Kommandozentrale diente, wo ihm die Tochter des pensionierten Lehrers, die längere Zeit in München als Stenotypistin gearbeitet, dann geheiratet hatte, nun wieder geschieden war und jetzt ihrem Vater den Haushalt führte, als Chefsekretärin und Verbindungsmann zur einheimischen Bevölkerung zur Verfügung stand, verstärkt durch die Hilfe und noch besser die Bündnistaktik des Lehrers selbst. Was für ein Satz! Noch mal: Die Tochter des Lehrers arbeitete als Sekretärin, versorgte Williams Büro, falls er nicht anwesend war. Und ihr Vater half ihr dabei. Punkt.

Von dem Tag an, als William in Endershausen einzog, befand sich die Dorfgemeinde in Hochzeitsstimmung. Die Frauen putzten in ihren Häusern, die Männer blickten sorgenvoll in den grauen Regenhimmel.

Helen war sich längst klar darüber, daß ihr ganzer schöner Plan von der Hochzeit auf dem Lande sich niemals hätte ohne William verwirklichen lassen. Er dachte an alles. An Dinge, an die sie nie gedacht hätte. Ständig bekam sie kurze Berichte von ihm. Eine Art Akten-Notizen, die sie sachlich und präzise von seinem Wirken unterrichteten. Einige Tage nach Williams Übersiedlung fuhr sie selbst einmal nach Endershausen und kam aus dem Staunen nicht mehr heraus. Das Unternehmen ›Hochzeit‹ lief auf vollen Touren. Auf dem Hof selbst wurde geputzt, umgeräumt, eingerichtet, vorbereitet. In der ›Post‹ in Endershausen klapperte die blonde Lehrerstochter auf der Schreibmaschine, klingelte das Telefon, hing ein großer Plan von der Umgebung an der Wand, wo alle Orte,

Plätze und Häuser, die in das Unternehmen einbezogen waren, eingezeichnet worden waren. Es lagen Voranschläge, Zusagen und Angebote von Bäckern, Metzgern, Garagenbesitzern, Reparaturwerkstätten, Lebensmittelgeschäften vor.

»Du lieber Himmel«, sagte Helen, nachdem sie sich das eine Weile stumm – stumm tatsächlich – angesehen und angehört hatte, »was hätte ich bloß ohne Sie gemacht, William? Es wäre ein Fiasko geworden.«

William widersprach nicht.

»Ich möchte bitten«, sagte er, »daß wir noch einmal die Liste der Eingeladenen durchgehen, sie mit der Liste der Zusagen und Absagen vergleichen und dann endgültig festlegen, wer von den Geladenen auf dem Hof selbst untergebracht werden soll. Und wo wir alle anderen ansiedeln. Die Quartiere sind von mir alle besichtigt. Was nicht geeignet war, habe ich abgelehnt. Alles andere ist fest gemietet. Sollten wir mehr Zimmer haben als Gäste, müssen wir die nicht benutzten Zimmer natürlich bezahlen.«

»Natürlich!« sagte Helen. »Und wenn wir mehr Gäste haben als Zimmer?«

»Ich habe reichlich vorgesorgt und eine gewisse freibleibende Spitze einkalkuliert. Eine gewisse Unsicherheit besteht nur darin, daß wir in vielen Fällen nicht genau wissen, wie lange unsere Gäste bleiben werden. Manch einer wird vielleicht Lust verspüren, seinen Aufenthalt zu verlängern. Es war auch oft unmöglich, genügend Zimmer heranzuschaffen, weil viele Häuser schon durch Vorbestellung gut besetzt waren, von Leuten, die bereits Ferien machen.«

»Also haben wir nicht genügend Zimmer. Was machen wir dann bloß?« rief Helen verzweifelt.

»Wir haben genügend. Nur hat sich leider der Aktionsradius vergrößert. Ich mußte bis auf fünfzig Kilometer Entfernung erweitern, was ursprünglich nicht in meiner

Absicht lag. Dies bedingt, daß wir genügend Fahrer zur Verfügung haben müssen. Wagen und Fahrer. Einige Leute habe ich hier aus dem Dorf verpflichtet. Zur Zeit verhandle ich mit dem Studenten-Schnelldienst in München und hoffe, daß man mir von dort einige wohlerzogene junge Herren vermittelt, die einen Wagen lenken können und auch im Haus noch für kleine Handreichungen zur Verfügung stehen.«

»Wohlerzogene junge Herren? Von der Universität?« murmelte Helen zweifelnd. »Ich fürchte, da sind Sie an der falschen Adresse.«

»Die Niveausenkung bei der akademischen Jugend trifft nur auf einen ganz geringen Teil derselben zu – habe ich mir sagen lassen«, erklärte William. »Man wird sehen. Vorsorglich habe ich auch noch beim Arbeitsamt einen Antrag laufen.«

»Arbeitsamt! Du lieber Himmel!«

»Der Zeitplan«, fuhr William unbeirrt fort, denn Zweifel sollten ihn nicht hemmen, »sieht folgendermaßen aus: Am Mittwoch abend ein großer Ball. Abschied von der Junggesellenzeit. Polterabend nannte man es früher. Anreise der Gäste also spätestens Mittwoch, in manchen Fällen wohl auch schon am Dienstag. Ab Dienstag jedenfalls sind alle Quartiere reserviert. Donnerstag vormittag die Zeremonie beim Bürgermeister. Das Aufgebot ist bereits ausgehängt. Mittags Punkt zwölf die Trauung.«

Er unterbrach sich. »Dieser Termin war etwas ungewöhnlich. Der Pfarrer ließ sich nur mit Mühe dazu bekehren, er pflegt sonst um diese Zeit zu speisen. Meiner Ansicht nach hat es den Vorteil, daß er sich kurz fassen wird. Ich nehme an, das ist auch in Ihrem Sinn, gädige Frau?«

»Durchaus.«

»Ich dachte es mir. Der Lunch wird nicht an einer Tafel eingenommen, sondern es werden, verteilt im Haus und im Garten, Büfetts angerichtet, und zwar so viel, daß kein

Gedränge entsteht. Gereicht werden vornehmlich bayerische Spezialitäten. Darüber sind Sie ja informiert, gnädige Frau – die Vorschläge der Firma Käfer haben Ihnen vorgelegen.«

»Ja, natürlich.«

»Auf Käfer können Sie sich verlassen. Das klappt bestens. Käfer bringt das Bedienungspersonal, in bayerischer Tracht natürlich, und ebenso eine bayerische Kapelle. Am Abend zuvor spielt eine Band von sechs Mann, die auch am Abend des Hochzeitstages wieder zum Tanz aufspielen wird. Vor allem muß dafür gesorgt werden, daß ausreichend Tische und Sitzgelegenheiten vorhanden sind, im Haus und im Freien. Es ist schließlich keine Stehparty, jeder Gast muß beim Essen sitzen können. Und zwar bequem. Das ist das Problem, das ich noch nicht ganz gelöst habe.«

»Sie sagen immer im Freien, William«, warf Helen ein und blickte in den Regen hinaus. »Und wenn das Wetter so bleibt?«

»Ich hoffe nicht. Aber wir müssen es natürlich einkalkulieren. Zu diesem Zweck wird ein Festzelt aufgestellt. Auch das besorgt Käfer.«

(Falls *wirklich* jemand noch nicht wissen sollte, wer Käfer ist: Freßladen erster Güte, superfeines Restaurant, weltberühmter Eß- und Trinklieferant für Partys richtig feiner Leute.)

Übrigens war dies einer der wenigen Punkte, wo es zwischen Herrn und Frau Kannegießer eine ernsthafte Auseinandersetzung gegeben hatte zum Thema Hochzeit.

Otto hatte gesagt: »Du mit deinem Käfer. Ihr tut alle so, als hätte man früher in München nichts zu essen bekommen, ehe es den Käfer gab. Warum läßt du den Dallmayr nicht das Büfett machen? Früher haben wir alle Veranstaltungen vom Dallmayr ausrichten lassen, und es war immer vorzüglich und hat auf die Minute geklappt. Mein letzter Empfang im Werk draußen, alle waren begeistert. Besonders die Franzosen. Und man bildet sich ja auch immer ein, die verstehen mehr vom Essen als andere. Wenn du mich fragst, dann macht es der Dallmayr.«

Aber Helen hatte ihren eigenen Geschmack. Sie hatte mit Käfer längst ihre Abmachungen getroffen.

Ein wenig verzagt dachte Helen an ihren Mann. Was hatte sie da bloß angerichtet. Hätten sie nicht eine hübsche kleine Hochzeit machen können? Dreißig bis vierzig Leute bei Humplmayr oder Schwarzwälder? »Ich muß vom wilden Affen gebissen worden sein«, murmelte sie vor sich hin. Zum erstenmal mußte sie darüber nachdenken, was diese Hochzeit eigentlich kosten würde.

»Bitte? Wie sagten gnädige Frau?«

»Ach, nichts weiter. Mein Gott, William –«

»Keine Bange, gnädige Frau. Wir schaffen das. Wir schaffen es leicht.«

Und William lächelte, was selten vorkam. Aber wenn es vorkam, war sein Lächeln mindestens soviel wert wie die Sonne über dem Chiemgau am Hochzeitstag. Übrigens zweifelte er keine Minute daran, daß sie scheinen würde.

»Noch eins, gnädige Frau«, fuhr er dann fort. »Ihr Einverständnis vorausgesetzt, habe ich mir erlaubt, allen hier ansässigen Geschäftsleuten, Handwerkern und Lebensmittelbetrieben gewisse Aufträge zu erteilen. Denn sehen Sie, gnädige Frau, wenn wir alles aus der Stadt beziehen, verärgern wir die Leute. Möglicherweise käme es zu Störungen. Wir brauchen aber die Mitarbeit der Bevölkerung.«

»O ja, natürlich. Gut, daß Sie daran gedacht haben. Mein Gott, William, Sie haben wirklich an alles gedacht.«

»Ich hoffe es, gnädige Frau, ich hoffe es.«

Wie glücklich er war, dieser William. Das war die Aufgabe, nach der er sich ein Leben lang gesehnt hatte. Wenn es nach ihm gegangen wäre, hätten fünfhundert oder tausend Gäste kommen können, je mehr, um so besser. Die zwei Wochen, die noch vor ihm lagen, bis der große Tag anbrach, waren viel zuwenig, um alle Ideen und Pläne zu verwirklichen.

Er hatte einen Ort zur Verfügung, einen Landkreis, Menschen, die seinem Befehl gehorchten; William, der Eroberer von Endershausen, war der Mann des Jahres.

Genau wie Frau Helen können wir ihm getrost alle weiteren Vorbereitungen überlassen und uns dem großen Ereignis selbst zuwenden.

Der erste Gast

Nicht alle Gäste trafen Dienstag oder Mittwoch ein. Manche kamen schon früher.

Am frühesten kam Doña Joana Ramirez, geborene Johanna Maria Mühlbauer, im Familienkreis früher Jo genannt.

Von Martina einmal, als sie klein war, als Tante Jo angesprochen, hatte sie gereizt erwidert: »Ich bin keine Tante. Wenn du mit mir redest, nenne mich Jo.«

Und Martina, damals vier Jahre alt, ein ernsthaftes kleines Mädchen, nickte verständig. Niemals mehr danach kam ihr ›Tante‹ über die Lippen gegenüber dieser Tante, die keine Tante sein wollte. Außerdem faßte das Kind eine heftige Zuneigung zu Jo. Daß daraus keine Liebe werden konnte, lag daran, weil Jo ihr keine Gelegenheit dazu gab, denn man bekam sie selten zu sehen im Hause Kannegießer.

Sie war, um das gleich hinter uns zu bringen, eine Schwägerin von Otto Kannegießer. Die erste Frau Kannegießer, eine geborene Mühlbauer, hatte eine acht Jahre jüngere Schwester, eben diese Johanna Maria, die bereits mit neunzehn für die Familie des braven Bäckers Mühlbauer ein Alptraum war. Denn sie hatte in diesem jugendlichen Alter schon zwei Verlobungen hinter sich gebracht, wovon die eine kurz vor der Heirat geplatzt war, was ihrem furiosen Temperament zuzuschreiben war.

Kurz darauf verließ sie das väterliche Haus, um Schauspielerin zu werden. Als Jo Bauer brachte sie es sogar zu einem kleinen Ruhm, sie war die geborene Salondame, spielte einige Zeit in Berlin im Renaissancetheater und in der Komödie sehr erfolgreich in Boulevardstücken, sang sogar im Admiralspalast in Operetten, weil sie eine hübsche kleine Stimme besaß, die eine kurze, aber sorgfältige Ausbildung bei einem recht bekannten Maestro erhalten hatte, der in die rasante Jo verliebt war.

Am besten lag ihr die Rolle der Femme fatale. Nicht nur auf der Bühne. Während dieser Zeit am Theater heiratete sie zweimal. Der dritte Mann verschleppte sie nach Amerika, wo sie prompt in Hollywood landete. Die Familie hörte lange nichts von ihr. Krieg fand schließlich auch noch statt.

Johanna, die Wahnsinnige, wie ihr Schwager Otto sie nannte, machte sich nach dem Krieg zunächst mit Care-Paketen bemerkbar und kam im Jahre 49 das erstemal wieder nach Europa. Natürlich geschieden. Ein Comeback als Schauspielerin versuchte sie erst gar nicht, sie hatte jetzt den Ehrgeiz, Schriftstellerin zu werden. Sie schrieb einige flotte Romane, die jedoch für die damalige Zeit – die Sex-Welle war noch nicht angerollt – allzu freizügig waren und nur unter dem Ladentisch verkauft werden konnten, was ihrer literarischen Laufbahn hinderlich war.

Ihr nächster Mann war Franzose, worauf sie nach Paris entschwand. Dieser Mann kam nicht mit einer Scheidung davon, er überlebte es nicht. Man hörte lange nichts von ihr. Und als sie wiederkam, war aus Jo eine Señora Joana Ramirez geworden, die Gattin eines mexikanischen Silberminen-Millionärs. Dabei blieb es denn. Viel Besseres konnte sie sich kaum erhoffen, denn jünger wurde auch sie nicht. Inzwischen war sie die Witwe von Señor Ramirez, besaß ein Haus in Mexiko-City, eine Villa in Acapulco und war in sämtlichen Grandhotels der Welt eine bekannte Erscheinung.

Sie also war der erste Hochzeitsgast. Man kann sich vorstellen, wie entzückt William von diesem Zugang war. Sie kam eine Woche vor der Hochzeit in einem veritablen Rolls-Royce auf den Hof gerollt. Das silberfarbene Gefährt wurde von einem Chauffeur gesteuert, dessen Schönheit noch die des Apoll von Belvedere übertraf. Zufällig regnete es gerade wieder einmal.

Eines der Endershausener Dorfmädchen, die William als Hilfskraft für den Hof angeheuert hatte, kam herausgestürzt, als draußen das melodische Horn des Rolls ertönte, und staunte mit großen Augen erst den schönen Fahrer und dann die bemerkenswerte Fracht an. Schließlich machte es: »Ha?«

»Madre de Dios!« kam es aus dem Inneren des Superschlittens. »Das ist ja wohl das letzte Kaff hier. Ist das die Burg von dem Kannegießer?«

Die Zenzi nickte. »Und wer san nacher Sie?«

»Ich denke, hier ist eine Hochzeit?«

»Nächste Woche.«

»So I told you, Madam«, sagte der Apoll.

»Na, egal.« Señora Ramirez lächelte unter ihrer kupferroten Haarpracht hervor, lächelte mit so hinreißendem Glamour, daß Zenzi den Mund noch weiter aufsperrte. »Sind wir halt ein bißchen früher da. Schaun wir uns den Betrieb mal an!« John schob sich aus dem Wagen und öffnete den Schlag. Die Señora stieg aus. Eine knabenhaft schlanke Gestalt in engen schwarzen Hosen und einem rot-schwarz gestreiften Blazer. Sie blickte sich um. Dann blickte sie tadelnd zum Himmel.

»Warum regnet es?«

Die Zenzi blickte ebenfalls zum Himmel. »I woaß net. Rengt scho lang.«

»Na, egal.« Darauf schritt die Señora auf das Haus zu. Aber der Rolls barg noch eine Überraschung, deren die Zenzi jetzt erst gewahr wurde. Eine zweite weibliche Gestalt, zierlich wie ein Püppchen, mit milchschokoladener Haut und riesigen schwarzen Augen, in einem grünen Miniröckchen, das kaum den winzigen Popo bedeckte, hopste an Land und machte: »Hu!«, was sich wohl auf die

Temperatur bezog, denn das Persönchen schauderte sehr nachdrücklich. Dann zeigte es annähernd vierundzwanzig blitzendweiße Zähne und fügte, an Zenzi gerichtet, hinzu: »Hei!«, was wohl eine Begrüßung bedeuten sollte.

Auf gut bayerisch sagte Zenzi: »Ha!«, und dann sah sie fasziniert zu, wie der Rolls entladen wurde. Koffer auf Koffer kam zum Vorschein. Nach einer Weile gab Zenzi das Zählen auf.

Inzwischen war der Grainzinger auf der Bildfläche erschienen und hatte die Señora in Empfang genommen. Es hatte noch nie im Leben der Joana Ramirez, geborene Johanna Mühlbauer aus dem Lehel, einen Mann gegeben, der ihr widerstehen konnte. Auch der Josef Grainzinger konnte es nicht. In der nächsten halben Stunde hatte er ihr Haus und Hof gezeigt, hatte seine Lebensgeschichte und die Geschichte des Hofes angebracht und über die bevorstehende Hochzeit berichtet.

Dann traf William ein, den die Zenzi, die schließlich nicht auf den Kopf gefallen war, schleunigst in der ›Post‹ verständigt hatte.

William wußte, wer die Señora Ramirez war, schließlich hatte er eine Gästeliste vorliegen und war informiert über die Einladungen, die aus dem Haus gegangen waren.

»Señora Ramirez ist eine Schwägerin meines Mannes«, hatte ihm Helen mitgeteilt, als sie die Gästeliste durchsprachen. »Wir haben sie natürlich eingeladen, aber ich bezweifle, daß sie kommen wird. Sie lebt in Mexico – wenn sie nicht auf Reisen ist. Nach Deutschland kommt sie selten. Das letztemal haben wir sie gesehen – na – das war – ja, das war, als München seine Achthundert-Jahr-Feier beging.«

»Neunzehnhundertachtundfünfzig«, sagte William.

Mehr war über die Schwägerin des Konsuls nicht gesprochen worden.

Nun sah William sofort, wen er vor sich hatte. Eine Frau

von Welt, der Duft der großen weiten Welt persönlich! Es bedurfte keiner Minute der Überlegung, um zu entscheiden, daß der Señora das große Erkerzimmer im ersten Stock, mit Bad und Toilette und Vorraum, angemessen war. Es war das Staatszimmer des Hauses, ausgestattet mit einem riesigen Himmelbett.

Helen hatte gemeint, der Minister solle darin wohnen, falls er kommen würde, was höchst zweifelhaft war.

William folgerte ganz richtig: Der Minister würde, wenn er kam, höchstens für einen knappen Tag kommen, das Staatszimmer war an ihn verschwendet. Die Señora dagegen würde – wunderbare Vorstellung – eine ganze Woche bleiben. Das beste Zimmer war gerade gut genug für sie.

William erkundigte sich, was er der Señora als Begrüßungsdrink servieren dürfe. Sie blickte auf ihre brillantenbesetzte Armbanduhr – es war ein Viertel nach fünf – und orderte: »Whisky.«

Bis es Abend war, war der Hof ihr Hof. William ihr Butler. Josef ihr hingerissener Bewunderer. Und alles, was sonst im Hause kreuchte und fleuchte, ihr untertan. Und sie wußte bis dahin alles, was zu wissen war über die Familie Kannegießer, über die Hochzeit, über die geladenen Gäste und über das Dorf Endershausen.

Sie hatte Stormy im Stall besucht und anerkennend mit dem Kopf genickt.

Man servierte ihr ein viergängiges Abendessen, das auch ohne Mithilfe der Firma Käfer Grand-Hotel-Format besaß. So weit hatte William Hof und Dorf inzwischen im Griff. Sie trank zum Essen eine ganze Flasche Wein, was ihr nicht das geringste ausmachte, und akzeptierte zum Dessert den Champagner, den William ihr anbot. Dann sagte sie: »Und nun verbinden Sie mich mal mit dem Clan in München!«

Otto Kannegießer war natürlich wie meist nicht zu

Hause, er befand sich in Mailand. Aber Helen war da und begrüßte die angeheiratete Schwägerin mit diversen Ahs und Ohs und meinte, warum Jo nicht lieber nach München gekommen sei, draußen stecke man doch noch mitten in den Vorbereitungen, und es sei vielleicht nicht alles nach ihren Wünschen.

»Es ist erstklassig hier«, sagte Joana. »Dein Butler ist große Klasse.«

Helen tat es wohl, dies zu hören.

»Außerdem«, fuhr Joana fort, »habe ich gedacht, die Hochzeit ist morgen.«

Helen fragte, ob sie noch hinauskommen solle, aber Joana meinte, lieber nicht, sie sei müde, sie käme direkt aus Monte Carlo, und das sei ein weiter Weg. Sie wolle bald schlafen gehen.

Sie schlief ausgezeichnet in dem Himmelbett, was weiter nicht zu verwundern war, nach drei Whiskys, einer Flasche Ruppertsberger Reiterpfad und einer halben Flasche Pomery brut.

Am nächsten Morgen um acht Uhr war sie im Stall und wies den Mann, der den Stall betreute, an, ihr Stormy zu satteln. Eigentlich hätte der nun sagen müssen, Stormy werde nur von Fräulein Martina geritten, aber das traute er sich nicht. Er meinte nur warnend: »Der is fei wild«, worauf die Señora kühl fragte: »Na und?«

Kurz darauf verließ sie hoch zu Roß den Hof; Stormy ging prächtig unter ihr, er spürte sofort die geübte Reiterin. Eine halbe Stunde später ritt sie mitten durch das Dorf Endershausen. Stormy machte einen Hopser beim Anblick eines ratternden Traktoren, scheute vor dem Bus und garnierte einen Haufen Äpfel direkt vor das Gemeindehaus.

Der Pfarrer, der nach der Morgenmesse beim Frühstück saß, blickte zum Fenster hinaus und fragte seine Köchin: »Wer is nachher des?« Die Köchin wußte es nicht. Keiner wußte es im Dorf. Bis Mittag wußten es alle: Der erste Hochzeitsgast war eingetroffen. Und wenn die anderen Gäste hielten, was dieser versprach, dann war es nicht nur die Hochzeit des Jahres – dann war es die Hochzeit des Jahrhunderts.

Am Nachmittag kam die Braut persönlich herausgefahren. In Vertretung von Helen, die ein Meeting mit ihrem Modesalon hatte.

Martina hatte diese Tante, die keine Tante war, seit mehr als zwölf Jahren nicht gesehen, aber die Zuneigung, die ein Kind einmal für einen Menschen empfunden hat, ist viel langlebiger als alle Zuneigungen des späteren Lebens.

»Ich freu mich schrecklich, daß du gekommen bist«, sagte Martina mit strahlenden Augen.

»Du bist sehr hübsch geworden«, meinte Joana mit sichtlichem Wohlwollen. »Freust du dich, zu heiraten?«

»O ja, sehr.«

»Einmal muß man damit anfangen. Ist er nett?«

»Sehr nett.«

»Ein guter Liebhaber?«

»Ich weiß noch nicht.«

»Willst du damit sagen, daß du ihn nicht ausprobiert hast?«

Martina kam sich vor wie eine höhere Tochter des vorigen Jahrhunderts.

»Nö.«

»Warum nicht?«

»Es ergab sich nicht.«

»Da seh ich schwarz. Entweder er hat kein Temperament, oder er liebt dich nicht. Und du bist sehr leichtsinnig, mein Schätzchen. Ich hätte nie einen Mann geheiratet, den ich nicht ausprobiert habe.«

Martina lachte. »Aber es war trotzdem nicht immer der richtige. Du hast sehr oft gewechselt.«

»Kein Mann bleibt auf die Dauer der richtige. Mit der Zeit wird jeder langweilig. Glücklicherweise gibt es genügend andere.«

»Gut, daß Helen dich nicht hört.«

»Ach Gott, Helen! Die versteht davon nichts. Aber du siehst eigentlich so aus...« Joana legte nachdenklich das platinblonde Köpfchen auf die Seite. »Du siehst so aus, als wenn du etwas davon verstehen könntest. Du hast einen leidenschaftlichen Mund.«

An diesem Abend speisten die beiden Damen zusammen, von William sehr aufmerksam bedient, dem Zenzi assistierte, die sich noch immer nicht darüber beruhigen konnte, daß die Señora nun seit gestern schon die dritte Haarfarbe zur Schau trug. Angekommen war sie kupferrot, tagsüber hatte sie weißblond geglänzt, und nun, am Abend, trug sie zu einem ziegelroten bodenlangen Seidengewand eine nachtschwarze Madonnenfrisur, mit Mittelscheitel und einem Knoten im Nacken.

»Was is nachher davon echt?« fragte die Zenzi den Josef.

»Mei, woher soll i des wiss'n? Wart'n mir erscht ab, was noch kimmt.«

Aber, um das gleich vorwegzunehmen: Diese Frage wurde von keinem im Hause bis zur Abreise der Señora mit absoluter Gewißheit beantwortet.

Zum Beispiel Monika

Nun soll bloß keiner denken, Endershausen liege hinter dem Mond. Ein wenig abseits der großen Straßen, was durchaus von Vorteil ist, denn auf diese Weise bildete das Dorf seinen eigenen Mittelpunkt im Universum und erhielt sich ein gewisses Eigenleben. Doch nicht so abseits, daß man in Endershausen nicht gewußt hätte, was in der Welt vorging. Oder daß man Schwierigkeiten gehabt hätte, so man wollte, die Einfahrt in die großen Straßen zu finden.

Viele Endershausener waren in die Ferne gezogen, zumindest bis nach München, und hatten es zu etwas gebracht. Sie kamen gelegentlich zu Besuch und waren sich mit den Daheimgebliebenen darüber einig, daß es nirgends in der Welt schöner sein konnte als in Endershausen.

Auch die Zenzi hatte ein knappes Jahr in München gearbeitet, in einem kleinen Textilbetrieb, aber das Heimweh hatte sie zurückgetrieben. Im Gegensatz zu den meisten jungen Leuten vom Lande, die von der Großstadt träumen, fand sie das Leben in der Stadt nicht sehr befriedigend.

Ihr Vater hatte einen Bauernhof – nicht so groß wie der Schlättersbacher-Hof –, aber es war ein ansehnlicher landwirtschaftlicher Betrieb, und wenn die Zenzi als Sechzehnjährige auch getönt hatte, sie hätte nun genug von Kühen und vom Heu, so hatte sich herausgestellt, daß ihr beides fehlte, als sie es nicht mehr hatte. Außerdem fehlte ihr der Sepp.

Sepp war der Sohn vom Nachbarshof, und im kommenden Jahr – wenn alles klappte – würden sie heiraten. Nicht zuletzt deswegen war sie mit vollem Herzen bei dieser Hochzeit dabei. War doch interessant zu sehen, wie anderswo geheiratet wurde.

Übrigens hatte die Zenzi bei der Endershausener Schneiderin eine richtige Lehre mitgemacht, sie war sehr geschickt auf diesem Gebiet, daher auch die Stellung in einer Textilfirma. Sie war jetzt dreiundzwanzig, hatte zuletzt wieder auf dem Hof zu Hause mitgeholfen, wo es allzuviel für sie nicht mehr zu tun gab, denn ihr Bruder hatte geheiratet, die junge Bäuerin war sehr tüchtig, und eine Schwester der Zenzi arbeitete auch noch auf dem Hof.

Als der Grainzinger, der von ihnen seinen jungen Hund und die Hühner geholt hatte, sie eines Tages fragte, ob sie nicht auf den Schlättersbacher-Hof kommen und das Hauswesen dort leiten wollte, hatte sie sogleich zugestimmt. Der Schlättersbacher-Hof war der größte und schönste weit und breit gewesen, daß er verkauft und zweckentfremdet worden war, hatte jedermann bedauert. Aber der Bauer war alt gewesen und hatte keine Erben gehabt. Und nun erzählte man im Dorf Wunderdinge über den Umbau des alten Hofes. Das könne sie sich ruhig mal eine Zeitlang ansehen, fand die Zenzi.

Zunächst war es ein ruhiges, fast langweiliges Leben gewesen. Aber das hatte sich geändert, seit die Hochzeit in Sicht war. Zunächst hatte Zenzi sich das Roserl zur Hilfe geholt, die jüngste Tochter vom Schuster, die erst achtzehn und noch ein kleines Dummchen war, aber sehr gutwillig und vor allem bereit, Zenzi als Kapazität anzuerkennen.

Moni dagegen war eine Erwerbung von William. Die Postwirtin hatte ihn auf sie aufmerksam gemacht und gesagt, die Welter-Moni sei eine ausgezeichnete Köchin, die selbständig einer großen Küche vorstehen könnte.

Daß das den Tatsachen entsprach, hatte sich mittlerweile erwiesen. Monika war das intelligenteste der drei

Mädchen. Außerdem war sie schon ein Stück in der Welt herumgekommen. Ihr Vater besaß in Endershausen ein Lebensmittelgeschäft, das mit der Zeit vergrößert und zu einem Selbstbedienungsladen ausgebaut worden war, denn auch die Endershausener ernährten sich nicht mehr nur von Brot, Milch und Fleisch allein.

Zunächst war Moni Küchenmadel in der ›Post‹ gewesen. Dann war sie als Koch-Lehrling in ein Hotel nach Prien gegangen, wo sie das Glück hatte, einen guten Chef zu haben, bei dem sie wirklich etwas lernte. Doch dann, wie so oft bei jungen Mädchen, störte ein Mann ihre Ausbildung. Sie verliebte sich in einen Österreicher, der in einem Hotel in Stock als Kellner arbeitete. Ein gutaussehender, flotter, leider etwas zu flotter junger Mann. Mit ihm ging sie nach Salzburg, gegen den Willen ihrer Eltern natürlich. Sie war grad erst achtzehn, sie arbeitete dort als Serviererin, und von Salzburg ging es nach Wien. Und dann war Schluß mit der großen Liebe. Ihr fescher Freund verließ sie.

Sie war ziemlich unglücklich und wäre eigentlich ganz gern nach Hause zurückgekehrt, aber sie genierte sich vor ihrer Familie (sie besaß zwei Schwestern) und vor ganz Endershausen. Also arbeitete sie in Wien wieder als Serviererin, diesmal in einem Café, sparte eisern und machte dann etwas sehr Gescheites – sie ging für einige Zeit auf eine Hotelfachschule, um noch zu lernen. Von dort kam sie in ein neu eröffnetes Hotel im Schwarzwald. Hier traf sie mit einem großen Könner zusammen, einem echten Chefkoch, weitgereist, international geschult – und bei ihm lernte Monika Welter nun wirklich erstklassig kochen. Sie ging durch alle Sparten der guten Küche und war zuletzt die Kaltspeiserin des Hotels. In dem gleichen Ort im Schwarzwald heiratete sie dann. Ihr Mann hatte ein Mietwagen-Unternehmen, war fleißig, ordentlich, ihr sehr zugetan, es war eine glückliche Ehe. Sie verdienten beide gut und planten, später eine eigene Pension aufzumachen.

Nach drei Jahren verunglückte Monikas Mann tödlich auf der Autobahn, und sie kehrte nach Endershausen zurück. Seither lebte sie wieder bei ihren Eltern, half im Geschäft, und ihre Familie, mit der sie gut auskam, tat alles, um sie ihren Kummer vergessen zu lassen. Mit der Zeit bekam sie neuen Lebensmut und sprach davon, sich auswärts wieder eine Stellung zu suchen. Die Arbeit auf dem Hochzeitshof war inzwischen eine kurzweilige Abwechslung. Übrigens gab es auch wieder einen Mann in ihrem Leben, letzten Winter hatte sie ihn kennengelernt. Sie war eine gute Skifahrerin, und beim Skilaufen am Wendelstein war sie ihm begegnet. Er war aus München, war Kaufmann – wie er sagte – und recht sympathisch. Aber sie war vorsichtig. Zu Hause sprach sie kaum darüber. Als ihre Mutter einmal eine Frage stellte, sagte sie: »Ich hab' ja doch kein Glück. Ich trau' mich nimmer.« Möglicherweise war ihr Mißtrauen berechtigt. Es war sechs Wochen her, daß sie ihn das letztemal gesehen hatte. Sie wartete auf einen Anruf oder einen Besuch, aber nichts geschah. Nun ja, das war wohl ihr Schicksal, also war es besser, es wieder mit dem Beruf zu versuchen. Eines Tages würde sie Endershausen verlassen, vielleicht bald nach dieser Hochzeit, und irgendwo ein neues Leben beginnen. Ohne Mann.

Soviel zu den drei Mädchen, die derzeit auf dem Hof beschäftigt waren.

Endspurt

Nun hätte man annehmen können, das Vorhandensein der kapriziösen Joana im Endstadium der Vorbereitungen, in der Hektik der letzten Tage hätte von allen – vorweg William – als störend empfunden werden müssen. Doch dem war nicht so. Joana war geradezu eine Hilfe.

Sie hatte William in seiner Kommandostelle besucht, und er hatte ihr unaufgefordert und nicht ohne gewissen Stolz seinen Aufmarschplan vorgetragen, sie hatte genickt und zugestimmt und noch einige gute Ideen beigesteuert, zum Beispiel was die Reihenfolge der Auffahrt am Hochzeitstage selbst betraf.

Zum Standesamt, was in diesem Fall das Gemeindehaus von Endershausen war, brauche überhaupt keiner außer den Trauzeugen mitzukommen. Das dürfe man gar nicht erst zur Debatte stellen. Und dem Bürgermeister müsse mit aller Herzlichkeit nahegelegt werden, es so kurz wie möglich zu machen. Denn es sei wichtig, daß die Braut genügend Zeit zum Umkleiden habe.

Ob das Fernsehen die Trauung filmen werde? Diese Frage verwirrte sogar William. Davon sei ihm nichts bekannt, meinte er.

»Ich dachte, mein Schwager sei ein großer Mann«, verwunderte sich Joana.

»Gewiß«, gab William zu. »Aber das Brautpaar ist schließlich nicht prominent. Ja – wenn Fräulein Martina ein Schlagerstar wäre und der Herr Graf ein Fußballer, dann sähe das anders aus.«

»Ach!« staunte Joana. »Ist das hierzulande so? Nicht zu begreifen. Woher bezieht die Bundesrepublik denn ihre Weltgeltung? Doch von den großen Männern der Wirtschaft. Ich habe noch nie von einem international bekannten deutschen Schlagerstar gehört. Und Fußballer...? Können Sie mir einen nennen?«

(Für aufmerksame Leser: Die Hochzeit fand vor dem Jahr der Fußballweltmeisterschaft statt.)

Er könne es nicht, bekannte William, aber das bedeute weiter nichts, er sei noch nie auf einem Fußballplatz gewesen. Er spiele Golf.

»Oh! Nun ja, warum auch nicht. Ich denke manchmal, daß man hierzulande manche Fehler macht. Jeder Staat muß genauso wie jeder Mensch das am besten verkaufen, was er am besten kann!«

»Hierzulande«, wiederholte William die Formulierung der Señora, »hat sich manches geändert, und nicht zum besten. Man schämt sich heutzutage der Früchte des Fleißes und des Erfolges. Ja – man schämt sich des Fleißes und der Erfolge selbst. Es ist ›out‹, etwas zu leisten und Geld zu verdienen. Man spricht besser nicht darüber, geschweige denn, daß man stolz darauf ist.«

»Interessant! Und was ist ›in‹«?

»›In‹ ist die Verachtung des Erfolges und des Reichtums, was sich äußerlich in schmutzigen, zerdrückten Hosen und dem lauthals geäußerten Wunsch nach einer Systemveränderung ausdrückt.«

»Und was stellt man sich darunter vor?«

»Eine Art Revolution. Die Umkrempelung der Gesellschaft dergestalt, daß man die bisher herrschende Klasse zuerst verdammt und dann stürzt und alles, was sie an Werten geschaffen hat, dem kleinen Mann als Spielzeug in die Hand drückt, damit er es kaputtmacht.« Es klang ehrliche Erbitterung in Williams sonst so wohltemperierter Stimme.

»Hat man das hier noch? Ich dachte, das wäre passé. Na, egal, in Deutschland dauert es immer etwas länger, bis sich die Moden ändern. Und wissen Sie, warum?

Weil hier alles so schrecklich gründlich durchdacht wird. Wenn sie sich hier erst mal hineingefressen haben in eine Idee, dauert es seine Zeit, bis sie sich wieder hinauswühlen.«

»Sie haben es trefflich formuliert, gnädige Frau.«

»Sie sind so ekelhaft gründlich. Sie nehmen alles so widerlich ernst. Dabei hat man so schlechte Erfahrungen mit dieser deutschen Gründlichkeit und diesem heiligen Ernst gemacht. Ist es nicht komisch, daß sich ein Volk nie ändert? Wissen Sie, das imponiert mir immer so an den Amerikanern. Die haben auch jede Menge blödsinniger Ideen, aber sie werden immer wieder sehr schnell damit fertig. Deswegen braucht man nie Angst zu haben, daß ernstlich etwas schiefgeht. Hingegen hier – man hat Beispiele. Sind Sie auch ein Systemveränderer, William?«

»Nicht in dieser Weise.«

»In welcher denn?«

In Williams Blick kam ein schwärmerischer Glanz. »Ich wünsche mir ein System der Vergangenheit. So etwa achtzehnhundertneunzig, neunzehnhundert.«

»Ah ja, verstehe. Belle époque. Muß eine hübsche Zeit gewesen sein. Ich hätte da auch gut hineingepaßt. Viel Kultur, viel Glanz, ein wenig charmante Morbidität, ein Hauch frivoler Leichtsinn, ja, das Leben muß lustig gewesen sein. Wenn auch nicht gerade für jeden.«

»Wenn ich mir die Bemerkung gestatten darf, gnädige Frau, es ist nie und zu keiner Zeit lustig für jeden. Heute erst recht nicht. Und nach dieser Revolution wird es für keinen mehr lustig sein.«

»Sie reden daher, als sei diese Revolution beschlossene Sache?«

»Manchmal fürchte ich es. Oft fürchte ich es. Wenn ich auch hoffe, es nicht mehr erleben zu müssen.«

»Sie brauchen nicht gleich zu sterben. Wenn es Ihnen hier nicht mehr paßt, kommen Sie zu mir nach Mexico.

Meine Art zu leben dürfte Ihrem Geschmack entsprechen.«

»Daran zweifle ich nicht, gnädige Frau. Ich danke für das Angebot, ich werde es gewiß nicht vergessen.«

Zuhörer bei diesem Gespräch war Irmgard, die Lehrerstochter, Williams Privatsekretärin, wie wir wissen. Ihre Bewunderung für William, den Einmaligen, war von Tag zu Tag gestiegen. Und da es nun schon an die vierzehn Tage waren, die sie in seiner Gegenwart verbrachte, befand sich die kleine Frau in einem fortgeschrittenen Zustand seelischer Verwirrung – mit einem Wort, sie hatte sich in William verliebt. Sie war übrigens recht hübsch, blond und zierlich, etwa Ende dreißig, und als sie vor einem halben Jahr, frisch geschieden, entsprechend verzweifelt, wieder bei ihrem Vater in Endershausen einzog, wußte sie zwar nicht, was weiterhin aus ihr werden sollte, nur eins wußte sie: Nie wieder einen Mann! Und nun war dieser gekommen. Alles, was er sagte, klang überzeugend, alles, was er in die Hand nahm, klappte.

Und nun wieder dieses Gespräch mit der aparten Ausländerin. Die übrigens fabelhaft deutsch sprach. Wie gewandt er sich ausdrücken konnte, wie gebildet er war. Irmgards Verflossener war jeden Sonntag auf den Fußballplatz gerannt. Und hätte er je das Wort Systemveränderung gebrauchte?

»Naushau'n müssen mir's«, hatte er geschrien. »Alle z'amm naushau'n!« Sicher konnte man ihn also auch als Systemveränderer bezeichnen. Aber auf welcher geistigen Stufe! Die blonde Irmgard schüttelte sich geradezu, wenn sie an den Geschiedenen dachte. War sie wirklich mit so was verheiratet gewesen? Und war sie blöde Gans noch unglücklich gewesen, weil sie von ihm geschieden wurde? Sie konnte sich selbst nicht mehr begreifen.

Die Señora hatte sich eine riesige rosagefaßte Brille auf die niedliche Nase gesetzt und studierte die letzten Zu-

und Absagen, die auf Williams Schreibtisch lagen. Heute war sie goldblond, der Hosenanzug saphirblau. Irmgards kleine Schüttelbewegung war ihr nicht entgangen. Sie blickte zu der jungen Frau hin, nahm die Brille ab. »Ihnen ist kalt, nicht? Was für ein grauenhaftes Wetter. Da!« Joana wies zum Fenster hin. Es goß in Strömen. Heute hatte sie sogar auf ihren Ausritt verzichtet, den sie bisher jeden Tag gemacht hatte. Denn Martina hatte gesagt: »Ich bin dir dankbar, wenn du Stormy bewegst. Ich komme diese Woche sowieso nicht dazu.«

»Die Möglichkeit, die Hochzeit in die Stadt zurückzuverlegen – falls das Wetter so bleibt –, besteht wohl nicht?«

Das Wetter war auch für William ein Alptraum, aber er ließ sich nichts anmerken.

»Die Möglichkeit bestände vielleicht, ist aber nicht vorgesehen. Ich bin der Meinung, daß es bald aufhören wird zu regnen.«

»Wie kommen Sie auf diese absurde Idee?«

»Eines Tages muß es sich ausgeregnet haben.«

»Oh! Ist das eine Wetterregel?«

»Schlechter kann es nicht mehr werden. Nur besser.«

»Sie sagen es. Kann denn in der Kirche nichts unternommen werden? Irgend so eine Art von Bittgottesdienst?«

Ihre Frage galt Irmgard, die verlegen die Schultern hob. »So was wird jetzt nimmer gemacht.«

»Nein? Nun, ich kenne eine Menge Länder, wo man noch heute zum Beispiel um Regen betet. Und zwar mit aller Inbrunst. Warum sollte man nicht auch um schönes Wetter beten können. Ob man nicht mal mit dem Pfarrer darüber sprechen sollte?« Vielleicht befürchtete William, sie könne wirklich stehenden Fußes dem Pfarrer einen Besuch machen, wenn er auf den Gedanken nur im geringsten einging. Also sagte er sanft: »Wir wollen bis morgen warten.«

»Nun gut. Kann ich sonst noch was für Sie tun?«

»Zu liebenswürdig, gnädige Frau. Aber es ist alles im besten Fluß.«

Joana schaute wieder durch die Fensterscheibe hinaus auf den aufgeweichten Platz vor dem Hotel ›Post‹, wo ihr Silvercloud mit dem schönen John am Steuer auf sie wartete.

»Ich werde heute einmal in die Stadt hineinfahren.«

»Werden Sie in der Stadt übernachten, gnädige Frau?«

»Auf keinen Fall. Ich werde doch mein schönes Himmelbett nicht leerstehen lassen. So gut habe ich seit Jahren nicht geschlafen.«

Sie hob grüßend die Hand. »Hasta la vista.«

Irmgard seufzte, als die Tür hinter Joana zugefallen war. »Was für eine Frau!« sagte sie.

»Format, mein Kind, Format«, meinte William. »So etwas ist angeboren. Man kann es nicht erlernen.«

Von Johanna Mühlbauers rotznasiger Kindheit um St. Anna herum wußte er glücklicherweise nichts. »Wo waren wir stehengeblieben?...«

Irmgard wandte sich wieder der Schreibmaschine zu.

»... möchten wir Sie noch einmal höflich darauf hinweisen, daß die Lieferung von fünfhundert Rollen ihres Artikels zweiunddreißig Strich fünf, erste Qualität, noch aussteht, und daß wir Sie bitten möchten...«

William schwieg. Er blickte auf den Platz hinaus, wo Joana soeben in den Rolls geklettert war, natürlich saß die Schokoladenfarbige drin, John hatte die Señora mit aufgespanntem Schirm am Eingang zur ›Post‹ in Empfang genommen, schloß nun behutsam den Schlag und begab sich hinter sein Lenkrad. Dann schwebte die silberne Wolke lautlos davon.

William seufzte. Er blickte zum dunkelgrauen Himmel, aus dem es strömte und strömte, als bereite sich eine neue Sintflut vor. Dann seufzte er wieder.

»Ich glaube, Frau Irmgard«, sagte er mit erstaunlich weicher Stimme, »wir sollten uns eine kleine Pause gönnen. Ausnahmsweise steht mir einmal der Sinn nach einem stärkenden Schluck.«

»Soll ich Ihnen etwas holen?« rief Irmgard und sprang auf.

William warf ihr einen tadelnden Blick zu. »Es befindet sich ein Telefon in diesem Zimmer und genügend unbeschäftigtes Personal in diesem Hause.«

Irmgard hatte schon den Telefonhörer in der Hand. »Ein Bier?« fragte sie. »Und vielleicht einen Schnaps dazu?« William schüttelte gemessen den Kopf.

»Gewiß nicht. Wir können den Pfarrer nicht veranlassen, um schönes Wetter zu beten. Aber wir können ein Trankopfer bringen und auf Sonnenschein anstoßen. Bestellen Sie eine Flasche Sekt. Vom besten, der im Hause ist!«

Irmgard errötete. ›Wir‹ hatte er gesagt. Wir können anstoßen. Mit Sekt. Am hellen Vormittag. Sollte es doch regnen, soviel es wollte, hier in diesem Zimmer jedenfalls schien die Sonne.

Joana kam ziemlich rasch aus München zurück, ohne sich näher darüber auszulassen, was sie bei ihrem Ausflug in die Stadt erlebt hatte. Sie nahm mit großem Behagen ihren Aperitif am hellodernden Kamin im großen Erdgeschoßraum des Hauses – Hall genannt –, eine Meisterleistung des Architekten, und setzte sich mit ebenso großem Behagen eine Stunde später an den Tisch, der für sie, wie jeden Abend, festlich gedeckt war mit Kerzenlicht und Blumen. Von ihr aus brauchte noch lange keine Hochzeit stattzufinden. Das Leben auf dem Hof gefiel ihr ausgezeichnet, so wie es war.

In München hatte es ihr mäßig gefallen. Ein kurzer Gang durch die Stadt, beeinträchtigt durch den Regen, der auch in München fiel, und ein Besuch in der Kannegießer-Villa in Bogenhausen. Otto war nicht da, er hatte sich offensichtlich vorgenommen, die Woche vor der Hochzeit möglichst in weit entfernten Gegenden zu verbringen, derzeit befand er sich in New York, wie Joana erfuhr. Helen war hochgradig hysterisch, und sogar Martina, die bei ihrem Besuch vor drei Tagen noch ganz normal gewirkt hatte, schien davon angesteckt zu sein. Joana ließ den Rolls schnell wieder anspannen und kehrte in den Chiemgau zurück.

»Seltsam«, erzählte sie unterwegs der Milchschokoladenen und dem schönen John, »ich habe fünfmal geheiratet, das ging ganz smoothy über die Bühne, ich selbst war meist ganz überrascht davon, daß ich verheiratet war. Eben gerade eine kleine Formalität. Man darf so was nicht übertreiben. Schließlich – warum heiratet man denn? Doch nicht, um einen Mann zu haben. Den kann man so auch bekommen. Doch nur, damit ein Mann beweisen muß, wie wichtig ihm diese Frau ist, die er heiratet. Mit der Tatsache der Heirat verdient sich ein Mann die Liebe einer Frau. Wenn er nicht wenigstens bereit ist zu heiraten, kann man ihn gleich stehenlassen.«

»That's an old American fashion«, bemerkte der schöne John trocken, »he has to pay for her.«

»Es ist weder altmodisch noch amerikanisch. Es ist überall so. Auch heute noch. Die emanzipiertesten Frauen sind aufs Heiraten scharf. Isn't it so?«

Die Milchschokoladene lachte eine Tonleiter rauf und wieder runter und dachte an das halbe Dutzend Heiratskandidaten, die sie zu Hause in Mexiko hatte. Die liefen ihr nicht davon. Zunächst fand sie die Reisen mit der Señora weitaus amüsanter. »Es sei denn, man ist in der glücklichen Lage wie ich«, fuhr Joana fort, »mit fünf Ehen habe ich wohl ausreichend bewiesen, was ich den Männern wert bin. Nun kann ich leben, wie ich will.« Und sie kraulte ihren attraktiven Chauffeur im Nacken.

Übrigens fühlten sich der Chauffeur und die Doncella sehr wohl in Oberbayern – abgesehen vom Wetter natürlich. Auf dem Hof selbst hatten sie das schönste Leben. Gelegentlich kutschierte John die Señora ein wenig durch die Gegend, ansonsten saß er in der Bibliothek und las. Englische Bücher waren genügend vorhanden.

Für die drei Mädchen, die auf dem Hof arbeiteten, die Zenzi, das Roserl und die Moni, waren John und Maria nicht weniger interessant als die Señora selbst. Schon daß die Milchschokoladene Maria hieß, war eine Sensation. Chiquita oder Juanita oder Frasquita oder irgend so etwas hatten sie erwartet, aber nein, dieser niedliche fremde Vogel hieß schlicht und einfach Maria, wie rundherum so viele Frauen im Lande hießen.

»Wer is denn nacha die?« hatte Roserl gefragt.

»Eine Zofe, das ist doch klar, du Trutschen«, hatte Zenzi sie belehrt. »In Amerika gibt es so was noch.«

Die Zofe Maria nun hatte ein recht bequemes leben, fanden die drei Endershausener Mädchen.

Am Morgen brachte sie der Señora das Frühstückstablett ans Bett, und das Frühstück war sehr bescheiden. Die Señora nahm nur eine Tasse schwarzen Kaffee und ein kleines Bröckelchen Toast zu sich. Wegen der schlanken Linie, wie zu denken war. Ob Maria nun die Señora an- und auszog, wußte man nicht. Aber auch das war ein leichtes Geschäft. Na, und dann bürstete wohl Maria noch ein bißchen die verschiedenen Perücken, räumte so ein bißchen hin und her, und das war auch schon alles, was sie tat.

»Ob die am End no was dafür zahlt kriegt?« fragte Roserl.

Mindestens so interessant wie die Perücken der Señora war die Bekleidung der Zofe Maria. Im Kino, wo die Endershausenerinnen bisher gelegentlich eine Zofe gesehen hatten, trugen die schwarze Kleider mit weißen

Schürzchen. Maria trug jeden Tag ein anderes Fetzchen am Leib – mal grün, mal rot, mal blau, mal orange, mal gelb –, nur eins hatten diese bunten Dinger gemeinsam: Sie endeten weit über dem Knie, und weiter oben ließen sie eine ganze Menge von dem hübschen runden Busen der Zofe sehen.

Da es im Haus gut geheizt war, kam die Kleine damit gut durchs Leben. Schade war nur, daß so wenig männliches Publikum vorhanden war, das sich daran erfreuen konnte. John war das gewöhnt – er sah gar nicht mehr hin. Der Josef natürlich, der riskierte manchen Blick, aber das war ja nur noch reine Theorie. William übersah es. Gegen so etwas war er immun.

Ein Glück, daß es so kalt und naß war, dachte Zenzi, so konnte diese seltsame Maria wenigstens nicht in ihrem aufreizenden Aufzug durchs Dorf laufen. Aber sie lief überhaupt nicht. Sie fuhr ja nur in der Silberwolke, und dabei hüllte sie sich jetzt immer in einen hellgelben Flauschmantel. »Wie Vanilleeis mit Schokoladensoß sieht's aus«, konstatierte der Josef.

»Schaug dir den alten Depp'n an«, sagte Moni hinterher zu ihren Gefährtinnen. »Daß der sich net schamt.«

»Mei, was willst denn«, sagte darauf die Zenzi, »d' Mannsbilder san alle gleich. So alt kennan s' gar net wer'n, daß s' net hinschaun taat'n und, wann's geht, auch hinglanga.«

Heimlich – jede für sich – übten die drei Mädchen den wippenden Gang der fremden Maria, wie sie den kleinen Popo hin und her schwang, sich aus der Hüfte drehte und den Busen in die Gegend reckte.

Am Samstag kamen endlich zwei Männer ins Haus. Zwei junge Männer. Die von William beim Studenten-Schnelldienst angeforderten Hilfskräfte. Vier hatte er haben wollen, zwei waren es geworden, das kam durch die hohen Ansprüche, die William gestellt hatte. Wohlerzogen, gute Manieren, keine langen Haare, keine Bärte, keine gefährlichen Ideologien im Kopf.

Auch zwei genügten, befand William. Erstens war der schöne John ja da, vielleicht würde er sich herablassen, auch mal eine Fahrt zu übernehmen, wenn Not am Mann war. Und zweitens gab es ausreichend Hilfskräfte im Dorf. Die Studenten hätte man eigentlich gar nicht benötigt. Aber sie sollten ja nicht nur fahren, sie sollten auf dem Hof anwesend sein für eventuell anfallende Aufgaben, von denen William jetzt noch nicht wußte, wie sie aussehen könnten.

Die beiden ankommenden Herren hatten sich zuvor nicht gekannt. Der eine studierte Biologie, der andere Soziologie, und da begegnet man einander nicht. Aber da man sie im Studenten-Schnelldienst miteinander bekannt gemacht hatte, fuhren sie gemeinsam in den Chiemgau hinein.

Sie waren von recht verschiedener Art. Der Biologe wirkte eigentlich gar nicht wie ein Student, er war schon uralt, etwa dreißig. Er hieß Erich Wilcken, war mittelgroß, kräftig, hatte ein schon sehr geprägtes Gesicht mit grauen Augen, einer hohen breiten Stirn, sein Haar war blond – wirklich ziemlich kurz geschnitten –, dafür recht widerspenstig, im Wirbel stand ihm immer ein Büschel zu Berge, was auf einen eigenwilligen Charakter hinwies. Er war sehr zurückhaltend, direkt schweigsam, was aber seinen Partner nicht störte, der sehr aufgeschlossen und gesprächig war.

Der Soziologe hieß Knud-Dietmar von Bettersberg, war gerade zweiundzwanzig, ein hübscher, beweglicher Junge mit einem feingeschnittenen Gesicht und ebenfalls blondem Haar, das am Tage zuvor noch bis auf seine Schultern gereicht hatte. Er hatte es extra für diesen Job abschneiden lassen, was ihm gar nicht so leichtgefallen war, wie er dem Biologen als erstes erzählte.

Der hob nur die Achseln und blickte ein wenig gelangweilt drein.

»Aber so eine Gelegenheit kann ich mir nicht entgehen lassen. So 'ne Art Fürstenhochzeit. Ich als Soziologe – das ist doch ein Fressen. Darüber kann man glatt eine Doktorarbeit schreiben. Auswüchse des Spätkapitalismus. Der Kannegießer ist ein dicker Hund. Ein Kapitalistenschwein. Reif zum Abstechen.«

Woraus sich ergibt, daß nicht alle Bedingungen Williams erfüllt worden waren. Wenn sich auch der soziologische Kopf von außen verändert hatte, innen wucherte nach wie vor der Bart von Urvater Marx.

Sie fuhren in der Ente des von Bettersberg, die zwar in allen Fugen quietschte, knarrte und rüttelte, aber recht tapfer den Weg unter die Räder nahm.

Bis zum Irschenberg kannte Erich Wilcken die Lebensgeschichte des Genossen. »Ich bin zwar linksgestreift, weißt du, aber verhältnismäßig friedlich. Von Gewalt halte ich nicht besonders viel. Natürlich wird man den einen oder anderen killen müssen, aber das hat noch etwas Zeit.«

»Das beruhigt mich«, knurrte Wilcken und versuchte etwas von den Bergen zu erspähen, die in dicken Regenwolken versteckt blieben.

»Richtiges Hochzeitswetter«, meinte Knud-Dietmar fröhlich. »Da wird es der Braut allerhand Nasses in den Schleier setzen. Na, macht nichts, gewöhnt sie sich gleich dran.« Sie zündeten sich Zigaretten an, dann gackerte der Soziologe eine Weile albern vor sich hin. »Wie ich gehört habe, was hier vorliegt, habe ich mich bald auf den Arsch gesetzt. Mensch, das ist vielleicht eine Bombe. Eine Bombe, sag ich dir!«

Wilcken runzelte die Stirn. »Haben Sie Bombe gesagt?«

»Richtig. Praktisch bringe ich nämlich eine mit.«

»So.«

»Nicht so, wie du denkst. Mehr eine interne.«

»Unter einer internen Bombe kann ich mir nichts Genaues vorstellen.«

»Dir fehlt's an der Dialektik, Mensch! Habe ich gleich gemerkt. Eine familiäre Bombe, verstehst du?«

Erich Wilcken verstand auch das nicht, ersparte sich aber eine Antwort.

»Eigentlich bin ich nämlich verwandt mit dem Opferlamm.« Und immer vor sich hin glucksend erzählte er, daß die von Bettersberg und die Grafen Solm-Weltingen in zwar etwas umständlichen, aber einwandfrei vorhandenen verwandtschaftlichen Beziehungen zueinander standen. »Genau erklären kann ich's nicht. Eine Großmutter von mir und dem seine Tante und dann wieder 'ne Cousine davon, irgendwie in der Richtung. Ist das nicht 'ne Wucht, daß ich bei denen jetzt Lakai spiele?«

»Warum tun Sie es denn, wenn Sie nicht wollen?«

»Aber ich will doch. Reines Studienmaterial für mich. Ist doch 'ne glatte Wucht. Vielleicht latscht sogar einer von meiner Sippe da mit rum. Der Arndt, das ist der, der geheiratet wird, ist so'n richtiger Musterknabe. Zukünftiger Botschafter, so in der Art. Ich glaube, ich kenne ihn sogar. Hat auch mal ein paar Semester in München studiert. War natürlich lange vor meiner Zeit. Der ist ja schon bald ein Opa, zweiunddreißig oder so. Seine Schwester kenne ich bestimmt, das ist eine flotte Biene. Daniela heißt sie. Macht irgendwie in Mode.«

Dann teilte er noch mit, daß der Genosse ihn bitte bloß Knud nennen solle. Für seinen albernen Namen könne er nichts. »Knud-Dietmar, wo gibt's denn so was? Zweimal D hintereinander, kann kein Mensch aussprechen. Oder kannst du?«

Erich Wilcken tat ihm den Gefallen, es zu probieren, und gab zu, daß es schwierig sei.

»Da siehst du, wie vertrottelt meine Firma ist. Und was

das Trauerspiel ist, sie waren es schon bei meiner Geburt. Knud-d-d-d-Dietmar, hat der Mensch Töne. Das soll ein Name sein. Meine Freundin nennt mich Knuddel. Weil ich so knuddelig bin. Kannst du dir da was drunter vorstellen?«

Erich Wilcken meinte, er könne es nicht. Und dann waren sie angelangt.

Über Erich Wilcken hatte Knuddel nichts erfahren. Er hatte nicht gefragt. Allerdings hätte er auch nichts erfahren, wenn er gefragt hätte.

Ihr Eintritt in das Hochzeitshaus war von Glück begünstigt. Die erste Person, die ihnen begegnete, war die milchschokoladenfarbige Maria. Sie lag der Länge nach auf dem dicken Perser vor dem Kamin und spielte mit Josefs Katzen, das heißt mit den Kindern von Josefs Katzenfrau. Wie sich leicht denken läßt: ein bezauberndes Bild. Maria, das winzige Röckchen so verrutscht, daß es praktisch nicht vorhanden war, die schlanken, zierlichen Beine halb in der Luft, das schwarze Haar verstrubbelt, was bei ihr höchst reizvoll war. So lag sie auf dem Teppich, ein Kätzchen an die goldene Wange gepreßt, und machte hoch und vergnügt: »Hei?«

»Ei potz Blitz«, sprach Knuddel, »hier sind wir richtig. Guck doch bloß die süße Puppe. Jetzt verstehe ich, warum der Musterknabe heiratet. Hei, Sweetie! Komm, gib Papi ein Küßchen. Und schick den Opa ins Kino.«

Maria verstand zwar nicht die Worte. Aber sonst verstand sie alles. Endlich ging es los.

Ein paar Männer in erreichbarer Nähe, das hatte ihr die ganze Zeit gefehlt. Und ihrer Señora bestimmt auch, dessen war Sweetie Maria sicher. John war schön, aber langweilig. Und so gräßlich eitel. Er bewunderte am meisten sich selber. Weniger die Weiblichkeit in seiner Umgebung. Zeit also, daß die Sache mit der Hochzeit endlich in Gang kam.

Ein friedlicher Abend

Damit man klarsieht über den Ablauf der Zeit: Es war Samstag abend, als Wilcken und Knuddel auf dem Hof eintrafen. Der Samstag vor der Hochzeitswoche. Dieser Samstag war relativ ereignislos verlaufen, was zu tun gewesen war, war getan worden, alles klappte bestens. Zu gut – wie es schien. Denn der Abend zeigte sich von einer widerspenstigen Seite und brachte einiges durcheinander.

Nicht die Ankunft der beiden Studenten war daran schuld. Die hatte man ja erwartet.

Zenzi wußte Bescheid und kam gerade im rechten Moment, um Knuddel aufzuscheuchen, der sich neben dem himmelblauen Praliné auf dem Teppich niederlassen wollte.

»San Sie die Herrn Studenten?« fragte Zenzi streng.

Knuddel machte einen tiefen Diener. »Zu Ihren Füßen, Gnädigste. Und Sie sind die Braut?«

»Schmarr'n. Kommen S' mit, ich zeig' Eahna, wo Sie schlafen. Und der Herr William kimmt im Lauf des Abends und läßt Sie bitten, sich zu seiner Verfügung zu halten.«

Das brachte sie geläufig in fast reinstem Hochdeutsch hervor, warf der Milchschokoladenen noch einen strafenden Blick zu und wandte sich zum Hintergrund der Halle.

»Und wer ist das – Herr William?« wollte Knuddel wissen und blieb bockig vor dem Kamin stehen, denn er vertrug es einfach nicht, wenn ihm jemand vorschrieb, wohin er gehen sollte.

»Des wer'n S' dann schon sehng«, beschied ihn Zenzi. Wilcken, ohne ein Wort zu äußern, folgte ihr.

Knuddel runzelte seine Kinderstirn und tönte: »Ich bin keiner, der sich zur Verfügung hält. Daß Sie das wissen, meine Schöne.« Aber da keiner von seinem Protest Notiz nahm, latschte er hinterher. Das fing ja gut an. Aber ehe er verschwand, warf er Maria eine Kußhand zu. »Bis später. So long, Baby!«

»Hasta la vista«, gurrte das Praliné.

William kam an diesem Abend verhältnismäßig früh nach Hause. Vermutlich war es sein sechster Sinn, auf den er sich immer verlassen konnte, der ihm sagte, daß seine Gegenwart an diesem Abend auf dem Hof vonnöten war. Er hatte sich auf diesen Abend gefreut. Er wollte einen ruhigen und möglichst angenehmen Abend verbringen, und zwar nicht allein. Vermutlich der letzte ruhige Abend, ehe es richtig losging.

Es begann damit, daß er hinter Irmgard, die Lehrerstochter, trat, die noch emsig auf ihrer Maschine klopfte, ihr die Hand väterlich – nein, nicht eigentlich väterlich – auf die Schulter legte und milde sprach: »Nun machen Sie Schluß für heute, mein Kind. Sie waren fleißig genug.«

Irmgard hörte auf zu schreiben, blickte zu ihm auf, die Wangen leicht gerötet.

»Ich muß Ihnen einmal sagen«, fuhr William fort, »daß Sie eine große Hilfe für mich sind. Und ich möchte Ihnen dafür danken.«

»Oh!« hauchte Irmgard. Ihre Wangen wurden noch röter. Ihre Augen begannen zu strahlen. Das hatte William schon öfter beobachtet. Wenn irgend etwas Erfreuliches geschah, wenn man ihr ein nettes Wort sagte, konnten ihre Augen ganz unvermutet aufleuchten, so, als hätte einer ein Licht darin angezündet. Es war, so fand William, eine bemerkenswerte Veranlagung.

»Ich wollte Sie bitten, heute mit mir zu Abend zu essen. Falls es Ihnen recht ist, Frau Irmgard.«

»Oh! Aber... ja. Doch. Sehr gern.«

»Es ist vermutlich der letzte Abend, an dem wir ein wenig Zeit für uns haben. An dem wir auch ... privat mal ein paar Worte wechseln können.« William räusperte sich. »Falls es Ihnen genehm ist.«

»O ja.« Irmgard senkte den Blick auf die Tasten der Schreibmaschine. »Es ... wäre sehr schön.«

William blickte wohlgefällig auf das gesenkte Köpfchen mit den weichen blonden Locken. Schönes Haar hatte sie, wirklich. Und eine hübsche Nackenlinie. Selten, daß man einmal Zeit hatte, so etwas zu bemerken.

»Hier?« fragte Irmgard.

»Wie bitte?«

»Ich meine, wollen wir hier in der ›Post‹ essen?«

»Daran dachte ich eigentlich nicht.«

»Bei uns? Kommen Sie mit mir nach Hause?«

»Ich dachte, Sie kommen mit mir hinaus auf den Hof.«

»Wirklich? Aber ... störe ich denn da nicht?«

»Wen sollten Sie stören, mein Kind? Außer Señora Joana ist noch kein Gast anwesend. Für die Señora wird bestens gesorgt, den Speisezettel für heute abend habe ich, wie jeden Tag, mit Monika besprochen. Wenn ich die Señora begrüßt habe und sehe, daß alles in Ordnung ist, werde ich sie bitten, mich für diesen Abend zu beurlauben. Dann können wir in Ruhe essen.«

Wir beide allein? hätte Irmgard fragen mögen. Und wo? Aber sie fragte nur: »Wann? Ich meine, wann fahren wir hinaus?«

»Nun, ich dachte, so bald wie möglich. Am besten gleich. Wir haben genug gearbeitet für heute. Und, offen gestanden, ich möchte einmal ein paar Stunden lang nicht an die Hochzeit denken. Falls Sie das verstehen können.«

»O ja, das kann ich gut verstehen. Ich träume schon von der Hochzeit. Nur ... ich ... ich ...«

»Ja?«

»Ich muß meinem Vater schnell Bescheid geben.«

»Selbstverständlich. Wir können am Lehrerhaus vorbeifahren.«

»Ich lauf schnell hinüber. Es sind ja nur ein paar Schritte. Ich bin gleich wieder da.«

William begriff. Sie wollte sich umziehen und ein wenig hübsch machen.

Er lächelte. »Ich hole Sie in einer halben Stunde ab.«

Das war etwa um halb sieben. William betrachtete eine Weile zerstreut das geordnete Chaos auf seinem Schreibtisch. Kaum zu glauben, daß in einer Woche alles vorbei sein würde. Das junge Paar auf der Hochzeitsreise, Sizilien, wie er wußte, denn der Graf interessierte sich für den Stauferkaiser. In Sizilien würde sicher die Sonne scheinen, alles würde in Blüte stehen, möglicherweise konnte man bereits im Meer baden. Hier würden die Gäste abgereist sein, in Endershausen Ruhe und Frieden eingekehrt. Der Hof einsam und verlassen. Der Josef allein mit der Zenzi, mit dem Hund, mit den Katzen, den Hühnern. Die Pferde auf der Koppel. Denn gewiß würde die Sonne scheinen – wenn die Hochzeit erst vorüber war.

Und ich? dachte William ein wenig ratlos. Nun – natürlich wieder in München, in der Hartlschen Villa, die es bestimmt nötig hatte, daß man nach dem Rechten sah. Eigentlich, dachte er weiter, hätte ich hineinfahren müssen, ehe sie kommen, um zu schauen, ob alles in Ordnung ist. Vielleicht kann ich es morgen ermöglichen, rasch in die Stadt zu fahren.

Don Emilio und Frau Anastasia waren natürlich nicht in München geblieben, solange William abwesend war. Sie hatten die Zeit zu einer Kur in Abano benutzt und würden, gut erholt und fast wie neu, heute oder morgen zurückkehren, um rechtzeitig zur Hochzeit einzutreffen.

William trat ans Fenster. Und was er da zu sehen bekam, war so erstaunlich, daß er alles andere darüber vergaß. Die Sonne schien. Kein Regen. Keine Wolke. Keine graue Düsternis. Der Himmel war rundherum blau, und die Abendsonne, die im Mai noch hoch genug stand, um sich durchzusetzen, schien über Bäume und Dächer hinweg mitten auf den Platz vor der ›Post‹, ließ die Pfützen aufblitzen, ließ die Vögel singen, ließ die Blumen leuchten. Es war kaum zu glauben. Die Sonne war da! William war tief befriedigt. Er hatte es ja gewußt. Wenn alle mitspielten, warum sollte das Wetter nicht mitspielen. Der Himmel hatte ein Einsehen, der Mai war endlich gekommen. William reckte sich und lächelte mit der Sonne um die Wette. Gut, daß er die Kleine eingeladen hatte. Das würde ein hübscher Abend werden. Möglicherweise, wenn dieser Abend ein Erfolg war, konnte man in Verbindung bleiben. In lockerer natürlich nur. Ab und zu traf er sich ganz gern mit einer hübschen Frau, besonders wenn sie weich und anschmiegsam war wie diese. Er hielt nicht viel von der Frauenemanzipation, von selbständigen und selbstbewußten Frauen. Jedenfalls soweit es sein Privatleben betraf. Er bevorzugte die zarten, sehr weiblichen Frauen, die bewundernd zu ihm aufblickten.

Beschwingt trat er ans Telefon. Besser war es wohl, Zenzi noch einmal daran zu erinnern, daß er einen Gast mitbrachte. Spargel und Kalbssteak hatte er bestellt für diesen Abend. Als Vorspeise geräucherte Renken, ganz frisch vom Chiemsee. Und zwischen Vorspeise und Hauptgang wünschte er, darauf hatte er gerade Appetit, eine kleine Tasse Tomatencrème mit Sahne, die machte Monika ganz vorzüglich. Für ihn und seinen Gast sollte Zenzi oben in der Trinkstube decken. Die Señora speiste unten im kleinen Eßzimmer, das eigentlich das Frühstückszimmer war, ein bezaubernder Raum, helles Nußbaum, Rosentapete. Die Trinkstube war für den Hausherrn gedacht, falls er mal Gäste hatte. Holzgetäfelt, runde Holztische, gemütliche Sessel, mit Bauernleinen bespannt, eine rustikale kleine Bar, warmes Licht. Dezente Musik. Lautsprecher gab es in jedem Raum. William war bester Laune. Er fühlte sich an diesem Abend als Privatmann.

Armer William! Er ahnte nicht, wie so ganz anders die Vorsehung es geplant hatte...

Zenzi meldete sich sofort.

»Is eh alles vorbereitet«, sagte sie. »Um Viertel nach sieben legt die Moni den Spargel ein. Ein sehr schöner Spargel ist es. Grad knackig is er.«

»Fein«, meinte William. »Sonst alles in Ordnung? Ist Señora Ramirez schon zu Hause?«

»Sie trinkt an Aperitif und hält denen Studenten einen Vortrag.«

»So, die sind also gekommen.«

»Vor oaner Stund' san s' kemman. Der oane ist a ganz a Ruhiger. Aber der andere hat a freche Gosch'n.«

»So. Na, ich werde mir das ansehen. Wenn sie nicht passend sind, schicke ich sie gleich wieder zurück. Worüber... na, ist gut. Bis dann, Zenzi.«

Beinahe hätte er gefragt: Worüber hält die Señora einen Vortrag? Aber das ging ja wohl zu weit. Er konnte das Personal nicht dazu anstiften, die Gespräche der Herrschaften abzuhören. Ein wenig war er unzufrieden mit der Señora. Studenten hin und her – die Herren gehörten momentan zum Personal und hatten beim Aperitif der Señora nichts verloren. Vermutlich ließ sie sie mittrinken, das sah ihr ähnlich. Zeit, daß er nach Hause kam. Seine Gegenwart genügte, um geordnete Verhältnisse zu schaffen. Er blickte auf seine Uhr. War die halbe Stunde um? Annähernd. Er konnte gehen und Irmgard einsammeln.

Frau Obermaier erwischte ihn noch, ehe er seinen Wagen erreichte.

»Essen S' heut net hier, Herr William? An frischen Spargel hätt' i.«

»Leider, Frau Obermaier. Ich hab' draußen noch zu tun.«

»Alsdann, Herr William. Schad is. An schönan Abend wünsch' ich.«

Während er seinen Wagen zum Lehrerhaus um die Ecke steuerte, wunderte er sich über sich selbst. Erstaunlich, daß er sich hier so wohl fühlte. Es kam ihm vor, als sei er schon Monate hier. Viel Arbeit. Viel Verantwortung, gewiß. Und eine leise prickelnde Ungewißheit, ob auch alles planmäßig verlaufen würde. Und obendrauf ein Gefühl des Behagens. Was für ein Abend! Sonne im Dorf. Sonne auf dem Kirchturm. Eine herrliche Luft. Und eine Frau zur Gesellschaft. Nun, also denn!

Irmgard hatte die Sonne offenbar auch bemerkt. Sie hatte Rock und Pullover mit einem hellen geblümten Sommerkleid vertauscht, das ihr gut stand. Ein wenig Make-up hatte sie auch aufgelegt, dazu zartgrünen Lidschatten.

Der Lehrer kredenzte Himbeergeist.

»Wie steht die Schlacht?« fragte er. Das fragte er immer, wenn er William traf.

Dann fuhren sie zum Dorf hinaus. Die Wiesen waren grün, smaragdgrün, noch feucht vom Regen, die Berge standen mattblau, klar gezeichnet vor dem hellen Abendhimmel.

»Schau'n S' bloß das Wetter«, sagte Irmgard aufgeregt. »Ist es nicht himmlisch? Wann's bloß so bleibt.«

»Es bleibt so. Ein hübsches Kleid haben Sie an, Irmgard.«

»Ja? Ich hab's in Salzburg gekauft, als ich unlängst drüben war. Wenn ich gewußt hätt', daß ich heut noch ausgeh', wär' ich zum Friseur gegangen. Aber ich dachte, ich geh' am Dienstag. Wegen der Hochzeit.«

William lächelte sie von der Seite an. »Ihr Haar liegt sehr gut.«

Die Halle war bevölkert. Joan saß auf der Lehne eines Sessels, sie trug einen silberdurchwirkten Hosenanzug, ihr Haar war heute rot. In der Hand balancierte sie einen Martini – sehr trocken. Sie redete. Auf dem Teppich vor dem Kamin lag immer noch oder wieder die Milchschokoladene, sie trank eine Cola, im Hintergrund in einem tiefen Fauteuil war der schöne John versunken, ein Buch in der Hand, einen Martini neben sich.

Zu Füßen der Señora auf dem Teppich sitzend, ein schmaler, zartgesichtiger Jüngling, eine Katze auf dem Arm. Erst auf den zweiten Blick sichtbar, im Halbdunkel, lehnte ein Mann an einem Schrank (echtes flämisches Bauernbarock), im allerhintersten Hintergrund war Zenzi auszumachen.

»William!« rief Joana. »Gut, daß Sie kommen. Wir sind gerade dabei, die Welt zu verändern. Wir sind uns nur noch nicht einig, wie.«

»Guten Abend«, sagte William. »Ich hoffe, Sie werden sich nicht so rasch einig werden. Nur die Uneinigkeit über dieses Thema bietet ausreichend Diskussionsstoff.«

Joana hob die Hand mit dem Glas. »Voilà, meine Herren, da hören Sie es. Nur wer Probleme hat, lebt unterhaltsam. Eine perfekte Gesellschaft muß zum Sterben langweilig sein.« Sie trank ihr Glas aus. »Das war der dritte. Nun brauche ich etwas zu essen.«

»In zehn Minuten wird serviert, gnädige Frau«, ließ sich Zenzi vernehmen. »Ich schau' gleich, wie weit es ist.«

William musterte die Neuzugänge. Der Junge zu Füßen der Señora blieb ruhig sitzen. Der aus dem Hintergrund trat hervor. »Wilcken«, sagte er.

William nickte. Dann blickte er schweigend auf den anderen hinab. Joana gab ihm einen Stups. »Nun geben Sie schon Laut, Sie Ideologist. Ich bin schon mächtig gespannt, was Sie hier eigentlich machen werden.«

»Ich auch«, meinte Knuddel heiter und sprang mit einem Satz auf die Füße. »Schön guten Abend«, sagte er zu William und dienerte mit einem graziösen Kratzfuß. »Bettersberg mein ehrlicher Name. Ganz zu Ihren Diensten. Sind Sie der Bräutigam?« Er grinste Irmgard an. »Die Dame ist die Braut? Entzückend!«

William war milde gestimmt und friedlichen Gemüts. Er würde sich diesen Abend nicht verderben lassen.

»Es irrt der Herr so hier wie dort«, sagte er gelassen. »Willkommen, meine Herren. Für heute abend sind Sie von allen Pflichten unbehelligt. Zenzi wird Ihnen zeigen, wo Sie zu Abend essen. Morgen früh um halb acht bitte ich Sie zur Besprechung in die Halle. Sie kommen dann mit mir ins Dorf, und ich werde Sie mit Ihren Aufgaben vertraut machen.«

»Hören Sie, William, Sie haben Irmelinchen doch nicht zum Arbeiten mitgebracht?« fragte Joana. Sie rutschte von der Sessellehne herunter und lächelte Irmgard an. »Also richtig süß sehen Sie aus. Sie werden mir William doch nicht verführen?«

»Es gibt noch einiges zu besprechen«, sagte William ein wenig steif. »Ich dachte nur, daß Frau Irmgard vorher mit mir essen sollte.«

»Eine gute Idee. Wissen Sie was, eigentlich ...«

Joana vollendete den begonnenen Satz nicht. Sie hatte sagen wollen, eigentlich könnten Sie mit mir essen. Denn langsam war sie es leid, jeden Abend allein zu speisen. Zwar gut zu speisen – aber eintönig war es doch. Doch sie hatte begriffen, daß William offenbar mit seiner blonden Sekretärin allein sein wollte. Nun hätte sie sich ja die beiden Studenten als Tischgäste einladen können, das wäre sicher sehr unterhaltsam gewesen. Aber William würde das nicht gern sehen. Sie als reiche Frau konnte so demokratisch sein, wie sie wollte. Doch William hielt auf Ordnung in seinem Bereich. Sie würde sich bei ihm unbeliebt machen, wenn sie sein Konzept verdarb.

Ganz plötzlich und im Eiltempo erschien die Zenzi wieder auf der Szene.

»Mei, o mei!« rief sie, und ihr Tonfall war so alarmierend, daß alle erschraken.

»Was gibt es?« fragte William.

»Mei, die Moni!«

»Was ist mit der Monika?«

»Umg'fall'n is s'. In der Kuchl liegt s' und rührt si net. Grad wia tot liegt s' da.«

Worauf sich das gesamte Ensemble in die Küche begab, wo man die Moni nicht mehr liegend, sondern bereits wieder sitzend auf dem Fußboden fand, leicht stöhnend, die Hand an die Stirn gepreßt.

Sie wisse auch nicht, was geschehen sei, berichtete sie, mit einemmal sei ihr schwindlig geworden, sie hätte sich gerade noch vom Herd zurückgezogen, dann sei es ausgewesen. Aber ganz aus. Komisch – so was.

»Ich habe mir neulich schon einmal gedacht, daß die Lüftung in dieser Küche sehr zu wünschen übrigläßt«, meinte William. »Wenn man nur eine kurze Mahlzeit bereitet, mag es angehen. Aber wenn mehrere Töpfe in Betrieb sind, nehmen die Dämpfe überhand.«

Knuddel gackerte albern. »Überhandnehmende Dämpfe sind ganz was Übles, das hab' ich mir auch schon öfters gedacht.«

William überhörte es.

»Man sollte ein Fenster öffnen.«

Doch das Fenster war bereits offen.

»Geht's besser?« fragte Joana.

»Ja, danke, gnädige Frau. Viel besser. Ich weiß auch nicht, wie das kam. Zu dumm, so was. Entschuldigen S' bitte.«

»Am besten legen Sie sich gleich hin.«

»Wo werd' ich denn? Das Essen ist fertig. Mir geht's schon wieder prima.«

Monika warf einen besorgten Blick auf ihre Töpfe. Aber der Spargel blubberte sacht vor sich hin, er war so gut wie gar. Die Kartoffeln kochten im Endstadium. Die Kalbssteaks lagen auf einem Holzbrett bereit, sie brauchten nur in die Pfanne. Der Salat war fertig. Auf einem Tablett standen die Renken bereit.

»Das können wir selber machen«, sagte Joana. »Ist ja alles fertig.«

Monika richtete sich kerzengerade auf. »Nix!« rief sie energisch. »Das mach' ich. Mir geht's wieder gut.«

Erst war sie sehr blaß gewesen, jetzt zeigten sich rote Flecken auf ihren Wangen.

»Ich glaube, sie hat Fieber«, sagte Joana, als sie die Küche wieder verlassen hatte. »Stellen Sie sich vor, William, wir haben die Masern im Haus, und die ganze Hochzeit platzt.«

»Die Masern!« rief William entsetzt. »Aber gnädige Frau, wie kommen Sie darauf?«

»Fiel mir gerade so ein. Irgendwas in der Art.«

»Es kann auch die Pest sein«, half der von Bettersberg bereitwillig weiter. »Oder die Cholera. Irgendwas in der Größenordnung.«

Sie waren wieder in der Halle angelangt, und er blickte sich wohlgefällig um. »Ganz hübsch hier als Quarantänestation. Ich könnt's hier eine Weile aushalten.«

»Mit solchen Dingen spaßt man nicht«, sagte William ungehalten.

»Spaß! Verehrter Herr, ich meine das bitterernst. Auf irgendeine Weise muß die Menschheit mal ausgerottet werden. Und irgendwo muß es anfangen. Warum nicht hier? Statt Hochzeitstanz ein Totentanz. Wäre das nicht echt toll?«

»Halt die Schnauze, du Stußkopp«, sagte Wilcken. Es war das erstemal, daß er das Wort nahm. »Los, komm.« Er machte eine herrische Kopfbewegung zum Ausgang hin.

Und zu William sagte er: »Ich nehme an, wir können uns zurückziehen.«

»Natürlich«, sagte William. »Wir sehen uns morgen früh.«

»Ich denke, wir kriegen was zu futtern«, maulte Knuddel.

»Ich kann schon bald auf meinen Magen treten.«

»Bitte, kommen Sie, meine Herren, ich zeige Ihnen, wo Sie essen werden.«

»Wir wissen Bescheid«, sagte Wilcken. »Fräulein Zenzi hat es uns gezeigt.«

Aber William hielt es trotzdem für gut, noch einmal in der Küche nach dem Rechten zu sehen.«

»Nur einen Moment, Irmgard. Ich bin gleich wieder da. Bitte, meine Herren.«

»Kommen Sie, Irmgard, setzen Sie sich zu mir.« Das war Joana. »Trinken sie einen Martini mit mir. John, mixen Sie uns noch einen? Lassen Sie sich nur Zeit, William. Ich werde Irmgard bestens unterhalten. Wir können über die Liebe sprechen, das ist immer ein gutes Thema.«

»Da bleib' ich da, da kann ich auch mitreden«, meinte Knuddel und machte Anstalten, sich wieder zu Joanas Füßen niederzulassen. Aber Wilcken packte ihn an der Schulter und dirigierte ihn ziemlich energisch zur Halle hinaus.

»Mensch, du bist ja so was von autoritär, das ist ja geradezu mittelalterlich. Mit dir muß ich wohl noch ein ernstes Wort reden. Spätestens übermorgen. Falls wir da noch leben sollten... und falls nicht, dann...«

Der Rest verklang. William, Wilcken und Knuddel verschwanden erst mal.

Irmgard setzte sich schüchtern auf den Sessel gegenüber Joana. John servierte neue Martinis, Maria, wieder lang ausgestreckt vor dem Kamin, sang leise vor sich hin.

»Richtig gemütlich hier, nicht?« meinte Joana. »Bloß

schade, daß wir diese blöde Hochzeit haben. Ich könnte es wochenlang hier aushalten. Sind sie in William verliebt? Um Himmels willen, warum machen Sie so ein schockiertes Gesicht? Ist doch nichts dabei. Verliebtsein ist ein wunderbarer Zustand. Wissen Sie, wie oft ich in meinem Leben verliebt war? Also zählen kann man das nicht, aber...«

In der Küche lief alles wie geschmiert. Zenzi war gerade dabei, die Renken aufzutragen. Moni hob vorsichtig den Spargel aus dem Wasser. »Alles in Ordnung?« fragte William.

»Natürlich. Mir geht es prima.« Aber es klang ein wenig zu forsch. Auf Monikas Stirn standen kleine Schweißtropfen. Auf dem Weg zur Küche und zu den Vorratsräumen befand sich eine hübsch eingerichtete Bauernstube, dort waren Knuddel und Wilcken stationiert worden.

»Gedulden Sie sich noch ein wenig«, verabschiedete sich William von ihnen. »Zenzi wird Ihnen dann das Essen bringen. Ah, da ist ja auch der Herr Grainzinger. Guten Abend, Herr Grainzinger. Ich habe Sie schon vermißt. Darf ich übrigens bekannt machen?«

Josef winkte ab. »Ich kenn' die Herren Studenten scho. Ich war draußen, wiss'n S'. A prächtig's Wetter ham mir heut'. Und an Mond ham ma aa. Was sagen S' dazua?«

»Erfreulich, höchst erfreulich. Es berechtigt zu den schönsten Hoffnungen.«

Aber ganz so hoffnungsvoll fühlte sich William gar nicht. Irgendwo war der Wurm drin, das spürte er.

Der Doktor kommt ins Haus

Wenigstens konnten sie in Ruhe essen. Die Señora allein im rosentapezierten Frühstückszimmer, die Sonne war inzwischen untergegangen, Abendrot wurde geboten. Auch der Anblick der Berge.

»Schön«, sagte Joana und lutschte an ihrem Spargel, als William zwischen Vorspeise und Hauptgang noch einmal nachsehen kam, ob bei ihr auch alles in Ordnung war.

»Wie meinen gnädige Frau?«

»Ich habe um schönes Wetter gebetet. Ich war ja neulich schon dafür, daß man in der Richtung etwas unternehmen sollte. Wissen Sie, William, ich halte sehr viel davon. Heute denken die Leute immer, das nützt nichts. Ich bin überzeugt davon, es nützt doch.«

William warf ihr einen unsicheren Blick zu, aber sie machte ein ganz ernstes Gesicht.

»Wenn's bei mir irgendwo schwierig war, habe ich mich immer an den lieben Gott gehalten. Und er hat mir immer geholfen. Wirklich, William, ich hab's erlebt. Man soll sich bloß nicht einbilden, daß man allein für sich gescheiter ist. Außerdem finde ich es beruhigend, daß einer da ist, der es besser weiß. Aber nun gehen Sie endlich. Irmgard muß halb verhungert sein.«

Oben in der holzgetäfelten Trinkstube verlief alles nach Plan. Renken, Tomatensuppe, Spargel und Kalbssteaks und als Dessert Mokkaeis, mit Nüssen und Sahne garniert. Die blonde Irmgard seufzte tief. »Es hat wunderbar geschmeckt. Ich kann mich kaum noch rühren. Hat das alles Moni zubereitet?«

»Ja. Sie ist eine exzellente Köchin. Sie wissen ja wohl, daß sie eine gute Ausbildung hat.«

»Freilich, ich kenn' sie gut. Bei meinem Vater ging sie ja auch in die Schule.«

William schenkte noch einmal Wein ein. »Wollen wir noch ein wenig warten mit dem Mokka? Zigarette?«

Er rückte ein wenig näher, er lächelte, es ließ sich alles vorzüglich an. Der Abend verlief doch so, wie er es sich vorgestellt hatte. »Erzählen Sie mir ein bißchen von früher, Irmgard?«

»Von früher?«

»Ja. Sie erwähnten gerade die Schule. Als Ihr Vater noch unterrichtete. Sind Sie seine Einzige? Es muß ganz reizvoll sein, in einem Ort wie Endershausen die Tochter des Lehrers zu sein.«

Irmgard lachte. »Sie sagen es. Es hatte Vor- und Nachteile. Und es gab manch drolliges Erlebnis.«

Als die Zenzi der Señora den Mokka brachte, berichtete sie:

»Die Moni ist fei no amal umg'fall'n.«

»Ist sie wieder ohnmächtig geworden?«

»Pfeigrad is s' umg'fall'n. Jetzat hab' ich s' in mei Kammer bracht, damit sie si hilegt. Sie wollt runterfahr'n mit 'm Radl, aba i hab' g'sagt: Nix da, du legst di z'erscht amoi hi.«

»Das ist g'scheit. Und weißt du was, Zenzi? Jetzt holen wir doch den Doktor.«

»Sie will koan Dokta net ham. Sie hat's extra noamal g'sagt. Krank is s' net, hat s' g'sagt. Bloß a bisserl abg'spannt.«

»Von was denn? Noch ist ja keine Hochzeit. Und wegen meinem bisserl Essen kann sie nicht so kaputt sein, daß sie umfällt. Nein. Der Doktor muß her.«

»Jetzat glei?«

»Warum nicht? Es ist zwar Samstag abend – meinst du, er kommt?«

»Unsa Dokta scho«, sagte Zenzi stolz. »Der kimmt allweil. Des is net so a Neimodischa, der wo a Wochenend macht und si net um de Kranken kümmert.«

»Ist er nett?«

»Mir mög'n ihn. Aba er is halt scho älta.« Zenzi fügte es quasi warnend hinzu, denn sie kapierte, daß die Señora den Doktor nicht nur wegen der Moni, sondern auch ein bisserl zu ihrer eigenen Unterhaltung kommen lassen wollte.

»Ah so. Na, egal. Holen wir ihn trotzdem. Man kann nie wissen. Wenn die ganze Hochzeit hier erst läuft und die vielen Leut' da sind, werden wir sicher mal einen Doktor brauchen. Besser, man kennt ihn vorher schon, nicht? Und weißt du was, wir sagen keinem was davon. Den William wollen wir nicht stören, der soll heute ruhig mal ungeniert mit seinem blonden Glück poussieren. Und der Moni sagst auch nichts. Sie wird dann schon sehen, wenn er da ist.«

Worauf sich die Señora ans Telefon begab und mit dem Doktorhaus telefonierte. Das tat sie souverän und charmant wie immer und überzeugte zunächst die Frau Doktor, die keineswegs begeistert war, ihren armen Mann am Samstagabend noch mal auf die Walze zu schicken, wie dringend der Fall sei. Dann sprach Joana kurz mit Dr. Rupert, und eine Viertelstunde später war er schon da.

Es gelang wirklich, und das war ein Meisterstück, ihn ins Haus zu manövrieren, ohne daß William etwas davon merkte. Der Doktor hörte sich an, was Joana ihm berichtete, nickte, betrachtete die aparte Frau mit einem gewissen Interesse, denn natürlich wußte er, wie jedermann in Endershausen, was hier oben lief, und von dem exotischen Gast Nummer eins hatte er auch schon gehört.

»Schaun wir uns die Moni mal an«, sagte er dann gemächlich.

»Sie kennen Sie?«

»Aber gewiß doch. Was glauben Sie, gnädige Frau, wie

lange ich in und um Endershausen herum praktiziere?«

»Soll ich raten? Zehn Jahre?«

»Achtunddreißig. Achtunddreißig Jahre. Ja, da schaun S'. Die Moni kenne ich nicht nur, ich habe sie auf die Welt gebracht. Sie war mein erstes Baby, das ich geholt hab', als ich nach dem Krieg hier wieder anfing. So was vergißt man nicht. Da bin ich nicht lang zuvor aus der Gefangenschaft heimgekommen. Hat Spaß gemacht, ein Baby zu holen, so was hab' ich lange nicht gehabt.«

»Na, das ist ja Klasse, da gehen wir mal zur Moni.«

Zum Beispiel der Doktor also: auch eine Endershausener Geschichte. Als junger Arzt war er Mitte der dreißiger Jahre nach Endershausen gekommen, froh, eine Praxis zu haben. Jung war er und unerfahren, und seine neuen Patienten nahmen ihn keineswegs mit offenen Armen auf. Bis der Krieg begann, hatten sie ihn noch nicht akzeptiert.

Daß sie ihn eigentlich mochten, entdeckten sie erst, als er dann weg war, als sie gar keinen Doktor hatten und später dann eine mürrische alte Ärztin, die meistens selber krank war.

Dr. Rupert war also im Krieg, kam weit herum, erlebte böse und harte Zeiten, lernte natürlich auch viel dazu, denn der Krieg ist für junge Ärzte ein vorzüglicher Lehrmeister, wenn man da auch nicht gerade eine besondere Fertigkeit als Geburtshelfer erlangen kann. Dazwischen fand der Doktor aber noch Zeit zum Heiraten und schickte seine junge Frau, die ausgerechnet aus Schlesien kam, nach Endershausen. Das war schließlich die einzige Bleibe, die er besaß, dort hatte er Wohnrecht, und später würde man dann weiter sehen. Die junge Frau des Doktors hatte es auch nicht sehr leicht mit den Endershausenern, wurde dagegen aber ganz freundlich von der alten Ärztin aufgenommen, die dringend eine Hilfe brauchte. Für die Sprechstunde und für den Haushalt. So lernte die junge Frau so ziemlich alles, was eine Doktorsfrau auf dem Lande braucht, und als ihr Mann heimkam, konnte sie alles schon und war ihm eine große Hilfe. Und mit den Leuten von Endershausen kam sie inzwischen auch ganz gut aus, denn sie war eine warmherzige, meistens fröhliche und sehr tatkräftige junge Person.

Sie waren froh, die Praxis zu haben. Dr. Rupert stürzte sich in die Arbeit. Was für ein Glück! Eine Praxis, ein hübsches kleines Doktorhaus, die Patienten, inzwischen richtig zutraulich geworden, brachten ihm meistens sogar etwas zu essen mit. Rundherum ging es ganz fürchterlich zu, in Endershausen ließ es sich leben.

Später mal, so Anfang oder Mitte der fünfziger Jahre, sprachen sie davon, Endershausen zu verlassen und eine Praxis in München aufzumachen. Sie sprachen so halb spielerisch davon, denn eigentlich meinten sie es nicht ernst. Mittlerweile gehörten sie dazu, es waren zwei Kinder im Haus, es war alles vertraut und gewohnt, das Doktorhaus, Endershausen, die Berge im Hintergrund, der Chiemsee in der Nähe, die Patienten, die immer mehr wurden... Wußte man denn, was einen in München erwartete?

»Aber du wolltest doch eigentlich so gern in die Großstadt«, sagte sie.

»Ach, ich weiß nicht, ich glaube, ich will es gar nicht mehr. Aber du, für dich wäre es doch interessanter?«

»Ich weiß nicht. Ich finde es hier interessant genug.«

Ab und zu schwangen sie sich mal auf, ins Theater zu fahren oder in ein Konzert, es war immer mit großem Aufwand verbunden, und er konnte sicher sein, daß bestimmt etwas passierte, wenn er nicht da war.

Schwierig war es mit dem Urlaub wegen der Vertretung, und mit der Zeit gaben sie es auf. Es war schön genug hier. Wo sollte man eigentlich hinfahren? Und die Patienten wurden immer mehr. In den Orten um Endershausen herum schienen sich die Ärzte in Luft aufzulösen. Die alten starben aus oder setzten sich zur Ruhe, und die jungen kamen erst gar nicht. Sie wollten nicht mehr aufs Land. Das Leben eines Landarztes war ihnen zu mühselig trotz Fernsehen und aufkommenden kleinen ›Supermärkten‹. Dr. Rupert war voll beschäftigt. Seine Frau mahnte ihn manchmal eindringlich, daß er sich mehr Ruhe gönnen müsse – er sei bald siebzig. Zeit, mit der Praxis aufzuhören. Aber davon konnte keine Rede sein. Er wurde gebraucht. Ein neuer Arzt ging nicht her. Und was sollten sie machen in Endershausen und Umgebung ohne ihn?

»So ein Schmarrn!« empfing ihn die Moni mit blitzenden Augen und gar nicht kränklich aussehend. »Jetzt ham S' Eahna doch pfeigrad herg'sprengt. I bin net krank. Mir fehlt nix.«

»Aber Monika«, ließ sich Joana von der Tür her vernehmen, »seien Sie doch nicht so eigensinnig.«

Und die Zenzi: »Mei, du bist zwider! Grad zwider bist. Aber wiss'n S', Herr Dokta, i hab' mir glei denkt...«

»Jetzt seid's amal staad«, sagte der Doktor, »und laßt mich mit der Moni allein, verstanden?«

Die Moni legte sich zurück auf Zenzis Bett, als sie mit dem Doktor allein war, und seufzte. »Tut mir leid um Ihren ruhigen Samstagabend. Die Frau Doktor wird böse sein.«

»Sie ist's gewöhnt. Und wenn du wirklich nicht krank bist, kann ich gleich wieder heimfahren.«

»Hoffentlich verpassen Sie nix Gutes im Fernsehen?«

»Kaum. Also – was ist los? Umg'fallen bist du?« Er faßte nach Monis Handgelenk, sah sie dabei aufmerksam an. Moni blickte zur Decke. »Ich kann's Eahna genau sag'n, was mit mir los is. I krieg' a Kind. Andere Frauen wird's am Morgen schlecht, wann s' aufsteh'n, mir wird's am Abend mies, wann i koch'. Mir war die ganz'n Tag scho so, als ob i umfall'n müaßt. No – und heut' bin i halt umg'fall'n. I woaß eh, was los is, drum hab' i g'sagt, brauch ich keinen Dokta net. I ko dene da doch net ois verzähl'n. Oda?«

»Bist du deiner Sache so sicher?«

»Freili. Is ois aso, wia's sei soll.«

»Wie lange weißt du es denn schon?«

»I woaß's net, i denk ma's bloß. Seit vier Wocha scho denk i mir's. I hab' no koa Kind g'habt, aba so wird's wohl sein, wann ma oans kriagt.«

»Warum bist du denn nicht zu mir gekommen?«

»I wär' ja eh komma. I wollt bloß wart'n, bis d' Hochzeit vorbei is. Jetzat hob' i koa Zeit net g'habt, zum Dokta z' geh.«

»Aha.«

Eine Weile schwiegen sie. Die Moni blickte immer noch zur Decke hinauf. Sie sah wirklich nicht krank aus. Und wirkte sehr gelassen.

»Hast denn einen Vater zu deinem Kind?«

»So, wia's ausschaugt, net.«

»Aha.«

Wieder eine Pause.

»Beim Schifahr'n hob' i'n kennag'lernt. Aus München is a. Und jetzt hob' i seit sechs Wocha nix von eahm g'hört.«

»Hast du die Adresse?«

»Er hat s' mir amal aufg'schrieb'n. Net die Adresse, bloß as Telefon. Wia ma uns 's letztemal g'sehng ham, hat a ma verzählt, er muß auf Amerika. G'schäftli. Aber wann er z'ruck is, wird er rauskemma und mi b'suacha.«

»Und darauf wartest du?«

»Mei!« Moni hob die Schultern. »Ko scho sei, daß er net kimmt. I hob' koa Glück in der Liebe. Soll i eahm vielleicht nachlaufa?«

»Warum hast du denn die Pille nicht genommen?«

»I hob' s' ja g'nomma. Aber wia ma 's letztemal aufm Berg war'n, da war'n ma auf einer Hütt'n im Kaiser. Und i hob' denkt, mir bleib'n nur übers Wochenend. Aber er hat dann Zeit g'habt für ganze sechs Tag. Und i sollt' halt bei eahm bleib'n. Und da bin i halt blieb'n. I bin bloß abg-'fahr'n zum nächsten Gasthof und hob' z' Haus ang'ruf'n, daß i späta hoamkimm'. Liab war er ja scho, arg liab.« Moni seufzte herzzerreißend. »Es war 's erstemal, daß i wieder an Mo... i moan, seit mei Toni nimmer is.« Sie seufzte wieder. »Des is mehr als zwoa Jahr her. Ko ma doch net sag'n, daß i leichtsinnig bin. Oder?«

»Nein, kann man nicht sagen.«

»Und de Pillen war'n aus. I hob' net so vui mitg'nomma. Na ja, so is's halt.«

»Und nun?«

»Eigentli...« Moni stockte, verstummte.

»Eigentlich was?«

»I hob' vui drüber nachdenkt. Jed'n Tag jetzt. Is ja klar, net? Eigentli hätt' i's ganz gern.«

»Das Kind?«

Sie nickte.

»Nun ja, warum nicht?«

»Ist's denn was Schlimm's, a Kind z' kriag'n? Wann der Toni no am Leb'n waar, hätt' i längst oans. Mir han damals g'sagt, mir wart'n drei, vier Jahre, spar'n uns a bisserl was z'samm, und dann, net? Jetzt hob' i an Toni nimmer, und i hob' koa Kind net, und der... der... aus München is aa weg, i hob' halt koa Glück net mit de Mannerleut', aber...« Sie hob den Kopf und sah den Doktor trotzig an. »Soll i zwega dem aa koa Kind net ham?«

»Es ist absolut keine Tragödie in unseren langsam etwas aufgeklärten Zeiten, ein Kind zu bekommen, auch wenn man keinen Vater dazu hat. Das weißt du so gut wie ich. Außerdem war es in diesem gottgesegneten Land hier nie eine Tragödie – auch früher nicht. Nicht einmal eine Schand.«

»Aber d' Muatta?«

»Na, deine Mutter wird ein bissel schimpfen und dann wird sie a Ruah geb'n. Ist doch eine ganz vernünftige Frau. Und dein Vater? Mit dem red' ich.«

»Und die Dearndln?«

»Geh, hör nur auf. Die Evi ist verlobt und wird nächstes Jahr heiraten. Und deine jüngste Schwester ist auch schon – na, wart amal, ist sie nicht auch schon siebzehn?«

»Achtzehne is.«

»Na also. Sie wird auch schon mal davon gehört haben, wie so was passiert.«

»Die woaß's eh besser ois i.«

»Also! Und du bist eine verheiratete Frau gewesen, außerdem hast du einen Beruf, in dem du tüchtig bist, und alt genug bist du auch.«

»Eb'n. I bin siemazwanzge. Und was soll i scho macha? Abtreib'n mog i net. Und von selber is no nia oans wegg'ganga.«

»Immer vorausgesetzt, es ist so, wie du denkst. Nein, zum Abtreiben würde ich dir nicht raten. Grad dir nicht. Weil du's ja im Grunde nicht willst.«

»Naa, i wui net«, sagte Moni trotzig. »Es is net weg'n am Kind. Es is ma nur weg'n die Leut'.«

»Ah geh! Wegen der Leut! Laß ihnen den Spaß. Sollen s' halt eine Weile sich das Maul zerreißen. Die gewöhnen sich schon dran. Und jetzt kommst du nächster Tage mal zu mir in die Sprechstunde, und da schauen wir uns die Sache genau an. Und dann möchte ich noch mal was Genaues über den Mann aus München hören ... Bissel was wirst doch über ihn wissen.«

»Freilich, i woaß an Hauf'n über ihn. Rudi hoaßt a. Rudolf genau. Rudolf Sedlmayer, und Kaufmann is a, sagt a.«

»Siehst du, ist schon etwas. Am End ist er wirklich noch in Amerika und kommt eines Tages an. Also, gleich nach der Hochzeit kommst du zu mir, ja?«

Moni nickte. »Und was werd'n S' dene da drauß'n sag'n?« fragte sie mit einer Kopfbewegung zur Tür hin.

»Ja, was meinst? Ich werd' halt sagen, du hast leichte Kreislaufstörungen gehabt. Das haben auch junge Leute heutzutage manchmal. Und du sollst morgen mal zu Hause bleiben, werd' ich sagen, und sie sollen essen gehen. Fahrst mit mir runter?«

»Gern.«

Mit einem Schwung erhob sich die Moni von ihrem Schmerzenslager. Sie lachte den Doktor an.

»Komisch, 's Leb'n, net? Aber i bin froh, daß 's jetzt oans woaß. Und ob Sie's glaub'n oder net...«

»Ob ich's glaub oder nicht, du freust dich auf dein Kind. Ich glaub's, Monika. Ist ja auch das Normale. Schaut er denn gut aus, der Mann aus München?«

»Ja, sehr gut. Groß is a und blond aa. Und braune Aug'n hat a. Und eigentli is a immer vergnügt. Und a prima Schifahrer.«

»Und du bist auch eine hübsche Frau, also wirst du ein schönes Kind haben. Was willst du noch mehr? Und deine Mutter wird später ganz narrisch sein mit dem Baby, das kann ich dir jetzt schon sagen. Ich kenn's doch. Gehen wir?«

Moni stützte sich ein wenig auf den Arm des Doktors, als sie das Krankenzimmer verließen. Sie machte nicht gerade eine leidende, aber immerhin eine ernste Miene. Zenzi, die unter der Küchentür stand, blickte besorgt drein, die beiden Studenten, die noch mit dem Josef im Bauernzimmer hinter der Küche saßen und Bier tranken, schauten ebenfalls teilnahmsvoll.

»Ist es nu die Pest, Doktor?« rief Knuddel hoffnungsvoll, und Joana, die in der Halle herumgegeistert war, immer in Sorge, daß William dazwischenplatzen könnte, tauchte sofort auf und fragte gespannt: »Nun? Es ist doch nichts Schlimmes?« Der Doktor sagte sein Sprüchlein auf,

Moni lächelte matt dazu, Joana gab alles, was sie über Kreislaufstörungen wußte, zum besten, die Zenzi kannte auch einen Fall, der Josef mindestens ein Dutzend, es war ein lebhaftes, mehrstimmiges Ensemble, das da, teils im Chor, teils in dramatischen Soli, dazu voll lebhafter Bewegung, in der Halle, in der Küche und im Gang, der dazwischen lag, dem Aktschluß entgegenstrebte, als sich plötzlich ein klangvoller Bariton durchsetzte und alles übertönte: »Mein Kreislauf ist auch nicht der beste. Und ich frage mich, ob ich wohl in diesem Hause etwas zu trinken bekommen kann.«

Fermate. Alle blickten zurück. Und mitten in der Halle stand ein großes, breitschultriges Mannsbild, mit hellem Haar, gemischt aus Blond und Weiß, das Gesicht braungebrannt und wohlgeformt, und gekleidet war der Kerl in eine fransenbehängte gelbe Lederjacke und verwaschene Jeans. Sogar Joana blieb zunächst die Spucke weg.

»Gegessen haben wir auch noch nicht«, ließ sich der Riese weiter vernehmen. »Die wollten unterwegs einkehren, aber ich hab' gesagt, erst fahren wir mal hin, man kann so spät auch nicht kommen, und wenn die schon Hochzeitsgäste einladen, werden sie wohl was zu essen und zu trinken im Hause haben. Schlimmstenfalls schlachten sie noch einen Hammel.«

Joana legte das rote Köpfchen animiert auf die Seite und spazierte auf den unerwarteten Gast zu. »Wer zum Teufel sind Sie denn?«

»Allerschönste Lady, seien Sie mir gegrüßt. Ich bin so eine Art Tramp und gehöre seit neuestem hier zur Familie. Solm.«

Joana war angelangt und betrachtete, den Kopf in den Nacken gelegt, den Schrank von Mann. »Solm? Sind Sie verwandt mit dem Bräutigam?«

»Ziemlich direkt. Sein Onkel gewissermaßen. Der Bruder von Alexander Friedrich.« Er legte die Hand an seine weißblonde Mähne. »Gustav Hendrik Solm-Weltingen, zu dienen, schönste Lady!«

»Graf Gussi«, kapierte Joana. »Je später der Abend und so weiter. Herzlich willkommen!«

»Klingt gut«, fand der Graf, nahm Joanas dargebotene Hand und beugte sich tief darüber. »Welche Himmelsgabe für den müden Wanderer, wenn er liebevoll empfangen wird. Jung und schön, Gnädigste, wie Sie sind, werden Sie wohl kaum die Brautmutter sein?«

Joana lachte hell auf. »Das dürfte Helen nicht hören. Sie ist die Brautmutter und durchaus jung und schön. Was haben Sie nur für eine komische Vorstellung von Brautmüttern?«

»Auch wieder wahr. Die letzte Hochzeit, die ich mitmachte, war in Paris. Die Braut war neunzehn und die Brautmutter fünfundzwanzig. Und sie war der Braut weit vorzuziehen.«

»Ich weiß, worum es sich handelt. Das war die Hochzeit von der Gummi-Charroux. Ihr Vater hat die dritte Frau. Geneviève ist wirklich schick. Die Kleine dagegen noch ein bißchen unfertig.«

»Sie sagen es. Wie schön, wenn man sich verstanden fühlt. Sie sind diesem Haus auch irgendwie verwandtschaftlich verbunden, schönste Lady?«

»Ich bin Ihr Gegenstück. Die Braut ist meine Nichte.«

»Nein!« schrie der Riese laut, und dann lachte er, daß die Wände wackelten. »How wonderful! Solch bezaubernde Verwandtschaft kriege ich frei Haus. Laß dich umarmen, Sweetie!« Und er schloß beide Arme um die zierliche Joana, die kaum mehr zu sehen war, aber diese stürmische Ouvertüre ihrer verwandtschaftlichen Beziehungen mit sichtlichem Vergnügen über sich ergehen ließ.

Alle anderen hatten dem Auftritt stumm gelauscht, und nur Knuddel stieß Wilcken in die Seite und flüsterte aufgeregt: »Mensch! Sippe!«

Sodann folgte der Auftritt von des Grafen Gussi Anhang, der aus sechs Personen bestand: zwei Männern, ungefähr in Gussis Alter, doch nicht von seinem Kaliber, und vier Mädchen, alle jung, alle hübsch, alle vom gleichen Typ, langhaarig, langbeinig, jeansgekleidet und ziemlich unbedarft.

»Sind Freunde von mir«, begleitete Gussi das Erscheinen dieser Typen, das sich in Raten vollzog. »Wir waren gerade unterwegs, und ich habe sie eingeladen zur Hochzeit. Du hast nichts dagegen, schönste Lady?«

»Ich nicht. Kommt auch gar nicht mehr drauf an.«

Sie waren mit zwei Wagen gekommen, die nun ausgeladen wurden, wobei die Studenten erstmals in Aktion traten. Und da das natürlich nicht lautlos über die Bühne ging, wurde nun der arme William wirklich in seinem Idyll gestört. Er war gerade dabei, der blonden Irmgard – nun, wir wollen nicht indiskret sein, spielt auch keine Rolle, was er gerade mit Irmgard tat oder vorhatte, da hob er den Kopf, lauschte, stutzte, lauschte wieder und fragte sichtlich aufgestört: »Was geht da unten eigentlich vor?«

Er sah es, als er auf der halben Treppe stehenblieb. Leute, Leute, lauter fremde Leute, ein Hin und Her, Gepäck, Gelächter, Stimmen, Rufe – da passierten Dinge, die William nicht angeordnet, geschweige denn geordnet hatte. Und Irmgard, die hinter ihm aus der Trinkstube gekommen war, seufzte betrübt. Es war so schön gewesen. Und nun kamen diese gräßlichen Leute dazwischen. Wer um Himmels willen war das bloß?

Joana hatte schon auf Williams Erscheinen gewartet, und nun klärte sie ihn rasch von unten her auf.

»Graf Solm, ein Onkel. Soeben eingetroffen mit sechs Personen Begleitung. Die wollen essen und trinken und vermutlich auch irgendwo schlafen. Aber Moni muß nach Hause, sie hat Kreislaufstörungen. Wir haben den Doktor geholt. Das sehen Sie ja.«

Es war wirklich viel, was man William zumutete. Nicht die neuen Aufgaben, damit wurde er spielend fertig. Aber daß Dinge geschahen, von denen er nichts wußte, so zum Beispiel der Arzt im Haus, das war schlechthin unverzeihlich. – Nun ja. Undank war der Welt Lohn. Und mit Irmgard – das mußte wohl erst mal verschoben werden.

Er hob Hand und Arm, wie ein Dirigent vor dem Einsatz, und wirklich verstummte auch alles und blickte erwartungsvoll zu ihm auf. Für die Ankömmlinge war er sofort und ohne Einschränkung eine Autorität, nur Joana und die Milchschokoladene registrierten mit einem kleinen Grinsen, daß Williams korrekt gescheiteltes Haar sich ein wenig in Unordnung befand. Aber das war natürlich nur äußerlich. Ansonsten war William William und trat sofort in Aktion.

Der Graf wurde begrüßt mit allen ihm zukommenden Ehren, seine Begleitung – nach scharfer Musterung – in entsprechender Abstufung, der Doktor und Moni sogleich hinausbefördert, die Studenten, Zenzi und Roserl abkommandiert, um für Imbiß, Getränke und Schlafstätten zu sorgen.

Eine Viertelstunde später saßen die neuen Gäste mit gewaschenen Händen im großen Speisezimmer, bekamen zu essen, nur kalt natürlich, hatten Wein, Bier, Schnaps, Whisky zur Verfügung und wußten auch alle schon, wo sie schlafen würden.

»Für heute nacht.« So hatte William vorsorglich erklärt. »Morgen werden wir weiter sehen. Für Sie, Herr Graf, war natürlich ein Zimmer reserviert.«

Joana stellte wieder einmal fest, daß William große, aber auch schon ganz große Klasse war, entriß die Milchschokoladene den Handgreiflichkeiten eines strammen Mitfünfzigers, zischte ihr auf spanisch zu, daß sie sich gefälligst benehmen solle, hatte die vier mitgebrachten Miezen als gängige Durchschnittsware registriert und zu Statistenrollen eingeteilt und widmete sich dann mit Verve diesem rasanten Mannsbild, das ihr dieser Abend unerwartet beschert hatte.

Natürlich war ihr der Gussi Solm ein Begriff, er gehörte schließlich zum Jet-Set, tauchte hier und da in den Klatschspalten auf, befand sich immer zur rechten Zeit an den rechten Plätzen, hatte nie in seinem Leben irgend etwas Nützliches getan, geschweige denn gearbeitet. Hatte auch nie in seinem Leben über ausreichende Mittel verfügt, denn die kleine Apanage, die sein seriöser Bruder Alexander Friedrich ihm widerwillig zukommen ließ, mühsam aus dem kleinen landwirtschaftlichen Besitz in Württemberg herausgewirtschaftet, reichte dem Gussi nicht mal für Trinkgelder. Aber selbstredend wohnte er trotzdem im ›Palace‹ in St. Moritz oder im ›Majestic‹ in Cannes, man fand ihn auf den Yachten der Millionäre und den Landsitzen des englischen Adels, auf den Partys in Hollywood ebenso wie auf einer Safari in Kenia. Er war eingeladen. Immer eingeladen. Er war so amüsant und unterhaltend, wirkte so dekorativ mit seiner hellen Mähne und dem Charakterkopf, er hatte so herrliche Manieren, die Frauen schmolzen dahin, wenn er auftauchte, und die Sage ging, ein wundervoller Liebhaber sei er immer gewesen und – gut trainiert, wie er war – sei es heute noch, auch wenn er nun wirklich nicht mehr der Allerjüngste war. Und obendrein war er auch noch ein Graf. Er sprach sämtliche Sprachen, die man für dieses Leben brauchte, er sprach sie fließend und eventuell gleichzeitig, wenn nötig. Nicht nur die Frauen liebten ihn, auch die Männer schätzten seine Gesellschaft, er besaß viele wirklich gute Freunde, was in diesem Fall bedeutete, Leute, die er anpumpen konnte und die deswegen nicht sauer wurden, sondern freundlich sagten: »Klar, Gussi, für dich – immer!« oder so was ähnliches, und dann nicht mit albernen Mahnungen ankamen.

Und schließlich und endlich mochten ihn von Herzen die Oberkellner und Chefportiers der bestrenommierten Gastronomie rund um die Welt. Und letzteres mag endgültig festschreiben, was für ein großartiger Bursche der Gussi Solm war.

Zweimal im Leben, als er richtig in der Patsche saß,

hatte er reich geheiratet, beide Ehen waren geschieden, mit beiden Frauen verband ihn herzliche Freundschaft, beide konnte er jederzeit anpumpen. Für Gussi war gesorgt.

Diesmal kam Gussi geradewegs aus Lugano nach Endershausen, eingeladen zur Hochzeit, wie er ja war – die beiden Männer in seiner Gesellschaft waren alte Freunde, ein in Campione zur Ruhe sitzender Schlagerkomponist und ein Bankdirektor aus Solothurn. Letzterer war es, der die Milchschokoladene umkringelt hatte, und Joana dachte bei sich, daß die Schweiz wohl auch nicht mehr sein konnte, was sie einmal gewesen war, wenn man das so sah.

Die vier Mädchen waren den drei Männern offenbar während der letzten Wochen, die sie teils in Lugano, teils in Askona, teils in Campione und Milano zugebracht hatten, mehr oder weniger zugelaufen.

»Sie können Blumen streuen oder irgend so was. Schleppe tragen...«, schlug der Graf vor. »Oder ältere Herren stützen, denen in der Kirche mau wird. Ich dachte, wir bringen sie mal mit. Irgendwie werden sie sich schon verwenden lassen. Es sind brave Kinder.« Er nannte ihre Namen und deutete dabei auf jede einzelne. »Jennifer kommt aus Connecticut, Cécile – Paris, Margret – Lugano und Gisela aus Hamburg.«

»Ich bin Gisela«, sagte die große Blonde, die er als Margret bezeichnet hatte.

»Richtig. Entschuldige, Baby. Ihr seid wirklich nicht zu verwechseln.«

Gisela war das hübscheste der Mädchen, auch das stillste. Sie aß furchtbar viel, machte ein ziemlich mürrisches Gesicht, später saß sie auf dem Boden in einer Ecke und trank Bier aus der Flasche, versteht sich. Wein hatte sie abgelehnt.

Knuddel, der sich einmal neben sie setzte und ein Gespräch versuchte, hatte kein Glück. »Mensch, stink ab«, bekam er zu hören.

»Aber ich will mich doch bloß 'n bißchen mit dir unterhalten. Wo du doch aus Hamburg bist und ich schon immer Seemann werden wollte.«

»Ich will nicht reden. Hau ab!«

»Biste sauer?«

»Geht'n dich das was an?«

Nach einiger Überlegung beschloß Knuddel, es mal mit Paris zu versuchen, war vielleicht ergiebiger, worin er sich nicht täuschte.

Wie man sieht, war, ganz entgegen Williams Absichten, die Demokratisierung doch gelungen, die Studenten waren gewissermaßen in die improvisierte Party infiltriert worden, was sich dadurch ergeben hatte, daß sie recht behilflich beim Auftragen von Essen und Trinken und beim Abtragen der leeren Teller und Gläser waren. Denn gegessen wurde stundenlang und getrunken noch länger. Und zu Zenzis Entsetzen wurde wirklich fast alles verbraucht, was sich im Hause befand. Eine Invasion von sieben Leuten, von denen offenbar keiner Sorge um seine Linie hatte, räumte mit den Vorräten auf, die ja so gewaltig auch nicht gewesen waren, da man bisher eine kleine Besatzung gehabt und täglich neu eingekauft hatte. Logischerweise.

Kam dazu, daß alle anderen, die weiß Gott gut genug gegessen hatten, wie Zenzi fand, im Lauf der Nacht auch wieder Hunger bekamen.

»Mei, Herr William«, flüsterte Zenzi einmal, »was mach'n mir bloß? Es langt net amal fürs Frühstück morg'n früh. Tun S' mir den G'fall'n und schau'n S' amal in die Kühlschränk', mir san kahlg'fress'n, als wenn die Heuschreck'n bei uns g'wes'n waarn. Mei, wann das die Moni sieht, die fallat glatt wieder in Ohnmacht, aber diesmal in eine tiefe.«

»Jetzt, mitten in der Nacht, können wir daran nicht viel ändern. Morgen müssen wir in aller Früh Lebensmittel beschaffen. Das werden am besten wir beide zusammen erledigen. Dumm, daß gerade Sonntag ist.«

»Ach, das macht nix. I kenn' ja die Leut' hier. Da krieg'n mir scho, was ma brauch'n. Und so früh werd'n die ja net glei aufsteh'n, wann s' so spät ins Bett genga.«

»Ja, aber Sie müssen schlafen gehen, Zenzi, für Sie ist es höchste Zeit.«

»I schaff' das scho. I bin auch in der Früh auf, Herr William, da könna S' ganz beruhigt sei. Ein Glück, daß mir die Student'n ham, net? Die san wirkli a echte Hilfe. Grad jetzt, wo die Moni ausfallt.«

Das stimmte. Die Studenten erwiesen sich nun in der Tat als sehr nützlich. Sie liefen und brachten und trugen und gossen ein, der eine still und ernst, der andere schnatternd und gackernd, und auch wenn Knuddel dazwischen immer mal mit einem der Girls poussierte, ließ er sich doch bereitwillig wieder zu seinen ungewohnten Pflichten zurückholen. Am liebsten hopste er um Graf Gussi herum, mit tiefen Verbeugungen und nur per dritte Person.

Etwa so: »Darf ich Herrn Graf noch mal einschenken?« »Hätten Herr Graf die Güte, mir sein Glas zu reichen?« »Haben Herr Graf diesen Käse schon versucht? Eine exzellente Sorte.«

Der Graf kniff anfangs die hellen Augen zusammen – wollte ihn da einer auf die Schippe nehmen? Aber der Junge war so eifrig und schaute so treuherzig und wimmelte offenbar aus reiner Begeisterung um ihn herum.

»Wie heißt du denn?« fragte der Graf.

»Kn... Kn... Knuddel, zu dienen, Herr Graf.«

Aha, Knuddel. Na, schönen Dank auch. Bist ein netter Junge.«

Knuddel grinste. »Find' ich auch immer. Endlich mal 'n

Mensch, der das gleich merkt. Man sieht gleich, daß Herr Graf ein Menschenkenner sind.«

Joana klärte den Grafen dann auf, was es mit den Hilfskräften auf sich hatte.

»Studenten! Sieh an! Das ist ja aber ganz erstaunlich, wie der Kleine sich benimmt. Sonst heißt es immer, sie seien unverschämt und aufsässig.«

»Er ist Soziologe. Ich glaube, er betrachtet uns hier als so eine Art Studienobjekt.«

»Aha, verstehe. Na, macht nichts. Ist trotzdem ein netter Junge. Sieht aus, als ob er aus gutem Stall kommt.« (Menschenkenner, nicht wahr!)

Lang und breit verwunderten sich Joana und Graf Gussi über das Thema, wieso sie sich eigentlich nie begegnet waren. Denn es stellte sich heraus, daß sie alle die gleichen Plätze, die gleichen Hotels und zum Teil die gleichen Restaurants kannten. Und in Acapulco war der Graf auch schon einige Male gewesen, sie besaßen dort sogar gemeinsame Bekannte. Genauso in Paris und in London. Und eine von Joanas besten Freundinnen – sie wohnte in San Francisco – war sogar eine lange Zeit mit Graf Gussi außerordentlich eng befreundet gewesen. Auch eine von den geschiedenen Gattinnen war Joana bekannt.

»Nein, es ist doch zu komisch!« rief Joana. »Ausgerechnet hier, mitten in Oberbayern lernen wir uns kennen.«

»Ich würde sagen, hier hat das Schicksal gesprochen«, erklärte der Graf und blickte Joana tief in die Augen. »Ich hatte schon lange das Gefühl, daß das Schicksal mir wieder einmal gnädig sein müßte. Es war einfach fällig. Weißt du, schöne Verwandte, ich habe einen Astrologen, und der prophezeite mir erst vor vier Wochen, daß ein freudiges Ereignis Mitte Mai auf mich warte. Na ja, dachte ich, die Hochzeit! Was soll die Hochzeit meines Neffen für mich schon groß ein freudiges Ereignis sein, nicht? Aber nun weiß ich, wie es gemeint war. Ja, die Sterne lügen eben doch nicht!«

»Ich bin schon sehr gespannt auf Arndt. Martina hat eigentlich wenig von ihm erzählt.«

»Na ja, er ist ein bißchen trocken. Sieht gut aus. Tüchtig. Strebsam. Sicher wird er es zu etwas bringen. Mein Bruder ist auch so ein Mensch. Ich bin das schwarze Schaf in der Familie, das weißt du ja. Weder mein Bruder noch mein Neffe werden sehr entzückt sein, mich hier zu treffen, das kann ich dir jetzt schon sagen.«

»Das kann ich mir nicht vorstellen. Nichts ist angenehmer als ein amüsanter Mensch. Überhaupt. Und in der Familie erst recht.«

»Das sagst du. Aber warte einmal ab, bis du sie siehst. Na, macht nichts. Ich bin daran gewöhnt. Und irgendwie habe ich meinen Bruder sehr gern. Er ist so anständig. Und die gute Cornelia erst. Ein Engel. Ein wahrer Engel. Die Güte in Person. Wenn sie mir ins Gewissen redet, muß ich immer weinen.«

Cornelia war die Mutter des Bräutigams, wie Joana wußte. Gräfin Solm-Weltingen, ein Engel aus Baden-Württemberg. Übermorgen, nein morgen – es war inzwischen nach Mitternacht – würden sie hier eintreffen.

Joana klapperte mit den Wimpern und versuchte kurz, aber vergeblich einen Überblick zu gewinnen. Sie war ein wenig beschwipst und sehr, sehr vergnügt. Irgendwann mußte sie jetzt schlafen gehen, das war sie ihrer Schönheit schuldig.

Jennifer aus Connecticut schlief schon seit einer Stunde, auf dem Teppich zusammengerollt wie ein junger Hund. Und in einem Sessel an der Peripherie des Geschehens schlief der Grainzinger, den Mund ein wenig geöffnet, leise schnarchend, was man nicht hören konnte – dazu war es viel zu laut.

»Hoffen wir, daß es eine glückliche Ehe wird«, sagte Joana. »Martina ist ein reizendes Mädchen. Sollten wir nicht jetzt zu Bett gehen?«

»Das kann doch nicht dein Ernst sein. Wo wir uns so glänzend unterhalten. Ein Glas trinken wir noch, schöne Cousine. Die haben einen vorzüglichen Wein in diesem Haus, das spricht für die Leute. Weißt du – unter uns gesagt, bin ich sehr erfreut über diese Heirat. So ein Goldfisch in der Familie, das ist genau das, was uns gefehlt hat. Mein Bruder hat es schwer in seinem kleinen Betrieb da. Er würgt sich mühselig durch, das kannst du mir glauben. Und Arndt hat es auch nicht leicht gehabt. Studium und das alles. Und er muß doch auftreten, nicht, wenn er diplomatische Karriere machen will? Eine reiche Frau – das ist das wichtigste, was er gebraucht hat. Die Mädchen sind ja auch noch da. Drei Töchter! Denk bloß mal. Eine ist ja Gott sei Dank verheiratet, aber auch ziemlich bescheiden. Und wenn du sagst, sie ist auch noch hübsch dazu, die Martina, also was Besseres konnte dem Arndt gar nicht passieren.«

»Aber du hast ja echt Familiensinn«, sagte Joana gerührt, »das finde ich einfach goldig. Prost, Gussi!«

»Auf dein Wohl, schöne Cousine!«

Die blonde Irmgard saß einsam und vergessen oben auf der Treppe und war ein wenig traurig. Aber so sehr auch wieder nicht. Es war sehr spannend gewesen heute abend. Und das alles hier mitanzusehen war einfach umwerfend. Wann wurde einem je wieder so etwas geboten?

Draußen stand der Mond weiß und rund, fast voll, über den Bergen. Der Nachthimmel war hoch und klar und voll der Sterne, die wochenlang keinen Auftritt gehabt hatten.

Begegnung in der Nacht

Vermutlich lag es ja doch am Mond. Entehrt, entwürdigt, erforscht, bestiegen, begangen und mit Stars und Stripes dekoriert, wie er nun eben war, hatte er doch nichts von seiner altbewährten Wirkung verloren. Er ließ die Menschen wachen statt schlafen, machte sie unruhig, nervös, streitsüchtig, sehnsüchtig, möglicherweise romantisch, ließ die Hunde heulen und die Vögel im Schlaf zwitschern. Die Katzen strichen ums Haus, und die Pferde im Stall hatten die Köpfe hochgereckt.

Das alles brachte er fertig – der Mond, wie eh und je.

In München wirkte er auch. Möglicherweise lag es auch daran, daß er sich klammheimlich, von keinem noch bemerkt, mit dem Föhn verbunden hatte, der eben dabei war, über die Berge zu klettern, von Süden kommend, und der nun von oben her ins Land Bayern lugte, wohl wissend, was er dort anrichten konnte, wenn er sich dazu entschloß, hinab ins Land zu wehen. Mond allein ist schon schlimm. Föhn allein kann jede Menge Verwirrung stiften. Aber Mond und Föhn gemeinsam, da ist höchste Gefahr im Anzug. Sommernachtstraumstimmung. Puck reitet auf dem Föhn herab, und die Eselsköpfe wachsen im Nu. Da *muß* einfach etwas passieren!

Was heißt *etwas*? Da passiert unheimlich viel. Da dreht die Erde sich schneller, da ist der Teufel los, da fangen die Berge an zu tanzen, da rotiert das Bayernland um sich selbst. Da kann man sich verlieben und entlieben, da kann man sich lieben und hassen, streiten und versöhnen, und mancher hat da auf einmal ein Messer in der Hand oder auch das Steuerrad von einem Auto und handhabt es wie ein Messer.

Ja – so ist das. Zum Beispiel in München.

Zum Beispiel die Braut. Martina war den ganzen Tag in gereizter Stimmung gewesen. Hysterisch, wie ihre Mutter es nannte.

Hysterisch hingegen, so fand Martina, benahm sich Helen. Sie hatten das einander mitgeteilt und sich ziemlich böse gestritten an diesem Tag.

Die Stimmung in Bogenhausen, im Hause Kannegießer war den ganzen Tag über brisant gewesen. Helen hatte einen vollen Terminkalender, Martina schließlich hatte auch noch reichlich zu tun, und da erklärte sie doch morgens beim Frühstück, daß sie hinausfahren würde auf den Hof.

»Bist du verrückt!« hatte Helen aufgebracht gerufen.

»Ich möchte reiten. Ich habe Sehnsucht nach Stormy!«

»Sehnsucht nach Stormy!« Helen schnaubte die drei Worte geradezu hervor. »Hast du nichts anderes im Kopf als den verdammten Gaul? Ich denke, Jo bewegt das Pferd?«

»Bei dem Regen?«

(Morgens regnete es noch, wie man sich erinnern wird!)

»Na und? Regnet es nicht, wenn du reitest?«

»Mir macht das nichts.«

»Ah, du willst dich wohl noch erkälten. Das fehlte gerade noch, daß du am Altar stehst und niest.«

Und Martina darauf, kühl und lässig: »Gott, da müßte man die Sache eben verschieben.«

Es war wirklich häßlich, daß sie es sagte und wie sie es sagte, nachdem ihre Mutter sich beinahe zerbröselte wegen dieser ihrer einmaligen Hochzeit.

Helen ersparte sich denn auch die Antwort. Sie holte zwar tief Luft dazu, stellte aber nur klirrend ihre erst halb geleerte Kaffeetasse nieder und verließ den Frühstückstisch.

»Martina, ich verstehe dich nicht«, sagte Baronin Sophie tadelnd. »Wie kann man so undankbar sein.«

»Nun ja, nun ja«, murmelte Herr Bergmüller begütigend, »alle ein bißchen nervös. Ist ja kein Wunder.« Er fischte sich ein weiteres knuspriges Hörnchen aus dem Brotkorb und linste nach dem Johannisbeergelee. Oder lieber noch eine Scheibe von dieser Leberwurst? Die war wirklich hervorragend. Er schob die leere Tasse seiner Gattin zu und fragte sanft: »Gibst du mir noch einen Schluck, Sopherl?«

Sopherl goß ein. Martina stand auf.

»Ihr entschuldigt mich«, sagte sie.

Natürlich fuhr sie nicht hinaus nach Endershausen, sie hatte ja wirklich genug zu tun. Den ganzen Tag über kamen Anrufe, kam eine Flut von Post, kamen Geschenke, und dann kam der weitere Hausbesuch.

Herr und Frau Bergmüller waren bereits seit drei Tagen da. Baronin Sopherl hatte mitgeteilt, daß sie unbedingt ein paar Tage für München brauche, sie müsse einkaufen, sie habe noch imnmer nicht die richtigen Schuhe für ihr Hochzeitstag-Kleid, noch schlimmer sei, daß sie mit dem Abendkleid, also das Kleid, das für die Fete am Vorabend der Hochzeit bestimmt war, überhaupt nicht glücklich sei. Aber schon gar nicht. Möglicherweise werde sie kurz entschlossen in München ein anderes Kleid kaufen.

»Nachdem du dir extra dieses hast machen lassen?« hatte Helen gefragt.

(Das war noch das vorbereitende Telefongespräch gewesen am Montag.)

»Ich sage dir doch, daß es mir nicht gefällt. Ich sehe richtig alt darin aus. Auch wenn ich jetzt vielleicht bald Urgroßmutter werde, brauche ich ja nicht danach auszusehen. Ich werde mich umschauen in München, ihr habt doch so hübsche Geschäfte, vielleicht finde ich was. Gott sei Dank kann ich ja immer noch Prêt-à-porter tragen, bei meiner Figur.«

»Na gut, Mama, wie du willst. Aber ich habe keine Zeit,

mit dir durch die Stadt zu laufen, das sage ich dir gleich.«

Wie inzwischen ja wohl klar ist, handelte es sich bei Familie Bergmüller einerseits um Helens Mutter und andererseits um den Mann, mit dem Helen ihre Mutter vor nunmehr zwölf Jahren verheiratet hatte.

Nachdem Helen seinerzeit Frau Kannegießer geworden war, ordnungsgemäß zwei Kinder zur Welt gebracht hatte und in der Münchner Gesellschaft mehr und mehr eine Rolle zu spielen begann, dank Otto Kannegießers steilem Aufstieg, hatte sie sich nach einem Mann für Mama umgesehen. Denn manchmal war Mama ein bißchen lästig, weil sie ewig dabeisein wollte, sie konnte nicht allein sein, und das sollte sie ja auch nicht, man konnte ihr Gesellschaft besorgen – am besten einen Ehemann. Das war gar keine schwere Aufgabe, wie sich zeigte. Baronin Sophie war damals gerade erst Mitte fünfzig, schlank und noch recht ansehnlich, und bei den gesellschaftlichen Möglichkeiten, über die Helen verfügte, konnte sie bald unter die Haube gebracht werden.

Anton Bergmüller, gute altbayerische Familie, verwitwet, Ministerialdirektor aus Regensburg, einige Jahre vor der Pensionierung stehend, war eine Seele von Mensch, gütig und lieb und ein Freund der schönen Künste. Er besaß ein hübsches Haus, einige gute Bilder, gehörte in Regensburg zur Crème de la Crème, und Baronin Sophie war bestens bei ihm aufgehoben. Es wurde eine relativ glückliche Ehe. Worüber Helen immer sehr befriedigt war.

Sie besuchte ihre Mutter regelmäßig, und natürlich kam diese auch oft nach München, aber daß sie nun, ausgerechnet vor der Hochzeit, auf mehrere Tage kommen mußte, um einzukaufen, das hatte Helen ganz durcheinandergebracht. Konnte sie sich nicht rechtzeitig überlegen, was sie anziehen würde? Sie wußte schließlich lange genug, daß geheiratet wurde. Andererseits störten die beiden wirklich nicht. Herr Bergmüller machte tagsüber einen Stadtbummel. Und da das Wetter schlecht war, teilte er seine Zeit redlich zwischen Franziskaner, Pinakothek und einigen zur Zeit interessanten kleinen Ausstellungen. Am Abend ging er ins Konzert. Man merkte kaum, daß er da war.

Baronin Sophie bot des öfteren ihrer Tochter jede Hilfe an, aber so viel war eigentlich nicht zu tun, wobei sie hätte helfen können. Die Schuh- und Kleiderfrage war mittlerweile gelöst, jetzt konnte es losgehen.

Am Sonntag würde wohl Otto endlich zurückkehren von seiner Reise nach New York, und nach einem, wie Helen hoffte, ruhigen Wochenende konnte man dann endgültig am Dienstagmorgen nach Endershausen übersiedeln.

Lästiger als Familie Bergmüller war der andere Hausbesuch, der an diesem Tag eintreffen sollte. Er entstammte Ottos Familie. Wie bekannt, waren es bei Kannegießers fünf gewesen; Otto besaß zwei Brüder und zwei Schwestern, und die hatten sich ihrerseits fortentwickelt und -gepflanzt, obwohl es allerdings keinen in so einsame Höhen wie den Otto getragen hatte. Der größte Teil der Familie war nach wie vor in und um München herum ansässig. Diese machten weiter keine Mühe, aber da war zum Beispiel der eine Bruder Ottos, sein Lieblingsgeschwister übrigens, die beiden sahen sich selten, verstanden sich aber prächtig. Und dieser Bruder war nach dem Krieg nach Straubing ausgewandert, hatte dort einen Landhandel angefangen und war ein wohlhabender und angesehener Mann geworden. Er hatte sage und schreibe acht Kinder, die teils auch schon wieder verheiratet und fortgepflanzt waren und zweifellos – sie waren eingeladen – alle, alle zur Hochzeit erscheinen würden. Aber auch das bot keine besonderen Schwierigkeiten. Sie würden Endershausen direkt ansteuern.

Dann war noch die Kannegießer-Verwandtschaft aus Milwaukee im Anflug; das unter anderem war an diesem Tage Martinas Aufgabe, diese Gäste abzuholen und in den ›Bayerischen Hof‹ zu begleiten, wo sie logieren würden.

Zurück zum Hausbesuch. Der kam aus Rom und hatte seine Tücken. Es handelte sich in diesem Fall um Ottos jüngste Schwester, die einen recht bemerkenswerten Lebenslauf vorzuweisen hatte. Sie war eine Dichtersgattin. Und dies mit der vollsten Wucht des Wortes bitte zu verstehen. Wer ein bißchen Ahnung von den Dingen hat, der weiß: Es gibt auf dieser Erde kein Geschöpf, das mit einer nur annähernd vergleichbar hehren und verantwortungsvollen Aufgabe betraut sein kann.

(Es sei denn eine Dichterswitwe. Das ist dann absolute Spitze. Aber soweit war es glücklicherweise in diesem Fall noch nicht.)

Die Theres Kannegießer war nie eine besondere Schönheit gewesen, spitznasig, glupschäugig, ziemlich mickrig von Figur. Alle waren daher recht erfreut gewesen, als es ihr dennoch gelang, während des Krieges einen Mann zu ergattern, einen dicklichen Vorstadt-Kohlenhändler, der leider ein wilder Nazi war. Aber das mußte im Hinblick auf Theresens geringe Chancen stumm duldend ertragen werden. Da er im Lauf der Zeit ein paar Leute denunziert hatte, mußte er nach dem Krieg eine Weile sitzen, was sich als sehr rentabel erwies, denn er machte im Knast einige wertvolle Bekanntschaften, stieg nach seiner Entlassung groß in den Schwarzhandel, später ins Schrottgeschäft ein und machte die Theres zu einer wohlhabenden Witwe, als er Mitte der fünfziger Jahre jäh verblich.

Und nun kommt's!

Die Theres, inzwischen auch nicht schöner, aber viel reicher geworden, heiratete ein zweites Mal. Eben den Dichter. Er war einige Jahre jünger als sie, war schmal und blaß und sensibel (das totale Gegenteil von Theresens ›Erstem‹), seine Füße berührten kaum je das schnöde Alltagsparterre. Er schwebte in einem Nirwana zwischen Himmel und Erde, wo er so vor sich hin dichtete, sehr esoterisch, sehr tiefgründig, sehr transzendent – mit einem Wort: unverkäuflich. Aber das machte nichts, er hatte ja die Theres und ihr von Otto Kannegießer wohl angelegtes Erbe.

Es erschien manchmal ein Lyrikbändchen, mal eine Sammlung Essays, auch mal ein schmaler Roman – immer in großen Abständen –, doch stets bei einem guten Verlag und von der Kritik hoch gepriesen. Dann bekam der Dichter einen von der Industrie gestifteten Preis, und nachdem er einmal einen hatte, bekam er von kulturellen Institutionen noch einen zweiten und einen dritten. Mit einem Wort: Er war ein angesehener Mann. Die Theres wußte und genoß das, sie hegte und pflegte ihren Dichter wie einen kranken Vogel.

Sie lebten in der Toskana, weil er angeblich nur in der Toskana leben und arbeiten konnte.

Möglicherweise ist nun klargeworden, daß dieser Hausbesuch nicht eben ein Zuckerlecken sein würde. In einem Hotel konnte der Dichter nicht existieren, das war bekannt. Er brauchte absolute Ruhe und seine gewohnte Umgebung und vor allen Dingen einen Baum vorm Fenster. Der Baum war da, er stand im Kannegießerschen Garten, um die Ruhe würde man sich bemühen, die gewohnte Umgebung schuf die Theres. Weswegen die zwei Zimmer im ersten Stock, die sie beziehen würden, gerade nur noch die nötigsten Möbelstücke enthielten, Schrank und Bett und so, alles andere war entfernt worden, damit die Theres sich einrichten konnte, wie sie es wünschte.

Man kannte das schon, denn diese Besuche fanden jedes Jahr einmal statt, und Helen hatte sich angewöhnt, sie mit Fassung zu ertragen. Ein berühmter Dichter in der Familie war schließlich auch nicht zu verachten. Nur diesmal – also ehrlich, der Dichter störte wirklich nicht, aber die Theres konnte einem unheimlich auf die Nerven gehen mit ihrem ständigen: ›Bitte! Muß es denn soo laut sein? Ihr wißt doch, er erträgt es nicht.‹ Und das nur, wenn der Hund mal kurz angeschlagen hatte oder eine Tür zugefallen war oder das Telefon klingelte oder die Köchin, die zugegebenermaßen eine laute Stimme hatte, nach dem Hausmädchen rief.

Sie würden im Laufe des Samstags eintreffen, man wußte nur noch nicht, wann. Sie reisten in einem riesigen Station-Car amerikanischer Herkunft, der einem Jünger des Dichters gehörte, ein Nachwuchstalent aus reichem Zürcher Haus, der nun schon seit unzähligen Jahren in der Toskana zu Füßen des Dichters zu sitzen pflegte.

Sie hätten, so fand Helen, ja auch direkt nach Endershausen fahren können, jedoch war am Montag ein Treffen zwischen dem Dichter und seinem Verleger anberaumt, darum mußte es zunächst München sein.

Das alles wußte Martina. Konnte sie ihrer Mutter nicht zur Hand gehen, ein wenig verständnisvoller sein?

Irgendwie ging dann alles einigermaßen glatt über die Bühne. Martina traf die amerikanischen Verwandten am Flugplatz, ein Ehepaar mit Teenager-Tochter, sie waren bester Laune und ganz unkompliziert, an diesem Tag kamen sie aus Frankfurt, waren also auch reisemäßig in keiner Weise strapaziert, umarmten Martina herzlich, der Onkel neckte sie wegen der bevorstehenden Heirat, dann fuhren sie alle zusammen in den ›Bayerischen Hof‹, wo Martina mit ihnen einen Drink an der Bar nahm, sie zum Abendessen einlud und sich dann verabschiedete.

Nachmittags erfolgte dann die Ankunft aus Richtung Italien, und bis dann alles einigermaßen nach Wunsch installiert war, verging viel Zeit. Es gab auch Ärger, weil man für den Jünger in einer Pension in der Nähe hatte ein

Zimmer reservieren lassen. Denn die Anwesenheit der Familie Bergmüller hatte die Kapazität an Fremdenzimmern im Hause Kannegießer erschöpft.

Der Dichter gewährte Martina dennoch eine kurze Audienz, legte die hohe Stirn in seine schmale Hand und seufzte. »So, so, so!« sprach er. »Heiraten also! Sind es der Liebe Schwingen, die dich tragen?«

»So was in der Art«, antwortete Martina.

Tante Theres musterte die Nichte von Kopf bis Fuß und wollte wissen, worin denn letzthin ihre Lektüre bestanden hätte. »Ich lese sehr wenig«, sagte Martina, »und wenn, dann am liebsten Krimis.«

Was durchaus nicht der Wahrheit entsprach. Sie las gern und viel und selten Krimis, aber sie kannte diese Frage schon und hatte sich angewöhnt, in diesem Ton zu antworten. Beim letztenmal hatte sie gesagt: »Am liebsten Karl May.« Und beim vorletztenmal: »Eigentlich nur Porno.« Die Tante schüttelte mißbilligend das Haupt, machte: »Ts, ts, ts!«, hob den Blick zum Himmel und sprach abschließend: »Wen wundert's!«

Das konnte man verstehen, wie man wollte.

So und fast ähnlich spielte sich das immer ab. Meist hatte Martina es sehr lustig gefunden, heute jedoch, in der gereizten Stimmung, die sie seit dem Morgen nicht unterdrücken konnte, fand sie die beiden einfach albern und überließ sie sich selbst.

Kam das Abendessen. Es zog sich lange hin. Die Köchin hatte ihre Sache gut gemacht, aber es war einfach in der derzeitigen Situation anstrengend, wenige Tage vor dem großen Ereignis sich auf so verschiedenartige Gäste zu konzentrieren – die Bergmüllers, die Amerikaner, den Dichter mit Gattin und Jünger.

Helen, eine geübte Gastgeberin, war fahrig und ein wenig hektisch. Ein wenig verärgert auch darüber, daß Otto noch nicht da war. Mußte er denn bis zum letzten Moment drüben bleiben? Er kam müde und abgespannt zurück von solchen Reisen, das kannte sie aus Erfahrung, der Transatlantikflug mit seiner Zeitverschiebung machte ihm auch jedesmal tagelang zu schaffen. Hätte er denn nicht wenigstens das Wochenende zu Hause verbringen können?

Dann kam es zu dem unfreundlichen Wortwechsel zwischen Helen und Martina. Es ging um den Visagisten.

Helen hatte den Damen die erfreuliche Mitteilung gemacht, daß von ihrem Coiffeur eine kurzfristige Filiale auf dem Hof eingerichtet werden würde und daß mindestens vier bis fünf Friseure beziehungsweise Friseusen zur Verfügung stehen würden.

»Aber das beste kommt noch«, sagte Helen und machte eine wirkungsvolle Pause. »René wird dasein.«

Außer Martina wußte kein Mensch, wer damit gemeint war. »Ich habe es nicht zu hoffen gewagt«, fuhr Helen fort, »es ist zu schön, um wahr zu sein. Er ist eine Diva, nicht wahr? Und er hat mich warten lassen. Mit Geld kann man ihn ja nicht locken. Aber heut mittag ließ er anrufen, daß er kommen wird. Ich hab' dir's noch gar nicht erzählt, Martina, du warst gerade unterwegs.«

»Mit Geld kann man ihn nicht locken?« wiederholte Martina. »Da muß ich laut lachen. Was kriegt er denn so beiläufig für seine Fummelei?«

»Dies ist wohl nicht der richtige Moment, um darüber zu sprechen«, wies Helen sie zurecht. »Fummelei! Er ist der Größte.«

Es war so gegen elf. Man saß auf Sesseln und Sofas verteilt im großen Salon bei Wein, Whisky, Cognac und Kaffee, nur der Dichter, der sich erstaunlicherweise noch nicht zurückgezogen hatte, trank Pfefferminztee.

(Zur gleichen Zeit fand auf dem Hof ebenfalls eine Party statt. Nur ging es dort viel vergnügter zu. Dies zur Erinnerung.)

Helen erklärte ihren Gästen, um wen es sich bei diesem sagenhaften René handelte.

»Er ist Visagist. Weltberühmt. Kein Ball in Monaco, keine Hochzeit in London, keine Party in Rom, kein Fest in Paris ohne René. Man sagt, gewisse Frauen würden kein Fest besuchen, wenn er sie nicht zuvor behandelt hat.«

»Blablabla«, machte Martina. Und das war ohne Zweifel sehr ungezogen, hätte zu einer Fünfzehnjährigen gepaßt und nicht zu einer erwachsenen jungen Dame, die in wenigen Tagen Ehefrau und Gräfin sein würde.

Jetzt blickten alle Martina an, Helen bekam vor Ärger rote Flecken auf den Wangen, die Baronin sagte vorwurfsvoll: »Aber Kind!...«, und die Dichtersgattin hob wieder einmal den Blick zum Himmel. ›Wen wundert's!‹ hätte sie sagen müssen, aber sie schwieg. Die Cousine aus Milwaukee kicherte albern.

»Na, ist doch wahr«, fügte Martina hinzu. »Das ist doch ein Schmarrn, Helen. Nimm bloß ein einziges Fest. Mehr als zehn Frauen kann auch dein wunderbarer René nicht in einer Stunde anpinseln. Also, wie soll das praktisch aussehen, wenn so viele Frauen seine Dienste benötigen?«

»Zehn in einer Stunde! Er braucht fast eine Stunde für ein Gesicht.«

»Noch besser. Dann mußt du mir mal erklären, wie er das macht. Da muß er ja eine Woche vorher anfangen, wenn er ein paar sehenswerte Schönheiten zusammenbringen will.« Was natürlich nicht der Logik entbehrte. Und nun kam, von Helen so gut gemeint, was erneut Verstimmung zwischen Mutter und Tochter heraufbeschwor.

»Natürlich hast du an deinem Hochzeitstag den Vortritt. Zuerst wird René dich zurechtmachen. Was er dann noch schaffen kann, wird sich finden.«

»Mich?« fragte Martina in arrogantem Ton. »Bildest du dir vielleicht ein, ich laß mich von dem Kerl anschmieren wie ein Covergirl? Damit mich nicht einmal mehr mein Hund erkennt?«

»Martina! Was redest du für Unsinn. Du hast doch schon gesehen, wie René arbeitet, er macht das einfach fantastisch. Ganz dezent. Er hebt die Vorzüge jeder Frau hervor, vertuscht die kleinen Schwächen, er...« Eine Weile erging sich Helen noch in der Lobpreisung von Renés Fertigkeiten, bis eigentlich keiner mehr so recht an der Geschichte interessiert war. Jedoch später am Abend, nachdem sich die Gesellschaft zur Ruhe begeben hatte, kam Helen noch in das Zimmer ihrer Tochter, um sie wegen ihres ungehörigen Benehmens zur Rede zu stellen. Und nun kam es zu einem nur kurzen, aber recht heftigen und ziemlich bösen Streit, der wieder mit dem unglückseligen René begann und mit allerhand aufgestauten Ärgernissen der letzten Tage endete. Helen verließ das Schlafzimmer ihrer Tochter weinend, und Martina – wütend über sich selbst, weil sie sich hatte so gehenlassen, irgendwie verbiestert, obwohl sie nicht wußte, warum – zog sich einen Regenmantel über ihr rauchblaufarbenes Partykleid und legte dem Dalmatiner das Halsband um. »Komm, Boy, wir gehen noch um ein paar Ecken. Bißchen Luft und Regen wird uns guttun.«

Gerade als sie unten durch die Diele ging, schlug das Telefon an. Um diese Zeit? Sie hob ab und fragte unwirsch: »Ja?«

Es war Arndt. Er rief aus Bonn an.

»Liebste, verzeih, ich weiß, es ist unerhört, so spät anzurufen. Aber ich weiß ja, ihr habt Gäste, und ich dachte, vielleicht bist du noch auf. Ich hätte es höchstens dreimal läuten lassen, dann hätte ich wieder eingehängt.«

»Nö, macht gar nichts. Ich wollte gerade mit Boy noch einmal rausgehen. Ist was?«

»Das kann man sagen. Ich habe große Neuigkeiten. Und ich konnte es kaum erwarten, sie dir mitzuteilen.

Weißt du, ich komme gerade von einem Empfang nach Hause. Ach, mein Liebling...«

»Schieß los! Was gibt es?«

»Du wirst staunen.«

»Ich höre.«

Kurz und gut, Arndt Graf Solm-Weltingen hatte an diesem Tag seine erste Berufung auf einen Auslandsposten bekommen, er war der deutschen Botschaft in Südkorea attachiert worden.

»Ich nehme an, es hängt mit meiner bevorstehenden Heirat zusammen. Denn, ehrlich gestanden: Ich hatte wirklich noch nicht damit gerechnet.«

»Korea?« fragte Martina gedehnt.

»Ja. Was sagst du dazu? Freust du dich? So interessant, ein Brennpunkt des Geschehens. Was für ein Sprungbrett!«

»Ah ja.«

»Und Asien! Siehst du, Asien war immer mein Traum. Diese fremde, seltsame Welt. Ich fürchte, Liebste, wir werden unsere Hochzeitsreise abkürzen müssen. Ich möchte mich noch gründlich vorbereiten.«

»Wann soll das denn sein?«

»Ich schätze, in sechs bis acht Wochen. Carnuth, der bis jetzt dort war, geht im September nach Washington. Da siehst du es, von Korea nach Washington. Sag, Liebste, freust du dich auch so?«

»Na ja«, machte Martina, »ich weiß nicht so recht. Es kommt so überraschend, und es ist so weit weg.«

»Aber das ist ja gerade das Schöne. Asien, der Ferne Osten mit all seinen Geheimnissen. Weißt du, für uns ist das...« Eine Weile sprach ihr Verlobter über Asien. Martina hörte kaum zu, machte gelegentlich »Hm« oder »Na ja« oder »Aha«. Der Gedanke, nach Bonn übersiedeln zu müssen, war schon lästig gewesen. Aber das war ja im Vergleich zu Südkorea ein besserer Vorort von München.

»Ist denn da nicht Krieg?« fragte sie.

»Aber Schäfchen!« Sie bekam eine kurze Einführung über den Koreakrieg, der ja immerhin schon eine Weile zurücklag, und eine längere Darstellung der derzeitigen politischen Lage. Arndt hatte sich schon vorbereitet, wie es schien. Oder vielleicht wußte er das eben alles auswendig, nicht umsonst galt er als hoffnungsvoller Nachwuchs. Und dann kam es wieder.

»Es ist ein unvorstellbares Sprungbrett für mich. Ich verspreche dir, Liebste, du wirst eines Tages Botschafterin in... in... na, wo möchtest du denn gern hin?«

»Weiß ich nicht. Hab' ich noch nicht darüber nachgedacht.« Wenn sie ehrlich gewesen wäre, hätte sie antworten müssen: Am liebsten würde ich in München bleiben.

»Na, vielleicht Mexiko-City, hm? Oder Lima? Und vielleicht eines Tages gar Paris? Später natürlich erst. Sehr, sehr viel später.«

Wie in einer Vision sah sie sich selbst in dreißig oder vierzig Jahren: Eine würdige stattliche Dame, mit einigen sorgfältig von irgendeinem René überschminkten Falten und gefärbtem Haar, in prächtiger Robe, Brillanten am Hals, am Arm ihres dekorativ ergrauten Gatten im Frack, ein Portal durchschreiten, ein paar Stufen hinaufsteigen und einen Saal betreten...

›Seine Exzellenz, der Herr Botschafter der Bundesrepublik Deutschland, Graf Solm-Weltingen, und Gemahlin!‹

Und das mir – dachte Martina mit plötzlichem Entsetzen. Jahraus, jahrein, hierhin und dorthin, Asien, Afrika, Amerika – ein Leben lang?

»Du sagst ja gar nichts, Liebste?«

Martina lachte gepreßt. »Ich habe gerade darüber nachgedacht, wo ich gern hin will. Schwer zu sagen.«

»Fangen wir mal mit Korea an. Nach der Hochzeit werden wir alles in Ruhe besprechen. Du, ich freu mich so auf dich.«

»Ja...«

»Und jetzt geh schlafen, mein Liebling. Es ist schon spät.«

»Kann ich denn Stormy dahin mitnehmen?«

»Wen?«

»Stormy – mein Pferd?«

»Nach Korea? Oh, Liebste, das wird sich kaum empfehlen. Sicher gibt es dort auch Pferde.«

»Und Boy?«

Der Hund, der seinen Namen hörte, stand auf und spitzte die Ohren. Bis jetzt hatte er artig neben dem Tischchen mit dem Telefon gesessen und auf den versprochenen Spaziergang gewartet.

»Boy? Sicher, den wird man mitnehmen können. Ich werde mich gleich erkundigen, was es für Einreisebedingungen für Hunde gibt. Wir müssen uns ja auch noch verschiedenen Prozeduren unterziehen, nehme ich an.«

»Also, du meinst, Stormy kann ich nicht mitnehmen?«

»Was für ein Kind du bist! Wer weiß, ob Stormy sich dort wohl fühlen würde? Aber wir werden das an Ort und Stelle ergründen. Jetzt geh schlafen. Gute Nacht, Liebste. Auf bald!«

»Gute Nacht«, murmelte Martina und legte den Hörer auf. Sie war nicht mehr wütend. Nicht mehr gereizt. Sie war nachdenklich, verwirrt und auf einmal traurig.

Heiraten? Na ja, warum nicht? Sie liebte Arndt, und Arndt liebte sie, und alles war bestens.

Aber Abschied bedeutete es eben auch.

Abschied von München, von Deutschland. Abschied von ihrem Vater. Abschied vom Hof. Und nun auch noch von Stormy. Korea? Südkorea, na schön. Korea war ihr so was von egal. Und die gesamte fremde asiatische Welt ebenfalls. Sie wollte nicht nach Asien. Vielleicht mal eine Reise dahin, alles anschauen – na gut, warum nicht? Aber dort leben?

Möglicherweise war es wirklich ganz interessant. Vielleicht fand sie es echt prima. Viel schöner als hier. Warum sollten sie dort keine Pferde haben? Und sicher schien die Sonne, und es regnete nicht pausenlos wie hier.

Aber es regnete ja gar nicht. Sie war inzwischen ganz gedankenlos die nachtstille Villenstraße entlanggegangen, aus den Gärten duftete der Flieder, und am Himmel stand doch wirklich und wahrhaftig der Mond. Ein runder, weißer, makelloser Mond. War denn eigentlich schon Vollmond? Ob sie in Korea auch einen Mond hatten? Sicher – warum denn nicht. Mond würde sie schon haben. Aber sonst... Was hatte sie denn sonst? Und ohne Stormy? Die letzten Tage war sie ganz unglücklich gewesen, daß sie ihn nicht gesehen hatte. Und heute morgen hatte sie noch gedacht, wenn ich Dienstag draußen bin, reite ich stundenlang, und Mittwoch auch noch. Und am Hochzeitstag – na ja, vielleicht wenn ich sehr früh aufstehe. Aber am Abend vorher ist ja der Ball. Und dann bin ich in dem blöden Sizilien, da habe ich ihn auch nicht. Aber wenn ich dann zurück bin, kommt er mir sofort nach Bonn. Den Stall in Bonn hatte sie schon besichtigt und eine Box vormerken lassen. Das war schon schlimm genug, daß Stormy nach Bonn umziehen mußte. Was sollte man mit dem alten Wallach machen, dem würde das Herz brechen, wenn er allein zurückblieb. Und beide Pferde hatten es so ideal da draußen auf dem Hof, der neuausgebaute Stall mit den großen, geräumigen Boxen, die schönen Koppeln, das vielseitige Gelände...

»Heiraten ist Scheiße!«

Da stand sie mitten auf der Straße, das Fräulein Martina Kannegießer, in wenigen Tagen Gräfin Solm-Weltingen, und sprach das laut in die Gegend hinaus: ›Heiraten ist Scheiße!‹ Keiner hatte es glücklicherweise gehört außer Boy und dem Mond, die sich beide dazu nicht äußerten.

Hatte sie je eigentlich darüber nachgedacht, was ihr bevorstand? Da stritt sie sich mit Helen wegen diesem blöden Visagisten herum, dabei gab es viel wichtigere Probleme, über die man hätte sprechen müssen. Nur daß sie mit ihrer Mutter eben nicht darüber hätte sprechen können, nicht heute, nicht vor vier Wochen, nicht als sie sich verlobt hatte. Mit ihrem Vater vielleicht. Ja, mit dem schon. Aber hatte sie es überhaupt je zu Ende gedacht? Sie hatte sich verlobt, wie sie alles bisher in ihrem Leben gemacht hatte, halb im Spiel, lässig, ein wenig gleichgültig, ohne den Dingen viel Wichtigkeit beizumessen. Alles war immer dagewesen, was sie brauchte und wollte, sogar das, was sie nicht brauchte und wollte, es hatte nie Anstrengungen gegeben, nie die geringste Mühe, nie den geringsten Verzicht. Und so war also schließlich auch ein Mann dagewesen zum Heiraten, ein Klassemann mit gutem Namen, gutem Aussehen und einem repräsentativen Beruf.

Ein Gespräch mit ihrem Vater fiel ihr ein. Es lag über ein Jahr zurück, und es ging wieder einmal um die Frage, ob sie einen Beruf erlernen sollte oder nicht. Damals hatte Otto Kannegießer gesagt, und zwar in ziemlich ernstem Ton: »Es tut mir so leid um dich, Martina. Du bist gewiß kein dummes Mädchen. Aber du hast keine Energie, keinen Willen. Und darum auch keine Kraft. Ich weiß nicht, woran das liegt. Habe ich dich zu sehr verwöhnt? Geht es dir einfach zu gut, daß die Kraft und die Lust zum Lebenskampf in dir nicht entwickelt worden sind? Aber du bist ja nicht allein. Ich beobachte diese Erscheinung allgemein an der heutigen Jugend, dieses Sich-gehen-Lassen, diese vagen, unausgegorenen Ideen, hinter denen weder Taten noch Ziele stehen. Und das sind wohl auch die ständigen Unlustgefühle der heutigen Jugend. Es ist alles da, es ist alles leicht zu kriegen, es ist nicht nötig, sich um etwas zu bemühen, weder um Geld noch um einen Job, nicht einmal um die Liebe, alles ist wohlfeil und ist für nichts zu haben. Und darum macht es auch keinen Spaß, es zu bekommen und zu besitzen.«

»Und jetzt wirst du mir gleich erzählen«, hatte Martina ihn unterbrochen, »wie ganz anders das in deiner Jugend war, wie mühsam der Lebenskampf war, dein Lebenskampf, dein Aufstieg, und obendrein war auch noch Krieg. Und allen ging es hinterher schlecht, aber sie schafften es doch. Und dann waren sie glücklich. Stimmt doch?«

»Da du es weißt, brauche ich es dir nicht zu erzählen. Nicht jeder schaffte es, und nicht jeder war glücklich. Viele waren tot, verkrüppelt, arm für immer. Aber für viele traf natürlich zu, was du eben sagst. Aber man kann nicht extra die Welt in Trümmer legen, bloß daß die Jugend wieder Lust am Leben bekommt. Ich kann nicht einsehen, warum ein junger Mensch nicht aus sich selber den Schwung holen kann, um sein Leben erfolgreich zu machen.«

»Was ist das, Erfolg?«

»Nun, das mag für jeden etwas anderes bedeuten. Für viele gewiß die Tatsache, in ihrem Beruf vorangekommen zu sein und gutes Geld zu verdienen.«

»Das soll das sein? Was bedeutet das schon?«

»Für dich – nichts, mein Kind. Leider.«

So war das Gespräch damals mit ihrem Vater verlaufen. Aber was nützte ihr das heute? Gar nichts. Sie hatte eben keinen Beruf nötig gehabt und kein Geld gebraucht. Sie hatte ihre Tiere und ihren Sport, und Erfolg bedeutete es bestenfalls, den richtigen Mann zu heiraten und eine glückliche Ehe zu führen. Na ja, und das hatte sie ja nun auch. Sie war so gut wie verheiratet. Und sie war so gut wie in Korea. Verdammt noch mal!

Sie drehte sich stürmisch um und lief im Eilschritt zum Haus zurück. Plötzlich stockte sie. Stand starr, überlegte. Warum eigentlich nicht?

Ihr kleiner Sportwagen war auf der Straße geparkt, sie hatte ihren Platz in der Garage für die Wagen der Gäste räumen müssen. Ihre Hand fuhr in die Manteltasche, nein, sie hatte die Wagenschlüssel natürlich nicht dabei, die waren oben in ihrem Zimmer. Aber im Schreibtisch ihres Vaters waren Reserveschlüssel für alle Wagen, das wußte sie.

Leise schloß sie die Haustür auf, ließ Boy in der Diele warten und schlich ins Arbeitszimmer ihres Vaters. Ja, da waren die Schlüssel, ihrer auch.

Umziehen? Das ging nicht. Wenn sie hinaufging, hörte Helen sie bestimmt.

»Komm, Boy«, flüsterte sie.

Der Hund wunderte sich, aber er fand es interessant, noch einmal aufzubrechen, der Spaziergang war sowieso zu kurz gewesen.

Nicht spazierengehen? Autofahren? Auch gut. Er hopste auf seinen Platz und spähte aufmerksam in die Nacht.

Die Nacht war hell und klar. Und es war so warm auf einmal. Der Föhn blies sacht, fast unmerklich über die Autobahn auf München zu. Martina fuhr ihm entgegen, sie kurbelte das Fenster runter, war auf einmal wieder besserer Stimmung. Sie würde hinausfahren, kurz schlafen und dann einen großen Ritt machen. Möglicherweise war sogar das Wetter schön, so, wie es jetzt aussah. Dann konnte sie zum Mittagessen wieder in der Stadt sein und sich von ihrer besten Seite zeigen. Sie wollte Helen ja nicht ärgern. Und Großmama Sophie mochte sie ehrlich gern. Und die Amerikaner waren eigentlich auch sehr nett. Und so schlimm würde Korea auch nicht sein. Ein, zwei Jahre würde sie das aushalten können. Sie pfiff leise vor sich hin, bereit und willens, das Beste aus allem zu machen.

Auf der Autobahn war wenig Betrieb, nur ein paar große Laster rollten südwärts. Aber auch nicht sehr viele in dieser Nacht zum Sonntag. Sie fuhr sehr rasch, kam gut vorwärts. Hofoldinger Forst. Die Ausfahrt zum Tegernsee. Rosenheim. Auf dem Hof würde es still sein. Jo würde längst schlafen. Vielleicht konnten sie morgen nach dem Ritt zusammen frühstücken.

Wie spät war es eigentlich? Allmächtiger Gott, fast halb zwei. Wie sie ins Haus kam, darüber machte sie sich keine Sorgen. Sie konnte beim Josef ans Fenster klopfen, er schlief unten, hinter den Wirtschaftsräumen, dort hatte er seine kleine, übrigens sehr gemütlich eingerichtete Wohnung. Wenn er sie nicht hörte, sein Hund hörte sie bestimmt.

Aber es kam ganz anders, als sie sich das vorgestellt hatte. Der Hof lag nicht dunkel und schweigend in seinem weitem Tal. Als sie aus dem Waldstück herauskam, das zwischen Endershausen und dem Hof lag, sah sie, daß viele Fenster erleuchtet waren, oben und unten. Sie trat auf die Bremse. Was bedeutete das? Jetzt, nachts, kurz nach zwei?

Warum war soviel Licht in den oberen Zimmern? Dort, im linken Flügel, lagen die Gastzimmer. Vier an der Zahl. Der Hof war schließlich kein Hotel. Auf die Hochzeit hin hatte man noch einige Zimmer mehr für logierende Gäste eingerichtet, das wußte sie. Ihre zukünftigen Schwiegereltern würden auf dem Hof wohnen. Und dann wohnte Jo im Haus, da, im großen Eckzimmer mit dem Erker, das beste Gastzimmer überhaupt. Und da war auch noch Licht. Es gab nur eine Erklärung. Es waren bereits Gäste angekommen. Aber wer, zum Teufel? Ihre Schwiegereltern sicher nicht, das hätte sie gewußt. Außerdem wurden sie erst am Dienstag erwartet. Oder? Plötzlich kam ihr ein Gedanke, und sie mußte lachen. Am Ende hielt William eine Art Nachtübung ab? Zuzutrauen war ihm so etwas. Feuer an Bord – alle Mann an Deck – so in der Art.

Sie fuhr langsam ein Stück weiter, steuerte dann den Wagen seitwärts auf einen Feldweg. Das mußte sie sich erst einmal aus der Nähe ansehen. Sie hatte keine Lust, mit irgendwelchen Leuten zusammenzutreffen. Familienleben hatte sie heute genug gehabt.

»Bei Fuß«, befahl sie Boy und ging langsam auf den Hof zu. Als sie näher kam, sah sie die fremden Autos, zwei Riesenschlitten, einen Mercedes, einen Amerikaner. Donnerwetter! Also waren doch Leute da. Jetzt wurden zwei Fenster dunkel im ersten Stock, jetzt noch eins.

Sie blieb zögernd stehen. Was nun? Wie warm die Nacht war! Leiser Wind war aufgekommen, weicher, warmer Wind... Und dann sah sie etwas, was sie sofort wütend machte.

Drüben, im Stall, war auch noch Licht. Also das war ja wohl das letzte. Warum ließ man denn die Pferde nicht schlafen? Wer hatte um diese Zeit etwas im Stall verloren? Oder ließ das Licht dort brennen?

Sie nahm Boy am Halsband und ging rasch auf den Pferdestall zu. Die Tür stand halb offen, der vertraute Pferdegeruch kam ihr entgegen. Zwischen den Boxen der Pferde, mit dem Rücken zu ihr, stand ein Mann, beide Pferde hatten die Köpfe herausgestreckt, und der Mann kraulte mit der einen Hand Stormy, mit der anderen den Wallach unter dem Stirnhaar. Wer war denn das? Der Mann war nicht sehr groß, aber breitschultrig, er wirkte kräftig, viel mehr konnte sie bei dem matten Stall-Licht nicht erkennen. Aber wer auch immer er war, der Kerl hatte bei ihren Pferden nichts verloren, es war eine Unverschämtheit.

Sie stieß die Tür mit einem Ruck auf und trat ein.

Erich Wilcken drehte sich um. Auch er sah in dem Halbdunkel nicht viel mehr als die schlanke Gestalt und das schulterlange blonde Haar. Er dachte, es sei eines von den Mädchen, die heute abend angekommen waren.

»Was wollen Sie denn hier?« fragte er unfreundlich.

»Das wollte ich Sie gerade fragen«, rief Martina empört

und ließ den Hund los, der auf den Fremden zulief, stehenblieb und ein wenig knurrte, aber dann doch lieber seine Freunde, die Pferde, begrüßte. Beide Pferde senkten die Köpfe, so weit sie konnten, und Boy sprang hinauf und beleckte ihre Nüstern.

Der Mann und das Mädchen musterten sich mißtrauisch. Wilcken hatte seinen Irrtum erkannt. Das war ein anderes Mädchen, keines, das er kannte. Etwa noch ein später Hochzeitsgast?

»Wo kommen Sie denn her, mitten in der Nacht? Wollen Sie hier auf den Hof?«

»Na, Sie machen mir vielleicht Spaß«, sagte Martina erbost, »stören meine Pferde beim Schlafen und stellen auch noch dämliche Fragen. Kann ich vielleicht erfahren, wer Sie sind?«

Wilcken hatte kapiert. Das war also die Braut. Kaum zu glauben. »Sie sind ... Fräulein Kannegießer?« fragte er zur Sicherheit.

»Wer denn sonst. Und Sie?«

»Mein Name ist Wilcken. Ich gehöre gewissermaßen zum Aushilfspersonal. Ich bin bloß herübergekommen, um den Stall abzuschließen. Ich habe mir nämlich schon gedacht, daß es vergessen worden ist. Sie waren alle ein bißchen high.«

»So. Was ist denn eigentlich los hier? Ich habe schon gesehen, daß noch Licht ist und daß Autos da sind.«

»Es sind unerwartete Gäste angekommen heute abend. Und bis vor einer halben Stunde hat man gefeiert. Ihr Onkel wollte vorhin die Pferde noch sehen. Und die mexikanische Dame hat sie ihm gezeigt. Das heißt, sie waren alle im Stall. Fast alle. Sie haben natürlich das Licht brennen lassen und nicht abgeschlossen.«

»Das sind ja herrliche Zustände. Da kann ich mich bei Ihnen noch bedanken, daß Sie sich darum gekümmert haben. Ist denn der Josef nicht da?«

»Herr Grainzinger ist schon vor einigen Stunden eingeschlafen. Knuddel und ich haben ihn zu Bett gebracht.«

»Aha.«

Martina betrachtete den fremden Mann forschend. Sein Gesicht hatte einen guten Schnitt, sehr männlich, ein wenig breit, die Stirn auch breit und ausladend, er wirkte ernst, klug und zurückhaltend. Aushilfspersonal? Komisch. Sie trat jetzt zu Stormy und legte die Hand auf seinen glatten Hals. Stormy schnaubte leise und pustete an ihren Hals, dann interessierte er sich für ihre Manteltasche. Aber da war nichts drin.

»Hier«, sagte der Fremde und zog aus seiner Hosentasche einen Apfel. »Zwei habe ich noch. Zwei haben sie schon bekommen.«

Martina nahm den Apfel und ließ Stormy abbeißen. Der Wallach verspeiste inzwischen den zweiten Apfel aus der Hand des Fremden.

»Sie mögen Pferde wohl?« fragte sie.

»Natürlich.«

Die Millionärstochter aus München und der Bauernsohn aus Mecklenburg blickten einander an. Sie blickten einander ins Gesicht und in die Augen. Und es geschah, was eben immer wieder einmal geschieht auf dieser Erde: ein Stromkreis war geschlossen. So, als wenn einer Knips an einem Schalter macht und das Licht geht an.

Wie gesagt, so was passiert gelegentlich. Es kann Folgen haben oder auch nicht. Man kann seinen Weg weitergehen und nicht zurückblicken. Nur zurückdenken, manchmal, auch sehr viel später noch. Man vergißt es nie ganz... Da war einmal einer, da war einmal eine, und da hätte ich eigentlich stehenbleiben sollen.

Es war ganz still. Nur das Kauen der Pferde war zu hören. Stormy kleckerte ein bißchen Apfelmus auf den Ärmel von Martinas Mantel.

»Was heißt das, Sie gehören zum Aushilfspersonal?

Sie stammen doch nicht aus Endershausen, das höre ich ja.«

»Nein. Wir kommen aus München. Wir sind zwei. Vom Studenten-Schnelldienst.«

»Kann nicht wahr sein. Auf was für Ideen dieser William alles kommt. Sie sind Student? So sehen Sie gar nicht aus.« Er lächelte auf einmal, und dieses Lächeln machte sein Gesicht hell und jungenhaft. »Ich weiß nicht, wie in Ihren Augen ein Student aussehen muß. Also ich kenne da die verschiedensten Typen. Wenn Sie sagen wollen, daß ich schon reichlich alt bin für einen Studenten, so stimmt das. Ich habe spät angefangen. Und hatte auch verschiedene... eh, Unterbrechungen.«

»Geht mich ja nichts an.«

»Mein Kommilitone dürfte Ihren Vorstellungen eher entsprechen, er ist zweiundzwanzig.«

»Und Sie?« Das kam rasch und unüberlegt, die vorlaute Frage tat ihr sofort leid, und sie fügte hinzu: »Ach, entschuldigen Sie, es geht mich wirklich nichts an.«

Er lächelte wieder. »Ja, das sagten Sie bereits. Ich bin einunddreißig, aber wenn nichts dazwischenkommt, mache ich nächstes Jahr Examen und werde in zwei Jahren etwa promovieren.«

Auf einmal waren sie beide verlegen. Sie kannten sich seit wenigen Minuten, sie kannten sich eigentlich gar nicht. Sie standen hier nachts im Pferdestall und redeten miteinander, als müsse es so sein, daß einer vom anderen etwas erfahre.

Martina war für gewöhnlich alles andere als neugierig und an fremden Menschen total uninteressiert. Und er war nicht sehr gesprächig. Er erzählte fremden Menschen nie von sich und seiner Arbeit. Da stand nun dieses Mädchen auf einmal vor ihm, wie vom Himmel gefallen. Ein fremdes Mädchen mit einem schönen, ebenmäßigen Gesicht und ernsten, fragenden Augen. Dazu die friedliche

Stille im nächtlichen Stall nach all dem Trubel der letzten Stunden. Die sanften großen Augen der Pferde, ihre weichen Nüstern, der geliebte Geruch. Wann hatte er das letztemal ein Pferd angefaßt? Noch heute nachmittag, als er hier angekommen war, hatte er sich geärgert, daß er diesen albernen Job angenommen hatte. Als wenn er nichts Wichtigeres zu tun hätte. Er hatte es getan, weil es nur für ein paar Tage war und die Bezahlung sehr großzügig war. Und weil er gerade mit einer Versuchsreihe fertig geworden war, die ihn wochenlang Tag und Nacht beschäftigt hatte. Er hatte gedacht, ein paar Tage abschalten und mal ganz etwas anderes machen, würde ihm guttun.

Aber nachdem er hier war, hatte er es bereut. Er war sich lächerlich vorgekommen. Und dann hatte sich herausgestellt: Hier gab es Pferde. Es war ein Bauernhof. Auch wenn es kein Bauernhof mehr war. Es gab einen Hund und Katzen und Hühner. Und rundherum Wiesen und Felder. Es war nicht Mecklenburg, sondern Oberbayern. Und trotzdem, trotzdem, trotzdem...

Und jetzt gab es plötzlich dieses Mädchen.

Sie lehnte mit dem Rücken an der Boxtür, Stormy hatte seinen Kopf über ihre Schulter geschoben, seine schwarze Mähne vermischte sich mit ihrem blonden Haar.

»Was studieren Sie denn?«

»Biologie.«

»Aha. Können Sie reiten? Ich meine, weil Sie sagten, daß Sie Pferde mögen.«

»Ich bin mit Pferden aufgewachsen.«

»Nein, wirklich? Wo denn?«

»In Mecklenburg. Wir hatten da einen großen Bauernhof. Mein Vater hat immer Pferde gezüchtet. Natürlich war es nicht mehr sein Hof, und es waren nicht mehr seine Pferde. Sie wissen ja, wie das ist. Es gibt kein Eigentum. Es ist alles LPG, falls Sie sich darunter etwas vorstellen können. Aber da mein Vater ein großer Fachmann war, hatte er die Leitung im Gestüt. Bis zu seinem Tod.«

»Mecklenburg. Das muß ein schönes Land sein. Ich kenne es natürlich nicht.«

»Es ist ein sehr schönes Land. Weit und grün und voller Wald. Unser Hof lag nur eine halbe Stunde von der Ostsee entfernt.«

»Sind Sie schon lange hier bei uns? Im Westen, meine ich.«

»Seit drei Jahren.«

Sie rechnete rasch. Darum war er wohl so spät dran mit seinem Studium. Das war es wohl, was er gemeint hatte, als er von Unterbrechungen sprach. Aber sie wollte weiter keine Fragen stellen. Es war vermutlich taktlos. Und was ging sie der fremde Mann an?

Sie schwiegen eine Weile. Es war ein friedliches, unverkrampftes Schweigen. Martina streichelte Stormys Hals, und der Wallach, der offenbar der Meinung war, auch für ihn müsse ein wenig Zärtlichkeit abfallen, stupste Erich so lange an der Schulter, bis dieser ihn hinter den Ohren kraulte. Der Wallach schloß verzückt die Augen und zuckte mit der Oberlippe. Es sah drollig aus, Martina lachte.

»Sie haben vorhin gesagt, mein Onkel wollte die Pferde sehen. Wer ist das denn – mein Onkel?«

»Soweit ich begriffen habe, ein Onkel Ihres Verlobten. Ein Graf Solm. Graf Gussi nennen sie ihn.«

»Ach der! Von dem habe ich schon gehört. Soll ein ziemlich verrückter Hund sein. Und wer ist denn außerdem noch gekommen?«

Erich beschrieb ihr die Beiladung von Graf Gussi, und bei dieser Gelegenheit erwies sich, daß er Humor besaß. Er tat es so plastisch und treffend, daß Martina wieder lachen mußte. »Na, das geht ja hier ganz munter zu. Und ich bin rausgekommen, weil ich mal keinen sehen wollte. Wir haben nämlich in München auch das Haus voller

Leute. Ich kann Ihnen raten, heiraten Sie bloß nie. So ein Affentheater!«

»Vermutlich kann man auch auf andere Weise heiraten.«

»Sicher. Das ist ja nicht meine Inszenierung, das macht alles meine Mutter, die liebt es in dieser Art. Sind Sie verheiratet?«

Als die Frage heraus war, errötete sie ärgerlich. Das wurde ja immer besser. Was war bloß los mit ihr?

»Nein. Dafür hatte ich bisher weder Zeit noch Geld.«

»Soviel ich weiß, heiraten die meisten Studenten, schon ehe sie mit ihrem Studium fertig sind.«

»Na, ich nicht.«

Ehe sie ihn eingesperrt hatten, gab es eine Frau in seinem Leben. Er hatte es für die große Liebe gehalten, und sie hatte es auch so genannt. Später wollten sie heiraten. Als er wieder frei war, hatte sie nichts mehr von ihm wissen wollen. Nicht einmal sprechen wollte sie mehr mit ihm. Vielleicht wäre er geblieben, trotz allem, wenn Hella zu ihm gehalten hätte.

»Ob ich wohl ins Haus kann, ohne daß jemand etwas merkt?« fragte Martina.

»Ich nehme an, inzwischen werden sie wohl schlafen.«

Martiny küßte Stormy auf die Nase. »Bis morgen, Stormy. Schlaf schnell. Wir machen einen großen Ritt.«

Sie verschlossen sorgfältig den Stall und gingen langsam auf das Haus zu. Wirklich waren fast alle Fenster dunkel geworden, nur eines war noch hell.

»Was für eine wunderbare Nacht!« Martina blieb stehen, sie war überhaupt nicht müde. »Nach all dem Regen. Sehen Sie nur, die Nacht ist so hell, daß man die Berge sehen kann.«

Erich Wilcken blickte auch hinüber zu dem Kamm der Berge, der sich dunkel unter dem hellen Himmel abzeichnete.

»Das ist die Kampenwand«, erklärte Martina. »Unser Hausberg. Waren Sie da schon mal oben?«

»Nein.«

»Keine Zeit, ich weiß. Auch nicht zum Bergsteigen. Sie sind Norddeutscher, Sie machen sich nichts aus den Bergen, wie?«

»Ich liebe die Berge sehr.«

»Können sie Skilaufen?«

»Nein. Ich muß Sie enttäuschen.«

»Keine Zeit. Kein Geld. Ich weiß. Sie können doch nicht bloß arbeiten.«

»Ich kann und ich muß. Aber ich habe mir fest vorgenommen, irgendwann einmal Skilaufen zu lernen.«

»Nächsten Winter. Ich werd's Ihnen beibringen, da sparen Sie den Skilehrer.«

Plötzlich mußte sie hellauf lachen. »Oh, ich armes Huhn, die Götter wissen, wo ich nächsten Winter sein werde. Unter einer Palme. Oder auch auf der Palme. Gibt es eigentlich in Korea Palmen?«

»In Korea?« fragte Erich verständnislos.

»Ach, lassen Sie nur. Ich bin heute ein wenig angekratzt. Und Sie müssen nicht denken, daß ich so dumm bin und nicht wüßte, daß das Leben schwer sein kann. Wenn man so von vorn anfangen muß wie Sie. Wenn man von... von da drüben kommt. Und dann studieren und das alles. Kostet sicher viel Geld.«

Auf einmal hatte sie eine großartige Idee: Ich werde ihn mit Papusch zusammenbringen, gleich jetzt, während der Hochzeit. Papusch hat doch soviel für Leute übrig, die ordentlich in Lebenskampf machen. Und soviel ich weiß, hat die Firma irgendeine Stiftung für begabten Nachwuchs. Er ist kein Chemiker, na, wennschon, Biologe muß doch so was ähnliches sein, so groß kann der Unterschied nicht sein. Aber man muß das vorsichtig anfangen, ich glaube, der ist sehr stolz – der hier, dieser Mecklenburger.

Sie lächelte ihn an. »Wir reden noch mal darüber.«

Er lächelte auch. »Worüber? Übers Skifahren?«

»Na, vielleicht auch. – Ob wohl mein Zimmer auch besetzt ist?«

In der Halle trafen sie William, der dort noch notdürftig ein bißchen aufgeräumt hatte, nachdem er Zenzi und Roserl, ins Bett geschickt und seine arme, vernachlässigte Irmgard nach Hause gefahren hatte. Er sah ein wenig blaß und mitgenommen aus, der William.

Als er Martina erblickte, verschlug es sogar ihm für einen Moment die Sprache.

»Aber gnädiges Fräulein!«

»Guten Morgen, William. Ich weiß schon alles. Ich traf diesen Herrn im Stall, und er hat mir beigebracht, was heute hier los war. Armer William! Sie haben sich da auf ein schönes Abenteuer eingelassen. Aber denken sie immer daran, daß es mir noch viel übler ergeht. Erst muß ich heiraten und dann nach Korea.«

»Bitte? Wie meinen gnädiges Fräulein?«

»Ich erzähl's Ihnen morgen. Jetzt sagen Sie mir bloß, ob mein Zimmer frei ist. Ich muß schlafen gehen, weil ich morgen früh reiten will.«

»Selbstverständlich ist Ihr Zimmer frei, gnädiges Fräulein. Ich würde doch niemanden in Ihrem Zimmer einquartieren.«

»Wann wollen Sie reiten?« fragte Erich.

»Oh, sobald ich aufwache. Hoffentlich schlafe ich nicht zu lange, aber es wird ja jetzt früh hell.«

»Das kann nicht mehr lange dauern«, meinte William.

»Ich werde Ihr Pferd putzen«, sagte Erich.

»Das ist ... das ist aber nett von Ihnen. Es kommt ja hier jemand aus dem Dorf für den Stall. Aber Sonntag kommt der nie, da putze ich Stormy immer selber.«

»Für mich wäre das ein reines Vergnügen.«

»Wirklich?«

Martina stand auf der untersten Stufe der Treppe und sah den Mann aus Mecklenburg an. Ihre Augen und seine Augen befanden sich auf gleicher Höhe. Sie hatten auch die gleiche Farbe, graublau.

»Wirklich?« wiederholte Martina, es klang erstaunt. Sie stand noch immer da und sah ihn an. So, als koste es sie Anstrengung, wandte sie schließlich den Kopf.

»Gute Nacht, William.« Und dann, schon auf der vierten Stufe, wandte sie sich noch einmal um. Der Mecklenburger stand immer noch da am Fuß der Treppe. »Schade, daß ich nur das eine Pferd habe. Sonst könnten wir zusammen ausreiten. Aber mit dem Bobby geht es nicht mehr, er stolpert ganz furchtbar. Kaputte Sehne, wissen Sie. Alsdann – gute Nacht!«

Erich Wilcken neigte leicht den Kopf.

»Gute Nacht«, sagte er.

Er stand regungslos und sah ihr nach, wie sie die Treppe hinaufging.

William räusperte sich und blickte etwas irritiert drein. »Sie sollten auch schlafen gehen, Herr Wilcken. Ich fürchte, morgen wird es viel Arbeit geben. Als erstes müssen wir morgen etwas zu essen auftreiben. Frühstück für ...« William mußte die Finger zu Hilfe nehmen, »... für sechzehn Personen. Und das am Sonntagmorgen.«

»Siebzehn«, verbesserte ihn Erich abwesend. Er schaute immer noch unverwandt die Treppe hinauf.

»Siebzehn? Richtig, siebzehn. Ich kann schon nicht mehr zählen. Also dann, gute Nacht.«

»Gute Nacht«, sagte Erich. Geistesabwesend verließ er die Halle, ging den Gang entlang, der zu den Wirtschaftsräumen führte. Hinter einer Tür hörte er den Grainzinger schnarchen.

In dem Zimmer, das er mit Knuddel teilte, brannte noch eine Nachttischlampe. Knuddel schlief schon, lieb und unschuldig sah er aus, wie ein Kind.

Erich löschte das Licht und blickte durchs Fenster hinaus auf die mondhelle Wiese. Er war überhaupt nicht müde. Drei Stunden, das mußte genügen. Um sechs würde er die Pferde füttern. Und dann würde er das schwarze Pferd putzen. Von den Ohrenspitzen bis zu den Hufen, so, wie er es als Junge gelernt hatte.

Die Nacht wurde dunkler, der Mond verschwand hinter den Bergen, der erste Vogel regte sich verschlafen auf seinem Zweig und piepste im Traum.

Im Osten bereitete sich die Sonne auf ihren Auftritt vor. Der Föhn hatte ihr den Himmel blankgeputzt, und nun würde sie den Menschen einmal zeigen, wie ein Frühlingstag im Chiemgau aussah. Ein Sonntag im Mai, dem eine Hochzeitswoche folgen sollte.

Sonntagmorgen

Der Morgen hielt, was die helle Nacht versprochen hatte: Ein Sonntag, wie gemalt, alle First-class-Requisiten von Landschaft und Jahreszeit wurden freigebig dargeboten, smaragdgrüne Wiesen mit jeder Menge gelber und weißer Blümchen, grünende Felder, dunkle Wälder, klar gezeichnete, nah gerückte Berge; so man zu einer Stelle kam, wo man die rechte Aussicht hatte, fügte sich auch der silberschimmernde Chiemsee in den Rahmen, ein ordentliches, sauberes Dorf Endershausen und über allem der hellblaue Himmel, von schmalen, bizarren Föhnwolkenfahnen durchzogen. Und Sonne, Sonne, über allem die goldenste Sonne, die sich denken ließ.

Williams erster Gedanke, als er die Augen aufschlug: Wenn die Hochzeit nur heute wäre! Ein einmaliger Himmel. Aber es war kein Hochzeitstag, nur ein gewöhnlicher Sonntag im Mai.

Ein Blick auf die Uhr, halb sieben. Auch wenn die Nacht nur kurz gewesen war – nun mußte aufgestanden werden. Sofort war ihm parat, was alles auf ihn zukam an diesem Tag. Erstens: Proviant für das Frühstück herbeischaffen. Zweitens: Quartier für die Gussi-Freunde beschaffen. Was nicht schwer sein konnte; noch waren die Quartiere alle frei. Der Graf selbst durfte auf dem Hof bleiben. Drittens: Diese muntere Schar, die überraschend, zusammen mit dem Föhn, herangeweht war, mußte an diesem Tag irgendwie beschäftigt werden.

(Um festzustellen, daß Föhn war, brauchte William nicht einmal aus dem Fenster zu blicken, er merkte es an dem leise ziehenden Kopfschmerz, mit dem er aufgewacht war.)

Bei Aufgabe drei würde wohl die Señora eine nützliche Hilfestellung leisten.

Viertens: In der Kommandozentrale in der Post alles kurz überprüfen und eventuell anfallende und unvorhergesehene Arbeiten rasch erledigen.

(Bei ›unvorhergesehen‹ fiel ihm ein, daß er darauf gefaßt sein mußte, auch an diesem Tage unerwartete oder noch nicht erwartete Gäste in Empfang zu nehmen.)

Fünftens: Sich Zeit nehmen für ein kurzes Gespräch mit der blonden Irmgard, hoffentlich war sie nicht eingeschnappt wegen gestern abend.

(Falls sie es war, sollte man sie besser gleich zu den Akten legen, es ließe auf mangelndes Verständnis und geringe Flexibilität schließen.)

Sechstens schließlich: Wenn irgend möglich eine Fahrt nach München, kurze Überprüfung der Hartlschen Villa, das zurückgebliebene Hauspersonal auf Vordermann bringen. Sollte Irmgard sich als vernünftig erwiesen haben, konnte man sie möglicherweise auf diese Fahrt mitnehmen.

Noch etwas?

Bestimmt kam noch etwas. Bereit sein war alles. Ach ja, und daß er es nicht vergaß: Die Studenten mußten eingewiesen werden, das hieß, sie mußten vor allem den Generalstabsplan kennenlernen, um zu wissen, wo alle angemieteten Quartiere lagen.

Gestern abend waren sie ganz anstellig gewesen, es gab keinerlei Ärger mit ihnen, obwohl sie sich für seinen Geschmack etwas zu frei unter den Gästen bewegt hatten. Aber das lag in der Natur der vergangenen Nacht. Hoffentlich hatte es keine Folgen. Autoritätseinbrüche waren immer schwer zu beheben.

Als William, der inzwischen aufgestanden war, ans Fenster trat und ins Freie blickte, entdeckte er sogleich das eine Objekt seiner Bedenken. Vom Stall her kam der ältere der beiden Studenten auf den Hintereingang des Hauses zu, blieb kurz stehen bei Josefs kleinem, sorgfältig gehegtem Gemüsegarten, in dem es, jahreszeitlich bedingt, noch nicht viel zu ernten gab, dann ging der junge Mann sogar in das Gärtchen hinein, bückte sich hier, da und dort und zupfte, vermutlich war es Unkraut. Sieh da, der Herr Studiosus war also ein Frühaufsteher. Und er tat auch etwas von selbst, man mußte es ihm nicht erst sagen. Das war erfreulich.

Erich Wilcken war der erste gewesen. Eine Stunde früher als William war er aufgestanden, getrieben von einer Unruhe, die ihn kaum hatte schlafen lassen.

Er hatte bereits die Pferde gefüttert und Stormy geputzt. Das war eine herrliche Stunde gewesen – diese Stunde im Stall. Er wußte nicht, wann er das letztemal so glücklich gewesen war. Und nun, ehe er ins Haus trat, blickte er noch einmal zurück. Die Berge, der Himmel, die Sonne, diese Luft! Es kam ihm vor, als hätte er jahrelang nicht gelebt. Mit einemmal überfiel ihn ein scheußliches Heimweh.

Er hatte oft Heimweh. Nach Mecklenburg, nach der grünen Weite, dem hohen Himmel, dem nahen Meer. Aber er gestattete sich dieses Gefühl nie. Wenn es kam, unterdrückte er es, tötete es in sich mit aller Energie, stürzte sich in schwierige Aufgaben, dicke Bücher, knifflige Probleme, in Arbeit, Arbeit und noch mal Arbeit.

Er wollte nicht leiden an diesem Heimweh, er konnte es sich nicht leisten, er war nun einmal hier, er hatte die Brücken hinter sich abgebrochen, es war vorbei. Es gehörte ihm ja auch zu Hause nichts mehr, kein Haus, kein Hof, kein Tier. Und sein Vater, den er über alles geliebt hatte, war tot. Gestorben, als sein Sohn im Zuchthaus war. Aus Kummer, aus Gram, aus Verzweiflung – wer wußte das? Auch deswegen hatte er nicht mehr bleiben wollen. Wenn er daran dachte, wenn er an seinen Vater dachte, war er voller Haß. Vorher hatte er keine Schwierigkeiten gehabt mit dem Regime. Keiner hatte ihnen etwas getan, sie waren geachtete Leute im Dorf und im Landkreis, sein Vater, der große Experte, wurde oft aufgefordert, sein Urteil und seinen Rat bei landwirtschaftlichen Problemen, wie sie in der Nachkriegszeit auftraten, abzugeben. Vor allem soweit es Pferdezucht und Viehzucht betraf. Er war ein Nazi-Gegner gewesen, das wußte jeder, das hatte es ihm leichtgemacht, mit den neuen Herren auszukommen.

Erich wußte von jener Zeit nicht allzuviel. Er war im Krieg geboren, aufgewachsen in der neuen Welt, aufgewachsen als Sozialist, woran sein Vater ihn nicht gehindert hatte. Sein Vater war es auch gewesen, der ihm den Weg aus dem Dorf gewiesen hatte.

Dies könne nicht mehr seine Welt sein, hatte sein Vater gesagt, so wie es früher war, das sei nun einmal vorbei, und wenn er keinen eigenen Hof mehr haben könne, brauche er auch nicht zu bleiben, dann sei es besser, zu lernen, die Schule zu besuchen, zu studieren.

Das lag nahe, da Erich begabt und fleißig war, ein guter, ein hervorragender Schüler; ein müheloses Abitur, der Militärdienst, dann das Studium.

Zuerst wollte er Tierarzt werden, er fing auch damit an. Nach zwei Semestern legte man ihm nahe, umzusatteln; seine wissenschaftliche Begabung, sein forschender Geist waren erkannt worden.

Der war schließlich auch sein Verhängnis geworden. Er wollte alles wissen. Und möglichst auch aus allen Quellen.

In Berlin hatte er die jungen Leute aus dem Westen kennengelernt. Er war gern mit ihnen zusammen, es war interessant, mit ihnen zu diskutieren. Und durch sie bekam er die verbotenen Bücher. Lehrbücher, Fachbücher nur, aber amerikanische, englische, bundesdeutsche.

Irgendeiner mußte ihn denunziert haben. Er wußte heute noch nicht wer. Dann hatten sie ihn eingesperrt.

Ende.

Ende des Studiums. Ende einer Laufbahn, noch ehe sie begonnen hatte. Nach der Entlassung hatte er auf dem Bau gearbeitet. Und dann natürlich der Gedanke an Flucht. Tag und Nacht der eine Gedanke: Ich will fort, ich muß fort.

Es dauerte Jahre, bis er sich dazu entschloß. Nur seiner Mutter hatte er sich anvertraut. Er wußte, was er ihr antat, wenn er sie verließ. Er war ihr einziges Kind. Doch sie sagte: »Du mußt gehen. Ich will, daß du gehst. Aber sei vorsichtig. Bitte, sei vorsichtig.«

Sie wußten beide, wenn sie ihn einfingen, war es das Ende für ihn. Dann kam er nicht mehr frei.

Das war auch so ein Gedanke, den er nicht ertragen konnte, der Gedanke an seine Mutter. Wenn er anfing, an sie zu denken, war er wie gelähmt. Dann konnte er nicht schlafen, nicht essen, nicht arbeiten. Dann rannte er stundenlang durch die Straßen von München, saß irgendwo in einer Kneipe herum, trank sogar, was er sonst nie tat, dann war sein Gesicht starr, fremd, hart.

In zwei Jahren würde sie sechzig sein. Bis dahin mußte er es geschafft haben. Bis dahin mußte er eine Wohnung haben, Geld verdienen, fertig sein.

Dann würde sie kommen. Sich das auszumalen vermochte er nicht. Einmal hatte er es getan. Und plötzlich saß er da und heulte. Heulte wie ein Kind, als er sich vorstellte, wie sie kommen würde, wie er sie abholte am Bahnhof, sie nach Hause brachte in seine Wohnung, was sie dann sagen würde – nein, sie würde nichts sagen, und er würde nichts sagen, man würde einfach gar nicht sprechen können, weil es keine Worte gab. Es gab einfach keine Worte, um auszudrücken, was man empfinden würde in dieser Stunde.

Seitdem verbot er sich auch, daran zu denken. Erst waren es fünf Jahre, dann vier, dann drei und nun noch zwei Jahre. In zwei Jahren würde sie kommen, wenn... wenn sie noch lebte. Denn der Gedanke kam unweigerlich sofort hinterher. Das war dann immer der Augenblick, in dem er das Gefühl hatte, er müsse mit dem Kopf gegen die Wand rennen. Alles durfte sein, er war bereit, alles auf sich zu nehmen, was das Schicksal, das nicht sehr gnädig mit ihm umgegangen war, noch für ihn bereithielt. Nur eins nicht, das war nicht zu ertragen: daß sie den Tag dieses Wiedersehens nicht erleben würde. Daß er ihr nicht diese Welt, in der er lebte, zu Füßen legen konnte. Wenn sie nicht mehr leben würde...

Sie war immer zart gewesen. Schlank und zierlich. Sehr hübsch. Gar keine Bauersfrau. Sie stammte auch nicht vom Land, sie war in Rostock aufgewachsen, ihr Vater war Kapitän gewesen. Zart und zierlich, aber nicht kränklich. Eine gute Reiterin. Sechzig war kein Alter. Aber man durfte nicht vergessen, wie allein sie war, wie einsam, wie unglücklich.

In jedem Brief ermahnte er sie, tapfer zu sein, gut mit sich umzugehen, ordentlich zu essen, sich warm zu halten, gleich zum Arzt zu gehen, wenn sie sich einmal nicht wohlfühlte. Sie verspottete ihn in ihren Antwortbriefen. Sie sei eine moderne Frau in den Fünfzigern. Ob er erwarte, daß sie nur noch mit einer Wärmflasche zu Bett gehe?

Und sie zählte die Tage genauso wie er – das wußte er auch. Zwei Jahre. Ende Mai hatte sie Geburtstag. Also genau zwei Jahre. Vierundzwanzig Monate. Hundertvier Wochen. Siebenhundertdreißig Tage.

Auch an diesem Sonntagmorgen, als er das schwarze Pferd geputzt hatte und dann in Josefs kleinem Garten ein bißchen Unkraut herausgezupft hatte und nun dastand und die Berge ansah, dachte er an sie.

Das würde er ihr alles zeigen. Er mußte auch ein kleines Auto haben bis dahin. Und dann würde er mit ihr hier herausfahren. ›Das ist die Kampenwand, Mutter. Und da unten liegt der Chiemsee. Wir fahren ringsherum. Irgendwo essen wir zu Mittag. Siehst du, wie schön die Sonne scheint. Wie warm es ist. Ist es nicht schön in Bayern? Kann man hier nicht leben?‹

Er dachte an das Mädchen. »Keine Zeit, kein Geld. Sie können doch nicht bloß arbeiten«, hatte sie gesagt. Und: »Die meisten Studenten heiraten während ihres Studiums.«

Sie hatte keine Ahnung, das reiche Fräulein Kannegießer, wie das bei ihm war. Warum es nur Arbeit für ihn gab. Nichts als Arbeit. Jetzt. Später einmal würde er auch spazierengehen und auf Berge steigen und skilaufen und reiten und vielleicht auch heiraten – später, wenn seine Mutter dasein würde.

Der Josef trat aus dem Haus und schaute wohlwollend um sich.

»Na, was sag'n S' da dazu?« fragte er mit soviel befriedigtem Stolz, als habe er allein die Sonnenpracht zustande gebracht.

»Ja, ein tolles Wetter«, bestätigte Erich.

»Ham' S' d' Pferd' scho g'futtert?«

»Ja.«

»Des is recht. I hob's doch glatt verschlaf'n heut. Sonst bin i uma sechse scho im Stall.«

»Ich war vor sechs schon da.«

»Da legst di nieder. Sauber, der junge Herr. Nacha sehg'n ma, daß ma a Frühstück kriag'n.«

»Ich denk, es ist nichts mehr zum Essen da?«

»Na, für uns wird's scho glanga.«

Es langte keineswegs, das teilte ihm die Zenzi mit, die sie kurz darauf in der Küche trafen, auch sie frisch und munter und keineswegs schlecht gelaunt trotz der kurzen

Nacht. »Nix is. Kahlgfress'n san ma. An Kaffee hätt' i, des scho. Aber koan Butter mehr und nur no a Bröckl Brot. Jetzat ruf i z'erscht amal meine Leut' an.«

»So früh?« fragte Erich.

»Ja, was glaub'n denn Sie? Mir ham doch a Vieh. Ob des a Sonntag is oder net, um sechse san da Vater und mei Bruader im Stoi. Ja, des wär' ja no schöner.«

In der Küche war auch ein Telefon, doch ehe Zenzi den Knopf drückte, um ein Amt zu bekommen, lief sie noch mal auf den Gang hinaus und riß die Tür zu Roserls Kammer auf. »Steh auf, los, Zeit is!« rief sie energisch. Das Roserl ächzte nur und drehte sich auf die andere Seite. Erich schaute ebenfalls in sein und Knuddels Zimmer. Auch Knuddel schlief noch fest und tief. Unnötig, ihn zu wekken. Sollte er ruhig noch weiterschlafen, im Moment verpaßte er wohl nichts.

Gerade als die Zenzi telefonierte, kam William in die Küche. Er sagte gemessen »Guten Morgen« und lauschte dann dem Gespräch, daß Zenzi mit ihrer Mutter führte. Es hörte sich ganz hoffnungsvoll an.

»Alsdann«, verkündete Zenzi, nachdem sie den Hörer aufgelegt hatte. »Fahr ma oba. Eier san gnua da, Butter aa, an Schink'n könn' ma kriag'n und a Brot aa. Es wird net glanga für alle, aber amal für die erste Partie. Nacha dann, in oaner Stund' oder so, fahr ma zur Moni ihre Leut'. Da kriag'n ma ois, was ma brauch'n, aus'm Lad'n.«

Martina erwachte etwa eine Stunde später als William, war auch sofort ganz da, erinnerte sich sofort an alles, was in der Nacht geschehen war, sprang aus dem Bett und lief zum Fenster.

Himmel, was für ein Wetter. Und jetzt würde sie erst mal reiten.

Boy stand dicht neben ihr und wedelte aufgeregt mit der Rute, ihre Freude hatte sich auf ihn übertragen.

»Du kannst mitkommen«, erklärte sie ihm. »Aber du

mußt immer ganz dicht bei Stormy bleiben, das weißt du ja. Und jetzt lauf runter und sieh nach, ob schon einer wach ist.«

William saß allein in der Halle im Herrgottserker und frühstückte: starker Tee, schwarzes Brot, frische Butter, zwei Spiegeleier, Schinken. Und eine Scheibe duftender Hefekuchen.

Er sah Boy im Eiltempo die Treppe herunterkommen. Ach ja, die Braut war ja auch da.

Der Hund begrüßte ihn, lief dann durch die offene Tür hinaus ins Freie.

Es dauerte nicht lange, da kam Martina ebenfalls die Treppe herab; sie trug knappsitzende beigefarbene Reithosen und eine lindgrüne Polobluse.

»Morgen, William!« rief sie. »Was sagen Sie zu diesem Wetter! Ist das nicht umwerfend?«

»Ganz fantastisch«, bestätigte William und erhob sich.

»Nein, bitte, bleiben Sie sitzen und frühstücken Sie in Ruhe. Ich gehe gleich. Ich reite erst und frühstücke später. Haben Sie in München angerufen?«

»In München? Sollte ich das?«

»Es wird noch keiner gemerkt haben, daß ich abgängig bin. Meine Mutter schläft sicher noch. Stellen Sie sich vor, sie würde entdecken, daß ich verschwunden bin. Sie würde denken, ich bin auf und davon. Über alle Berge. Und ganz unverheiratet.«

»Das wäre allerdings ein Schock.«

»Ja, nicht? Echt gut. Eigentlich ein Gag, den man sich nicht entgehen lassen sollte. Hochzeit ohne Braut.«

»Das ist ein makabrer Scherz, gnädiges Fräulein.«

»Ich glaube, Sie würden mir das noch weniger verzeihen als meine Mutter, nicht? Also tschüs, William, ich geh' mal los. Bis später. Und rufen Sie bitte in einer halben Stunde etwa an und verkünden Sie, daß ich hier bin.« Und damit verschwand sie in dem Gang, der zu den Wirtschaftsräumen führte, um zur Hintertür zu gelangen, von wo aus der kürzeste Weg zum Stall führte.

Zunächst aber kam sie an der Bauernstube vorbei, wo die Crew beim Frühstück saß: Zenzi, Roserl, der Grainzinger und der Mann aus Mecklenburg.

»Morning«, sagte Martina und steckte den Kopf durch die offenstehende Tür. »Ihr seid ja alle schon wach. Wakker, wacker.«

»Ui, es Fräulein!« rief die Zenzi. »Grad vorhin hab i's g'hört, daß Sie kemma san. Ganz spät in der Nacht. So was aber aa, und so früh san S' scho auf. I hätt' Ihnen ja das Frühstück naufbracht.«

»Jetzt nicht, danke, Zenzi. Ich frühstücke, wenn ich zurück bin.«

»Aber a Tasserl Kaffee werden S' doch trink'n?«

»Hm. Der Kaffee riecht gut!«

Zenzi brachte eine Tasse, und Martina setzte sich auf die Bank neben den Grainzinger.

Auf dem Tisch stand ein langer puderzuckerbestäubter Hefezopf.

»Mög'n S' net a Stückerl probier'n? Den hat mei Muatta back'n. Grad vorhin hob' i'n entführt. Bei mir dahoam müss'n s' heut' Schwarzbrot ess'n. Des werd' eahna stink'n.« Martina konnte nicht widerstehen.

»Schmeckt gut«, sagte sie mit vollem Mund. »Euch geht's überhaupt nicht schlecht, wie mir scheint. Richtig vergnügt seht ihr aus.«

»Mir san aa vergnügt«, berichtete die Zenzi. »Lauft doch alles prima. Der Herr William hat aa scho sei Frühstück, und wenn mir hier ferti san, werd'n ma bei der Moni oruaf'n, und dann fahr'n ma zum Eikauf'n. Die Herrn san vielleicht so gut und trag'n die Tisch und Stühl naus, die Herrschaft'n könn'n heut drauß'n frühstück'n. Wissen S'« – die Zenzi strahlte Martina an – »grad schad' is, wann d' Hochzeit rum sei werd. So a Gaudi is des hier.«

»Freut mich, wenn's euch Spaß macht. Ich kann ja gelegentlich wieder mal heiraten.«

Sie sah den Mann aus Mecklenburg an, der bisher kein Wort gesagt hatte.

»Ihr Pferd ist fertig«, sagte er nun. »Es hat auch gefrühstückt und ist geputzt.«

»Oh, vielen Dank. Das ist aber nett von Ihnen.«

»Jetzt müssen wir bloß noch den Herrn Knuddel aus dem Bett holen«, sagte Zenzi energisch. »Zeit is, daß er aufsteht.«

»Bin schon da«, klang es von der Tür her. Dort stand Knuddel im Schlafanzug, gähnend und verstrubbelt. »Ihr macht ja einen Krach, daß kein Mensch schlafen kann. Na kuck, wen haben wir denn da? Noch'n hübsches Mädchen, das wimmelt ja hier bloß so von süßen Bienen. Das ist aber keine von den gestrigen? Wann ist denn die gekommen? Küß die Hand, Süße!«

»Tun S' Eahna benehm'n, bittschön«, ermahnte ihn die Zenzi, »das ist Fräulein Kannegießer.«

»Doch nicht die Braut?«

»Wer denn sonst?«

»Meine Gnädigste! Entzückt, Sie zu sehen. Seit gestern suche ich Sie in allen Ecken und Winkeln. Eine Hochzeit, dachte ich mir, und keine Braut in Sicht. Wo steckt sie, wo bleibt sie? Wie wird mein armer ... ich meine, wie wird der arme Graf es tragen, einsam zum Altar zu schreiten, kein lieblich Kind an seinem Arm, hold errötend und minniglich. Doch nun fällt mir ein Stein vom Herzen. Was sage ich, ein Stein. Eine ganze Felswand purzelt durch die Gegend. Hört ihr es? Sie ist da, sie ist vorhanden, nun laßt uns Taten sehen.«

»Was fehlt dem denn?« fragte Martina.

Der Grainzinger prustete und hätte sich bald an seinem letzten Schluck Kaffee verschluckt.

»Des is der andere Student, der red't immer so daher.«

Die 21-jährige Martina *(Lara Joy Körner)* lebt sorgenfrei als Millionärstochter in München.

Ihre Mutter Helen *(Ilse Neubauer)* hat schon sehr genaue Pläne für Martinas Zukunft.

Martina soll den zwanzig Jahre älteren Arndt Graf Solm-Weltingen *(Mathieu Carrière)* heiraten…

…was Papa Otto *(Siegfried Rauch)* zunächst gar nicht so gerne sieht.

Martina, ihre Eltern und der zukünftige Ehemann stoßen auf die gemeinsame Zukunft an.

Der Graf und die Millionärstochter kommen sich näher.

Helen engagiert den erfahrenen Butler William *(Pierre Brice)* zur Organisation der Festlichkeiten, die auf dem Bauernhof in Oberbayern stattfinden sollen.

Der Butler stößt mit Martinas Tante Joana *(Gila von Weitershausen)* an, die eigens aus Mexiko angereist ist.

Ob Arndt wirklich der richtige fürs Leben ist ?

Der Student Erich Wilcken *(Daniel Morgenroth)* taucht auf dem Bauernhof auf.

Martina *(Lara Joy Körner)* fühlt sich zu dem gutaussehenden jungen Mann hingezogen.

Martina zwischen zwei Männern – doch für wen soll sie sich entscheiden?

Die junge Frau sucht Rat bei ihrer Tante Joana.

Die Mutter inspiziert das Brautkleid.

Ob es diesmal klappt?

»Da legt ihn mal lieber wieder schlafen«, meinte Martina, »der fällt euch ja bloß auf den Wecker.«

»Kein Sinn für Humor, liebliche Gräfin? Wie schade, wie unendlich schade. Solch zauberhaftes Bild und kein Lachen im Gebälk. Wenn meiner Mutter mißratener Sohn sich vorstellt...«

»Halt die Schnauze«, kam es von Erich. »Setz dich hin und frühstücke, und dann ab an die Arbeit.«

»Arbeit? Ich verstehe immer Arbeit? Was für Arbeit denn? Sonntag ist's. Du sollst den Feiertag heiligen, steht schon in der Bibel. Ich bin ein gottesfürchtiger Mensch. So erzogen von Kindesbeinen an. Ist der Kaffee auch noch heiß? Und was ist das denn? Ein Kindersarg?«

Das galt Zenzis Hefezopf, der immer noch eine respektable Länge herzeigte.

»Was studieren Sie denn?« fragte Martina.

»Soziologie, teuerste Gräfin. Und mächtig links bin ich auch, damit sie gleich klarsehen.«

»Soziologen kenne ich ein paar. Kommunisten auch. Meist sind das ziemlich trübe Tassen.«

»Wie reden Sie von meinen Genossen? Die, von sittlichem Ernst und edlem Glauben beseelt, dabei sind, unsere schnöde Welt zu retten. Vom verderblichen Kapitalismus, schönste Gräfin, dem ja auch Sie frönen. Wie lange noch, frage ich, wie lange noch. Doch wenn die Nacht der langen Messer kommt, wenden Sie sich an mich, ich werde Sie beschützen, schöne Mädchen beschütze ich immer, sogar mitten im Blutbad der Revolution. Oh, tausend Dank, du holdes Kind des Volkes!« Das galt Zenzi, die dem Revolutionär inzwischen Kaffee eingegossen und eine dicke Scheibe von dem Zopf auf den Teller gelegt hatte. »Die Stärkung wird mir guttun, ehe ich mich wieder zur Ruhe begebe.«

Erich stand auf. »Guten Morgen«, sagt er und verließ das Bauernzimmer.

»Der fühlt sich echt genervt, was?« gackerte Knuddel. »Ist auch so ein humorloser Mensch. So ein echter Streber von altdeutschem Schrot und Körnern, muß es ja wohl auch noch geben. Das ist so einer, dem kann man glatt Made in Germany anvertrauen, da hält es sich noch eine Weile. Wie geht's eigentlich Monika, dem gefallenen Mädchen?«

»Weiß i doch no net«, sagte Zenzi. »I werd' s' b'suach'n, nachher, wann mir einkauf'n.«

»Notfalls koche ich«, erklärte Knuddel großartig. »Ich kann Rühreier und Pfannkuchen. Und jede Menge Büchsen aufmachen. Und der Gussi ist überhaupt ein großartiger Koch!«

»Wer?«

»Der Gussi Solm. Ihr verehrter Herr Onkel, Gräfin.«

»Woher woll'n Sie nachher wiss'n, daß der kocht?« fragte die Zenzi.

»Das weiß ich eben, teure Kollegin. So was steht sogar in der Zeitung. Er kann kochen, Golf spielen und Frauen verführen. Das sind seine hervorragenden Talente. Viel andere hat er nicht. Hat die Endershausener Allgemeine Zeitung denn keine Klatschspalte?«

»Also, ich muß jetzt los«, sagte Martina. »Schönen Dank für den Kuchen, Zenzi. Bis nachher.«

Knuddel blickte ihr mit schiefgelegtem Kopf nach.

»Not so bad. Der Arndt hat Geschmack.«

Im Stall war Erich dabei, Stormy zu satteln. Auch das machte er fachgerecht und mit geübter Hand. Stormys schwarzes Fell spiegelte geradezu, seine Nüstern waren rosig, seine Hufe glänzten.

»Das haben Sie prima gemacht. Man sieht, daß Sie etwas davon verstehen.«

Er hielt den Bügel, als Martina aufsaß.

»Danke«, sagte sie und blickte hinab auf den widerspenstigen blonden Haarschopf. »Schade, daß Sie nicht mitreiten können.« Erich blickte zu ihr auf. Seine Hand lag auf Stormys Hals. Das Pferd liebte er bereits. Und das Mädchen?

Sie hatte ihr Haar am Hinterkopf zusammengebunden, ihr Gesicht wirkte sehr schmal dadurch, sehr ernst.

»Sie könnten doch in München reiten. Die Universitätsreitschule ist ja hauptsächlich für die Studenten da. Und sie haben gute Pferde dort. Dort stand auch Stormy, ehe ich ihn hier herausgebracht habe.«

Stormy scharrte ungeduldig mit dem rechten Huf. Das dauerte ihm zu lange, er wollte endlich los.

Erich trat zurück. »Guten Ritt«, sagte er.

Er blickte ihr nach, bis sie im nahe gelegenen Wald verschwunden war. Dann ging er in den Stall und gab dem Wallach zwei Stück Zucker. Der Wallach stand ganz still, die Augen auf die offene Stalltür geheftet. Er hatte angefangen zu warten. »Sobald ich Zeit habe«, versprach er ihm, »komme ich und putze dich auch, ja? Bist ein braver Junge.«

Martina durchquerte das kleine Waldstück im Schritt und dachte nach. Einunddreißig Jahre und Biologie. Aus Mecklenburg. Wilcken hieß er. Und sein Vorname? Was er wohl gemacht hatte, ehe er in den Westen kam? Verheiratet war er nicht. Sicher hatte er eine Freundin. Eine Biologin. Wenn ich nicht fortgehen müßte, dachte sie, könnte ich noch ein Pferd kaufen, und dann könnte er immer am Wochenende herauskommen und mit mir reiten. Das würde ihn bestimmt glücklich machen. Sehr glücklich. Allerdings hätte seine Freundin, die Biologin, sicher was dagegen.

»Du mußt das verstehen, Stormy«, sagte sie. »Es gibt vielleicht viele Möglichkeiten, wie man einen Menschen glücklich machen kann. Es gibt arme Leute auf der Welt, die haben nichts zu essen. Das steht täglich in der Zeitung. Man kann sie glücklich machen, wenn man ihnen zu essen gibt. So einfach ist das. Zu essen wird er ja haben. Was er braucht, ist ein Pferd.«

Sie hörte sich selber reden und verstummte. Was für einen Unsinn redete sie daher. Ihr Vater würde wieder sagen, sie verstünde nichts vom wirklichen Leben. Aber dies hier verstand sie ganz genau.

Sie hatte gesehen, wie er Stormy ansah. Wie er ihn anfaßte. Darum wußte sie auch, was ihn glücklich machen konnte.

Sie kam aus dem Wald heraus, wandte sich nach links, schnalzte nur leicht mit der Zunge, und Stormy galoppierte an. Sie galoppierten auf dem weichen Wiesenboden am Waldrand entlang, zweimal um sanfte Kurven, manchmal flog ein Vogel auf, sonst war es ganz still. Boy lief in weiten Sprüngen neben ihnen her. Dann bogen sie in einen Feldweg ein, und in raschem Trab ging es westwärts, auf die Berge zu. Es war sehr warm. Über Nacht war es Sommer geworden.

Martina blickte zum Himmel. Föhn! Drum.

Sie machte einen weiten Ritt an diesem Tage. Sie kam in ganz unbekanntes Gelände: Feldwege, Wiesenränder, Waldwege. Einige Male mußte sie umkehren, weil sie nicht mehr weiterkam, irgendein Hindernis versperrte ihr den Weg, eine Straße, Moor, eine eingezäunte Viehkoppel, schließlich die Autobahn. In weitem Bogen kehrte sie zurück und kam dicht bei Endershausen vorbei. Gerade läuteten die Glocken. Sie blieb auf einem Hügel halten und blickte hinab auf das Dorf. Am Donnerstag würde sie in dieser Kirche heiraten.

Der Gedanke versetzte sie geradezu in Panik. Heiraten, das war eine komische Sache. Sie hatte bisher gar nicht so richtig darüber nachgedacht. Manche Leute sagten, Heiraten sei etwas total Altmodisches und gehöre abgeschafft. Eigentlich hatten die recht. Man heiratet, und das ganze Leben verändert sich. Man gab sich selber auf.

Liebe... na gut, nichts dagegen zu sagen. Aber was war Liebe denn eigentlich? Das wußte sie auch nicht.

Sie versuchte sich Arndts Gesicht vorzustellen, seine Augen, seinen Mund. Aber sie sah sein Gesicht nicht, es war einfach nicht da. Nur seine Hände sah sie. Schmale, vornehme Hände.

Der Mecklenburger hatte ganz andere Hände. Heute früh, als er Stormy aufzäumte, hatte sie es gesehen. Kräftige, breite Hände. Starke Hände. Nicht plump, nicht derb, nein, kein unnötiges Fleisch an diesen Händen.

Aber es war Kraft in ihnen und Energie und... und noch irgend etwas. Etwas Zuverlässiges. Hände, die zupacken konnten.

Ärgerlich warf sie den Kopf in den Nacken.

Warum ging ihr dieser Mann immerzu im Kopf herum? Bloß weil er sich mit ihrem Pferd gut verstand? Das war es doch. Was sonst schon?

Sie kannte einen Haufen junger Männer. Und sie hatte sich nie oder fast nie dafür interessiert, wie ihre Hände aussahen oder ihr Gesicht oder ihr Mund.

Mund? Nun aber Schluß.

Sie legte die Schenkel an, Stormy trabte an, sie ließen Endershausen unten liegen, die Glocken läuteten immer noch, es klang hell und klar zu ihnen herauf, die Luft trug heute jeden Schall weithin. In wenigen Tagen würden es Hochzeitsglocken sein.

»Also, ich freu' mich auf die Hochzeit«, sagte Martina laut und trotzig. »Ich freu' mich, ich freu' mich. Es wird die tollste Hochzeit der Welt. Und Korea wird prima sein, echt prima. Und ich liebe Arndt. Ich liebe, liebe, liebe ihn!«

Der Rest vom Sonntag

Wie sie es geplant hatte, war Martina zum Mittagessen wieder in München. Helen machte ihr keine Vorwürfe, sie hatte sich wohl vorgenommen, ihre Nerven soweit wie möglich zu schonen. Auch in München schien die Sonne und war der Himmel blau.

Der Ritt vom Morgen wirkte nach. Martina war gut gelaunt. Irgendwie aber auch rastlos. Sie mußte sich Mühe geben, um auf die Gäste einzugehen. Wenigstens hatte sie etwas zu erzählen. Draußen hatte sie noch die Bekanntschaft von Graf Gussi gemacht samt seinem Anhang und konnte davon berichten.

Als sie von ihrem Ritt zurückgekommen war, hatte sie die ganze Gesellschaft vor dem Hause angetroffen, malerisch an mehreren Tischen plaziert, auf Liegestühlen, im Gras. (Das allerdings noch etwas feucht war.)

»Ravissante«, hatte Graf Gussi gesagt, er hielt sie an der Hand, als sie vom Pferd gestiegen war, und betrachtete sie von oben bis unten. »Und so was heiratet der Junge? Und Geld hat sie auch noch?«

Der Graf küßte Martina auf beide Wangen. »Bist du sicher, schöne Nichte, daß du nicht lieber mich heiraten möchtest?«

»Schwer zu sagen. Ich kenne Sie noch nicht.«

»Das läßt sich nachholen, schleunigst, pausenlos. Ich könnte mir vorstellen, daß das Leben mit mir amüsanter ist als mit dem guten Arndt. Er ist so schrecklich seriös.«

Martina lachte. Sie war erhitzt vom Ritt, ihr Gesicht ein wenig gebräunt von Luft und Sonne.

»Zum Heiraten ist das ganz brauchbar«, sagte Joana. »Von diesem hier würde ich dir abraten, Martina. Dieser dein neuer Onkel ist ein Filou, zum Heiraten nicht zu empfehlen.«

»Mehr für die Liebe, schöne Cousine? Meinst du es so?«

»Martina ist auch ein seriöses Mädchen, siehst du das nicht?«

»Das wäre direkt schade. Bei der Figur und diesem Gesicht.«

»Wie auch immer«, beendete Martina das Geplänkel, »jetzt habe ich Hunger. Habt ihr mir was zu essen aufgehoben?«

»Da bin ich nicht so sicher«, meinte Joana. »Diese Sammlung ehrenwerter Typen hat offenbar seit acht Tagen nichts zu essen bekommen. Seit sie hier sind, essen sie. Was willst du denn?«

»Eier mit Schinken, Toast, Tee. Zenzi weiß schon Bescheid.«

»Und da kommt sie wie gerufen.«

Zenzi erschien soeben unter der Tür und brachte eine Kanne frischen Kaffee. Die wievielte es war, wußte sie nicht, sie hatte es aufgegeben zu zählen.

Sie nickte, als sie Martina sah. »Gleich!« rief sie. »Das Wasser ist eh heiß.«

»Ich bringe schnell Stormy in den Stall«, sagte Martina. Joana und Graf Gussi kamen mit. Und plötzlich, nahe beim Stall, war auch der Mecklenburger da. Er nahm Martina wie selbstverständlich die Zügel aus der Hand, fuhr prüfend über Stormys Hals.

»Er ist trocken.« Martina lächelte. »Ich bin das letzte Stück im Schritt geritten.«

Nur in der Sattellage war Stormy ein wenig feucht. Erich nahm ein Büschel Stroh und rieb ihn trocken. Dann hob er Stormys Hufe, betrachtete sie aufmerksam und säuberte sie.

»Der Herr Student versteht etwas von Pferden«, sagte Gussi anerkennend. »So etwas ist selten heutzutage.«

»Nicht so selten, wie Sie denken«, erwiderte Martina. »Bei uns zulande können Studenten reiten, falls sie mögen.« Sie lächelte Erich an. »Danke.«

Er führte Stormy in die Box; in der Krippe waren Äpfel, und Stormy machte sich sogleich mit großem Geschmatze darüber her. Der Wallach steckte die Nase durch die Gitterstäbe und schnaufte glücklich. Er ließ Stormy nicht aus den Augen.

Joana hatte ganz gegen ihre Gewohnheit nichts dazu gesagt, nur aufmerksam beobachtet.

Jetzt sagte sie: »Komm frühstücken, Martina. Sonst ist wirklich nichts mehr da.«

»Gleich. Ich wasche mir nur noch die Hände.«

Martina lief zum Hintereingang, doch dann blieb sie stehen, blickte zurück auf die Berge, auf den Himmel.

Was für ein Ritt! Was für ein Tag!

Graf Gussi und Joana gingen zurück auf den Rasenplatz vor dem Haus, sie redeten miteinander, sie schienen sich gut zu verstehen.

Jetzt kam auch der Mecklenburger aus dem Stall, schaute nicht rechts noch links und kam auf sie zu. Martina wartete auf ihn. »Wie heißen Sie eigentlich?« fragte sie.

»Wilcken.«

»Ja, das weiß ich. Ich meine – mit Vornamen?«

»Ach so?« Er schien verlegen zu sein, wich ihrem Blick aus. »Erich.«

»Oh!« Sie lachte, sie war ganz unbefangen. »Erich. Also, vielen Dank, Erich.« Wandte sich um und ging ins Haus.

Erich. Komisch, sie hatte noch nie jemand gekannt, der Erich hieß.

Das alles natürlich erzählte sie nicht, als sie beim Mittagessen von ihren morgendlichen Erlebnissen berichtete. Sie sprach überhaupt nicht von dem Biologiestudenten.

Nur von allen anderen Leuten, die ihr begegnet waren. Vom Frühstück vor dem Haus.

»Das sind ja sechs zusätzliche Leute«, sagte Helen still entsetzt. »Und ganz fremde dazu.«

»Spielt auch keine Rolle mehr«, meinte Martina. »Ein paar mehr oder weniger, was macht das.«

»Seems to be fun«, vermutete der Amerikaner.

Baronin Sophie ließ den Blick von der etwas geschmerzten Miene ihrer Tochter zu dem beleidigten Gesicht der Dichtersgattin wandern, streifte kurz das geistesabwesende Antlitz des Dichters und fand: »Eigentlich schade, daß wir nicht heute schon draußen sind. Bei diesem herrlichen Wetter! Und ganz lustig scheint es wirklich zu sein.«

Und dann berichtete sie, was sie alles über den Grafen Gussi wußte. Es war eine ganze Menge, denn Baronin Sophie war eine leidenschaftliche Leserin von Klatschspalten und Illustrierten. Obwohl in Regensburg lebend, war sie bestens informiert, wer mit wem, wo und wann, warum und überhaupt.

Das unterhielt die Tischrunde bis zum Dessert, das etwas dürftig ausgefallen war: eine Karamelcreme, die leicht angebrannt schmeckte. Ein Malheur, das öfter die Desserts im Hause betraf, denn Ernestine, die Köchin, konnte einen exzellenten Braten machen und vor allem prächtige Knödel dazu, überhaupt alle Fleischgerichte gelangen ihr vortrefflich, ebenso Salate und Gemüse, nur ihre Suppen waren ein wenig kümmerlich, und für Desserts hatte sie keine glückliche Hand. Weswegen man im Hause Kannegießer meist Obst oder Obstsalat aß, was sowieso Otto Kannegießers Höchstes war und was Helen und Martina, der schlanken Linie wegen, ebenfalls bevorzugten.

Das mißlungene Dessert brachte Helen auf das andere Malheur, das draußen stattgefunden hatte.

»Aber das mit Monika ist ja schrecklich. Wenn sie ernsthaft krank ist, gerade jetzt, was machen wir denn da bloß?«

»So schlimm ist es nicht«, meinte Martina. »Mit Frühstück und einem kalten Imbiß werden Zenzi und Roserl schon fertig. Und ab Mittwoch ist ja dann der Käfer da. Außerdem geht es der Moni schon besser, sagt die Zenzi.«

(Das stimmte. Beim Einkaufen im Laden von Monikas Eltern hatte die Zenzi schnell bei der Moni hineingeschaut. Die lag zwar noch im Bett, schaute aber recht munter aus den Kissen. Und machte sich Sorgen. »Mei, o mei, wie soll das bloß geh'n heut bei euch draußd!« – »Geht scho«, beruhigte sie die Zenzi. »Bis die alle aufg'stand'n sant und g'frühstückt ham, is eh bald Mittag. Da werd'n s' nez vui Hunger ham. Und wann s' was ess'n woll'n, müssen' s' halt wohin fahr'n. Gibt ja grad Wirtshäuser gnua.« – »I komm dann bis zum Abend«, versprach die Moni. – »Zweng wos denn? Bleib dahoam und ruh di aus. Wie geht's dir denn heut?« – »Vui besser. I bin net krank.« – »Schaust au gar net so aus. Grad hübsch schaust her heut morg'n.« – Die Moni lachte. »Ja, gell? I denk aa, daß i's überleb'n werd.«)

Von diesem Gespräch hatte Zenzi berichtet, und Martina gab es nun weiter.

Kam das Problem, wie man die Gäste am Nachmittag unterhielt. Herr Bergmüller setzte sich mit einem Buch in den Garten, die Baronin gesellte sich nach einer Weile dazu. Dichter und Gattin verschwanden in ihre Gemächer. Blieben die Amerikaner, die unbedingt etwas sehen wollten; also fuhr Martina mit ihnen hinaus zum Schloß Schleißheim. So verging der Nachmittag. Als sie zurückkamen, hatte inzwischen Arndt noch mal angerufen. Und nun wußten die anderen auch von Korea. »Warum hast du mir denn das nicht gesagt?« fragte Helen vorwurfsvoll.

»Ich hab's vergessen«, sagte Martina wurschtig.

»Du lieber Himmel, Korea! So weit weg.«

Korea bildete dann das Gespräch beim Abendessen, das man beim ›Schwarzwälder‹ einnahm.

Vorher hatte Herr Bergmüller das Lexikon studiert und konnte mit Tatsachen aufwarten. Martina sagte nicht viel dazu. Warum sollte sie auch? Sie hatte noch immer keine Lust, nach Korea überzusiedeln. Aber es war sinnlos, sich länger darüber zu verbreiten. Man würde sehen.

»Es ist ja nur für eine absehbare Zeit«, tröstete sich Helen. »Vielleicht bekommt Arndt dann etwas besonders Gutes, nicht? Paris oder London oder so.«

Als sie nach Hause kamen, war Otto Kannegießer da. Wie immer leicht mitgenommen vom Flug und von der Anstrengung der vergangenen Tage. Als er von Korea hörte, blickte er seine Tochter an. Martina erwiderte den Blick. Sie wußten jeder ganz genau, was der andere dachte. Modernes Mädchen hin oder her, weitgereiste Jugend von heute, Herr Kannegießer wußte genau, daß seine Tochter eine echte Münchnerin war und am liebsten in München leben wollte. Heute, morgen und für immer; auch Paris und London konnten sie nicht sonderlich lokken.

Und Martina wußte genau, was es für ihren Vater bedeutete, wenn sie so weit fortging. Was sie ihm damit antat.

»Du mit deiner dummen Heiraterei!« sagte er leise, als sie ihm gute Nacht sagte.

»Du hast recht, Papusch. Wie immer. Ich hätte doch lieber studieren sollen. Biologie.«

»Biologie? Wie kommst du denn darauf?«

»Das muß doch interessant sein.«

»Ganz bestimmt sogar. Aber nun, mein Kind, ist es zu spät.«

»Ja«, sagte Martina kläglich und küßte ihren Vater.

Später stand sie lange an ihrem Fenster und blickte in den Garten hinab. Es war wieder eine helle Mondnacht, und am liebsten hätte sie dasselbe getan wie gestern, wäre hinuntergegangen, in ihr Auto gestiegen und hinausgefahren.

Aber das ging nicht ein zweites Mal.

Montag, Dienstag, Mittwoch... rechnete sie. Donnerstag ist Hochzeit.

Der Sonntag war auf dem Schlättersbacher-Hof bewegt und vergnüglich vergangen. Nach dem ausgedehnten Frühstück waren sie mit dem Rolls, dem Caddy und dem Mercedes alle zusammen um den Chiemsee gefahren, waren verschiedentlich eingekehrt und hatten sich glänzend amüsiert.

Zu Williams Ärger war es Knuddel gelungen, sich in die Party einzuschmuggeln. Das heißt: Einschmuggeln war der falsche Ausdruck. Er stand mit einem so betrübten Kindergesicht dabei, als sie aufbrachen, daß Joana gutmütig sagte: »Wollen Sie nicht mitkommen?«

Und Knuddel strahlend: »Madonna! Sie haben ein Herz aus Gold. Das meine gehört für immer Ihnen.«

So konnte William nur Erich Wilcken mit hinunternehmen in die ›Post‹, um ihm Lage- und Einsatzplan zu zeigen, auch wo die verschiedenen Einkaufs- und Hilfsquellen sich befanden, ihn mit Wirtin und Wirt der ›Post‹ bekannt machen. Irmgard hatte sich übrigens auch eingefunden, kein bißchen beleidigt, sondern lieb und süß wie eh und je – nein, noch viel lieber und viel süßer, in einem lichtblauen Sommerkleid, das die gleiche Farbe wie ihre Augen hatte.

Zu dritt fuhren sie dann in ein Dorf, etwa zwanzig Kilometer entfernt, wo es auch einen hübschen Gasthof gab, in dem Zimmer reserviert waren. Dort sollten die Begleiter Graf Gussis am Montag einziehen, dann durften sie auf dem Hof nicht mehr bleiben.

»Und da sie gut motorisiert sind«, meinte William, »können sie ruhig etwas weiter weg wohnen.«

Zu Mittag aßen sie in der ›Post‹. Erich Wilcken, der William durch sein ruhiges, gelassenes Wesen sehr sympathisch war, durfte mit ihnen zusammen speisen.

Anschließend fuhren William und Irmgard nach München hinein; Erich, der gesagt hatte, er würde liebend gern etwas laufen, spazierte zum Hof zurück. Erst auf einem schmalen Wiesenweg, dann durch den Wald, dann am Rande eines Roggenfeldes entlang, dessen Halme gerade und fest standen und schon eine stattliche Höhe erreicht hatten. Alles war so grün. Der Regen war gut gewesen. Und nun kam die Sonne.

Für Erich war es ein unwahrscheinlicher Tag. Ein Tag wie ein Traum. Alles gehörte dazu. Der Himmel, die Sonne, die Berge, das grüne Land. Die Pferde und komischerweise das Mädchen. Ein Traum, aus dem er schnell erwachen würde. Dann war es vorbei. Nein – er würde es nicht vergessen. Das Land, die Berge, den Himmel sowenig wie die Pferde und das Mädchen.

Als er auf den Hof kam, hatte der Josef die Pferde hinausgelassen. Sie waren auf einer Koppel nahe dem Haus. »Eine Stunde dürfen sie draußen bleiben«, meinte der Josef. »Viel sollen sie ja von dem jungen Gras nicht fressen.« Erich lehnte am Koppelzaun und sah ihnen zu, dem rassigen schwarzen Stormy, dem stämmigen braunen Wallach. Sie blieben dicht beieinander, grasten, hoben manchmal die Köpfe und schnupperten in die Luft.

Zuerst kam der Wallach; langsam und gemächlich kam er heran, blieb bei Erich stehen und ließ sich hinter den Ohren kraulen. Und dann kam auch Stormy, in flottem Trab, das schöne Haupt erhoben; er schnaubte, seine Augen blitzten. »Ja«, sagte Erich, »ja, du Schöner. So gefällt dir das Leben.«

Später half Erich den beiden Mädchen beim Aufräumen der Zimmer, dann tranken sie Kaffee vor dem Hause, und noch ein bißchen später kam die Moni angeradelt. Es ginge ihr prima, und sie müßte doch wenigstens mal sehen, was los sei. Am Abend gab es eine Fortsetzung vom Abend zuvor. Die Gesellschaft kam ziemlich spät, so gegen acht Uhr. Sie brachten gebratene Hühner mit, sie aßen und tranken, sie tanzten sogar. Und Graf Gussi küßte seine schöne Cousine sehr ausführlich.

Ehe er schlafen ging – wieder sehr spät –, vergewisserte sich Erich, ob der Stall auch abgeschlossen sei.

Heute war er es. Eine Weile blieb er stehen und sah den Mond und die Sterne an und lauschte.

Aber heute kam niemand. Kein Auto, kein Mädchen, kein Hund.

Der Sonntag war vorbei.

Montag

Das Frühstück nahm man nur in kleiner Besetzung ein: Helen, Martina, Herr und Frau Bergmüller.

Dichters frühstückten auf dem Zimmer. Otto Kannegießer war schon um sieben in der Früh in sein Büro gefahren.

Sie habe es sich überlegt, verkündete Baronin Sophie, sie würden heute schon hinausfahren in den Chiemgau. Das Wetter sei so herrlich, und ab morgen herrsche sicher viel Betrieb, heute könne man noch ein wenig die Ruhe des Landlebens genießen.

Herr Bergmüller nickte dazu, er war von der Entscheidung seiner Frau offensichtlich schon unterrichtet worden.

»Heute schon?« wunderte sich Helen. »Du wolltest doch morgen früh noch zum Friseur gehen.«

»Es wird ja draußen auch ein paar Friseure geben. Ich kann mich ja nach Prien fahren lassen, nicht?«

»Eigentlich könnte ich auch hinausfahren«, sagte Martina.

»Es gibt doch noch so viel zu tun«, jammerte Helen. »Und nun fängst du schon wieder damit an. Bloß wegen dem Gaul.«

»Auch. Aber ich möchte überhaupt noch ein paar Tage draußen sein. Wer weiß, wann ich wieder einmal...« Den Rest des Satzes verschluckte sie. Wenn sie an Korea dachte, grauste es ihr. Nicht wegen Korea, sie kannte es nicht, sie hatte nichts dagegen, sicher war es wunderbar dort, aber sie wollte einfach nicht hin. Statt dessen fuhr sie fort: »Ich weiß gar nicht, was du immer willst. Es gibt überhaupt nichts mehr zu tun. Läuft doch alles von selber.

Hierher kommt doch keiner mehr, alles, was noch anreist, kommt auf den Hof. Und außerdem muß doch einer von der Familie da sein, wenn schon Gäste draußen sind. Und morgen kommen bestimmt Arndts Eltern. Und überhaupt...« – jetzt fiel ihr noch etwas ein – »wenn die Moni krank ist, muß sich doch einer um alles kümmern.«

»Du etwa?« fragte Helen spitz.

»Warum denn nicht? Ich bin schon draußen gewesen, als gar kein Mädchen auf dem Hof war. Denkst du, ich kann keinen Kaffee kochen?«

Helen ersparte sich die Antwort.

Bergmüllers jedenfalls starteten im Laufe des Vormittags, nachdem Helen vorsichtshalber William angerufen hatte, um ihm mitzuteilen, daß ihre Mutter und deren Mann bereits heute eintreffen würden.

William fand das gut. Es sei besser, meinte er, wenn nicht alle auf einmal kämen.

Nach dem Frühstück rief Martina ihren Vater an, um ihm mitzuteilen, daß sie im Laufe des Tages hinausfahren werde.

»Also habe ich dich nicht einmal mehr einen Tag«, sagte er darauf.

»Ach, hier können wir ja auch nicht in Ruhe miteinander reden. Warum bist du auch so lange in Amerika geblieben.«

Überraschend unwirsch sagte Otto: »Am liebsten wäre ich gar nicht zurückgekommen.«

Martina schwieg einen Moment, dann sagte sie: »Das stinkt dir ziemlich mit meiner Heirat, nicht?«

»Das kann man wohl sagen. Wenn du wenigstens den Peter Doppler geheiratet hättest.«

Martina war verblüfft. »Den Peter? Du hast immer gesagt, er ist ein Luftikus und kommt für mich nicht in Frage. Wie kommst du denn jetzt auf einmal auf den?«

»Er war gestern mit mir in der gleichen Maschine. Er

wußte gar nichts von deiner Heirat. Und er war ziemlich bedeppert, als ich es ihm sagte. Er liebt dich immer noch.«

»Na, von wegen liebt mich! Von Liebe wollen wir mal nicht reden. Peter war immerzu und pausenlos verliebt und zwischendurch auch immer wieder mal in mich.«

»Er hat sich gut herausgemacht. Er hat mir gefallen gestern, hat ganz vernünftige Ansichten gekriegt. Und dumm ist der nicht.«

»Wie du deine Meinung ändern kannst, Papusch. Hast du ihn zur Hochzeit eingeladen?«

»Nein. Das wäre mir taktlos vorgekommen.«

»Warum? Weil wir ein bißchen geflirtet haben? Da kennst du Peter schlecht, der stirbt nicht an gebrochenem Herzen. Hör mal, Papusch, willst du nicht heute mit mir rausfahren? Deswegen rufe ich an.«

»Kind, ich habe zu tun.«

»Du hast gar nicht zu tun. Der Laden läuft auch ohne dich. Zwei Tage Ruhe, bevor es losgeht, täten dir gut.«

»Ruhe? Bei der Menagerie da draußen? Nein, danke. Ich werde vielleicht eine Woche draußen bleiben, wenn der Rummel vorbei ist.«

Mit ihrem Vater war derzeit nicht gut zu sprechen, er war mißgestimmt. Der Rummel, wie er es nannte, paßte ihm überhaupt nicht. Die ganze Heirat nicht. Das Wort Korea hatten sie beide sorglich vermieden.

Eine Weile blieb Martina neben dem Telefon sitzen und tat sich selber leid. Dann beschloß sie, Peter anzurufen. Ob er bei seinen Eltern in Grünwald war? Oder hatte er noch das kleine Apartment in Schwabing?

Zwischen Peter und Martina bestand eine jahrelange Freundschaft, die noch in die Kinderzeit zurückreichte. Sein Vater besaß eine große pharmazeutische Fabrik, und es gab schon immer Geschäftsverbindungen zu der Bayern-Chemie. Sie war zwölf oder dreizehn gewesen, als sie sich das erstemal getroffen hatten. ›Doppler und Söhne‹

hatten ein Jubiläum gefeiert, fünfundsiebzig Jahre, eine groß aufgezogene Sache. Die Kannegießers waren eingeladen, das Fest begann am Nachmittag auf dem Werksgelände, es gab Freibier und gebratene Haxen für die ganze Belegschaft, die Schäffler tanzten, denn es war gerade das Jahr des Schäfflertanzes, der bekanntlich alle sieben Jahre stattfindet.

Herr Doppler hatte auch die Kinder eingeladen; er hatte außer dem Sohn Peter noch eine Tochter etwa in Martinas Alter. Die beiden Mädchen konnten nicht viel miteinander anfangen, Anschi Doppler war ein verwöhnter, hochnäsiger Fratz; schon bei der ersten Limonade wußten sie sich nichts zu sagen. Anders der Bub, der Peter.

Er kniff Martina kräftig in den Arm und sagte: »Komm mal mit, du!«, und dann zeigte er ihr die ganze Fabrik, die an diesem Tag stillstand. Er war fünfzehn und kannte sich erstaunlich gut aus, warf nur so mit Fachausdrücken um sich. Dann ließ er Martina von seinem Bier trinken, denn Limonade zu Schweinshaxen sei greislich, sagte er. Zusammen sahen sie dann den Schäfflertanz an, und später küßte er sie hinter dem Holzpodest, auf dem die Blaskapelle spielte. Es war der erste Kuß, den die wohlbehütete Martina von einem Jungen bekam, und es machte ihr gewissen Eindruck.

Näher bekannt wurden sie, als sie sechzehn und er neunzehn war. Sie waren im gleichen Tennisklub, waren beide gute und rasante Spieler, und durch Martina veranlaßt, begann Peter dann auch zu reiten, und so ritten sie oft zusammen im Englischen Garten.

Er wurde pünktlich mit der Schule fertig, hatte ein beachtlich gutes Abitur gemacht und begann ohne Verzug Chemie und Pharmazie zu studieren. Außerdem hielt er sich für den geborenen Herzensbrecher. Aber zwischen ihm und Martina gab es nicht mehr als ein bißchen Knutscherei und hier und da mal einen Kuß. Wichtiger war die echte und herzliche Freundschaft, die sie verband. Irgendeine Freundin hatte Peter immer, manchmal auch gleichzeitig mehrere, immer hübsche und flotte Mädchen, die kamen und gingen und spielten keine große Rolle. Martina erlebte das alles mit, sie war oft bei den Partys dabei, die Peter in seiner kleinen Schwabinger Wohnung gab. Die Wohnung hatte sein Vater ihm gekauft, als er zu studieren begann. Die Freundinnen wechselten, er hatte auch einmal eine heftige Liebesaffäre, aber die Freundschaft zwischen Peter und Martina wurde davon nicht berührt. Als Martina achtzehn und neunzehn war, wunderte sie sich manchmal, daß er nie den Versuch machte, sie zu verführen, so geübt, wie er auf diesem Gebiet mittlerweile war.

Einmal sagte er, denn er schien zu wissen, was sie dachte: »Mit uns hat das Zeit. Wir heiraten sowieso mal, da können wir uns noch ausführlich genug miteinander beschäftigen.«

»Wir heiraten?«

»Na klar, Mensch. Wir sind doch geradezu füreinander bestimmt, wie es immer so hübsch in Romanen heißt. Eure Firma und unsere Firma, das verträgt sich doch großartig. Außerdem gefällst du mir, du wirst mal große Klasse, das kann man heute schon sehen. Und wir können doch gut miteinander. Oder nicht?«

Vor einem Jahr etwa war Peter nach Amerika gegangen; er volontierte eine Zeitlang in einem chemischen Werk, dann studierte er drüben weiter. Und jetzt war er mit einemmal da? Das Schwabinger Apartment stimmte noch. Zwar klingelte es sechsmal, ohne daß sie Antwort bekam, und sie wollte gerade auflegen, da meldete sich eine verschlafene Stimme.

»Is was?«

»Mensch, pennst du vielleicht noch?«

»Klar. Ich muß doch mein verschobenes Gleichgewicht

wieder in Ordnung bringen. Schon mal was von Datengrenze gehört?«

»Alter Tattergreis. Da nimm dir mal ein Beispiel an meinem Vater. Der ist schon seit halb acht in seinem Laden.«

»Höchst ungesund. Solltet ihr nicht zulassen. Sag mal, Martina, bist du das?«

»Scheint so. Sag bloß, du erkennst meine Stimme nicht mehr.«

»Nur mit äußerster Mühe. Du klingst schon richtig verheiratet. Erstaunlich, daß du dich traust, mich anzurufen. Ich bin stocksauer.«

»Weil ich heirate?«

»Klar, du Karnickel. Du wolltest mich doch heiraten.«

»Wer sagt das denn?«

»Ich. Als dein alter Herr mir gestern erzählte, daß du schon so gut wie verheiratet bist, dachte ich, ich falle aus dem Flugzeug. Was soll das denn? Und ehrlich, 'n Grafen? Spinnst du?«

»Daß er Graf ist, paßt mir eigentlich auch nicht. Irgendwie komme ich mir albern dabei vor. Aber meine Mutter ist ganz entzückt davon.«

»Kann ich mir denken. Die hatte ja schon immer so 'ne Adelsmacke. Was ist das denn für ein Knabe? Dein Vater war sehr wortkarg bei diesem Thema.«

Sie schilderte ausführlich, wie Arndt aussah, wie er sich benahm, was er alles konnte und wußte.

»Scheint ja ein echter Volltreffer zu sein. Kann man nicht gegen anstinken.«

»Kommst du?«

»Wohin?«

»Zu meiner Hochzeit, du Dussel. Ich will dich einladen.«

»Du bist echt gut. Trampelst ganz schön auf meinem gebrochenen Herzen herum.«

»Du und ein gebrochenes Herz! Nicht mal angeknackst ist es, und wenn ich sechsmal heirate.«

»Du kennst mich schlecht. Dein alter Herr sagt, ihr macht das da draußen, am Chiemsee.«

»Ja. Auf unserem Hof. Du kennst ihn doch, du bist doch mit mir draußen gewesen, als wir umgebaut haben.«

»Sicher. Das war da, wo du die Fummelei mit dem Architekten hattest.«

Martina schwieg verblüfft, dann fragte sie vorsichtig: »Wie kommst du denn darauf?«

»Hältst du mich für blöd?«

Sie hielt es für besser, nicht näher auf das Thema einzugehen. »Also, was ist? Kommst du?«

»Ach, weißt du, Hochzeit so mit Frack und Zylinder. Wo ich gerade eben erst von der Reise komme.«

»Nun gib bloß nicht so an. Die paar Stunden Flug. Außerdem ist die Hochzeit erst am Donnerstag. Und von mir aus kannst du Jeans anziehen. Am besten einen Trachtenanzug, das paßt in diesem Fall. Und Mittwoch abend ist eine große Fete, da hauen wir richtig auf die Pauke. Also, da mußt du wenigstens kommen.«

»Mittwoch? Na, mal sehen. Wer ist denn noch alles da?«

Martina begann ihm die Gäste aufzuzählen, jedenfalls soweit er sie kannte und soweit sie ihn interessieren konnten. Und das betraf in erster Linie hübsche Mädchen.

»Machst du denn richtig mit Brautjungfern und so 'ne Kiste?«

»Nö. Das wollte meine Mutter, aber da habe ich gestreikt. Das kommt mir zu albern vor. Keine Brautjungfern. Es genügt mir schon, daß Kinder Blumen streuen. Die Kinder von Arndts Schwester, die wollten das partout.«

»Wie herzig.«

»Wenn ich gewußt hätte, du bist da, dann hättest du mein Trauzeuge sein können.«

»Das hätte mir noch gefehlt. Ich werde mit dir essen gehen, wenn du geschieden bist.«

Das Gespräch dauerte eine halbe Stunde, bis Helen sich beschwerte, daß das Telefon blockiert sei, sie hätte schließlich auch einige wichtige Gespräche zu führen. Nun sei er wieder schön müde, telefonieren sei anstrengend, verkündete Peter am Schluß, nun werde er noch eine Runde schlafen.

Animiert hopste Martina vom Schreibtisch ihres Vaters, auf dem sitzend sie das Gespräch geführt hatte. Heiraten war eigentlich doch eine schicke Sache, Peter würde bestimmt kommen, schon aus Neugier, und es würde Spaß machen, den dekorativen Arndt vorzuzeigen.

Am Nachmittag fuhr Martina wirklich in den Chiemgau hinaus. Im Auto transportierte sie das Brautkleid und das Abendkleid für den Ball samt allem Zubehör. Auf dieser Fahrt trug sie Jeans und ein gelbes T-Shirt. Sie fuhr zunächst nach Endershausen hinein, fuhr langsam durch Endershausen durch und dachte, daß sie niemals so etwas Hübsches gesehen hätte wie dieses adrette, freundliche Dorf mit seinen hellen Häusern, den Blumen in den Vorgärten, den Bäumen vor den Fenstern.

Die Sonne schien mit aller Kraft, der Himmel war immer noch von einem unnatürlich strahlenden Blau, und Endershausen blitzte geradezu vor Sauberkeit.

Und ich muß in dieses Scheiß-Korea, dachte sie verdrossen. Das vergaß sie keine Minute. Es hatte sie auf der ganzen Fahrt hierher begleitet.

»Ich kann mir nicht vorstellen, Boy, daß uns das gefällt«, sagte sie zu dem Hund, der neben ihr saß. »Ich habe im Atlas nachgesehen, wo das liegt. Sehr weit weg. Seoul ist eine große Stadt, ein und eine halbe Million Einwohner. Das steht im Lexikon. Vielleicht sind es auch inzwischen ein paar mehr, das Lexikon ist schon ein paar Jahre alt. Das ist größer als München, denk bloß mal. Und es ist ganz in der Nähe von Japan. Und China ist gleich daneben. Stell dir das vor.«

Der Hund saß mit gespitzten Ohren und blickte sie aufmerksam an. Er gab sich große Mühe, sie zu verstehen. Aber er kannte die Worte nicht. Er hörte bloß ihrer Stimme an, daß sie unzufrieden war. Behutsam hob er die Pfote und legte sie auf ihren Schoß.

Martina hielt auf dem Dorfplatz von Endershausen. Da drüben war die Kirche. Sie sah den Pfarrer in seinem Garten herumwerkeln.

Auf der anderen Seite war die ›Post‹, und dort werkelte vermutlich William.

»Korea ist ein geteiltes Land, weißt du. Genau wie wir. Arndt sagt, gerade darum ist es für uns wichtig, dort zu sein. Wir können das so gut verstehen. Was soll ich verstehen, Boy? Ich versteh's ja nicht mal hier.«

Sie sah den Hund an. Der Hund sah sie an, sie waren beide ganz ernst, und keiner wußte recht, was zu tun sei.

Da kam plötzlich ein Wagen über den Platz gerollt, rasch und sicher gefahren, hielt vor der ›Post‹, und aus stieg jemand, den Martina kannte. Dieser Mann aus Mecklenburg. Er ging stracks in die ›Post‹ hinein, ohne sich umzusehen. Das war doch eine Frechheit. Er mußte doch gesehen haben, daß sie hier stand. Er kannte schließlich ihren Wagen. Nein, er konnte sie genausogut nicht gesehen haben. Er war von Süden gekommen, gerade auf die ›Post‹ zugefahren, und sie stand halb unter den Linden des Platzes verborgen. Ohne weiter zu überlegen, sprang sie aus dem Wagen, der Hund ebenfalls, sie knallte schwungvoll die Tür zu und steuerte genauso schwungvoll und auf einmal gar nicht mehr verdrossen auf die ›Post‹ zu. Mal sehen, wie es so stand bei William.

Frau Obermaier war entzückt, die Braut zu sehen. Ob das Fräulein einen Wunsch habe? Mehr um ihr einen Gefallen zu tun, sagte Martina, sie würde gern eine Cola trinken. Ob man ihr die hinauf in Williams Büro schicken könne? Er sei doch da? Aber sicher sei der Herr William da, da fehle sich nix, er sei immer da, hier oder auf dem Hof, und er denke an alles, und er schaffe auch alles, tüchtig wie er sei, der Herr William.

Martina nickte und stieg die Treppe in den ersten Stock hinauf, wo William seine Kommandozentrale im großen Eckzimmer hatte.

Da war nicht nur William, sondern auch natürlich Irmgard, die Lehrerstochter, und der Lehrer selber und dann noch ein Mann mit ölverschmierten Händen, der von irgendeiner Reparaturwerkstatt kam, wie Martina bald kapierte, und der Mecklenburger war da. Der Mann, der Erich hieß.

»Grüß euch!« sagte Martina, als sie hereinkam. »Generalversammlung? Störe ich?«

»Gnädiges Fräulein! Welche Überraschung!« William erhob sich hinter seinem Schreibtisch, verneigte sich leicht und war verwundert.

»Daß Sie's gleich wissen, William, ich bin jetzt da. Ab jetzt bleibe ich heraußen. Und wenn ich was helfen kann, dann sagen Sie es mir.«

Mit einemmal, ganz unnötigerweise und richtig blödsinnig, war Martina verlegen. Richtig verlegen. Sie merkte, wie ihr das Blut in die Wangen stieg.

Es war ein so ungewohnter Zustand für sie, daß sie noch verlegener wurde. Vielleicht kam es daher, weil sie gesagt hatte, daß sie helfen wolle, das war ein ebenso ungewohnter Ausdruck für sie. Aber hier draußen tat sie in letzter Zeit immer seltsame Dinge... Hatte ein Palaver nachts im Pferdestall, frühstückte mit dem Personal zusammen. Fragte einen fremden Mann vom Aushilfsdienst, wie er mit Vornamen heiße. »Ich meine«, fuhr sie hastig fort, um ihre Verlegenheit zu überbrücken, »weil ja doch die Moni krank ist, nicht? Vielleicht kann ich irgend etwas tun. Wie geht es ihr überhaupt?«

»Es geht ihr bereits wieder gut«, bemerkte William gemessen und immer noch verwundert. »Und irgendwelche Aufgaben, gnädiges Fräulein, sind für Sie hier nicht vorgesehen.«

»Nein?« Martina lachte. »Schade. Ich muß bloß auf die Bühne, wenn mein Auftritt kommt, nicht? Regie führen darf ich nicht. Und die Rolle aussuchen auch nicht.«

Was redete sie bloß für einen Unsinn!

Frau Obermaier rettete sie, die höchstpersönlich die Cola auf einem Silbertablett für die Braut brachte.

»Oh, danke«, sagte Martina. »Das ist aber nett. Will sonst vielleicht jemand noch was?«

Sie blickte der Reihe nach alle an, zuletzt den Mecklenburger. »Auch eine Cola?«

Erich schüttelte den Kopf. »Danke, nein. Ich mach' mir nichts aus dem Zeug.«

»Ach so. Vielleicht lieber ein Bier?«

»Jetzt nicht. Vielen Dank.«

Der Mann mit den Ölhänden meinte, daß er ganz gern ein Bier trinken täte.

William runzelte leicht die Stirn. »Das trinken Sie dann, wenn Sie hinuntergehn«, sagte er. »Lassen Sie uns erst unser kleines Problem zu Ende besprechen. Sie entschuldigen mich, gnädiges Fräulein? Ich stehe gleich zu Ihrer Verfügung.«

»Oh, ich will nicht stören«, sagte Martina und war schon wieder verlegen. »Ich bin bloß mal vorbeigekommen.«

Aber sie setzte sich dann doch mit ihrer Cola an den Tisch am Fenster und zog eine Zigarette aus der Tasche. Der Lehrer gab ihr Feuer. Sie lächelte ihm zu, dann auch Irmgard, die zurücklächelte.

Dem Gespräch entnahm Martina, daß es am Vormittag

einen kleinen Unfall mit einem der Wagen gegeben hatte, die zum Hochzeitseinsatz bereitstanden ... Der Mecklenburger hatte ihn verursacht. Das heißt, verursacht war das falsche Wort, wie William sogleich richtigstellte. Er hatte am Steuer gesessen, war glücklicherweise nicht sehr schnell gefahren, als ein Kind überraschend aus einem Hoftor herausgerannt kam. Dem Kind allein hätte er noch mühelos ausweichen können, aber hinter dem Kind kam ein Hund, und um beide zu verschonen, hatte er eine Mauer gestreift. Keinem war etwas passiert, nicht dem Kind, nicht dem Hund, nicht Erich, nicht dem Lehrer, der neben Erich gesessen hatte.

Zeugen waren auch vorhanden, die den Dorfpolizisten darüber aufgeklärt hatten, daß der Fahrer keine Schuld hatte. Die Mutter des Kindes hatte das Kind erst geohrfeigt, dann an sich gepreßt und ein bißchen geweint, der Hund hatte gebellt. Das Ganze war in einem Dorf, etwa zehn Kilometer entfernt, passiert und war alles in allem eine harmlose Angelegenheit. Obwohl natürlich auch, wie der Lehrer hinzufügte, eine Tragödie hätte daraus werden können.

»Herr Wilcken hat sehr rasch reagiert«, sagte der Lehrer noch, denn er und jeder im Raum konnte sehen, daß es Wilcken eben doch unangenehm war, im Mittelpunkt dieses Unfalls zu stehen. Auch wenn er nichts dafürkonnte.

Martina stand auf, trat neben Erich. »Ich bin sehr froh, daß es so gut abgegangen ist.« Ihr Tonfall war jetzt ganz echt, das erstemal, seit sie ins Zimmer gekommen war.

Nun ging es darum, ob der Wagen, der lädiert war, so schnell in Ordnung gebracht werden konnte, daß er ab morgen wieder zur Verfügung stand, oder ob man einen anderen Wagen herbeischaffen mußte. Darüber hatte der Mann mit den ölverschmierten Händen zu befinden, bei dem der Wagen sich seit einigen Stunden befand.

»Mei«, sagte er, »des ka ma schwer sang.« Und dann

verbreitete er sich eine Weile über die möglichen Gebrechen, die der Wagen neben den bereits sichtbaren davongetragen haben könnte. Er war ein langsamer und schwerfälliger Typ, und Martina dachte, daß der Wagen kaum rechtzeitig repariert sein würde, wenn der Mann so arbeitete, wie er redete. Zum gleichen Ergebnis schien auch William gekommen zu sein, denn er brach das Palaver kurz ab und entschied, daß Erich am nächsten Morgen mit dem ersten Zug in die Stadt fahren solle, um bei der Firma, die die anderen Leihwagen gestellt hatte, einen neuen zu holen. Er werde ihn gleich telefonisch bestellen.

Einen Leihwagen, meinte der Reparierer, könne er hier auch besorgen.

»Ich weiß, daß wir hier noch einige Wagen in Reserve haben«, beschied ihn William. »Die wollen wir jetzt noch nicht angreifen. Außerdem möchte ich den gleichen Wagentyp haben, und den bekomme ich bei dieser Firma.«

»Das trifft sich gut«, warf Martina ein. »Wenn Herr Wilcken sowieso in die Stadt fährt und mit dem Wagen herauskommt, könnte er doch gleich unsere Amerikaner mitbringen. Ich wollte sie ja mitnehmen, aber erstens haben sie soviel Gepäck, und zweitens hatten sie heute noch eine Verabredung im Konsulat mit irgend jemand. Aber morgen wollen sie kommen.« Das ließe sich natürlich machen, meinte William, man werde das heute abend besprechen.

Der Ölmann verabschiedete sich und versprach, sich gleich über das verletzte Vehikel herzumachen. Erich Wilcken erhielt einen anderen Auftrag und trat ab.

»Gnädiges Fräulein«, sagte William, »ich stehe zu Ihrer Verfügung.«

»Ich habe keinerlei Wünsche, ich bin bloß gekommen, um Grüß Gott zu sagen. Jetzt bin ich da, ich werde hinausfahren auf den Hof, werde meine Staatsroben aufhängen, und dann werde ich reiten. Tun Sie so, William, als ob ich nicht da wäre.« William lächelte leicht und meinte, das würde ihm denn doch ein Ding der Unmöglichkeit sein. Auf dem Hof würde sie übrigens große Ruhe vorfinden. Señora Joana und Graf Gussi seien mit der gesamten Begleitung nach Salzburg gefahren. Auch könne er die nicht ganz unerfreuliche Meldung machen, daß zunächst die Gäste weniger statt mehr geworden seien: der Bankdirektor aus Solothurn sei mit der Dame aus Lugano und der Dame aus Paris heute vormittag abgereist.

»Warum denn das?« fragte Martina.

»Nun, der Herr aus der Schweiz, ein sehr distinguierter Herr übrigens, hatte wohl doch das Gefühl, daß er hier fehl am Platze war. Und keiner hatte etwas dagegen, daß er zwei von den Damen mitnahm.«

»Na schön«, sagte Martina, »macht ja nichts. Also, dann gehe ich jetzt mal. Tschüs solang!«

Unten in der Gaststube lehnte der Autoreparierer noch an der Theke bei seinem Bier. Von Erich Wilcken war nichts mehr zu sehen; er war weggefahren.

Martina schlenderte langsam über den Platz; es war sehr warm, der Wind hatte sich gelegt. Sie konnte auch noch ein bißchen warten mit dem Reiten, dachte sie. Vielleicht wurde es später etwas kühler.

Joana und Graf Gussi waren also in Salzburg. Nun, das würde ihnen gefallen bei dem Wetter. Und noch waren nicht so viele Fremde da; da war es noch charmant in Salzburg.

Schienen sich gut zu verstehen, die zwei. Irgendwie paßten sie ja auch zueinander. Martina lachte leise. Möglicherweise heiratete Joana diesen Gussi. Geld genug hatte sie, um sich ihn leisten zu können. Und er mußte ja auch mal irgendwo an Land gehen. Und Joana würde dann auch eine Gräfin.

Das ist eine prima Idee, dachte Martina beschwingt, das mach' ich, das werde ich mal ein bißchen ankurbeln. Dann wird Joana doppelt meine Tante, wo sie doch gar keine Tante sein will.

Und dann mußte Martina nochmals lachen, diesmal über sich selbst. Da war sie selbst noch nicht verheiratet und begann schon, andere zu verheiraten. Es hieß doch immer, sobald Frauen verheiratet sind, fangen sie an, Ehen zu stiften. Da schien was dran zu sein. Sie schlenderte dabei über den Dorfplatz von Endershausen, eigentlich wieder ganz zufrieden und so herrlich lässig und ein wenig ermüdet; das kam wohl vom Föhn.

In seinem Garten war immer noch der Pfarrer zu besichtigen, wie er an seinen Rosen hantierte. Martina wußte auch nicht, wie es gekommen war, aber plötzlich stand sie am Zaun vom Pfarrgarten und rief fröhlich: »Grüß Gott, Hochwürden!«

Der Pfarrer drehte sich um, straffte seinen Rücken, ächzte dabei ein bißchen und war dann sehr erstaunt, wer da an seinem Zaun stand.

Martina mußte hereinkommen; er nahm ihre Hand in seine beiden Hände und sagte, er freue sich, daß sie noch einmal zu ihm komme, bevor es soweit war. Er würde doch noch ganz gern einiges mit ihr besprechen.

»Ich habe es schon immer vorgehabt«, sagte Martina, »entschuldigen Sie, daß es solange gedauert hat. Und daß ich jetzt so in letzter Minute komme.«

(Bisher war sie nur einmal kurz, zusammen mit Arndt, beim Pfarrer gewesen; das war etwa acht Wochen her.)

»Das macht doch nichts«, sagte der Pfarrer. »Hauptsache, Sie sind gekommen. Solange es nicht zu spät ist, ist es immer früh genug. Und jetzt müssen Sie mit mir Kaffee trinken.«

»Aber nein, wirklich...«

»Doch, doch, das müssen Sie. Wissen Sie, ich muß bei diesem Föhn immer noch mal am Nachmittag extra einen starken Kaffee trinken, sonst habe ich Kopfschmerzen.

Und einen Kuchen gibt es auch noch. Er ist zwar schon von gestern. Genaugenommen ist er am Samstag gebakken, aber es ist ein Marmorkuchen, und der schmeckt ja erst richtig gut, wenn er ein paar Tage alt ist. Finde ich jedenfalls immer.«

Der Kaffeetisch war schon gedeckt, im Garten hinterm Haus. Gar kein so kleiner Garten war es; es gab Blumen hier, und weiter hinten wuchs das erste Gemüse heran. Die Pfarrköchin brachte noch eine Tasse und einen Teller, nachdem sie den Gast begrüßt hatte; sie schien sichtlich erfreut über Martinas Kommen.

Sie war also erwartet worden, dachte Martina. Was für ein Glück, daß sie den Pfarrer heut gesehen hatte. Sie war gar nicht auf die Idee gekommen, noch einmal herzugehen. Der Kaffee war von erstklassiger Qualität und desgleichen der Kuchen. Martina aß zwei Stück, ebenso Boy, der sehr manierlich seinen Anteil aus der Hand des Pfarrers nahm.

Das Gespräch bereitete überhaupt keine Schwierigkeiten. Sie begannen mit dem Wetter, erst der lange Regen und plötzlich der Umschwung, so warm, fast zu warm für die Jahreszeit, nicht? Na ja, eben Föhn, man kenne das ja. »Bleibt die Frage offen«, sagte der Pfarrer, »was man sich für den Hochzeitstag für Wetter wünschen soll. Regnen soll es nicht, die Sonne sollte schon scheinen, das wär' schon recht, aber Föhn ist auch wieder nicht gut, das wird manchem von Ihren Gästen schlecht bekommen, wenn sie's nicht gewöhnt sind.«

Dann sagte Martina, wie gut ihr Endershausen gefalle im Sonnenschein und wie schrecklich gern sie überhaupt immer hier herauskomme. »Es hat noch nie einen Platz gegeben, an dem ich mich so wohl gefühlt habe. Es wird mich ganz unglücklich machen, wenn ich nicht mehr herkommen kann.« Aber warum sollte das nicht sein, meinte der Pfarrer; auch sei sie ja noch so jung, es werde gewiß noch viele Orte geben in ihrem Leben, an denen sie sich gern aufhalten würde.

»Nein, ich weiß es schon«, sagte Martina entschieden. »Ich möchte hier sein und in München sein. Ich kann mir einfach nicht vorstellen, daß es mir jemals irgendwo anders besser gefallen könnte. Ich kenne schon einiges von der Welt, ich war schließlich oft genug verreist.«

Und sie zählte auf, was sie alles kannte: Italien, Spanien, London und Paris, auch die USA, ach ja, und die Provence natürlich, doch – das wäre noch am ehesten eine Gegend, in der sie sich vorstellen könnte zu leben.

Und auf einmal fiel das Wort Korea.

Ihrer Mutter gegenüber hatte sie wurschtig getan, ihrem Vater gegenüber so, als sei es ganz einfach, nach Korea überzusiedeln, und sie hatte sich das auch selbst eingeredet – manchmal, und sie würde es Arndt nicht schwermachen und sich große Mühe geben, eine gute Diplomatenfrau zu werden. Aber nun kam es heraus.

»Ich habe überhaupt keine Lust, in Korea zu leben«, sagte sie mit Nachdruck.

Der Pfarrer gab sich große Mühe. »Aber liebes Fräulein Kannegießer«, sagte er. »Sie dürfen nicht urteilen, ehe Sie etwas kennen. Vorurteile sind von großem Übel. Damit wird man einer Sache nicht gerecht. Und man verbaut sich selber den Weg, der vielleicht ganz leicht gangbar wäre. Sehen Sie ...«, und es folgte ein Beispiel aus seinem reichhaltigen Repertoire, wo Menschen geirrt, gefehlt oder auch nur unklug gehandelt hätten, weil sie nicht vorurteilsfrei an eine Sache herangegangen waren.

Martina hörte sich das geduldig an, doch dann sagte sie: »Glauben Sie nicht, Hochwürden, daß es auch so etwas wie ein sehr sicheres Gefühl gibt, nennen Sie es einen Instinkt oder eine Eingebung oder wie Sie wollen, wenn man einfach weiß und spürt, ob etwas für einen gut ist oder schlecht?«

»Aber liebes Kind, das ist ja ein ganz anderes Thema.«

»Nein, ist es nicht. Man kann es ein Vorurteil nennen, wenn man sagt, dies oder das mag ich nicht oder tue ich nicht. Und was ist dann mit Recht und Unrecht? Man weiß doch einfach, ob man recht tut oder unrecht. Man weiß es eben. Aus einem sicheren Gefühl heraus. Schon ein Kind weiß es. Sogar ein Tier weiß es, in manchen, ihm verständlichen Fällen. Das ist doch dann kein Vorurteil?«

Das wuchs sich zu einer echten Debatte aus; sie trieb den Pfarrer ganz schön in die Enge, aber dem gefiel das, dem gefiel das außerordentlich.

Bisher hatte er nämlich gedacht, die Braut, die er in wenigen Tagen in seiner Kirche trauen sollte, sei ein oberflächliches Luxusgeschöpf. Nun sah er mit Freuden, das war sie gar nicht. Man konnte sehr ernsthaft und eingehend mit ihr reden, sie hatte sehr gescheite Gedanken in ihrem hübschen Kopf.

Also redeten sie eine Weile so weiter; es war schwer zu erklären, was man ein Vorurteil, was ein sicheres inneres Gefühl nennen könnte, es gab Grenzfälle, nicht wahr – auf jeden Fall ein hochinteressantes Thema.

Davon abgesehen, verstand der Pfarrer seinen Gast sehr gut. Er hätte auch keine Lust gehabt, Endershausen gegen Korea einzutauschen.

Oben auf dem Zaunpfosten hatte sich die Katze des Pfarrers niedergelassen und beäugte von diesem Rangplatz aus den fremden Hund, der aber keinerlei Notiz von ihr nahm – Boy hatte sich lang vor Martinas Füßen ausgestreckt; er war sehr zufrieden, der Kuchen hatte ausgezeichnet geschmeckt, Wasser hatte er auch bekommen, jetzt schien ihm die Sonne aufs Fell. Frauchen war auch wieder besserer Laune, das spürte er.

Doch dann begab sich Martina in ihrem Gespräch mit dem Pfarrer auf gefährliches Terrain. Sie sagte nämlich: »Es geht einem mit Menschen doch auch so. Oder nicht?

Man weiß doch meist im ersten Moment, ob man jemand leiden kann oder nicht. Schön, man trifft mit vielen Menschen zusammen, die einem gleichgültig sind. Und es gibt welche, die man nicht ausstehen kann, sofort und gleich. Warum ist das so? Vorurteil? Gefühl? Instinkt?«

»Vielleicht spielt es eine Rolle, was man über diesen Menschen weiß«, meinte der Pfarrer. »Angenommen, man hat etwas Nachteiliges über ihn gehört, dann ist es eben doch ein Vorurteil.«

»Bei mir nicht«, widersprach Martina. »Wenn man mir jemand mies machen will, wenn man sagt, der hat das und das getan oder gesagt und das verbrochen oder angestellt, dann bin ich schon mal in Opposition. Ich will mir mein eigenes Urteil bilden. Und genau umgedreht auch. Wenn man mir irgend jemand als reinen Edelmenschen unterjubeln will, dann bin ich schon gleich auf der Hut. Das ist mir von vornherein unsympathisch.«

»Das ist ja auch absolut richtig und lobenswert. Sehen Sie, ich könnte meinen Beruf nicht ausüben, wenn ich nicht auch so denken würde. Ja ich muß noch einen Schritt weitergehen, denn wie steht es geschrieben: ›Es ist mehr Freude im Himmel über einen reuigen Sünder als über neunundneunzig Gerechte‹.«

»Na ja, gerecht ist das ja auch nicht gerade«, sagte Martina. »Aber irgendwie kann ich das schon verstehen. Das ist genauso, wie wenn ich ein schwieriges Pferd reite und ich habe Arbeit damit und allerhand Ärger und bin ein paarmal runtergeflogen, und eines Tages habe ich ein Pferd, das tadellos geht und keine Zicken mehr macht, also da freut man sich viel mehr, als wenn man von vornherein auf einem folgsamen und gutgerittenen Pferd sitzt, nicht?«

Wenn der Pfarrer schwer an diesem Gleichnis schluckte, ließ er es sich nicht merken, sondern nickte nur verständnisvoll mit seinem weißhaarigen Kopf. Und goß noch einmal Kräuterlikör ein. Bei dem waren sie nämlich inzwischen gelandet. »Aber es gibt ja auch noch ganz andere Dinge mit Menschen«, fuhr Martina fort. »Ich habe das früher nicht so gewußt. Man kann einen Menschen treffen, irgendwann, irgendwo, hier und heute, einen Menschen, den man überhaupt nicht kennt und vorher nie gesehen hat, und weiß sofort und ganz bestimmt, daß einem dieser Mensch viel bedeutet. Daß man ihn...« Hier verstummte sie und blickte an dem Pfarrer vorbei in den Garten; ihre Augen waren weit geöffnet, ihr Gesicht war voller Erstaunen. »Ich habe das früher nicht so gewußt«, murmelte sie noch einmal.

Und was sie so erstaunte, war die Tatsache, daß eben jetzt, als sie das aussprach von dem Menschen, den man nicht kennt und den man sieht und spricht und von dem man gleich weiß, daß er wichtig ist, daß man ihn will und braucht und... ja... daß man ihn lieben könnte – als sie das aussprach, da sah sie doch diesen Mecklenburger vor sich.

So was gab's ja gar nicht. Wie kam sie denn gerade auf den? War da der Föhn dran schuld?

Aber sie wußte es im Grunde genommen viel besser. Sie verteidigte doch, hier sitzend, die ganze Zeit das sichere Gefühl, den sicheren Instinkt. Aber bitte, was war es denn sonst? Sie kannte schließlich Männer genug. Sie hatte geflirtet, sie war verliebt gewesen, es war auch so was wie Liebe dabeigewesen, sie war schließlich kein Baby mehr, sondern eine erwachsene Frau, und deswegen wußte sie auch ganz genau, wußte es, daß dieser Mann, den sie jetzt seit knapp zwei Tagen kannte, daß sie diesen Mann... Nein. Man konnte so etwas gar nicht zu Ende denken.

Auch wenn sie nicht unmittelbar vor ihrer Hochzeit stände und hier beim Pfarrer saß, der sie in drei Tagen trauen würde – also das mal ganz beiseite gelassen –, auch ohne dies wäre es ein absurdes Ding, einen Mann zu sehen, zu sprechen, kaum etwas von ihm zu wissen und dann zu sagen: Diesen Mann will ich!

Da war es heraus.

Zu sagen, zu fühlen, zu wissen: Dieser ist es.

So was gab's ja gar nicht.

Warum nicht? So was gab es eben doch. Und hier war der Beweis.

»Verdammt!« sagte sie.

»Bitte?« fragte Hochwürden.

»Ach, entschuldigen Sie. Ich mußte nur eben an etwas denken.«

Der Pfarrer hatte ihr zugesehen beim Denken. Dieses junge, klare Gesicht, auf dem sich eben soviel abgespielt hatte. Ihm gefiel dieses Gesicht. Auch deswegen, weil es ganz im Gegensatz zu heutigen Mädchengesichtern kaum Schminke aufwies. Ein wenig Rot auf den Lippen, das durch den Kuchen verschwunden war, ein Schimmer von Blau auf den Augenlidern, das war alles.

Und was mochte sie gerade beschäftigt haben, daß dieses Gesicht so voll von Erstaunen, voll Schreck gewesen war und dann auch wieder von einem tiefen Begreifen erhellt? Was hatte sie gedacht?

Konnte er sie fragen? Nein, das konnte er nicht.

Jedenfalls hatte sie am Ende dieser Gedankenkette ›Verdammt!‹ gesagt, das hatte er deutlich genug gehört.

»Ich glaube, ich muß jetzt gehen«, sagte Martina.

Sie sah den Pfarrer an, und jetzt war nur noch Verwirrung in ihrem Blick.

»Es war sehr schön, bei Ihnen hier zu sitzen. Vielen Dank für Kaffee und Kuchen.«

»Mich hat es sehr gefreut, daß Sie hier waren, Fräulein Martina. Und Sie bleiben jetzt also heraußen?«

»Ja. Heute will ich noch ausreiten.«

Und dann fiel ihr das andere wieder ein. »Stellen Sie

sich vor, Hochwürden, mein Pferd kann ich auch nicht mitnehmen nach Korea.«

»Das wäre wohl schlimm für Sie? Ist das denn schon sicher?«

»Nein. Ich weiß es noch nicht. Vielleicht geht es doch. Und Bobby würde das Herz brechen.«

Sie erzählte noch schnell von dem Wallach und dem Verhältnis der beiden ungleichen Freunde. Dann stand sie auf. Der Pfarrer brachte sie zum Gartentor.

»Ach ja«, sagte er, »beinahe hätte ich es vergessen. Die Burschen im Dorf möchten Böller schießen zu Ihrer Hochzeit. Wenn die Kirche aus ist.«

»O ja, wirklich? Das finde ich aber prima. Das erlebt nicht jeder bei seiner Hochzeit, nicht? Also nochmals vielen Dank und auf Wiedersehen. Bis Donnerstag.«

Der Pfarrer sah ihr nach, wie sie über den Platz zu ihrem Auto ging. Schlank war sie, langbeinig. Hübsch anzusehen, auch von hinten.

Von der Hochzeit selber hatten sie gar nicht gesprochen, fiel ihm ein. Er hätte sie noch verschiedenes fragen sollen, auch über den Bräutigam.

Na, er hatte so das Gefühl, daß es ihm nicht schwerfallen würde, die richtigen Worte zu finden. Nicht, nachdem er sie jetzt kannte.

Während sie ihren Wagen hinaussteuerte zum Hof, gelang es Martina, ihre Welt wieder zurechtzurücken. Also bitte, was sollte daran nun eigentlich so bemerkenswert sein? Warum sollte es so etwas nicht geben wie Sympathie, und ihretwegen konnte man es ruhig Liebe auf den ersten Blick nennen. Das war ja keine neue Erfindung von ihr, darüber hatte man oft genug gehört und gelesen. Okay, okay. War ganz normal. Kam dazu, daß sie mit ihm über Pferde sprechen konnte. Daß sie anfangs überhaupt nur von Pferden gesprochen hatten, das schuf schon gleich eine Verbindung.

So gesehen bestand überhaupt kein Anlaß, diese Geschichte unnötig zu dramatisieren. So was passierte eben, man nahm es zur Kenntnis, konnte den Kopf darüber schütteln, konnte sich auch daran freuen, und damit hatte es sich. Wenn sie heute in einem Jahr daran denken würde, würde sie wahrscheinlich lächeln. Ach ja, das war der kleine Biologe, den ich bei meiner Hochzeit kennenlernte, netter Kerl, hat mir gut gefallen. Weißt du, Arndt, der Bursche hatte irgendwie Persönlichkeit, so was merkt man ja gleich. Kam von drüben, von den Brüdern und Schwestern. Woher gleich? Ach ja, ich glaube, Mecklenburg.

So etwa sah die Sache später aus. Klarer Fall. Bestand noch die Möglichkeit, daß man die Geschichte gründlicher bewältigte. Sicher gab es Mädchen, die einfach mal mit ihm schlafen würden, und dann hätten sie es gehabt und wären beruhigt. Mein Stil ist das nicht, dachte sie, so unmittelbar vor der Hochzeit. Käme mir gemein vor, Arndt gegenüber. Ich möchte das auch gar nicht, ganz gewiß in diesem Fall nicht. Übrigens ist er bestimmt nicht der Typ, der so was mitmachen würde. Dies zum Beispiel, Herr Pfarrer, sagt mir auch wieder ein sicheres inneres Gefühl: Erich Wilcken wollte es nicht so und täte es auch nicht und würde mich vermutlich nie mehr anschauen, nicht mal von hinten.

Und da sieht man wieder einmal, es gibt eben doch noch verschiedene Arten, das Leben zu leben, und verschiedene Arten zu lieben. Und Sex her oder hin, laß uns schnell ins Bett gehen, was ist schon dabei, die natürlichste Sache von der Welt – all das, was sie uns immerzu erzählen, und es ist eben doch nicht so.

Ich kenne jetzt auf einen Fleck drei Männer, alle aus meiner Generation und alle sehr individuell in jeder Beziehung. Mit Arndt bin ich verlobt, und ich weiß bestimmt, daß er mich liebt, aber er hat nie den Versuch gemacht. Ich hätte wahrscheinlich gar nicht nein gesagt, wenn er gewollt hätte. Er hat mich zwar auch nicht gefragt, was vorher war, ich glaube, er wird mich auch nicht fragen, wäre ja auch albern, aber er wartet die Hochzeit ab. Ist doch echt gut, oder?

Und Peter, der soviel herumgeflirtet hat und mich bestimmt sehr gern hat, und ich wäre vielleicht auch nicht dagegen gewesen – nein, er hat genau unterschieden, was er mit mir tut und was er mit anderen tut. Vielleicht wollte er mich wirklich heiraten, scheint fast so.

Woran man doch wieder einmal sieht, daß auch moderne Männer einen genauen Unterschied machen zwischen dieser Frau und jener Frau. Darüber sollten alle Mädchen mal eben nachdenken. Wie ich jetzt darüber nachdenke.

Na ja, und schließlich der hier, der Biologe aus Mecklenburg, dieser Erich, also der ist schon ganz und gar nicht so. Ich könnte mir denken, daß er es furchtbar ernst nimmt, wenn er es ernst meint. Freundin wird er wohl haben, braucht er ja wohl. Ich habe keine Ahnung, vielleicht hat er auch jemand, den er richtig und echt liebt, ich würde ihm das ja gönnen.

Und nun bin ich fertig damit und brauche nicht weiter darüber nachzudenken. Ich habe es jetzt erklärt, ich weiß Bescheid. Trotzdem werde ich ihn mit Papusch bekannt machen, und Papusch kann ihm vielleicht helfen. Irgendwie. Mit der Stiftung oder einem Job oder irgend so was.

Und damit war sie auf dem Hof angelangt, stieg aus, ging erst mal zum Pferdestall, doch die Pferde waren draußen auf der Koppel und kamen angetrabt, als sie ihre Stimme hörten.

Hinter dem Haus, im Schatten der großen, breitästigen Kastanie, der es leider dieses Jahr die Blüte verregnet hatte – eben war sie dabei, sich ein bißchen zu erholen –, lag die Baronin mit einem Buch.

»Da bist du ja, mein Herzchen«, sagte sie. »Wunderschön ist es hier. Sehr still. Die sind alle nach Salzburg gefahren.« Leises Bedauern klang aus ihrer Stimme.

»Und du langweilst dich auch nicht?« fragte Martina besorgt, denn sie wußte, daß ihre Großmama gern Gesellschaft hatte.

»Gar nicht!« rief diese mit Betonung. »Ich finde es himmlisch, mal meine Ruhe zu haben. Anton ist spazierengegangen, aber ich denke, er wird auch bald zurückkommen.«

»Na, ich reite dann mal eine Stunde oder so. Zum Abendessen bin ich da.«

Zum Abendessen war sie immer noch allein, und Baronin Sophie war nun wirklich verstimmt. Es hatte sehr lustig geklungen, was Martina erzählt hatte, und sie hatte sich schon gefreut, was hier alles los sein würde, die kapriziöse Joana, die sie nur vom Hörensagen kannte, der verrückte Gussi und alle die anderen, und nun war keiner da, das war wirklich eine herbe Enttäuschung. Wie lange blieben denn die eigentlich in Salzburg?

Nach dem Essen setzte sie sich vor den Fernseher, mit leicht gekränkter Miene. Das Programm war langweilig, natürlich, paßte alles zusammen. Martina hatte eine ausführliche Runde durch das Haus gemacht, hatte alle Zimmer besichtigt. Drei waren jetzt bewohnt: die Bergmüllers, Joana, der Graf, und ihr Zimmer dazu, dann waren es vier. Dazu kamen dann die beiden Zimmer ihrer Eltern. Das andere Erkerzimmer hatte man für Arndts Eltern bestimmt. Damit war die Kapazität des Hauses erschöpft, was Fremdenbetten betraf. Immerhin hatte es William fertiggebracht, noch zwei andere Zimmer für Gäste bereitzustellen; in dem einen sollte Arndts verheiratete Schwester wohnen, im anderen die beiden Kinder. Arndts Schwester Daniela und seine jüngste Schwester Birgitta, die noch zur Schule ging, mußten in der ›Post‹ wohnen. Arndt natürlich auch. Der Bräutigam durfte sowieso nicht mit der Braut unter einem Dach wohnen, hatte William verfügt.

Martina besuchte auch Moni in der Küche, die erklärte, wieder pumperlgsund zu sein. Martina unterhielt sich mit Zenzi und Roserl, und nicht genug, im Laufe des Abends kam sie dreimal in die Küche und viermal ins Bauernzimmer, wo das Personal aß und sich aufhielt, wenn es nichts zu tun gab. Dort saß sie lange mit dem Josef, später saßen die Mädchen dabei, und im Stillen wunderten sich alle, daß das Fräulein auf einmal so viel Zeit und Interesse für sie hatte. Es war so gegen halb zehn, da fragte sie: »Wo sind denn eigentlich unsere Studenten? Haben sie denn schon gegessen?«

Der eine von den Studenten, der Herr Wilcken, erfuhr Martina sodann, sei nach München hineingefahren. Er müsse einen Wagen holen und morgen sowieso zweimal mit Gästen herausfahren. Da er in der Stadt zu tun habe, sei er schon am Abend statt am nächsten Morgen gefahren.

»Aha, so«, sagte Martina.

»Und der andere Student«, berichtete Zenzi weiter, »der Knuddel, der hat scho gess'n, wie Sie no g'ritt'n san. Und jetzat is er nach Prien oba, da hat ihn der Herr William hing'schickt, die hätt'n nämlich heut Orangen liefern soll'n, zwoa Kist'n für an Saft, net wahr, aba die ham halt nix g'liefert. Jetzat soll der Herr Knuddel mal hör'n, was los is, und vielleicht glei was mitbring'n, sonst ham ma morg'n zum Frühstück koan Saft net. Aber bis jetz is er net kemma, des is aa so oana.«

»Was für einer?«

»Na, oana, auf den man si net verlass'n ko, net. Wer woaß, was a wieder treibt.«

Martina schlenderte zurück in die Halle. Sie war leer. Warum fuhr der denn heute schon nach München, wo er doch wußte, daß sie da war?

Schluß jetzt. Die Sache war geklärt, und damit basta. Vermutlich hatte er eben doch seine Freundin in München, und da war er eben lieber heute abend statt morgen früh gefahren, war ja logisch. Sie ging vors Haus, begleitet von Boy. Wie warm die Nacht war! Und was für ein Mond!

Was für ein Mond! Heute war nun wirklich Vollmond. Es war taghell draußen, eine Luft wie im Süden, so weich und warm.

Und sie stand hier allein. Ganz allein.

Auf einmal empfand sie eine wilde, leidenschaftliche Sehnsucht, es fuhr wie eine heiße Woge durch sie hindurch, so ein Gefühl hatte sie noch nie gehabt, ganz seltsam war das, und sie wußte auch gar nicht genau, was sie wollte und wünschte. Sie reckte beide Arme hoch und warf den Kopf in den Nacken, starrte in den weißen Mond, bis ihr die Augen weh taten. »Komm, Boy«, sagte sie dann, »wir laufen noch ein Stück. Ich kriege so richtige Brautgefühle. Ist doch zu albern.«

Sie lag schon im Bett, als die Ausflügler von Salzburg zurückkamen. Sie schienen ziemlich high zu sein, denn sie lachten und alberten und machten allerhand Krach, erst schon vor dem Haus, dann drinnen. Na ja, sie wußten nichts von der neuen Besatzung, weder von Bergmüllers noch von Martina. Es dauerte eine Weile, bis es still wurde, ein Teil fuhr wieder weg, das war wohl der Schlagerkomponist mit den beiden Mädchen, die ja woanders wohnten. Aber dann war immer noch keine Ruhe im Haus. Türen klappten, Schritte auf den Gängen, leises Lachen, dann wieder eine Tür, dann endlich Ruhe.

Die schlafen zusammen, dachte Martina in ihrem Bett, Joana und dieser Gussi. Ich hab's ja gewußt. Na, viel Vergnügen. Sie warf sich im Bett herum, von einer Seite zur anderen, es war unmöglich einzuschlafen, der Mond und der Föhn, die helle Nacht, diese verrückten Gedanken in ihrem Kopf. Ob der Mecklenburger jetzt bei seiner Freundin schlief? Na, sicher doch, bitte sehr. Auch viel Vergnügen. Schließlich stand sie auf und trat ans Fenster. Es war so hell draußen, man hätte lesen können.

Und das – was war das? Drüben auf der Bank unter der Baumgruppe, da bewegte sich doch was? Zwei waren es, klar, ein Pärchen natürlich. Sie küßten sich, und der Bursche fummelte ganz schön an dem Mädchen herum. Na, abermals: Viel Vergnügen. Nach einer Weile kamen sie beide näher, und Martina erkannte, daß es Zenzi war. Und dann verschwanden sie um das Haus herum, und möglicherweise kamen sie auch herein. In Ordnung war das ja nicht, daß sie einfach einen fremden Mann mit ins Haus brachte. Aber vielleicht knutschten sie auch bloß weiter unter dem Kastanienbaum.

(Um hier nichts auf Zenzis Tugend kommen zu lassen: Es war ihr Sepp, mit dem sie da im Mondschein lustwandelte; sie würde ihn sowieso im nächsten Jahr heiraten, sie waren sich einig in dieser und jener Beziehung. Zur Zeit kam er allerdings etwas zu kurz, darum die nächtliche Promenade.)

Ärgerlich warf Martina sich im Bett herum. Was ging sie denn das an! Sie mußte jetzt schlafen, sie brauchte ihre Nerven. Oder etwa nicht? Morgen war Dienstag, und dann kam Mittwoch. Donnerstag um diese Zeit war sie verheiratet und lag auch nicht mehr allein im Bett.

Zu komisch, wenn sie daran dachte!

Arndt?

Wie es wohl sein mochte mit ihm? Joana hatte schon recht. Man hätte es vorher ausprobieren müssen. War doch zu blöd, so was an einem bestimmten Tag zu tun, nicht weil man in Stimmung war, nicht weil man wollte, sondern weil es eben der dafür bestimmte Tag war. Der Hochzeitstag... Oder, besser gesagt: die Hochzeitsnacht. War doch geradezu schwachsinnig. Sie versuchte sich an Arndts Küsse zu erinnern, ihre Gefühle dabei zurückzurufen ... Also, er hatte die Arme um sie gelegt, sie an sich gezogen, sie geküßt, sehr behutsam, nie zudringlich, nie fordernd, sehr liebevoll. Wie mochte sich das wohl Donnerstag nacht abspielen? Sie würden in München im ›Continental‹ übernachten und am nächsten Morgen nach Sizilien fliegen. Sicher würde er ihr die ganze Zeit von Korea erzählen. Immer abwechselnd: Korea und Friedrich der Zweite. Und zwischenhinein würden sie sich lieben.

Auf alle Fälle nehme ich die Pille, dachte sie, ich will noch kein Kind. So in drei Jahren vielleicht. Mal sehen, wo wir da sind. Und wie es mir überhaupt gefällt mit ihm. Es war bald drei in der Nacht, als sie endlich einschlief. Schon die dritte Nacht, in der sie zu wenig Schlaf bekam. Was für seltsame Nächte das waren, diese hellen warmen Föhnnächte, die dem Hochzeitstag vorangingen.

Dienstag

Der Montag war ein ruhiger Tag gewesen, der Dienstag war etwas bewegter, aber immer noch erträglich. Williams überlegte Planung machte sich bezahlt. Zum Beispiel, daß er angeordnet hatte, die Familienmitglieder sollten möglichst am Dienstag schon eintreffen, die übrigen Gäste erst im Laufe des Mittwochs.

Nun waren die Bergmüllers früher gekommen. Das jüngste Liebespaar, bestehend aus Onkel und Tante, war auch schon vorhanden. Als nächstes standen Martinas Schwiegereltern nebst jüngster Tochter auf dem Fahrplan, und Arndts älteste Schwester Constanze – das war die mit Mann und Kindern – wollte auch noch, wenn auch später am Abend, eintreffen. Sie kamen von der Geislinger Steige, die Fahrt war nicht allzu weit; möglicherweise schafften sie es, zum Abendessen dazusein.

Daniela, die Boutiquebesitzerin, die mittlere von Arndts Schwestern, hatte wissen lassen, sie wolle mal sehen. Im Geschäft sei es momentan flau, vielleicht komme sie auch schon Dienstag abend; ihre Freundin würde sie vertreten. Womit keiner gerechnet hatte, war die Ankunft von Iso. Aber davon später.

Schön der Reihe nach, erst der Morgen und der Vormittag.

Martina machte einen Ritt mit Stormy, frühstückte dann vor dem Haus mit Joana und Gussi. Bergmüllers hatten schon gefrühstückt.

Martina ließ sich von Salzburg erzählen, vernahm, daß die beiden beschlossen hatten, in diesem Jahr bestimmt zu den Festspielen zu kommen, Joana sang mit ihrer immer noch hübschen Stimme ein Stück aus einer Cherubino-

Arie, Graf Gussi sagte, wie fabelhaft es sei, endlich eine Frau zu kennen, die musikalisch sei und überhaupt so wundervoll gebildet und mit der man über die schönen Dinge des Lebens sprechen konnte.

»Über alles und jedes kann man mit dir reden, ma chère, du bist das große Los für mich«, rief er stürmisch, küßte Joanas Hand und blickte sie verwegen aus seinen hellen Wikinger-Augen an.

Martina grinste. Joana streckte ihr die Zunge heraus und sagte: »Was du kannst, kann ich schon lang. Ich hab' das länger geübt als du, das hilft ungemein.«

Martina sagte frech: »Ich hoffe, ich werde zu eurer Hochzeit auch eingeladen.«

Der Graf darauf: »Dann würde ich an deiner Stelle nicht erst nach Korea ausreisen, das lohnt sich nicht, denn wenn es nach mir geht, ist die Hochzeit schon sehr bald.«

Martina lachte laut, Joana wiegte das heute hellblonde Köpfchen und meinte, eigentlich dächte sie gar nicht an Heiraten, man könne doch auch sehr viel Spaß haben, ohne verheiratet zu sein, ihr genüge vollauf die Tatsache, daß ein Mann sie heiraten wolle.

»Bedenke aber«, warnte Martina, »daß du dann keine Gräfin sein kannst.«

»Eben«, sagte Gussi mit ernster Miene.

»Das würde mich eher stören«, sagte Joana. »Ich bin eine gute Republikanerin.« Dann dachte sie eine Weile mit gesammelter Miene nach und kam zu dem Ergebnis: »Es wäre eine Bombe! Wenn ich mir allein das Gesicht von Carlotta vorstelle!«

Martina und der Graf wollten wissen, wer Carlotta sei, und erfuhren, sie sei Joanas beste Freundin, ebenfalls eine wohlhabende Witwe in Mexiko-City, ihre Nachbarin in Acapulco. »Danke für den Tip«, sagte der Graf. »Wenn du mir einen Korb gibst, werde ich mich an Carlotta halten.«

Joana lächelte maliziös: »Bitte!« sagte sie nur. Woraus

Graf Gussi schloß: Carlotta konnte nicht gerade umwerfend sein.

Es war inzwischen später Vormittag, sie lagen und saßen alle in der Sonne, waren herrlich träge und faul, tranken Gin Tonic und plänkelten so miteinander herum.

Im Haus geschäftiges Treiben. Eine Vorhut der Firma Käfer war angerückt. Zenzi kam mal vorbei und berichtete, daß Moni sauer sei, weil man sie aus ihrer Küche vertreibe. »Was die ois daherschlepp'n«, sagte sie empört. »Heut könn'n ma net koch'n.«

»Ist ja auch nicht nötig«, sagte Martina. »Wir fahren in die ›Post‹ nach Seebruck und essen da. Auf dem Hinweg können wir in Stock zum Schwimmen gehen.«

»Im See?« fragte Joana mit einem Schauder.

»Nö, im Schwimmbad. Ich meine, wenn ihr Lust habt.«

Doch. Hatten sie.

»Aber deine Großmama?« fragte Joana. »Ich bin dafür, wir sollten sie auffordern mitzukommen.«

»Machen wir glatt«, sagte Martina fröhlich. »Sie kommt bestimmt gern mit. Und ihr Tonerl auch. Sie sind unten in Prien, sie ist beim Friseur. Ich werde dort gleich anrufen und Bescheid sagen.«

Als Martina zurückkam, meditierte Graf Gussi über das Thema Heirat.

»Früher habe ich mir aus der Ehe nichts gemacht. Ich dachte mir, es ist eine lästige Fessel, und so ist es ja auch. Jedenfalls, solange man jung ist. Familiensinn hatte ich nie besonders viel. Aber jetzt denke ich schon seit einigen Jahren anders darüber. Ich fände es hübsch, ein Heim zu haben, das habe ich nämlich nie gehabt, und eine Frau, mit der ich mich verstehe und mit der ich reden kann. So eine Art Allianz, mit der man sich gegenseitig das Leben erleichtert.«

»Ob ich gerade diese Frau wäre, bezweifle ich«, sagte Joana.

»Doch, ma chère, gerade du. Irgendeine spießige Durchschnittsfrau könnte ich auch heute noch nicht – trotz meiner reifen Jahre – um mich ertragen. Ich brauche eine Frau, schwungvoll und amüsant, die mit mir lebt, wie ich es nun einmal gewohnt bin. Und möglicherweise kann man dann so nach und nach etwas mehr moderato leben. In einer schönen Umgebung, mit schönen Bildern, schöner Musik und nicht mehr soviel people, sondern mit guten Freunden.«

(Graf Gussi war zweiundsechzig, wie Martina wußte. Von Baronin Sophie, eifriger Illustriertenleserin, wie man weiß. Aussehen tat er höchstens wie fünfundfünfzig, sportlich und fit, wie er war. Wie alt Joana war, wußte sie nicht. Über ihr Alter war nie gesprochen worden.)

»Was du vor allem brauchst, mein Lieber«, sagte Joana sachlich, »ist eine Frau mit Geld.«

»So ist es«, gab Graf Gussi ebenso sachlich zu. »Geld müßte sie haben, weil ich keins habe. Ich biete ihr dafür meinen Titel, der, wie du vorhin sagtest, nicht viel wert ist, jedenfalls nicht für dich. Ich biete meine Gesellschaft, die vielleicht etwas mehr wert sein kann, meine Erfahrung, meine Lebenskunst.«

»Letzteres ist zweifellos die wertvollste Mitgift. Du bist ein Lebenskünstler, daran zweifle ich nicht. Ich bin es auch. Übrigens, wie war es denn mit deinen bisherigen Ehen?«

»Sie waren vor allem eins: Sie waren kurz. Ich befand mich eben noch nicht in dem Alter, wo eine Ehe eine für mich akzeptable Lebensform abgegeben hätte. Und ich gestehe von vornherein freiwillig, daß ich in beiden Fällen aus finanziellen Gründen geheiratet habe. Abgesehen davon – die Damen waren natürlich attraktiv. Eins schließt ja das andere nicht unbedingt aus. Die erste war Edwige, eine sehr aparte Pariserin, einige Jahre älter als ich, reiche Witwe eines Waffenfabrikanten. Wir hatten zwei sehr stürmische und unterhaltende Jahre zusammen, ich habe aus jener Zeit in Paris eine Reihe wirklich guter Freunde zurückbehalten.«

»Sie ließ sich scheiden?«

»Ja. Sie hatte Gründe verschiedenster Art. Nicht nur, daß ich sie ein wenig betrogen hatte, wirklich nicht viel, auch nicht oft, nur einmal eine kleine, nebensächliche Affäre, aber das war schon zuviel, sie war sehr eifersüchtig. Ein anderer Grund war, daß sie einen Mann kennengelernt hatte, der viel besser zu ihr paßte. Und den hat sie dann auch geheiratet. Wir sind die besten Freunde, alle drei.«

»Wie schön!« sagte Joana sarkastisch. »Und Nummer zwei?«

»Nummer zwei war Francis, die Amerikanerin. Hast du nicht gesagt, daß du sie kennst?«

»Ich kenne sie. Sehr reich. Sehr hübsch, eiskalt, total egoistisch.«

»Nun eben. Diesmal dauerte es nur vier Monate. Wir sind dennoch die besten Freunde.«

»Wie schön!« sagte Joana wieder. »Und nun die dritte.«

»Eine dritte gibt es nicht.«

»Ich denke, du warst dreimal verheiratet?«

»Zweimal.«

»Das glaube ich nicht.«

Martina lachte. »Er müßte es eigentlich wissen.«

»Da bin ich nicht so sicher«, meinte Joana. »Irrst du dich nicht? Was war mit dieser Sängerin?«

»Ach so! Das meinst du. Eliza. Mit ihr war ich nicht verheiratet.«

»Ich dachte.«

»Nein. Es war keine Ehe. Es war eine lange und schwierige Liebesgeschichte. Sie hat eine große Rolle in meinem Leben gespielt.«

»Und es ist noch gar nicht so lange her, nicht?«

»Nein. Ich habe mich vor fünf Jahren von Eliza getrennt. Oder, besser gesagt: Sie ist mir abhanden gekommen. Denn vielleicht hätte ich mich nie von ihr getrennt.«

»Hast du sie so sehr geliebt?«

Gussi machte auf einmal ein sehr ernstes Gesicht. Zwei scharfe Falten erschienen in seinen Mundwinkeln, die man sonst gar nicht bemerkte. Die hellen Augen zusammengekniffen, starrte er in das Grün der Wiesen.

»Geliebt?... Ich weiß nicht, ob das der richtige Ausdruck ist. Sie gehörte mir. Und weil ich sie als meinen Besitz betrachtete, besaß sie mich. So ist es schließlich immer. Ich spielte eine Pygmalionrolle in ihrem Fall, nicht umsonst nannte ich sie Eliza. In Wahrheit hieß sie Sally. Aber unter dem Namen Eliza trat sie auf und ist sie berühmt geworden.«

»Sehr berühmt, wenn auch nur für einige Jahre. Dann war sie plötzlich verschwunden aus dem Show-Geschäft. Was war mit ihrer Stimme?«

»Mit ihrer Stimme war nichts. Die war wundervoll. Wollt ihr die Geschichte hören?«

Joana nickte. »Schrecklich gern. Oder ist es eine traurige Geschichte?«

»Doch. In gewisser Weise schon. Sie begann in New Orleans. Das ist eine aufregende Stadt. Eine seltsame Mischung von alt und modern. Ich bin da gern gewesen, von Zeit zu Zeit. Wenn ich meine abenteuerlichen Epochen hatte. Die hatte ich, es gab in meinem Leben immer Zeiten, wo ich ohne Luxus leben konnte. Einmal war ich ein halbes Jahr lang in Malaya und habe dort von der Hand in den Mund gelebt. Sogar gearbeitet habe ich, ganz komische Dinge.«

»Später. Erst New Orleans.«

»Ja, gut. Also: Damals war ich dort, lebte in einem alten, vergammelten Hotel. Ich hatte etwas Geld beim Spiel gewonnen, es ging mir einigermaßen. Musik wird in dieser Stadt viel gemacht, sehr gute Musik. Man hört kaum mehr hin. Aber eines Tages hörte ich etwas, was noch besser war als alles andere. Eine Stimme. Eine großartige Stimme. Das Mädchen trat in einem mittelmäßigen Nachtklub auf und sang. Sie war nicht sehr groß, zierlich, biegsam wie eine Reitgerte. Sie war nicht direkt hübsch, nicht auf den ersten Blick und nicht im landläufigen Sinne. Sie war schön auf den dritten und vierten Blick, ein sehr starkes, sehr ausdrucksvolles Gesicht, wundervolle Augen, ganz dunkel, fast schwarz. Dazu silberblondes Haar. Gefärbt natürlich, aber das machte ja nichts. Der Kontrast war einmalig. Aber man vergaß, wie sie aussah, wenn sie sang. Die Stimme war voll und stark und klingend, von unerhörter Musikalität, eine Naturstimme, ganz ungeschult. Man konnte sie auch hören, ohne daß sie sich ein Mikrofon vor den Mund hielt, man hörte sie bis in den letzten Winkel. Und wie sie ihre Songs vortrug – es war einfach umwerfend. Nachdem ich sie das erstemal gehört hatte, ging ich jeden Abend dorthin ... Nur um sie zu hören. Ich versuchte ihre Bekanntschaft zu machen, aber sie kam nicht an den Tisch. Sie trat auf, so gegen zwölf in der Nacht, sang drei, vier Sachen und verschwand. Eines Nachts trug sie eine große dunkle Brille und war übermäßig geschminkt. Was sie sonst nie war. Nun, die Erklärung dafür war leicht zu finden. Als sie nach ihrem Auftritt an meinem Tisch vorbeiging, stand ich auf und fragte: ›Wollen Sie sich nicht zu mir setzen?‹ Sie schüttelte den Kopf und ging. Der Ober, der mich bereits kannte, schüttelte ebenfalls bedauernd den Kopf, als er kurz darauf zu meinem Tisch trat und mir einen neuen Drink brachte. ›Hat sie einen Unfall gehabt?‹ fragte ich, obwohl ich mir ja denken konnte, was es war. ›Kein Unfall‹, sagte er. ›Ihr Freund ist sehr eifersüchtig und brutal.‹ So etwas hatte ich mir gedacht. Und dann kam sie nicht mehr. Nun, um es kurz zu machen: Ich sah sie nicht wieder. Ich suchte eine Weile nach ihr, ging auch immer wieder in diesen Night-

Club, dann gab ich es auf. Ich war drauf und dran abzureisen, hatte meine Koffer schon gepackt, und da auf einmal – es war ungefähr drei Wochen später – hörte ich ihre Stimme wieder. Ganz zufällig. Ich hörte ihre Stimme draußen auf der Straße, als ich an einem Haus vorbeiging, in dem sich eine miese Kneipe befand. Im Hafenviertel. Hier war sie also gelandet. Ich ging sofort hinein, setzte mich, hörte ihr zu. Wie immer. Sie sah mich sofort. Sie wurde von mehreren Seiten belästigt, als sie die Band verließ, kam stracks auf mich zu und setzte sich zu mir. Das war der Anfang. Sie kam am selben Abend mit mir ins Hotel, und ich packte meine Koffer wieder aus.«

»Hattest du keine Angst vor dem eifersüchtigen Freund?«

»Doch, natürlich. Wie sie sagte, hatte sie ihn verlassen. Er hatte sie so geschlagen, daß sie eine Woche das Haus nicht verlassen konnte. Jetzt war er gerade eingesperrt wegen eines Diebstahls, und sie hatte Angst vor ihm, wenn er freikommen würde. Also packte ich meine Koffer wieder und fuhr mit ihr weg.«

»Das ist ja eine tolle Geschichte«, sagte Martina. »Klingt wie ein Roman von Simmel.«

»Ja, nicht? Aber solche Geschichten gibt es wirklich.«

»Und wo seid ihr hingefahren?« fragte Joana.«

»Zunächst nach Miami. Sie sollte sich erholen, den Kerl vergessen und mich lieben.«

»Das klappte?«

»Ja, das klappte. Von Miami nahm ich sie mit nach New York, brachte sie zu einem Gesangslehrer und machte sie mit einem guten Band-Leader bekannt. So begann ihre Karriere. Nach einem Jahr war sie berühmt. Eliza! Sie trat in einem teuren Nachtklub auf, sie gab Konzerte, kam ins Fernsehen, sang auf Schallplatten, sang in Filmen. Sie war wunderschön geworden, trug die kostbarsten Kleider und Pelze, hatte von mir gelernt, wie man sich bewegte, wie man redete, wie man sich benahm. Vier Jahre lang waren wir zusammen. Ich begleitete sie auf ihren Tourneen, leistete eine Art Managerdienste. Eine Zeitlang liebten wir uns sehr, und sie war mir treu. Später betrog sie mich, aber nicht sehr oft. Und dann verliebte sie sich wieder in so einen Kerl, wie es der in New Orleans gewesen war. Ein wüster, brutaler Bursche, jung, kräftig, ordinär. Ordinär war sie im Grunde auch, wenn sie es auch gelernt hatte, es zu verbergen.«

»Das war das Ende?«

»Der Anfang vom Ende. Ich versuchte, sie zu überzeugen, daß sie einen Fehler machte. Daß sie ihre Karriere aufs Spiel setzte. Daß sie über die Zeit hinaus war, sich mit solchen Burschen abzugeben. Vergebens. Und dann warf sie mich hinaus.«

»Ein undankbares Mädchen«, sagte Joana ungerührt. »Es beweist wieder einmal, daß ein Mensch sich nicht ändert. Der Lack ist immer nur äußerlich. Hast du sehr gelitten?«

Ehrlich sagte Gussi: »Ja. Ich habe gelitten. Aus mehreren Gründen. Es war nicht nur gekränkte Eitelkeit und enttäuschte Liebe, es tat mir auch um sie leid als Mensch. Und vor allem als Künstlerin. Es war schade um diese wundervolle Stimme. Ich dachte, wenn sie in falsche Gesellschaft kommt, wird es mit ihrer Karriere bald vorbei sein. Sie brauchte jemanden, der ihr Halt und Stütze war, der sie zu Disziplin, zur Arbeit anhielt.«

»Und das warst ausgerechnet du?«

»So komisch es klingt, in diesem Falle war ich das. Es war das einzige Mal in meinem Leben, daß ich eine derartige Aufgabe übernommen habe. Ich finde, ich habe sie gut erfüllt. Natürlich lag es mit daran, daß ich sie liebte. Es gab wenig Frauen in meinem Leben, die mir soviel bedeutet haben.« Graf Gussi schwieg, zündete sich eine Zigarette an, seine Hände zitterten ein wenig.

Joana betrachtete ihn nicht ohne Zärtlichkeit. Das war also das Lindenblatt auf diesen breiten Schultern. Sie mochte ihn auf einmal viel mehr als zuvor. So ein Stück Glamour-Mann, so ein Playboy, so ein Tausendsassa auf allen Straßen, und eine verwundbare Stelle hatte er doch. Pygmalion! Ja, das war es. Und jung war er auch nicht mehr gewesen, als ihm das widerfuhr.

»Und jetzt?« fragte sie sanft. »Was ist aus ihr geworden?«

»Sie ist am Ende. Sie ist wieder da gelandet, wo sie herkam. Nein, schlimmer. Zehn Stufen darunter. Sie ist nur noch ein Wrack.«

Er kniff wieder die Augen zusammen, starrte irgendwohin. »Rauschgift«, fügte er lakonisch hinzu.

Eine halbe Stunde später kamen die Amerikaner; Wilcken brachte sie heraus. Und dann fuhren sie alle, auch die Amerikaner, nach Seebruck zum Mittagessen. Es war ein Traum von einem Tag, ein Traum von einer Landschaft. Die Berge standen wie mit einem feinen Pinsel gemalt vor dem metallisch blauen Himmel, der See war glatt und spiegelte das unendliche Blau wider.

Die Amerikaner waren hingerissen von allem, was sie sahen. Sie machten einen Abstecher nach Frauenchiemsee, tranken bei den Nonnen den herben Kräuterlikör, besuchten die alte Kirche mit den vielen Votivtafeln.

Als sie wieder zurück waren, kamen sie gerade recht, um Graf und Gräfin Solm-Weltingen in Empfang zu nehmen, und zwei Stunden darauf kamen Constanze und ihr Mann mit den Kindern. Während der abendlichen Aperitifstunde, die in großer Besetzung und in sehr vornehm-zurückhaltender Form abgehalten wurde, wobei Joana und Gussi sich wie Klosterschüler benahmen, erschien Iso auf der Bildfläche. Womit die Vornehmheit zunächst einmal in die Binsen ging.

Iso

Als der junge Otto Kannegießer die Tochter des Bäckermeisters Mühlbauer heiratete, der in der Nachbarschaft Backstube, Laden und Wohnung hatte, da war das eine Liebesheirat.

Anna Mühlbauer war gerade ein knappes Jahr jünger als Otto; sie hatten schon als kleine Kinder zusammen gespielt. Später dann kam die Zeit, als der heranwachsende Bub Otto nichts mehr von kleinen Mädchen wissen wollte, später wiederum dann um so mehr, und da konnte er weit und breit keine entdecken, die ihm besser gefiel als Anna.

Sie war ein hübsches, gutgewachsenes Mädchen mit großen braunen Augen und brünettem Haar, sie war tüchtig, recht gescheit, aufgeschlossen, ein wenig romantisch veranlagt, warmherzig und liebte den Otto sowieso.

Alles war ganz selbstverständlich. Die abendlichen Spaziergänge, bei denen Otto zuerst von seinen Schulerlebnissen, dann von seinen Studien erzählte. Der erste Kuß – es passierte an der Isar auf dem Weg vom Grüntal zur Tivolibrücke, und er war wundervoll; von da an betrachteten sich beide als verlobt.

Anna war immer ein bißchen beunruhigt bei dem Gedanken an die flotten Studentinnen, mit denen ihr Otto tagtäglich zusammentraf; aber das war ganz unnötig. Ihm gefiel Anna weitaus besser, außerdem war er ein treuer Mensch. Die beiderseitigen Familien hatten nichts dagegen, die Verlobung wurde offiziell gefeiert, ein paar Jahre darauf heirateten sie und waren glücklich.

Es war mit einem Wort ganz und gar unproblematisch. Sie freuten sich beide, als Anna ein Kind erwartete, und sie freuten sich noch mehr, als das Kind – ein Mädchen – geboren wurde und wohlgeraten war.

Es bekam den Namen Senta.

Die Erklärung für diese Namenswahl ist leicht gegeben: Beide, Anna und Otto, gingen für ihr Leben gern in die Oper, am allerliebsten in Wagneropern. Oben im ›Juchhe‹ zweite Reihe, auf den billigen Plätzen, saßen sie eng nebeneinander; wenn es besonders schön oder besonders aufregend war, faßte Anna nach Ottos Hand, hielt sie fest, manchmal weinte sie ein bißchen, wenn die Geschichte traurig ausging, was ja bei Wagner meist der Fall ist. Und auch Otto war immer sehr ergriffen. Sie spielten beide kein Instrument, aber sie liebten Musik über alles und verstanden auch im Laufe der Zeit eine ganze Menge davon.

Den ›Fliegenden Holländer‹ liebte Anna ganz besonders, und darum nannte sie ihr kleines Mädchen Senta, ohne daran zu denken, welch traurig frühen Tod die Senta der Bühne fand.

Als Anna ihr zweites Kind bekam, mitten im Krieg, war Otto nicht bei ihr, sondern verteidigte das Vaterland. Anna liebte Wagner noch immer, und fast noch mehr als den ›Holländer‹ liebte sie inzwischen ›Tristan und Isolde‹; aus Liebe zu sterben erschien ihr die schönste Todesart. Außerdem war es die letzte Oper, die sie mit Otto gemeinsam gesehen hatte. Darum nannte sie das neue kleine Mädchen Isolde. Viel hatte Isolde nicht von ihrer Mutter, denn wie bekannt, starb Anna unter den Trümmern ihres Hauses, zusammen mit Senta und neun anderen Hausbewohnern. Als man das steinerne Grab ausbuddelte, fand man die kleine Isolde, gerade zwei Jahre alt. Sie lebte. Man brachte Isolde schleunigst aufs Land hinaus, nach Niederbayern, auf den Hof von Ottos Großeltern. Da blieb sie bis Anfang 1946. Dann kam sie zu Ottos Mutter, die ein Jahr später starb. Worauf Annas Mutter das Kind übernahm.

Als Otto das zweite Mal heiratete, die Baronesse Helene

Charlotte Luise, war Isolde sechs Jahre alt, ein scheues, schmales Kind mit dunklen Augen und dunklem Haar, verzogen von einer Großmutter, die wenig Zeit für sie hatte, denn auch die Bäckerei war ausgebombt gewesen; es mußte aufgebaut, geschuftet und für viele gesorgt werden. Die Kleine war ein eigenwilliges Kind mit sehr ausgeprägten Vorlieben und noch mehr Abneigungen; so zum Beispiel haßte sie jede Art von Kuchen und rührte keinen an. Sie spielte am liebsten mit Buben, auf keinen Fall mit Puppen, sie prügelte sich auf der Straße herum, daß die Fetzen nur so flogen, und konnte wegen irgendeiner Kleinigkeit tief beleidigt sein, verkroch sich dann in sich selbst und war unansprechbar.

Natürlich wollte Otto, daß das Kind zu ihnen käme; das war von ihm aus gesehen verständlich. Das Kind sollte endlich ein Elternhaus und ein geregeltes Leben haben. Soweit es die Baronesse aus Pommern betraf, war es keine sehr glückliche Regelung, denn die verstand zunächst nicht viel von Kindern und fing es nicht sehr geschickt mit Isolde an. Wenn es ein hübsches, sanftes, folgsames Kind gewesen wäre, hätte sich die Sache vielleicht besser entwickelt. Aber das war Isolde nun einmal nicht; sie war viel sich selbst überlassen gewesen, war im Durcheinander und in der Not der Nachkriegsjahre aufgewachsen, hatte sich meist auf der Straße herumgetrieben und sich ihre Freunde selbst gesucht. Am liebsten hatte sie Tiere um sich, und es gab die ersten großen Schwierigkeiten, Tränen bei Helen, Wutausbrüche bei dem Kind, als es darum ging, was mit Isoldes Menagerie geschehen sollte.

Helen und Otto hatten mit viel Mühe eine Dreizimmerwohnung in Neuhausen bekommen; ein Haus, das einigermaßen heil stehen geblieben war, sogar recht gut aussah, einen kleinen Vorgarten besaß und fürs erste eine ganz ansehnliche Bleibe bot.

Helen hatte alles sehr liebevoll und mit Sorgfalt eingerichtet, pflegte ihre Wohnung penibel, kein Stäubchen, alles tipp-topp. Und dann kam dieses Kind an und besaß: zwei Meerschweinchen, eine räudige Katze, die sie auf der Straße aufgelesen hatte, die glücklicherweise aber bald wieder fortlief, einen Goldhamster und weiße Mäuse, und dann kam sie mit einem Hund an, der nur drei Beine besaß, und so ging es weiter in diesem Stil.

Man kann sagen, zwischen Helen und Isolde klappte es nie. Vom ersten Tag an nicht. Helen war nervös, gereizt, weinte leicht, beschwerte sich abends bei Otto, wenn er heimkam. Das Kind war bockig, aggressiv, aufsässig, und es log.

Schon ein Jahr später bekam Helen selbst ein Kind. Und nun hätte es ja auch noch gutgehen können. Man versuchte Isolde mit allen Mitteln die kleine Schwester schmackhaft zu machen, versuchte ihr Interesse zu wekken, betraute sie mit kleinen Aufgaben wie Aufpassen, Bescheid sagen. Aber Isolde konnte das Baby nicht ausstehen, sah ungerührt zu, wenn es brüllte, nachdem es ihm den Schnuller weggenommen und zum Fenster hinausgeschmissen hatte, zwickte es sogar manchmal, und einmal – das führte zum endgültigen Bruch zwischen Isolde und der jungen Stiefmutter – tauchte Isolde die kleine Schwester in der Badewanne unter, so daß Martina beinahe ertrunken wäre. Helen war gerade zur Tür gegangen, weil es klingelte, und hatte zu Isolde gesagt: »Paß auf, halt Martina fest.« Als Helen zurückkam, war es still an der Badewanne und Martina ohnmächtig, als sie wieder auf dem Trockenen war.

Das verzieh Helen nie. Das konnte sie nicht vergessen.

Sicher wäre es das Beste gewesen, man hätte Isolde nicht im Haus behalten, sondern sie zur Großmutter zurückgebracht oder in ein Heim gegeben. Aber in dieser Beziehung war Otto stur. Ein Haushalt war da, er hatte eine junge Frau, es ging ihnen von Tag zu Tag besser, schon zwei Jahre darauf bezogen sie eine größere Wohnung und konnten sich eine Haushaltshilfe leisten, er sah nicht ein, warum in diesem Haushalt nicht zwei Kinder aufwachsen sollten, und als sein Sohn zwei Jahre nach Martina geboren wurde: warum nicht drei Kinder hier leben konnten. Isolde war sein und Annas Kind, das einzige, was ihm von Anna geblieben war. Sie hatte sowieso eine verwirrende und unsichere Kindheit gehabt; jetzt sollte sie eine Familie haben. Basta.

Es ging nicht gut.

Kamen die Jahre des Aufstiegs. Aus der zweiten Wohnung wurde bereits ein Haus, dann war es die Villa in Bogenhausen, Personal war da, auch ein Kindermädchen. Helen war weitgehend entlastet, konnte sich ihren vielen neuen gesellschaftlichen Verpflichtungen widmen, die Ottos Karriere mit sich brachte, und das war, soweit es Isolde betraf, nur ein Vorteil.

Übrigens wurde sie Iso genannt. Diesen Namen hatte sie sich als kleines Mädchen selbst gegeben, weil Isolde wohl zu schwierig auszusprechen war. Es blieb dabei. Auch alle anderen gewöhnten sich daran.

Mit zwölf war sie ein mageres, hochaufgeschossenes Mädchen, das heißt, man hätte sie auch genausogut für einen Buben halten können, die Haare ganz kurz geschnitten, meist in Hosen, sehr verschlossen, mißtrauisch, zu ihren Geschwistern rabiat oder gleichgültig, in der Schule ganz gut, wenn sie wollte, aber bei den Lehrern nicht beliebt, weil sie das gleiche widerborstige Wesen zeigte wie daheim. Dies alles zur Erklärung, heute, im Zeitalter der Psychologie, der Jugendpsychologie im besonderen, warum Iso geworden war, wie sie war.

Otto bekam es nicht so ganz richtig mit: Er war so wenig zu Hause, bekam die Kinder kaum zu sehen; meist lagen sie schon im Bett, wenn er heimkam. Und er war auch am

Wochenende selten da; die Arbeit, das Werk fraßen ihn auf. Das viele Geld mußte verdient werden.

Viel Geld war es, und es stand natürlich auch Iso zur Verfügung. Sie machte wenig Gebrauch davon. Als sie in das Alter kam, wo Mädchen eitel werden und sich hübsch anziehen wollen, lief sie immer noch in den alten Hosen herum und hatte die Haare bubenkurz geschnitten. Ein Vorläufer späterer Gammlermode gewissermaßen.

Das einzige, was sie wollte und was sie nun auch haben durfte, waren zwei Hunde, und die waren ihre Freunde und ständigen Begleiter. Wo sie ging und stand, hatte sie die Hunde bei sich, und nur während der Stunden, in denen sie in der Schule war, mußten die Hunde allein bleiben.

(Übrigens waren es die Hunde, die eine Verbindung zu Martina schufen. Martina war von frühester Kindheit an fasziniert von Isos Hunden, wollte sie immer anfassen und streicheln, aber Iso war sehr eifersüchtig, und nur selten ließ sie die Kleine an ihre Hunde heran.)

Iso war ein interessanter Typ. Und wenn sie ein wenig Wert auf ihr Äußeres gelegt hätte, wäre sie hübsch gewesen. Aber das war ihr so was von egal, wie sie es ausdrückte, wenn Helen oder ihr Vater diesbezüglich auf sie einredeten. Immerhin machte sie ihr Abitur. So nebenbei und ziemlich wurschtig. Aber sie machte es, weil sie wollte und konnte. Sie machte ebenso den Führerschein, und sie erklärte, studieren zu wollen, wogegen ihr Vater nichts hatte.

Da sie so verschlossen war, wußte kein Mensch, was sie studieren wollte. Man wußte ja nicht einmal, was sie für Interessen und Begabungen hatte. Otto schluckte es schweigend, als sie damit ankam, Sinologie studieren zu wollen. Sie alle waren mittlerweile so genervt von diesem Kind (um einen modernen Ausdruck zu gebrauchen), daß man froh war, wenn nichts Schlimmeres passierte als ein ausgefallener Studienwunsch. Er vermutete ganz richtig, daß dies auch nur wieder eine provokative Haltung der Familie und dem gewöhnlichen Leben gegenüber sein sollte.

Sinologie – na bitte, warum nicht? Es waren noch nicht die Zeiten des Mao-Kults und der Jugendrevolution angebrochen; so gesehen, war Iso ihrer Zeit weit voraus: Wie sich später zeigen sollte, war sie das immer.

Sie begann also in München zu studieren. Stürzte sich zunächst mit Vehemenz ins Studium, belegte alles, was nicht niet- und nagelfest war. Zu Hause bekam man sie kaum noch zu sehen. Ebenso vehement begann sie ihr Liebesleben. Und es war auch noch nicht die Zeit der propagierten Promiskuität.

In schneller Folge absolvierte sie mehrere Liebhaber, in aller Offenheit; sie sprach zwar nicht darüber, aber sie blieb über Nacht weg, blieb tage- und wochenlang weg, kam dann wieder. Es gab natürlich Ärger und Verbote, die sie mißachtete. Immerhin war sie die Tochter Otto Kannegießers, und Otto Kannegießer war eine angesehene und wichtige Persönlichkeit.

Dann hatte sie genug von China und sattelte um auf Psychologie, tat es wieder mit Volldampf und wurde zu dieser Zeit unerträglich hochfahrend und besserwisserisch. Was man auch zu ihr sagte, sie tat es ab mit Hohn und Verachtung, war reichlich rüde in ihren Ausdrücken, wußte in Permanenz alles besser. Das Hauptopfer war natürlich Helen. Der Umgangston zwischen den beiden war schlechthin grauenvoll.

Für die beiden heranwachsenden Kinder war das katastrophal. Irgendwie imponierte Iso ihnen, eben weil sie so unverschämt war; sie bewunderten beide die soviel ältere Iso, die sich ihrerseits um die Halbgeschwister nicht kümmerte und sie ziemlich rotzig behandelte. Aber auf Kinder wirkt ja so etwas höchst interessant.

Dann kam es also zum letzten bösen Auftritt, bei dem Iso die Hummermayonnaise über Helens Haupt entleerte, und dann verließ Iso endgültig das Haus.

Nun kam sie gerade recht, denn es begann die Zeit der aufmüpfigen Jugend, des Beats, der sexuellen Freiheit, des Gammler- und Hippietums, die Zeit des Hasch, die linke Welle und was sonst noch alles so im Laufe der sechziger Jahre geboten wurde.

Man konnte annehmen, daß Iso das alles mehr oder weniger mitgemacht hatte. Ihre Familie wußte es nicht. Sie war weg. Konsequent weg. Man hörte und sah nichts mehr von ihr. Sie ging nach Berlin. Ab und zu drang mal ein Gerücht an Kannegießersche Ohren, hatte mal einer sie gesehen oder getroffen und berichtete Schauergeschichten.

Das vorletzte, was man hörte: sie lebte in Berlin in einer Kommune; das letzte: sie habe sich einer radikalen Gruppe angeschlossen und bastle zweifellos Bomben.

Otto litt darunter, auch wenn er nie darüber sprach. Iso bekam regelmäßig einen ansehnlichen Betrag auf ihr Konto überwiesen. Sie bedankte sich nie, schrieb auch ihrem Vater keine Zeile. Man wußte auch nicht, ob sie weiterstudiert hatte, ob sie einen Abschluß hatte, ob sie irgend etwas arbeitete, ob sie so etwas Ähnliches wie einen Beruf besaß.

Doch was kein Mensch für möglich gehalten hatte: An diesem Dienstag vor dem Hochzeitstag war Iso plötzlich da. Alle saßen, wie gesagt, beim Aperitif in der Halle, machten freundliche Konversation, William schwebte in gewohnter Umsichtigkeit umher, Joana hatte ein wundervolles Kleid an, indische Seide im Elfenbeinton, herrlich bestickt, ihr Haar war tiefschwarz, sie sah hinreißend aus. Gussi konnte kaum die Augen von ihr wenden; auch alle anderen Herren waren fasziniert, vor allem Gussis Bruder, Graf Solm-Weltingen, der Ältere; Gräfin Cornelia, die

Engelhafte, ließ ihr gütiges Lächeln über ihnen leuchten.

Alle waren malerisch verteilt, hatten Gläser in Reichweite, und, nicht zu vergessen: Helen war eingetroffen und mit ihr die Dichterfamilie. Dazu noch Helens beste Freundin samt Tochter, eine Cousine von Helen nebst Mann und eine reizende alte Dame namens Mathilde, bei der Baronin Sophie und Baronesse Helen Charlotte Luise gewohnt hatten, ehe Otto Kannegießer auf der Bildfläche erschien.

Erich Wilcken, der im Laufe des Tages dreimal nach München gefahren war, hatte einen großen Teil dieser Fracht bewältigt.

Nun gut. Unnötig, die Anwesenden zahlenmäßig zu erfassen. Jeder wird es glauben: Es waren allerhand Leute, die da Sherry, Campari, Gin Fizz, Martini, Whisky und Orangensaft tranken. Vielleicht sollte man noch erwähnen, daß sich auch der Dichter herabgelassen hatte in irdische Gefilde und bleich, doch wohlwollend in einem Sessel hingelagert war und ausnahmsweise Champagner trank.

Die Tür nach außen war weit geöffnet, und herein spazierte – es war zwischen sieben und acht Uhr, und William hatte Helen gerade zugeflüstert, daß man in einer Viertelstunde speisen konnte –, ja, herein spazierte ein überschlankes Wesen in total verwaschenen Jeans und einem gleichfarbenen T-Shirt, das vornauf einen knallroten Sowjetstern eingedruckt hatte. Die Füße waren barfuß, die Haare dunkel und glatt, das Gesicht hinter einer großen Sonnenbrille verborgen: *Iso.*

Gleichzeitig mit ihr kam ein Hund herein, ein großer, prächtiger Hovawart, goldfarben, gelassen, geduldig. Beide blieben zwei Schritte hinter der Tür stehen, geduldig, gelassen, distanziert, und betrachteten in aller Ruhe, das dunkle Mädchen und der goldene Hund, die Ansammlung der bisher erschienenen Hochzeitsgäste.

Der erste, der die beiden sah, war natürlich William. Er stutzte (unmerklich natürlich), schaute, überlegte kurz, kam zu dem Schluß, daß alles möglich sei, und ging gemessen auf die soeben Angekommenen zu.

Nun hatten auch die anderen bemerkt, daß ein neuer Gast eingetreten war. Erst merkte es dieser und jener, die anderen wurden davon angesteckt, schauten auch zur Tür hin, Helen gab einen leisen Schreckenslaut von sich, hauchte: »Nein!«

Martina war erstaunt. Sie hatte keine Ahnung, wer das sein konnte. Die anderen wußten es sowieso nicht. Da kam aus dem Hintergrund ein spontaner Ausruf der Überraschung: »Iso!«

Das Wesen an der Tür nahm langsam die Brille ab und spähte da hin, wo der Rufer stand. Die anderen blickten sich ebenfalls nach ihm um; sogar William wurde in seiner gerade beginnenden Begrüßungsarie gestoppt und schaute zurück.

Es war Erich Wilcken, der gerufen hatte.

Dienstagabend

So kam es, daß Isos Auftritt als Duett begann. Alles, was sonst zugegen war, mußte sich zunächst damit zufriedengeben, als Statisterie zu agieren.

Iso ging entschiedenen Schrittes auf Erich Wilcken zu, der offenbar seinen impulsiven Ausruf bereits bedauerte und im Hintergrund verharrte, ihr aber dann doch entgegenging. Der Hund blieb dicht an Isos Seite, schaute nicht rechts noch links, beachtete auch den Dalmatiner nicht, der sich neugierig erhoben hatte.

»Mensch, Erich, bist du das?« rief Iso mit ihrer tiefen, doch sehr melodischen Stimme. »Kann ja nicht wahr sein! Was machst du denn in diesem Kapitalistenstall?«

Erich, obwohl es ihm einerseits peinlich war, so im Mittelpunkt aller Aufmerksamkeit zu stehen, schien andererseits erfreut, Iso zu sehen.

»Daß du mich erkannt hast!« sagte er erstaunt.

Iso, bei ihm angekommen, gab ihm einen kräftigen Stoß vor die Brust. »Du hast mich doch auch erkannt. Es ist verdammt lange her, das stimmt. Aber ich vergesse nie ein Gesicht, das ich leiden mag.«

Noch ein Stoß, dann umarmte sie ihn herzlich mit beiden Armen und küßte ihn auf beide Backen. Und dann sagte sie, immer noch laut genug, daß alle es hören konnten – es herrschte Grabesstille im ganzen Raum –: »Hätte ich doch nie gedacht, daß ich hier einen vernünftigen Menschen treffe.«

Sie gaben sich jetzt die Hand, es mußte ein kräftiger Händedruck sein, er dauerte ziemlich lange, und dabei fuhr Iso fort: »Was machst *du* denn hier? Sag bloß nicht, daß du zu diesem komischen Clan gehörst.«

Erich, der, wie schon bekannt, über Humor verfügte, konnte sich der Komik der Situation nicht ganz entziehen. Er lachte. Noch niemand hatte ihn hier lachen gesehen. »Keineswegs«, sagte er und lachte immer noch, geradezu jungenhaft albern, »ich gehöre zum Personal.«

Und nun lachte auch Iso herzhaft, den Kopf in den Nakken geworfen. »Schäm dich, du verfluchter Überläufer, dir hat's ja immer am echten Klassenbewußtsein gefehlt. Aber es ist mir immer noch lieber, du mimst hier den Herrschaftsdiener, als du bist selbst so ein dreimal verdammter Kapitalist geworden.«

»Ich bin auf dem besten Wege dazu«, gab Erich zur Antwort. »Jedenfalls gebe ich mir alle Mühe, einer zu werden.«

»Da hatten sie recht, dich einzulochen. Bist du getürmt?«

»Wie du siehst.«

»Mußt du mir erzählen. Wo können wir uns denn zurückziehen?«

»Im Moment gar nicht, ich habe zu tun, und du bist ja wohl diejenige, die zum Clan gehört. Also, bitte!« Und damit wies er mit einer nonchalanten Handbewegung auf die verstummte Gesellschaft, die Iso nun im Rücken hatte.

Iso drehte sich langsam um, ließ den Blick über die Versammlung schweifen und sagte wegwerfend: »Ach, die!«

Sie erblickte Helen, die sich von ihrem Sessel erhoben hatte, mit leicht entsetztem Gesicht dastand, unsicher, was sie tun sollte, und auf den Neuzugang starrte, keineswegs beglückt, wie jeder sehen konnte.

Iso sah es auch. Sie grinste. »Hallo, Stiefmama!« Und dann, an alle gerichtet: »Hallo, Leute! Laßt euch nicht stören.« Mit schiefgelegtem Kopf blickte sie William an, der ihr gefolgt war und der, sehr ungewöhnlich für ihn, nicht gewußt hatte, was zu sagen oder zu tun sei, mittlerweile aber kapiert hatte, wer da gekommen war. »Hallo, Mister.

Ich nehme an, Sie sind der Empfangschef dieses Etablissements, Sie brauchen mich nicht hinauszuwerfen, ich bin eingeladen.«

William machte eine gemessene, ziemlich knappe Verbeugung. »Gnädiges Fräulein!«

Iso quittierte die Begrüßung mit einem Kopfnicken und blickte dann, ohne sich zu rühren, Helen entgegen, die sich nun entschlossen hatte, mit Fassung das Furchtbare zu ertragen, und auf Iso zukam, ihr die Hand entgegenstreckte und murmelte: »Wie nett, daß du gekommen bist.«

»Ja, nicht?« sagte Iso grinsend und nahm Helens Hand und schüttelte sie. »Ich dachte mir schon, daß dich das freut. Aber ich hatte gerade in Frankfurt zu tun, und da dachte ich mir, schaukle ich mal rüber und schau mir den Auftrieb an. Manchmal habe ich gar nicht mehr daran gedacht, daß es euch noch gibt. Muß wohl so 'ne Art Alterserscheinung sein, wenn man sich auf die Familie besinnt. Wo ist denn die Kleine?« Die Kleine – Martina – hatte sich ebenfalls erhoben und kam nun zögernd auf das Familientreffen zu.

Genaugenommen hatte Martina nichts gegen ihre Stiefschwester. Schließlich war Iso für sie immer eine interessante Person gewesen; mit einem gewissen wohligen Schauder hatte sie sich als Kind Isos Frechheiten mit angehört. Aber eben, vor wenigen Minuten, war etwas Merkwürdiges passiert. Als sie die Begrüßung zwischen Iso und Erich Wilcken mit angehört hatte, als sie sah, wie Iso ihn umarmt und geküßt hatte, sein Lachen, das vertraute Du, die unübersehbar gegenseitige Freude über das Wiedersehen – wie sie das gesehen und gehört hatte, war eine jähe, zornige Eifersucht in Martina aufgeflammt, ein geradezu wütendes Gefühl, über das sie selbst erschrocken war, das sie aber im Augenblick nicht kontrollieren konnte.

»Kann nicht wahr sein«, sagte Iso wieder. »Das ist Martina? Mensch, Martina, das gibt's ja nicht! Du warst so 'ne

Göre, als ich abhaute. Elf oder zwölf, nicht? Ich konnte mir sowieso nicht vorstellen, daß du schon heiratest.« Sie fuhr sich mit komischer Verzweiflung durch ihr kurzes schwarzes Haar. »Mensch, was muß ich da schon alt sein! Hab' ich gar nicht bemerkt.«

Der Blick, mit dem sie Martina ansah, war offen, prüfend, nicht feindselig, nicht einmal ablehnend. »Du hast dich gut rausgemacht. Gar nicht übel!« Sie gaben sich die Hand. Und dann ließ Iso einen raschen Blick durch die Halle gleiten und fragte, leiser: »Ist Vater auch da?«

»Er kommt morgen«, sagte Martina. »Fein, daß du gekommen bist.«

Helen, mit einem etwas verkrampften Lächeln, wandte sich wieder an die Gesellschaft. »Also, Sie haben es gehört. Das ist Iso, meine ... eh, Stieftochter, gewissermaßen.«

Von den hier Versammelten kannten nur einige Iso persönlich. Alle anderen hatten nie oder nur vage von ihr gehört. Doch Isos Auftritt war so gewesen, daß weitere Aufklärung nicht nötig war. Und wie sie jetzt da stand mit ihren nackten Füßen und ihrem vergammelten Aufzug, schien sie eine leibhaftige Herausforderung zu sein. Nur daß man Herausforderungen dieser Art von jungen Leuten mittlerweile gewöhnt war und es so tragisch auch nicht mehr damit nahm. Allerdings: So jung war Iso nicht mehr – dreißig oder schon darüber. Aber sie wirkte jung, ihr Gesicht war klug und besaß einen aparten Reiz, selbst in diesem Naturzustand, in dem sie es zur Schau stellte. Und bei alledem, ob sie es nun wollte oder nicht, haftete ihr die souveräne Sicherheit eines in wohlhabenden Verhältnissen aufgewachsenen Menschenkindes an; das konnte nicht einmal sie sich abschminken.

Als hätte einer auf einen Knopf gedrückt, kam wieder Leben in die Gesellschaft; man regte sich, griff nach den Gläsern, nach Zigaretten, nahm die Gespräche wieder auf, man bemühte sich sogar um besondere Lebhaftigkeit, um Helen das peinliche Gefühl zu nehmen, daß man sich geschockt, amüsiert oder betroffen fühlte.

Amüsiert zum Beispiel waren – wie nicht anders zu erwarten – Joana und Graf Gussi.

»Eine gute Nummer«, sagte Gussi leise zu Joana. »Ein Rassegirl. Gehört sie wirklich zur Familie?«

»Sie ist so eine Art verlorene Tochter. Vor zehn Jahren oder so ist sie abgehauen und hat nie wieder von sich hören lassen. Gefällt sie dir?«

»Großartig. Wir werden sie adoptieren!«

Joana lachte laut auf. »Gute Idee!«

»Du ahnst nicht, wie gut. Man kann nie wissen, was passiert. Sie ist offenbar so eine Art Flintenweib. Revolutionärin und Landstörzerin Courage in einer Person. Wenn wir eines Tages die Roten kriegen, kann sie uns nützlich sein. Dann gehören wir gleich zu den Privilegierten. Sie wird sicher Kommissarin oder so was.«

Baronin Sophie war aufgestanden und auf Iso zugesteuert. »Iso! Liebes Kind! Ich freue mich sehr, daß du gekommen bist.«

»Die Oma!« rief Iso. »Und frisch und jung wie am ersten Tag.« Sie umarmte Sophie sehr herzlich und drückte sie an sich. Denn es war so gewesen, daß Baronin Sophie sich mit dem verqueren Kind gut verstanden hatte, was erstaunlich war, wenn man Herkommen und Benehmen der Baronin bedachte. Aber Zuneigung geht manchmal unberechenbare Wege. Iso war immer gern zu der Baronin gegangen; sie hatte ihre manierlichsten und artigsten Stunden bei ihr verbracht, und es bedeutete wieder einmal einen Verlust in ihrem Kinderleben, als Sophie geheiratet hatte und München verließ. Übrigens kannte auch die alte Dame namens Mathilde Iso aus diesen Kindertagen, denn bei ihr hatte ja die Baronin Sophie seinerzeit gewohnt, ehe sie heiratete. Und daß Iso sich auch an sie erinnerte, wurde sogleich klar, als Mathilde nun zur Begrüßung herankam, ebenfalls von Iso umarmt und auch gleich gefragt wurde: »Wann darf ich dich besuchen, Tante Thilde? All die Jahre träume ich von deinem Gulasch mit Nockerln. So gut habe ich es nie wieder bekommen.«

Während all dieser Begrüßungen stand der Hund immer dicht bei Iso, hatte mit Gelassenheit, wenn auch ohne Sympathie die vielen fremden Menschen ertragen. Der Dalmatiner war näher gekommen, beobachtete aufmerksam und leise mißbilligend den Fremden.

»Das ist Puschkin«, sagte Iso jetzt. »Und wem gehört der hier?«

»Mir«, antwortete Martina. »Er heißt Boy. Komm her, Boy.« Die Hunde trafen nun zusammen, beschnupperten sich kurz und vorsichtig, legten dann wieder eine gewisse Entfernung zwischen sich, behielten sich im Auge, zeigten aber keine Anzeichen von Feindschaft. Iso hatte Boy kräftig am Nacken angefaßt, ihn mit Namen angesprochen, und Boy hatte es mit Zustimmung entgegengenommen. Alle Hunde hatten Iso immer geliebt.

Martina machte es Iso nach, sprach Puschkin an und streichelte ihn.

»Das wird gutgehen«, sagte Iso.

»Darf ich dich jetzt mit unseren Gästen bekannt machen?« Helen war es, die mit diesen Worten versuchte, die Sache in den Griff zu kriegen.

»Muß das sein? Ich vergesse es sowieso wieder. Gräßlich viele Leute. Wo ist denn dein Zukünftiger, Martina?«

»Noch nicht da. Entweder kommt er heute abend noch oder erst morgen, ich weiß es nicht.«

»Schade. Der hätte mich interessiert.«

William hatte inzwischen überlegt. Wo sollte man dieses Mädchen unterbringen? Sie war eine Tochter des Hauses, was immer sie auch sonst sein mochte. Und eigentlich hätte sie auf dem Hof wohnen müssen. Aber da war beim besten Willen kein Platz mehr. Also in der ›Post‹ – da mußte irgendein anderer ausquartiert werden. Oder ging es irgendwie doch noch auf dem Hof?

Die Sache mit diesem Wilcken gefiel ihm gar nicht. Die Begrüßung war viel zu vertraulich gewesen, und was er dem Gespräch der beiden entnommen hatte, war schlechthin schockierend. Schon überlegte er, ob man unter einem Vorwand auf die weiteren Dienste dieses Herrn verzichten solle. Zunächst einmal versuchte er dieses merkwürdige Fräulein Kannegießer zu zivilisieren.

»Was wünschen Sie zu trinken, gnädiges Fräulein?« fragte er leise und höflich. »Oder wollen Sie sich erst umkleiden?« Iso, erstaunt: »Umkleiden? Nö, warum denn?« Sie warf einen raschen Blick auf all die Leute, die, soweit sie nicht zu ihrer Gruppe gehörten, sich eifrig unterhielten und sich um sie nicht mehr zu kümmern schienen.

»Muß ich denn das? Ich hab' weiter gar nichts mit. Nur einen Fummel, den wollte ich für die Hochzeit anziehen.« Martina lachte. »Du kannst von mir was kriegen, paßt dir bestimmt. Aber von mir aus brauchst du dich nicht umzuziehen. Paßt dir prima, was du anhast.«

Iso sagte: »Na, so zickig, wie ich befürchtet habe, bist du gar nicht.«

»Warum sollte ich denn zickig sein?«

»Ist doch naheliegend. Höhere Tochter aus reichem Haus, so was geht doch meist übel aus.«

»Sei nicht so altmodisch«, sagte Martina. »Vor lauter Klassenkampf merkt ihr gar nicht, daß es gar keine Klassen mehr gibt. Reiche Mädchen ziehen sich genauso an wie du. Außerdem bist du auch eine Tochter aus reichem Haus.«

»Ja, leider. Aber denke nicht, daß ich Vaters Piepen für mich verwende.«

»Wofür denn?«

»Für unseren Kampf.«

»Was für 'n Kampf?«

»Stell dich nicht so blöd. Für die Revolution. Mensch, du bist ja wohl unheimlich bescheuert.«

»Kein Vergleich, wie bescheuert du bist«, erwiderte Martina im gleichen Ton. »In welchem Jahrhundert lebst du eigentlich? Hast du noch nicht bemerkt, daß solche Typen wie du total antiquiert sind? Schläfst du noch mit Marx unterm Kopfkissen? Oder bist du etwa schon bei Lenin gelandet? Mensch, sind doch total passé, diese alten roten Hüte.«

»Aber Kinder!« sagte Helen erschüttert, mehr erschüttert über Martina als über Iso.

Zeugen dieses Gesprächs waren außerdem die Baronin, Mathilde und William. Iso lachte. Sie war gar nicht böse über das, was Martina gesagt hatte, ganz im Gegenteil. Widerspruch freute sie immer, das war ihr Lebenselixier.

»Na, dann geben Sie mir mal was zu trinken, Sie Kapitalistenknecht«, sagte sie zu William. »Was gibt's denn?«

»Alles gibt es«, antwortete Martina für William, »vom Schnaps bis zum Champagner.«

»Dann Champagner bitte. Wenn schon, denn schon!«

»Kannst du unbesorgt trinken«, sagte Martina. »Die Genossen trinken ihn auch.«

»Apropos, Genossen!« Iso wandte sich um. Sie suchte Erich Wilcken mit den Augen, aber Erich war nicht mehr da. »Erich soll mit mir anstoßen. Ich freu' mich unheimlich, daß ich ihn getroffen habe.«

»Erich kann nicht mit dir anstoßen«, sagte Martina kühl. »Du hast doch gehört, daß er zum Personal gehört.«

»Ist das wirklich wahr? Ich dachte, das sollte ein Witz sein. Was um Himmels willen macht er denn hier? Was ist er denn überhaupt?«

»Keine Ahnung«, antwortete Martina hochmütig. »Ich kenne ihn nicht, ich weiß nichts über ihn. William hat ihn engagiert, er ist erst seit wenigen Tagen im Haus. Als Aushilfe während dieser ganzen Fete hier.«

»Das arme Luder. So ein begabter Mensch. Und muß so tief sinken.«

Helen nahm ihre Mutter am Arm. »Komm, Mama, trink noch einen Schluck auf den Schreck. Wir werden gleich essen. Martina!«

»Ja?«

»Da du dich offenbar mit deiner Schwester ganz gut verstehst, könntest du sie vielleicht doch dazu überreden, was anderes anzuziehen. Ich glaube auch, daß deine Sachen ihr passen werden.«

Iso grinste. »Dein Wunsch ist mir Befehl, teuerste Mama. Ich werde mich in Schale schmeißen. Hoffentlich finde ich in Martinas Kleiderschrank so was richtig Elegantes. Mit Muff und Gesangbuch. Na denn, prost!« Sie nahm das Glas von Williams Tablett, auch Martina nahm eins, und sie tranken sich zu.

Zu Helen gewandt sagte Iso: »Den zweiten Schluck auf dich, Mama. Du siehst blendend aus. Sollst leben!« Und damit leerte sie das Glas.

Eine halbe Stunde später brachte Iso die Gesellschaft abermals zum Verstummen. Man saß immer noch in der Halle. William hatte in der Küche zum Halt geblasen und den Beginn des Abendessens verschoben.

Dann also erfolgte Isos zweiter Auftritt, und der war nicht minder gekonnt als der erste.

Martina hatte sich Mühe gegeben und betrachtete erfreut die Wirkung, als sie hinter Iso die Treppe herabkam. Iso hatte geduscht, ein wenig mit Martinas Töpfchen und Döschen hantiert, kritisch alle vorhandenen Möglichkeiten gemustert – allzuviel war es nicht, da Martina hier draußen ja auch meist in Hosen herumlief. Aber dank der Hochzeit war der Kleiderschrank Martinas doch ein wenig besser ausgerüstet als sonst.

Iso also erschien: in einem bodenlangen Rock aus maisgelber Baumwolle, am weiten, schwingenden Saum von einer kobaltblauen Bordüre eingefaßt. Aus derselben Bordüre bestanden die beiden Träger über den nackten braunen Schultern; sie mündeten in einem Oberteil von etwas kräftigerem Blau, das eng Isos Figur umschloß.

Dazu lange blaue Ohrgehänge (Martina hatte sie extra zu diesem Anzug erstanden) und blaue Seidenschuhe. (»Die sind mir zu klein«, hatte Iso gemauert und die Schuhe weggeschleudert. – »Die sind gar nicht zu klein, höchstens ein bißchen knapp«, hatte Martina erwidert, »und wenn du sitzt, kannst du sie ja ausziehen. Aber jetzt läßt du sie erst mal an, du brauchst ja nicht weit darin zu laufen.«) Das schmale aparte Gesicht, sehr ausdrucksvoll, von Natur bräunlich getönt, hatte ein leichtes Make-up bekommen, ein wenig Rouge auf die Backenknochen und viel Blau auf die Augenlider. Mehr war nicht nötig gewesen, um Iso in eine rasante Schönheit zu verwandeln.

Abermals Verstummen und Erstaunen.

Helen riß die Augen auf, William hüstelte leise und änderte seine Meinung. Graf Gussi sagte »Caramba!« und stand langsam und behutsam auf, Joana lächelte ironisch, Graf Alexander Friedrich, Gussis großer Bruder, warf einen besorgten Blick auf den Engel Cornelia, seine Frau, und rückte seinen Schlips gerade. Und so oder irgendwie anders reagierte jeder auf Isos zweiten Auftritt.

Sie kam in großer Haltung die Treppe herunter, ihre Figur war fantastisch, ihre Sicherheit, ihre Grazie sozusagen hoffähig. Neben ihr kam würdevoll und langsam ihr Hund die Treppe herabgeschritten.

Iso blieb auf der zweiten Stufe stehen, ließ der Gesellschaft Zeit, sie zu betrachten, betrachtete sie ihrerseits aber sehr gleichgültig.

William öffnete weit die Türen zum großen Speisesaal. Es war die ehemalige Tenne des Hofes, ein Meisterwerk des Architekten.

»Mensch, das is vielleicht 'ne schicke Puppe, die große

Schwester«, sagte Knuddel ein wenig später in der Küche. »Kennst du die wirklich so gut?«

»Ich kenne sie.«

»Richtig? Ich meine, hast du mit ihr...?«

»Was stellst du bloß für dämliche Fragen.«

»Na, ich meine ja bloß. Interessiert den kleinen Mann doch, was die große Welt so treibt. Also, wenn du mich fragst, für die würde ich glatt mein Erbe verjubeln. Und 'ne Genossin ist sie auch noch? Stimmt das denn?«

Erich lächelte mitleidig. »Was wißt ihr denn? Ihr seid Kinder. Ihr spielt damit wie mit dem Baukasten. Ein Mädchen aus reichem Haus, das mit Vaters Scheck die Revolution bezahlt. Und eingehakt auf den Straßen mit anderen reichen Kindern herumgrölt. Ein herumalbernder Adelsproß, der vergnügt mit Streichhölzern spielt und sich einen Weltbrand davon verspricht. Und er würde laufen, so schnell er könnte, wenn es wirklich brennt.«

»Letzteres soll ich wohl sein?«

»Sollst du sein. Genau. Erwarte nicht von mir, daß ich mich dazu äußere.«

»Nein, Väterchen. Erwarte ich nicht. Hast du wirklich drüben gesessen?«

»Das geht dich nichts an.«

Bemerkenswert kleinlaut sagte Knuddel: »Ja, seh' ich ein. Ich meine nur, irgendwie kann ich ja verstehen, daß du uns albern findest. Wir können ja nichts dafür, daß wir hier sind, nicht? Es ist nur irgendwie toll.«

»Toll?« wiederholte Erich und sah an Knuddel vorbei. »Ja, das ist es, wenn man das Wort in seiner wirklichen Bedeutung versteht, nicht so, wie ihr es hier gebraucht. Echt irre toll, um mich ganz zeitgemäß auszudrücken. Und nun geh und trag den Wein hinein.«

Knuddel nickte mit ernster Miene.

»So 'ne Hochzeit bildet ganz ungemein«, murmelte er dann. Und verschwand.

Familie, pauschal

Um mal klarzukommen, hier einige Angaben über die Familie des Bräutigams:

Ursprünglich kam sie aus Schweden. Dort gehörten die Grafen Solm seit grauer Vorzeit zur Elite des Landes. Sie hatten unter Gustav Adolf im Dreißigjährigen Krieg gekämpft; die Überlieferung behauptet, ein junger Solm sei neben dem König auf dem Schlachtfeld von Lützen gefallen.

Sie waren tapfere Männer und aufrechte Protestanten, gute Krieger, treue Bürger ihres Staates. Doch als Napoleon in seiner gottähnlichen Manier den Marschall Bernadotte kurzerhand zum König von Schweden machte und mit seiner sitzengelassenen Verlobten verheiratete, paßte das den Solms durchaus nicht. Was hatte Napoleon in ihrem Land zu bestimmen? Und wie kam man dazu, sich einen x-beliebigen Emporkömmling aus Frankreich als König vor die Nase setzen zu lassen?

Damals, zu Beginn des neunzehnten Jahrhunderts also, verließ Graf Solm unter Protest sein Vaterland. Zuerst ließ er sich mit Frau und fünf Kindern in Schleswig-Holstein nieder. Aber das war einfach zu nahe – da blieb der Ärger lebendig. Deshalb wanderte er weiter. Er kam zunächst ins Rheinland. Dort war es ihm zu katholisch, und so landete er, kurz bevor er sein Leben beendete, im südlichen Württemberg, wo es zwar auch eine überwiegend katholische Bevölkerung gab, wo man jedoch tolerant und weltoffen gesinnt war.

Schon in der nächsten Generation waren sie getreue Untertanen des Königs von Württemberg. Durch Heirat mit einer Komtesse Weltingen kam die Familie zu dem

Doppelnamen und zu Grundbesitz, später gehörten sie dem Adel des Deutschen Reiches an. Schweden war vergessen, niemals kam einem der Nachkommen die Idee, ins Land der Väter zurückzukehren, um so weniger, als die Familie inzwischen katholisch geworden war.

Eine Zeitlang war sie sogar recht wohlhabend, aber das endete mit dem Ersten Weltkrieg. In ihm fielen für Kaiser, Reich und Vaterland der damalige Sippenchef Wilhelm Ludwig Graf Solm-Weltingen als Oberst und sein ältester Sohn Carl Wilhelm blutjung als Fähnrich. Blieben immerhin übrig drei Söhne, die das Glück hatten, jung genug zu sein, um nicht sterben zu müssen.

Alexander Friedrich, der spätere Vater Arndts, Gustav Hendrik – bekannt als Gussi – und der jüngste Sproß Franz Eckhart.

Ein einziges Mädchen hatte die Familie aufzuweisen: Birgitta Augusta.

Die Inflation machte auch die Solms arm. Das nicht sehr große Gut konnte sie nur sehr mühsam ernähren. Es wurde Wald verkauft; später kamen die Weinberge dran, eine Torheit, denn sie waren der wertvollste Bestandteil des Besitzes. Aber was sollte die Gräfin machen? Vier Kinder, kein Mann und die schweren Zeiten.

Franz Eckhart teilte später das Schicksal seines Vaters und seines ältesten Bruders – er fiel im Zweiten Weltkrieg. Alexander Friedrich war der Erbe und das Haupt der Familie. Er blieb auf dem klein gewordenen Gut. Tat sein möglichstes, um es erfolgreich zu bewirtschaften, damit er seine Familie ernähren konnte.

Über Gustav Hendrik bleibt nicht mehr viel zu berichten. Sein amüsantes und nichtsnutziges Leben ist bekannt.

Birgitta Augusta, die Schwester der beiden, verheiratete sich ganz gut, starb aber schon im Alter von knapp vierzig Jahren bei einem Autounfall.

Glück hatte Alexander Friedrich mit der Frau gehabt, die er geheiratet hatte. Cornelia war einsame Spitze. Sorgsam, liebevoll, aufopfernd ging sie mit Mann, Kindern und dem Gut um, jeder liebte sie, jeder achtete sie, keiner konnte sich erinnern, sie jemals zornig, unbeherrscht, ungerecht erlebt zu haben, geschweige denn ein boshaftes oder gehässiges Wort aus ihrem Munde vernommen zu haben.

Sie hatten vier Kinder. Die älteste Tochter, Constanze, zweiunddreißig, verheiratet mit dem Verkaufsdirektor einer international bekannten Firma, lebte in recht guten Verhältnissen. Sie hatte zwei Kinder, einen Buben von sechs, ein Mädchen von vier Jahren; sie war ein wenig trocken und vielleicht auch ein bißchen langweilig, aber sonst eine brave Frau. Danach kam Arndt, hinlänglich bekannt, der Bräutigam, dreißig Jahre.

Daniela, das interessanteste der Kinder, war siebenundzwanzig. Eine außerordentlich hübsche Person, leicht exzentrisch, hatte sie Ehe und Scheidung hinter sich sowie eine Reihe teils sehr bewegter Liebschaften. Vor drei Jahren hatte sie sich selbständig gemacht, sich weitgehend von der Familie gelöst, die nicht immer ganz mit ihrem Lebenswandel einverstanden war. Sie hatte in Konstanz eine Boutique aufgemacht, verkaufte dort außerordentlich schicke Kleider, Blusen und Pullover, auch Modeschmuck und ähnliches, reiste jedes Jahr zweimal nach Paris und Rom zum Einkauf, wurde dabei nicht reich und kam eben gerade über die Runden. Derzeit hatte sie ein stürmisches Verhältnis mit einem jungen Professor der jungen Konstanzer Universität, der bedauerlicherweise über Frau und Kinder verfügte. Was Daniela nicht sonderlich störte, dafür ihre Eltern um so mehr. Und die Frau des Professors auch.

Blieb der Nachkömmling Birgitta, jung, süß und blond, gerade achtzehn. Sie ging noch zur Schule. Betete ihren

Bruder Arndt an und war im Grunde sehr eifersüchtig auf die Frau, die er heiraten würde.

Soweit die Grafenfamilie. Am Dienstagabend waren sie vollzählig, bis auf Arndt und Daniela. Arndt landete, von Bonn kommend, am Mittwochvormittag in Riem und wurde von Erich Wilcken abgeholt. Mit ihnen fuhr Martinas Freundin Elga zum Hochzeitshof hinaus. Elga und Arndt kannten sich schon. Sie saßen im Fond des Mercedes und unterhielten sich ganz gut. Elga brachte den neuesten Münchner Klatsch, Arndt schwärmte von Korea, über das er inzwischen genau Bescheid wußte. Mit Erich sprachen sie nicht. Und Arndt hatte keine Ahnung, daß am Steuer sein Nebenbuhler saß, gewissermaßen.

Daniela kam erst am späten Nachmittag auf dem Hof an. Sie war zwar am Tag zuvor von Konstanz gestartet, aber statt in Richtung Allgäu–Oberbayern war sie nach Basel gefahren, wo ihr geliebter Professor einen Vortrag halten mußte. Solche Gelegenheiten ließ sie sich nie entgehen. Sie hatten die Nacht miteinander verbracht und waren sehr glücklich gewesen, hatten ausführlich gefrühstückt, waren dann in Basel herumspaziert, konnten sich immer noch nicht trennen und verschwanden für eine Stunde in ihrem Hotelzimmer. Erst am frühen Nachmittag war Daniela von Basel abgefahren, mit einem Affenzahn in Richtung Bodensee, und von dort weiter in den Chiemgau gebraust.

Sie hatte eine lange Fahrt hinter sich, in der Nacht hatte sie nicht viel geschlafen, aber sie sah aus wie das blühende Leben, als sie auf dem Hof eintraf. Sie strahlte alle an, umarmte Martina herzlich, ihren Bruder, ihre Eltern, ihre Geschwister, sie lachte und redete, und am meisten freute sie sich, Onkel Gussi wiederzusehen, für den sie, was Wunder, eine heiße Liebe empfand. Sie waren in gewisser Weise ja sehr ähnlich, Gussi und Daniela, die vitalsten Mitglieder der Familie.

Graf Alexander Friedrich, eine durchaus bemerkenswerte Erscheinung, war groß, breitschultrig, blond und männlich attraktiv wie sein Bruder Gussi, nur ruhiger und vernünftiger als dieser. Richtig blond war er übrigens auch nicht mehr. Mehr grau. Zur Zeit der Hochzeit vierundsechzig.

Soviel über die Solm-Weltingen.

Mittwoch

Auch Martina hatte in der letzten Nacht wenig geschlafen. Und, was schlimmer war, unruhig, fast unglücklich war sie eingeschlafen. In unerklärlicher Weise war ihr inneres Gleichgewicht gestört, sie wußte aber nicht genau wie, und sie hätte auch nicht sagen können, warum es so war. Sie war ganz von dem Gefühl beherrscht, sie müsse etwas tun, es müsse etwas geschehen, sie dürfe sich und die Dinge nicht treiben lassen, irgend etwas Wichtiges war übersehen worden und mußte in Ordnung gebracht werden.

Der Abend zuvor, der Dienstagabend also, war soweit ganz erträglich verlaufen, nur hatte sich jetzt deutlich gezeigt, daß Helens Idee von der Hochzeit auf dem Lande, von der Hochzeit auf dem Hof, wirklich nicht die allerbeste gewesen war.

Es war einfach zuviel. All die Leute, die da kamen, die immer mehr wurden, die sich zusammengefunden hatten und die zu versorgen und zu unterhalten eine gewisse Strapaze bedeutete. Dabei war alles recht harmonisch gewesen. Helens Befürchtung, daß Isos Auftritt eine Störung herbeiführen würde, möglicherweise sogar Ärger mit sich bringen könnte, hatte sich nicht erfüllt. Ganz im Gegenteil. Iso hatte sich tadellos benommen, ihre manchmal provokativen Reden hatten das Gespräch nur gewürzt, zumal genügend Personen da waren, die zu parieren vermochten und ihr in Dialektik und raschem Witz nicht nachstanden, allen voran Joana und Gussi und erstaunlicherweise Martina, die sich den ganzen Abend lang an Iso rieb, ohne daß die Atmosphäre zwischen den Schwestern je wirklich gespannt oder gar böse wurde; es blieb immer bei einem mehr spielerischen Geplänkel. Martina gab Iso kräftig heraus, schlagfertig und intelligent, was Iso sehr zu amüsieren schien und sie für Martina einnahm.

Die größte Überraschung aber bot Joachim, Constanzes Mann, der mit allen einschlägigen Begriffen und Schlagworten durchaus vertraut war, es fertigbrachte, geschickt zu kontern, die Klischees besonders von der wirtschaftlichen Seite unter die Lupe nahm und manche ideologische Parole beim richtigen Namen nannte.

So sagte er unter anderem: »Sie sind doch ein gescheites Mädchen, Iso. Merken Sie nicht, daß Sie auf einem sinkenden Boot sitzen? Die Moden ändern sich. Was Sie und Ihre Freunde nun eine Weile lang betrieben haben, ist eine Mode, die immer einmal wiederkehrt. Sie kommt und geht. Und zur Zeit geht sie. Warten Sie noch ein oder zwei Jahre ab, dann werden Sie Ihre Genossen mit der Laterne suchen können.«

Gegessen wurde lange und ausdauernd. Moni hatte mit tatkräftiger Hilfe Williams und aller anderen dienstbaren Geister – auch Monis Schwester war noch angeheuert worden – die Speisung der Gäste schier großartig gemeistert. Vorspeise und Zwischengang wurden kalt gereicht. An warmen Gängen gab es nur eine Champignoncreme und, auf dem Grill zubereitet, für jeden ein großes saftiges Steak, dazu Salate.

Nach dem Essen, das sich lange hinzog, verteilte sich die Gesellschaft zwanglos. Ein Teil saß in der Halle, einige in der Bibliothek, andere sogar vor dem Haus, denn es war immer noch sehr warm. Einige gingen früh schlafen, denn der kommende Tag würde anstrengend genug sein. Verschwunden war auch Iso.

Martina sah sich nach ihr um, hier und dort, aber das berühmte sichere Gefühl führte sie sehr schnell auf die richtige Spur. Iso war in der Küche, wo die Mannschaft mit dem Abwasch und dem Aufräumen beschäftigt war. Der Geschirrspülautomat rappelte leise vor sich hin, irgendwo dudelte Musik, Iso hatte das große Wort, und es wurde viel gelacht. Martina, die es schon auf dem Gang hörte, blieb stehen, zögerte, trat sogar bis zur Tür, aber sie waren alle so gefesselt von Iso, daß keiner sie bemerkte. Martina zog sich zurück. Und eine Stunde später war es nicht viel anders, da saßen sie im Bauernzimmer. Müde war offenbar keiner; sie tranken Wein, und Iso redete noch immer. Sogar John und die Milchschokoladene hatten sich eingefunden.

Martina war verärgert und wußte nicht, warum. Doch, sie wußte es. Sie hatte Erich Wilcken gesehen, neben Iso sitzend, und die hatte den Arm um seine Schultern gelegt. Am meisten ärgerte sich Martina über sich selbst. Warum war sie nicht einfach hineingegangen und hatte sich dazugesetzt?

Statt dessen war sie in den Stall gegangen, hatte die Pferde besucht, eine Weile an den Boxen gestanden, war sich verlassen und unverstanden vorgekommen, hatte gedacht: Schade, daß Arndt noch nicht da ist; hatte gewartet, ob vielleicht einer käme und nach den Pferden sähe, aber es kam keiner. Im Bett hatte sie über Iso nachgedacht, über Erich Wilcken. Er war also eingesperrt gewesen. Iso wußte es. Sie nicht. Und wie war er herausgekommen? Aus dem Gefängnis? Aus dem Land? Was hatte er erlebt? Was wußte Iso noch über ihn?

Und nun also war es Mittwoch morgen. Der Wind hatte sich wieder erhoben, ein warmer, ziemlich heftiger Föhnwind, der Kopfschmerzen machte; fast jeder klagte über irgend etwas. Der Föhn hielt diesmal lange an, schon seit Samstag zeigte der Himmel lange weiße Streifen. Josef blickte nach oben, als Martina in den Stall kam, und sagte: »Das Wetter schlagt um.«

Martina hob die Schultern. »Mir egal.«

Sogar Stormy war mißmutig und träge, als sie unterwegs waren. Er ließ sich treiben, dazwischen machte er unmotivierte Hopser, scheute vor lächerlichen Kleinigkeiten; einmal gelang es ihm beinahe, Martina abzusetzen.

Sie ritt lange, schlug einen weiten Bogen ins Land hinein, irgendwann huschte ein verrückter Gedanke durch ihren Kopf, verschwand, kehrte wieder, sie begann ihn auszuspinnen, fand ihn gut, fand ihn irrsinnig, wollte ihn vergessen, vergaß ihn nicht.

Sie ritt sogar, was sie sonst nicht tat, mitten durch Endershausen, traf die Kannegießer-Familie aus Straubing vor der ›Post‹ – sie waren soeben angekommen – und ließ sich dazu überreden, auf einen Schnaps mit ins Gasthaus zu gehen, während ein Bub derweil Stormy hielt. Das ging nicht lange gut, wie Martina schon vermutet hatte. Durchs Fenster der Gaststube sah sie, wie Stormy ungebärdig umhersprang, wie sich der Bub verzweifelt an die Zügel klammerte. Martina kam gerade zurecht, als es Stormy gelungen war, sich loszureißen. Der Bub saß auf dem Boden. Sie tröstete ihn, gab ihm ein Markl, saß auf und ritt nach Hause.

Stormy war jetzt richtig ungezogen. Weiß der Teufel, was ihm an seinem Leben nicht paßte.

»Warte nur«, sagte Martina, als sie sich dem Hof näherten. »Warte nur, du. Bald bin ich weg, und dann wirst du ja sehen, was dir passiert. Oder denkst du, das Leben ist ein einziges Ferienvergnügen für dich? Daß du nur immer mit Bobby auf die Koppel gehst und gar nichts mehr tust? Das hast du dir so gedacht. Aber ehe ich in das blödsinnige Korea gehe, werde ich einen finden, der dich reitet. Und wenn's gar nicht anders geht, kommst du wieder nach München hinein in die Uni-Reitschule. Dort ist ein Reitlehrer, an den erinnerst du dich wohl noch, der wird dir schon die Mucken austreiben. Paß nur auf, du Fratz, du unverschämter.«

Stormy schüttelte heftig seinen schwarzen Kopf und war nicht im mindesten beeindruckt.

Ein neuer Gedanke kam Martina. Angenommen, sie brachte Stormy wirklich wieder in die Stadt, dann konnte ja Genosse Wilcken ihn reiten. Wie wäre denn das?

Nein, nun gerade nicht. Erstens wußte sie gar nicht, ob er anständig reiten konnte. Und zweitens: Wozu waren denn die grünen Wiesen hier da? Wenn Stormy in die Stadt kam, dann höchstens im Winter. Und was um Himmels willen sollte man dann mit dem Wallach machen?

Das Leben war so entsetzlich kompliziert. Und irgendwie lief alles verkehrt.

»Es läuft einfach verkehrt. Alles ist falsch«, das sagte sie vor sich hin, als sie auf heimisches Gelände kam. Und nichts gefiel ihr mehr. Nicht die Berge, nicht die Wiesen und Wälder, nicht der Hof, der breit im Sonnenschein lag. Und schon gar nicht die Leute, die überall saßen, standen oder lagen, und am allerwenigsten gefiel ihr der Gedanke, daß sie morgen heiraten mußte.

Sie ging durch den Hintereingang ins Haus, wartete im Gang, bis ihr die Halle leer erschien, raste die Treppe hinauf in ihr Zimmer, schlug die Tür hinter sich zu, verschloß sie sogar und atmete auf.

So. Und jetzt Feierabend. So schnell würde sie keiner mehr zu sehen bekommen.

Sie ließ sich ein Bad einlaufen, blickte dann lange aus dem Fenster, sah Iso lang ausgestreckt in einem winzigen Bikini hinten auf der Wiese liegen, und eine ganze Weile betrachtete sie nachdenklich die bildschöne Figur ihrer Stiefschwester. Viel Ruhe war Iso nicht gegönnt. Erst hopsten Constanzes Kinder um sie herum, dann hockte sich Knuddel eine Weile neben sie ins Gras, und als sie den glücklich los war, kam doch wahrhaftig der schöne John, Joanas Chauffeur, brachte zwei Gläser und setzte sich neben Iso ins Gras. Sie hatte sich halb aufgerichtet, trank aus dem Glas und unterhielt sich mit dem Burschen.

Zustände waren das! Zustände, einfach unbeschreiblich. Martina, nackt, in das Badetuch gehüllt, wie sie aus dem Bad gekommen war, machte ein finsteres Gesicht und war sehr erbost.

Was zum Teufel ging eigentlich vor in diesem Haus? Auf ihrem Hof? Was hatten all diese Leute hier verloren? Und wo war eigentlich dieser unmögliche Mensch aus Mecklenburg? Sie hatte ihn den ganzen Tag noch nicht gesehen. Um die Pferde schien er sich überhaupt nicht mehr zu kümmern. (Zu dieser Zeit befand sich Erich mit Bräutigam und Elga auf der Fahrt von München her, das heißt, er war schon ziemlich nahe, in einer Viertelstunde würde er auf dem Hof eintreffen.)

Das beendete dann auch Martinas Einsamkeit. Arndt kam und klopfte an die Tür; sie hatte gerade Hose und Bluse angezogen.

»Ja?« fragte sie unwirsch.

»Ich bin's, Liebste.«

»Ach, du?«

Sie öffnete die Tür, und Arndt sagte erstaunt: »Du hast dich ja eingeschlossen.«

»Ich hatte das Gefühl, ich müßte mal eine halbe Stunde allein sein.«

»Viel Leute, nicht? Na, bald hast du es überstanden.« Er hatte ihre Hand geküßt. Jetzt nahm er sie in die Arme, küßte ihre Wange, dann ihren Mund. Es war ein liebevoller, zärtlicher Kuß. Martina schloß die Augen und erwiderte ihn. So weit, so gut – es ließ sich alles richtig an, und es bestand wirklich kein Grund, so grantig zu sein.

Von hier an nun wurde es unmöglich, diesen Tageslauf zu übersehen und gar im einzelnen festzuhalten.

Die Gäste, die schon da waren, die Gäste, die nun laufend eintrudelten, mußten sehen, wie sie sich die Zeit vertrieben. Wer nicht auf dem Hof wohnte – und das waren schließlich alle, die nun ankamen –, wurde von William, von der Zentrale ›Post‹ aus, zu den Quartieren dirigiert.

Der Beginn des Balls am Abend war auf sechs Uhr festgesetzt. Es war ein wenig Programm vorgesehen und dann das große kalte Büfett. Getanzt sollte natürlich werden, und da das Fest, mit Rücksicht auf die Hochzeit, möglichst nicht lange über Mitternacht hinaus dauern sollte, hatte man sich zu dem frühen Beginn entschlossen.

Im Lauf des Nachmittags blickte William immer besorgter zum Himmel. Das Blau war fast ganz verschwunden, immer dichter wurden die langen, gezackten Föhnwolken, es war schwül, der Wind hatte noch zugenommen.

Joana, die ihm einmal über den Weg lief, fragte, ebenfalls zum Himmel blickend: »Na?«

»Vielleicht sollten gnädige Frau noch ein Gebet sprechen«, meinte William.

»Ich denke nicht daran. Man darf den lieben Gott nicht mißbrauchen«, erwiderte Joana.

Das Festzelt war inzwischen aufgebaut, die Band traf ein, die Kellner, die Serviermädchen, die Köche arbeiteten schon lange, das angestammte Personal, wozu nun auch schon die Studenten gehörten, wurde zusehends nervöser.

Wilcken und Knuddel waren meist unterwegs, sie mußten Gäste fahren, am Bahnhof abholen, zu den Quartieren bringen und für Unvorhergesehenes bereit sein.

Auch William war ständig unterwegs zwischen dem Hof und der ›Post‹, Irmgard mit Notizblock und gespitztem Bleistift stets neben ihm.

Um fünf Uhr trafen dann auch Don Emilio und Frau Anastasia in ihrem Superschlitten ein, den ein Chauffeur steuerte. William hatte schon auf sie gewartet und wollte sie selbst in Empfang nehmen. Die beiden schönsten Zimmer der ›Post‹ waren für sie reserviert.

Es gab aber auch Gäste, die schon wieder abreisten, so der Dichter, die Dichtersgattin und der Jünger. Wie der Dichter festgestellt hatte, war er dem Trubel nicht gewachsen; er zog sich nach München in die Villa Kannegießer zurück, die jetzt schön ruhig und friedlich sein würde. Der Föhn machte ihn fertig. Er war blaß und gequält von furchtbaren Kopfschmerzen. Sie verschwanden unbemerkt. Nicht einmal Helen erfuhr es, niemand vermißte sie.

Gegen Abend kam das junge Volk, Martinas Freunde, aus dem Tennisklub, Reiter und Skifahrer, Tanzpartner, ein paar Schulfreundinnen und verschiedene verflossene Flirts, auch Peter Doppler.

Als letzter kam Otto Kannegießer. Er kam kurz nach sechs. Und am liebsten wäre er gar nicht gekommen.

Der Vater

Vielleicht sollte man, ganz kurz nur, ehe der Ball beginnt, einen Blick auf Otto Kannegießers Gefühle werfen.

Genaugenommen sollte ein Vater ja nichts dagegen haben, wenn seine Tochter heiratet. Eine hübsche, wohlgeratene Tochter, die einen hübschen, wohlgeratenen Mann aus guter Familie heiratet, ohne daß es zuvor das kleinste bißchen Ärger gegeben hätte, nicht das winzigste Skandälchen, eine seidenglatte, rundherum wolkenlose Angelegenheit.

Jedoch sind die Gefühle der Menschen selten so, wie sie von Rechts wegen sein sollten. Das ist das Unbestimmbare, das Unberechenbare in einem Menschen, sein ganz eigener spezieller Föhn, der in ihm umeinanderwurlt und ihn ganz anders denken, fühlen und handeln läßt, als er eigentlich sollte.

Und nun erst die Gefühle eines Vaters! Sie sind ein ganz besonderes Gemisch. Wenn wir voraussetzen, daß es ein Vater ist, der seine Tochter liebt. Und das war ja bei Otto der Fall.

Martina war der einzige Mensch auf dieser Erde, den er wirklich liebte. Und richtig enttäuscht, ehrlich geärgert hatte sie ihn nie.

Es gibt Töchter, die so etwas mit ihren Vätern tun, und zwar am laufenden Band. In solch einem Fall ist ein Vater zweifellos froh, eine Tochter an einen Schwiegersohn abzugeben, um sie endlich los zu sein und nichts mehr mit ihren Capricen und Eskapaden zu tun zu haben. So jedoch war das hier nicht. Seit der Verlobung mit dem Grafen Solm-Weltingen war das Unbehagen in Otto Kannegießer langsam, aber stetig angestiegen. Die Sache paßte ihm nicht. Sie paßte ihm einfach nicht, wenn er auch nicht zu sagen gewußt hätte, warum.

Natürlich hatte er genügend anderes zu denken und zu tun. Und so vergaß er ›es‹ immer wieder, oder, besser gesagt, es wurde in den Hintergrund seines Bewußtseins gedrängt, doch latent blieb etwas vorhanden wie ein leise bohrender Schmerz in einem Zahn, ein beharrliches Ziehen, nicht so schlimm, daß man zum Zahnarzt geht – es könnte ja auch wieder aufhören, aber es hört nicht auf, es geht nicht weg, es bleibt da. Während der ersten Monate hatte Otto möglichst keine Notiz von der Hochzeit genommen, und wenn nicht gerade Helen davon sprach, dachte er nicht daran, weil er nicht daran denken wollte. Aber nun war sie näher und näher gerückt, und sie würde da sein und würde vorübergehen, und Martina war verloren. Daher seine vielen Reisen in letzter Zeit, seine Unrast, seine schlechte Laune. Er hatte keinen Urlaub gemacht im April wie sonst in jedem Jahr, er hatte fast kein Wochenende zu Hause verbracht, er war eigentlich für seine Familie kaum sichtbar gewesen.

Und nun saß er in München. Er sollte da hinausfahren zu diesem lächerlichen Jahrmarkt, den sie aus der Hochzeit seiner Tochter machten. Es war ihm so was von zuwider, es machte ihn geradezu krank.

Schon in New York hatte er mit dem Gedanken gespielt, einfach nicht zurückzufliegen, irgendwie zu telegrafieren oder zu telefonieren, daß er krank geworden sei, den Fuß gebrochen hätte, ein Zahn vereitert sei, irgend so was sollte sich als Ausrede wohl finden lassen, und sie konnten ihre dreimal blödsinnige Hochzeit ohne ihn feiern.

Helen würde es überleben, Martina geschah es recht.

An seinen zukünftigen Schwiegersohn verschwendete er weiter keinen Gedanken. Er kannte ihn kaum; wenn es hoch kam, hatte er alles in allem keine halbe Stunde mit ihm gesprochen. Ein Graf – was für ein Schwachsinn.

Martina eine Gräfin – das ging ihm schon gewaltig gegen den Strich.

Dann war er also doch geflogen, in letzter Minute gewissermaßen. Und nun fuhr er in letzter Minute auf den Hof hinaus. Genau wie in New York hatte er mit allerhand Ausreden gespielt, die er gebrauchen konnte, um sich um die Hochzeit zu drücken.

Seine Sekretärin, die tüchtige Frau Danecke – Dany genannt –, hatte ihn im Laufe des Vormittags mehrmals sehr forschend angesehen. Mittags hatte er noch angeordnet, seine leitenden Herren zusammenzurufen.

»Aber, Herr Kannegießer!« sagte Dany vorwurfsvoll.

»Ja?« fragte er, so barsch und wütend, daß sie nichts mehr sagte.

Um drei waren sie durch mit der Besprechung. Die Herren hatten sich gewundert. Übrigens waren durchaus nicht alle da; vier Spitzenpositionen fehlten, sie waren zur Hochzeit eingeladen und schon über alle Berge.

Als die Herren gegangen waren, wollte er unbedingt noch eine wichtige Akte geholt haben.

»Nein!« sagte Dany energisch. »Jetzt ist Schluß! Sie müssen jetzt fahren.«

»Einen Schmarrn muß ich«, sagte er grob. »Holen Sie mir das Ding!«

»Wie kann man nur so eigensinnig sein! Denken Sie doch an Ihre Frau und an Ihre Tochter.«

»Die amüsieren sich auch ohne mich. Was soll ich denn überhaupt da draußen. Ich kann ja morgen zur Trauung rausfahren.«

»Sie fahren jetzt. Moser wartet jetzt schon seit drei Stunden auf Sie.« (Moser war der Fahrer.)

»Wenn ich fahre, fahre ich selbst.«

»Warum denn um Himmels willen? Sie brauchen sich doch nicht unnötig schon vorher zu strapazieren.«

»Aha, jetzt haben Sie es ja selbst gesagt, daß der ganze

Zirkus eine Strapaze ist. Was glauben Sie, wer da draußen alles rumhängt? Sie wissen es vermutlich besser als ich. Ich habe keine Ahnung, und mir graust es jetzt schon.«

Dany lachte plötzlich. »Ich weiß bloß, daß heute abend ein Presseteam draußen ist. Von zwei Illustrierten und von der ›Abendzeitung‹.«

»Prächtig! Großartig! Das ist genau das, was ich mir noch wünsche. Wer bin ich denn?« brüllte er plötzlich los. »Der Vater von einem Schlagerstar? Oder ist meine Tochter eine amerikanische Society-Ziege?«

Einen ganz roten Kopf hatte er bekommen. Und Dany einen Schreck. »Jetzt beruhigen Sie sich doch bitte und fahren Sie schon mit Moser hinaus, legen Sie sich noch eine Stunde hin und...«

»Machen Sie, daß Sie rauskommen, ich bleibe hier. Und schaffen Sie mir die Battery-Akte her.«

Dany verschwand, kam aber kurz darauf mit einem Glas Wasser und einer Tablette zurück. Räumte energisch den Schreibtisch ab und sagte mit drohendem Ton: »Akte gibt es jetzt nicht. Wenn Sie nicht hinausfahren wollen, ist es mir auch egal, dann fahren Sie eben jetzt nach Hause und setzen sich in den Garten. Hier gibt es jedenfalls heute nichts mehr zu tun.«

Eine halbe Stunde hatte er noch grollend herumgetrödelt, dann war er nach Bogenhausen gefahren, ohne Chauffeur, hatte dort noch alles mögliche hin- und hersinniert, und dann war er also losgefahren. Natürlich im dicksten Nachmittagsverkehr.

Korea hatte ihm den Rest gegeben. Das war es, was den Becher zum Überlaufen gebracht hatte. Was zum Teufel hatte seine Tochter in Korea verloren? Was ging ihn der diplomatische Dienst an? Sollte das machen, wer wollte. Wenn der Herr Graf wollte – bitte sehr. Er wollte nicht, und seine Tochter wollte auch nicht, das wußte er ganz genau.

In dieser Stimmung kam er, so ziemlich als letzter Gast, auf dem Hof an. Schon als er die Wagenauffahrt sah, stieg der Zorn wieder in ihm hoch. Der zum Parken vorgesehene Platz reichte natürlich nicht aus, die Autos standen bis zum Waldrand, die ganzen Wiesen wurden verdorben, Sauerei, so was! Und wenn er jetzt da vorfuhr, bis dicht ans Haus, sah ihn jeder.

Also stieß er zurück, ließ den Wagen ziemlich weit entfernt im Wald stehen, stieg aus und schlug einen weiten Bogen durch den Wald und kam so von hinten an das Haus heran. Der Spaziergang hatte ihn beruhigt. Den Himmel hatte er studiert. Sah nicht gut aus.

Der erste Mensch, der ihm begegnete, als er durch den Hintereingang das Haus betrat, war Erich Wilcken, der gerade dabei war, große Kisten und Kasten, die im Wege standen, hinauszuschaffen.

Erich blieb stehen, wollte etwas sagen, stockte dann, erkannte, wen er vor sich hatte, denn manchmal sah man ein Bild Otto Kannegießers in der Zeitung.

»Guten Tag, Herr Konsul!« sagte Erich höflich.

Otto zog die rechte Braue hoch. »Wer sind Sie denn?«

»Wilcken. Aushilfspersonal.«

»So. Meinen Sie, ich komme in mein Zimmer, ohne daß mich einer sieht?«

»Schwierig.«

»So ein Schwachkopf von Architekt. Hätte doch unbedingt so eine Art Hintertreppe einbauen müssen.«

Erich grinste. »Vielleicht hat er beim Umbau nicht mit so einem Monsterfest gerechnet.«

»Da können Sie recht haben. Wer schon?... Aushilfspersonal, sagen Sie? Sie sind doch nicht von Endershausen. Und nach Personal sehen Sie auch nicht aus.«

»Studenten-Schnelldienst.«

»Aha. Student also.« Ein scharfer, prüfender Blick, und er sagte das gleiche, was seine Tochter vor vier Tagen gesagt hatte. »Wie 'n Student sehen Sie gerade nicht aus.« Erich fiel diese Parallele auf. Er lächelte. Der Alte gefiel ihm auf den ersten Blick. Wie ihm die Tochter ja auch gefallen hatte.

»Schlußsemester«, sagte er kurz. »Bißchen spät angefangen.«

»Aha.« Jetzt hätte die Frage nach der Art des Studiums kommen müssen, aber sie kam nicht. Statt dessen kam Knuddel, ebenfalls mit Kisten beladen. Er rief: »Hoppla, Senator, rücken Sie eben mal, ich kann nicht bremsen.«

Und steuerte vorbei, halb verborgen hinter seiner Fracht. »Auch ein Student«, vermutete Otto. »Na, probieren wir's mal.«

Er kam verhältnismäßig leicht durch die Halle. Die meisten Leute befanden sich draußen vor dem Haus, wo bereits die Musik spielte.

Ein paar Leute sprachen ihn an, er drückte ein paar Hände, dann war er die Treppe hinauf und in seinem Zimmer, wo alles für ihn bereitlag.

Umziehen also. Und dann hinein...

Er blickte zum Fenster hinaus auf das bunte, fröhliche Gewimmel. Ein hübsches Bild zweifellos, ein großes Fest – Polterabend nannte man es früher.

Es änderte alles nichts an der Tatsache, daß er seine Tochter verlor.

Ballgespräche

Auf den ersten Blick war es ein gelungenes Fest. Auf den zweiten Blick jedoch eine etwas müde Angelegenheit. Fad, wie Max Ludwig, der Sohn des Hauses, sich auszudrücken pflegte. (Was er auch in diesem Fall tat.)

Das Wetter, um mit dem Wichtigsten zu beginnen, hielt sich zunächst, nur war es unerträglich schwül, achtundzwanzig Grad sage und schreibe, und das im Mai. Auch am Abend kühlte es kaum ab. Tagsüber war es leicht windig gewesen, am Abend rührte sich kein Lüftchen. Die Berge waren zum Greifen nahe, fast konnte man Angst bekommen, so schwarz und drohend standen sie direkt über Tal und Wald.

Das kalte Büfett war exzellent und enthielt so ziemlich alles, was zu einem kalten Büfett erster Qualität gehört. Zu trinken gab es auch so ziemlich alles, was auf dieser Erde trinkbar ist, die Band spielte ordentlich, die Tanzfläche war ausreichend, Sitzplätze, das heißt Tische und Stühle, ebenfalls ausreichend vorhanden, keiner brauchte im Stehen zu essen. William und Käfer hatten erstklassige Arbeit geleistet. Auch das Festzelt war vorsorglich errichtet worden, wurde aber nicht benötigt.

Der Hof erstrahlte in festlichem Glanz, wirkte jedoch verfremdet. Die Leute aus Endershausen, die sich eingefunden hatten, um von der Ferne die Aufführung zu bewundern, fanden zwar alles sehr prächtig, aber auch wieder nicht ganz richtig. Es wirkte übrigens wirklich wie ein überdimensionales Theaterstück. Da das weiträumige Tal, in dessen Mitte der Schlättersbacher-Hof lag, sich von den umliegenden Wäldern her leicht senkte, und zwar ziemlich gleichmäßig von allen Seiten her, konnte man vom Waldsaum aus das strahlende Fest wie auf einer Bühne betrachten.

»Gekonnt!« sagte einer von den Presseleuten. »Das kommt gleich nach Verona.«

»Direkt schade, daß sie nicht singen«, meinte die Kollegin von der Mode ironisch.

Die Ausbeute speziell dieser Journalistin war beachtlich. Sie gab gern zu, daß sie seit den letzten Salzburger Festspielen nicht soviel Kleiderpracht auf einem Fleck gesehen hatte.

Leider, leider können all die herrlichen Roben hier nicht beschrieben werden. Nur eine kleine Probe vielleicht – zum Beispiel die Braut: in einem wehenden Kleid aus durchsichtigem pinkfarbenem Stoff, weit der Rock, sparsam das Oberteil, Schultern und Arme blieben frei; das blonde Haar hatte sie hochgesteckt, sie wirkte dadurch ein wenig älter. Sie war blaß und ernst und sehr hübsch.

Auch der Bräutigam war durchaus sehenswert, sehr vornehm, sehr distinguiert, die beiden waren wirklich ein ›Traumpaar‹.

Joana: blaugrüne schwere Seide, mit einer Silberborte eingefaßt, ein Rückendekolleté bis zum letzten Wirbel, ein Brillantenkollier von einzigartiger Schönheit, die dazu passenden langen Ohrgehänge, das Haar von dunklem, metallischem Rot, in einer kunstvollen Frisur hochgetürmt.

Daniela Solm-Weltingen: sommerlich bunte Kreation, mitgebracht aus Rom, die Farben Sonnengelb, Blau, Rot und Weiß in abstraktem Muster, hauteng, aber gute Sicht auf einen vollen, runden Busen, der Rock hatte Seitenschlitze bis zu den Hüften hinauf (Gräfin Cornelia schloß erst einmal entsetzt die Augen, als sie ihre Tochter zu Gesicht bekam), das Haar dunkelbraun, kurz und lockig, fast barbarisch wirkender Goldschmuck.

Madame Anastasia: majestätisch in goldgrünem Brokat, echte Smaragde in allen dafür empfänglichen Körperteilen, auch im tiefschwarzen Haar.

Und so weiter und so fort – es war eine Schau, und einer von den Presseleuten regte an: »Wie wär's mit einem kleinen Überfall? Man braucht bloß die Klunkern abzuservieren, dann kann man sich für den Rest des Lebens zur Ruhe setzen.«

»Eins verstehe ich bloß nicht«, sagte einer mit der Kamera. »Wozu der ganze Aufwand, wenn es eine Hochzeit auf dem Lande sein soll? Ich hatte mir vorgestellt, sie hätten Dirndl und Sommerkleider an und die Männer Trachtenanzüge.«

»Das kommt morgen dran«, meinte das Modemädchen. »Liest du deine Zeitung nicht? Da stand das alles drin. Morgen wird's ländlich und bayerisch, die Dorfbewohner alle eingeladen, zu essen auch nur Bayerisches. Schweinshaxn, Leberkäs, Spanferkel, Würschtl aller Art, Sauerkraut, und oagstoch'n is! Heute ist die Hautevolaute unter sich. Die Coutuiers wollen schließlich auch leben. Und ich auch... Wer ist die denn eigentlich?«

Der Kollege von der ›Abendzeitung‹ war, wie immer, vorzüglich informiert. »Auch eine Tochter des Hauses.«

»Gibt es denn noch eine?«

»Offensichtlich. Mir war es bis jetzt auch nicht bekannt. Sie war noch nie dabei, bei keinem Empfang, keiner Party, keiner Premiere. Nirgends.«

»Hat man sie unterschlagen?«

»Ich werde es herauskriegen, was mit ihr los ist. Noch heute abend. Wetten, daß einer hier ist, der es mir erzählen wird?«

»Vielleicht stimmt was nicht mit ihr«, sagte der Illustriertenmensch hoffnungsvoll. »Wär' dringend nötig, wenn man mal einen kleinen Skandal auftreiben könnte. Bei dem Kannegießer war in der Beziehung nie was zu holen.«

»Auf jeden Fall ist das ein rasantes Frauenzimmer. Schaut mal, wie sie tanzt! Was sie alles mit ihrem Körper anfangen kann.«

Es war natürlich schade, daß keiner von der Presse – und auch die meisten Gäste nicht – Isos Auftritt am gestrigen Abend miterlebt hatten. Erst dann wären sie so richtig in den Genuß der Iso von heute abend gekommen. Aber so kam für viele der Gegensatz nicht zur Wirkung. Was sie heute sahen, war eine bemerkenswert schöne Frau, ein wenig sophisticated im Ausdruck, einen kleinen ironischen Zug im Mundwinkel, eine tolle Figur, geschmeidig in den Bewegungen, eine erstklassige Tänzerin und im Flirten offenbar geübt. Gekleidet war sie in leuchtendroten Seidenjersey, enganliegend, nur der Rock ausschwingend, die Taille zerbrechlich schmal, das Dekolleté makellos, keine Brillanten, nur weißer Modeschmuck, was zu dem Rot und ihrem braunen Teint großartig wirkte.

Genug von der Mode. Worte können sowieso nur einen matten Abklatsch von den Möglichkeiten einer Frau bieten, sich schön zu machen, wenn nur die Gelegenheit dazu geboten wird.

(Denn es war bisher weder die Rede von René, dem Visagisten, und seinen beiden Helfern noch von den Experten des Modecoiffeurs Roberto, die ja auch seit Stunden emsig am Werk gewesen waren. Sie jetzt zu erwähnen dürfte genügen.)

Männer haben es immer schwer, gegen den Glamour der Frauen anzukommen, so auch hier. Was hatten sie denn schon groß anzubieten außer der Tatsache, daß sie die ganze Pracht bezahlen konnten? Bestenfalls noch ihre Charakterköpfe, falls vorhanden. Sie trugen Smokings, meist weiße, manche dazu ein farbiges Hemd, und schwitzten doch: Kunststück, bei achtundzwanzig Grad! Der Föhn hatte sich geradezu bestialisch entwickelt. Das mochte auch der Grund sein, daß das Fest nur schleppend in Gang kam. Er lag wie eine Lähmung über der Gesellschaft, die Gespräche waren lustlos und konventionell, die Bewegungen träge, der Appetit mäßig, die Lust zum Tanzen gering. Nur getrunken wurde viel.

Irgendwann im Laufe des Abends tanzten Martina und Peter Doppler zusammen.

»Na?« fragte Peter.

»Was soll das heißen?«

»Ich wollte mich höflichst erkundigt haben, wie dir zumute ist.«

»Wie soll mir schon zumute sein? Auch nicht anders als sonst.«

»Tu bloß nicht so rotzig. Irgendwelche Gefühle mußt du doch im Busen bergen. Man heiratet schließlich nicht alle Tage.«

»Ich hatte Zeit genug, mich an den Gedanken zu gewöhnen.«

»Du bist bereits diplomatisch geschult, wie ich höre. Eine sehr geschickte Antwort. Nur weiß ich jetzt immer noch nicht, ob du eine richtig glückliche Braut bist.«

»Ach, öde mich doch nicht an. Außerdem heirate ich erst morgen. Da kann ich immer noch bräutlich strahlen. Muß ja nicht gleich sein.«

Pause.

»Die Frisur steht dir gut.«

»Danke.«

»Du siehst damit schon so richtig nach Frau Botschafter aus. Sehr würdig, sehr hoheitsvoll. Stimmt es, was ich vorhin aufgeschnappt habe, ihr geht nach Seoul?«

»Ja. Ist doch toll, nicht?«

»Toll. Und nun lach mal.«

»Warum?«

»Nur so. Seit ich hier bin, habe ich dich noch nicht einmal lachen gesehen.«

»So lange bist du ja noch nicht hier.«

»Seit genau zwei und einer halben Stunde. Also!«

»Bitte.«

»Das war gegrinst, weder gelacht noch gelächelt. Bist du denn nicht happy?«

»Klar bin ich das. Und nun quatsch mich nicht so blöd an.«

Pause.

»Martina?«

»Und?«

»Warum tust du mir das an?«

»Was?«

»Heiraten. Und nicht mich.«

»Ach hör doch auf.«

»Liebst du ihn?«

»Klar.«

»Na, dann ist es ja gut. Komm, laß uns was trinken. Ist viel zu heiß zum Tanzen. It's much too hot, it's much too hot... Kennst du das?«

»Klar. Cole Porter.«

»Übrigens, deine Schwester finde ich Klasse.«

»Ja, nicht?«

»Wo kommt sie her, und was treibt sie? Und was hat sie gemacht in all den Jahren?«

»Keine Ahnung.«

»Interessiert es dich nicht?«

»Doch. Wenn ich ehrlich bin, es interessiert mich. Aber ich habe ja keine Zeit für sie. Ich muß ja weg. Erst nach Sizilien und dann nach Korea.«

»Ich finde das nicht gut. Du?«

»Och...«

»Zur Zeit poussiert sie mit deinem Zukünftigen. Iso, meine ich.«

Martina warf einen kurzen Blick auf die Tanzfläche, wo Iso und Arndt tanzten. Sie stand jetzt mit Peter neben der Sektbar.

»Ach ja, stimmt«, sagte Martina gleichgültig. »Wie war's denn in Amerika?«

»Super. Ich komme gut mit denen hin. Sind alle schrecklich nett. So richtige Kumpels, weißt du. Und alle sehr entgegenkommend.«

»Damit meinst du die Mädchen.«

»Genau.«

Das Gespräch zwischen Iso und Arndt klang weitaus animierter. »Ich hatte ja keine Ahnung, daß Martina so eine bezaubernde Schwester hat.«

»Sie wußten vermutlich überhaupt nicht, daß Martina eine Schwester hat.«

»Nun, wenn ich ehrlich sein soll, nein, ich wußte es nicht. Es ist ... eh, erstaunlich, nicht? Warum lachen Sie?«

»Ich und die Familie, wir hatten uns aus den Augen verloren. Soll vorkommen. Wir passen nicht zusammen.«

»Oh, wirklich? Kann ich mir gar nicht vorstellen.«

»Ich kann's auch anders ausdrücken: Ich pfeife auf die Familie.«

»Ich hoffe, das ändert sich. Ich würde mich freuen, wenn Sie zur Familie gehören.«

»Warten Sie nur ab, bis Sie mich besser kennen. Oder bis man Sie über mich aufgeklärt hat. Fragen Sie doch mal Ihre Schwiegermutter.«

»Ich denke, Sie waren zehn Jahre nicht zu Hause. Was kann sie also groß wissen über Sie, Iso?«

»Auch wieder wahr. Sie kann nur von früheren Erfahrungen berichten, und die sind relativ harmlos.«

»Sie können mich gar nicht beeindrucken mit solchen Worten. Es wird Ihnen nicht gelingen, mir meine Schwägerin zu vermiesen.«

»Schwägerin! Lieber Himmel, soll ich das sein?«

»Sicher.« Er zog sie ein winziges bißchen näher an sich heran. Sie tanzte wunderbar, man spürte sie kaum. Erst waren sie nebeneinander getrottet, aber nun spielte die Band einen alten Slowfox, und er konnte den Arm um sie legen und richtig tanzen.

»Iso – das ist ein seltsamer Name.«

»Eigentlich Isolde.«

»Isolde? Wie schön.«

»Wollen Sie mich auf den Arm nehmen?«

»Wieso? Es ist ein wundervoller Name, so weich und melodisch spricht er sich. Ein sehr musikalischer Name.«

»Das kommt nur, weil Sie an Wagner denken.«

»Brauche ich gar nicht. Der Name klingt von ganz allein. Ich finde, er paßt zu Ihnen.«

»Was? Isolde soll zu mir passen?«

»Es ist ein leidenschaftlicher Name. Und nun denke ich wirklich an Wagner.« Arndt machte eine kleine Pause. »Sie sind eine leidenschaftliche Frau. Und darum paßt der Name zu Ihnen.«

»Sie machen mir Spaß«, murmelte Iso. Und verstummte. Sie hatte ihren Namen nie gemocht. Und wie sie hier mit ihrem zukünftigen Schwager Süßholz raspelte, das war schlechthin albern. Sie hätte gern irgendwas gesagt, was ihn so richtig schockiert hätte. Aber es fiel ihr nichts ein. Das war ihr noch nie passiert. Denn wenn sie *ein* Talent besaß, dann das Talent, Leute zu schockieren. Aber sie befand sich in einem geradezu desperaten Zustand. Sie bereute es, sie bereute es so sehr, gekommen zu sein. Was für eine blödsinnige Idee, zu dieser Hochzeit zu fahren.

Vor zwei Tagen, als sie Frankfurt kurz besuchte, war ihr das mit der Hochzeit eingefallen, und sie hatte es für einen großartigen Gag gehalten. Noch gestern, als sie über die Autobahn fuhr, noch gestern abend, als sie auf diesem protzigen Landsitz ankam, fand sie das.

Es kam alles anders. Erst mal die Begegnung mit Erich Wilcken. Trotz allen Geschreis war sie betroffen gewesen.

Sie hatten damals gewußt, daß er verhaftet worden war. Und sie hatten noch oft von ihm gesprochen. Wie lange war das her? Sieben Jahre? Acht Jahre? Nein, länger... Damals war sie an der Frankfurter Universität eingeschrieben, aber sie vernachlässigte zu jener Zeit ihr Studium, sie lebte mit einem Mann zusammen, einem Journalisten, der ihr viel bedeutete. Sie war sehr jung, er war viel älter: erfahren, zynisch, kaltschnäuzig. Mit ihm war sie oft in Berlin, auch in Ostberlin. Er hatte da zu tun, wie er sagte. Er kannte viele Leute, die sie auch kennenlernte. Journalisten wie er, auch Funktionäre der DDR, und Geschäftsleute und auch Studenten.

Erich Wilcken gehörte zu diesem Kreis. Er war jung wie sie, aufgeschlossen, intelligent, schlagfertig in der Diskussion. Von ihrem Freund bekam Erich die Bücher, nach denen er fragte. Und dann war Erich verschwunden, als sie das nächstemal hinüberkamen. Später erst erfuhr sie, daß er verhaftet worden sei. Und viel später erst, daß ihr Freund ein Agent war. Für wen, wollte sie wissen? Für den Osten? Für den Westen? Er hatte gelacht. Vielleicht für beide, hatte er gesagt, kommt drauf an, wer besser bezahlt.

Damals war sie schockiert, sie haßte seinen Zynismus, sie hatte noch Ideale zu jener Zeit. Ob er es gewesen war, der Erich verraten habe? Er hatte sie ausgelacht. Sie solle nicht so albern sein, was könne es ihm nützen, einen harmlosen kleinen Studenten zu denunzieren.

»Aber wenn es dir genützt hätte, hättest du es getan?«

»Natürlich.«

Sie verließ diesen Mann. Verließ Berlin, verließ Frankfurt. Sie lebte einige Zeit in Paris, hatte neue Freundschaften, neue Erlebnisse, tat gar nichts, lebte von Vaters Geld, wofür sie sich im stillen verachtete. Dann ging sie nach Berlin zurück und nahm ihr Studium wieder auf. Tatsächlich lebte sie in Berlin eine Zeitlang in einer Art Kommune; man hatte Helen da gar nicht falsch berichtet. Aber sie hielt es nicht lange aus. Jetzt besaß sie ein kleines Apartment in Halensee. Und in Frankfurt noch eine Wohnung, von früher her, da wohnte zur Zeit einer drin, der sich verstecken mußte. Einer vom Untergrund. Er gehörte einer halb politischen, halb kriminellen Gruppe an. Nein, es war lächerlich, sich etwas vorzumachen; von Politik redete man besser nicht. Der Mann wurde von der Polizei gesucht, sie wußte es; darum war sie nach Frankfurt gefahren, um ihm zu sagen, daß er sich gefälligst nach einer anderen Bleibe umsehen solle. Inzwischen hatte er ein Mädchen bei sich und hatte ihr erklärt, daß er nicht daran denke, auszuziehen. Ob sie denn nicht auf seiner Seite sei? Sie sei auf niemandes Seite, erklärte sie kühl, und er möge bitte in Kürze diese Wohnung verlassen.

Im übrigen war sie allein. Kein Mann derzeit in ihrem Leben. Sie hatte alles so satt. Und all das Gerede von der Revolution und der Veränderung der Strukturen – Schnee vom vergangenen Jahr. Eines Morgens war sie aufgewacht und hatte entdeckt, daß sie das alles nicht mehr interessierte. Sie war sich selbst fremd geworden. Sie wußte nicht mehr, was sie wollte. Seit sie hier war, war es noch viel schlimmer geworden. Nein – es war keine gute Idee gewesen, zu dieser Hochzeit zu fahren.

Das dachte sie besonders, seit sie ihren Vater gesehen hatte. Es hatte sie stumm und ratlos gemacht. Dann trotzig und böse. Und schließlich verwirrt und unsicher.

Das waren Isos Stimmungen in dieser Ballnacht.

Dabei hatte er kaum mit ihr gesprochen. Sie hatten sich begrüßt, als hätten sie sich vor drei Tagen das letztemal gesehen.

Nur seine Augen. Wie er sie angesehen hatte. Seitdem ging sie ihm aus dem Wege. Sie aß, sie trank, sie tanzte. Redete mit fremden Leuten, die sie nicht im geringsten interessierten. Aber immer wieder gingen ihre Blicke verstohlen zu ihm zurück.

Eine Weile hatte man ihn hier und da gesehen, er mußte mit Leuten reden, Hände schütteln, den Fotografen standhalten. Aber nun saß er schon seit längerer Zeit an einem Tisch ziemlich im Hintergrund, und wer mit ihm sprechen wollte, mußte sich dort einfinden.

Iso machte einen großen Bogen um diesen Tisch. Aber sie sah doch, wie Martina einmal dort war, den Arm um seine Schulter gelegt, wie sie ihn liebevoll ansah. Martinas Vater. Mein Vater, dachte Iso. Mein Vater, den ich verlassen habe. Ich habe kein Recht mehr, hier zu sein. Ich will auch nicht hier sein. Ich finde es gräßlich hier. Gräßlich, gräßlich! Dieses ganze bescheuerte Fest kotzt mich an. Ich hole Puschkin und fahre weg. Und komme nie, nie zurück.

Martina war rastlos. Sie hatte keinen festen Platz. Sie saß mal hier, mal da, meist stand sie nur, sie tanzte, sie redete, aber sie war gar nicht richtig bei der Sache. Sie fühlte sich wie gelähmt. Morgen, dachte sie, morgen, morgen. Morgen abend bin ich verheiratet. Dann ist die Sache gelaufen. Dann sitz' ich mittendrin. Dann bin ich weg und verloren. Ab die Post. Dabei ist es viel zu heiß. Much too hot.

Sie dachte sich die blödsinnigsten Formulierungen aus, schnoddrige Wendungen, wie sie sie seit ihrer Teenagerzeit nicht mehr gebraucht hatte. Und sie trank mehr als sonst. Sonst trank sie so gut wie gar keinen Alkohol. Mal ein Glas Wein, ein Glas Sekt. Heute trank sie immerzu. Und sie rauchte. Auch das tat sie sonst nie. Ruhelos strich sie immer wieder durch die Leute, tanzte dann wieder mal. Trank. Hörte sich lachen.

»Siehst du«, sagte sie zu Peter. »Ich lache immerzu.«

»Ja, ich sehe es«, antwortete er und lachte nicht.

»Gefalle ich dir?« fragte sie Arndt.

»Aber, Liebste! Das weißt du doch.«

»Ich wollte es nur einmal hören.«

»Papusch, was sagst du, daß Iso hier ist?«
»Was soll ich dazu sagen, mein Kind.«
»Hast du schon mit ihr gesprochen?«
»Hier? Heute?«
»Ein schönes Fest, Papusch, nicht?«
Ihr Vater gab keine Antwort. Er sah müde aus. Und alt. Endlich, als sie kurz im Haus war, traf sie Erich Wilcken in der Halle. Er trug einen komischen dunklen Anzug; es sah aus, als ob er ihm zu eng war...
»Ist doch viel zu heiß«, sagte sie. »Warum ziehen Sie die Jacke nicht aus?«
»Das geht nicht.«
»Warum, zum Teufel, nicht? Das ist ein ländliches Fest und kein Staatsempfang.«
Er machte kein freundliches Gesicht, fand sie.
»Kotzt Sie alles an, was?«
»Warum sollte es das?« Es klang steif und unpersönlich.
»Ich weiß, daß es so ist. Geht mir auch so. Wie kamen Sie eigentlich auf die Idee, das hier zu machen?«
»Weiß ich auch nicht.«
»Jetzt ärgert es Sie, nicht?«
»Keineswegs.«
»Iso findet es unmöglich, daß Sie das machen.«
»So.«
»Hat sie nicht zu mir gesagt, aber ich habe es ihr angemerkt. Kennen Sie Iso gut?«
»Es ist lange her.«
»Waren Sie wirklich...«
Er blickte an ihr vorbei.
»Ich habe zu tun«, sagte er kurz. »Ja, ich war im Zuchthaus, wenn Sie das meinen. Und nun entschuldigen Sie mich bitte.«
»Haben Sie sich doch nicht so. Ist mir doch scheißegal, ob Sie eingesperrt waren oder nicht.«
Das klang pampig und unfreundlich. Es tat ihr sofort

leid. Er schaute sie verwundert an, nur einen Augenblick, dann ging er.

Kurz darauf tauchte Martina wieder am Tisch ihres Vaters auf. Graf Alexander Friedrich, die Gräfin Cornelia saßen bei ihm. Doppler senior und Frau. Ein Bankdirektor aus Straubing und seine Frau. Direktor Sperr, der zweite Mann der Bayern-Chemie, und noch zwei andere gewichtig wirkende Herren mit erstklassig aufgezäumten Gattinnen.

Viel zuviel Leute. Armer Papusch. Er sah so müde aus. »Eigentlich hätte ich ja mal mit dir reden müssen«, sagte sie.

»Worüber denn?« Es klang gleichgültig. Otto war müde und mißgestimmt.

»Was Wichtiges.«

»Kaum der richtige Ort.«

»Es ist jemand hier, mit dem ich dich gern bekannt machen wollte.«

»Es sind eh schon genug Leute hier, die mich kennen.«

»Nein. Was anderes. Jemand ... also, es ist jemand, für den du was tun sollst.«

Otto sah sie stumm an.

»Verstehst du, was ich meine?«

»Nein, mein Kind.«

»Das Werk hat doch so eine Stiftung. Für Begabtennachwuchs oder so was, nicht?«

»Und?«

»Ich habe jemand kennengelernt, einen Biologen, der ist bestimmt sehr begabt.«

»Ein Biologe?«

»Ja, ein Student. Das heißt, kein richtiger Student. Er ist eigentlich schon fertig. Er arbeitet hier.«

»Ach, der?«

»Wieso? Kennst du ihn?«

»Ich glaube, ich weiß, wen du meinst.«

Weiter kamen sie mit diesem Gespräch nicht. Martina hatte leise, zu Otto herabgebeugt, mit ihm gesprochen; aber nun wurden sie unterbrochen. Es war wirklich nicht der richtige Augenblick, etwas vernünftig zu besprechen.

»Ich stelle ihn dir morgen mal vor, ja?« flüsterte sie noch, aber sie war nicht sicher, ob er es gehört hatte, denn Helen brachte den schwedischen Konsul an den Tisch geschleppt. Den hatte sie auch nicht vergessen – erschien ihr passend wegen der Solm-Weltingen, obwohl die mit Schweden nicht mehr das geringste zu tun hatten.

Martina zog sich einen Stuhl heran und setzte sich. Sie blieb eine Weile still, sah keinen an, hörte auch den Gesprächen nicht zu. Sie kam sich einsam vor, verlassen. Sie trieb wie auf einer Wolke im Nichts. Ein seltsames Gefühl. Hatte sie noch nie gehabt.

Sie bemerkte nicht einmal, daß Arndt den Tisch ansteuerte. Er kam jedoch nicht ganz bis hin. Gräfin Cornelia stand auf und ging ihm entgegen.

»Arndt! Warum tanzt du immerzu mit diesem unmöglichen Mädchen?«

»Mama, ich habe zweimal mit ihr getanzt. Sie ist doch sehr charmant. Und sie ist meine Schwägerin.«

»Leider. Du hättest sie erleben müssen, wie sie gestern hier ankam.«

»Hast du gewußt, daß Martina eine Schwester hat?«

»Nein. Und es ist eine Halbschwester.«

»Na gut. Sie haben nie von ihr gesprochen.«

»Sie werden wissen, warum. Hör zu, Arndt, eigentlich wollte ich etwas anderes mit dir besprechen. Ist dir dieser junge Mann aufgefallen, der hier so eine Art Diener mimt?«

»Hier wimmeln so viele Leute herum, die irgendwie beschäftigt sind – welchen meinst du?«

»So ein Blonder. Im Augenblick sehe ich ihn nicht, aber

ich werde ihn dir zeigen. Ich glaube, das ist einer von den Bettersberg.«

»Von den Bettersberg?«

»Ja, ein Sohn von Amely. Du weißt, daß ich keinen vergesse von der Familie, den ich einmal getroffen habe. Ich kenne ihn schon als kleinen Jungen. Aber das letztemal habe ich ihn vor drei Jahren gesehen beim achtzigsten Geburtstag von Großonkel Wilfried. Ich täusche mich bestimmt nicht. Er heißt Knud-Dietmar. Kannst du mir sagen, was der hier macht?«

»Das kann ich dir nicht sagen, Mama.«

»Ich finde es sehr unpassend.«

»Was?«

»Daß er offenbar hier arbeitet. Oder wie man das nennen soll. Kannst du der Sache nicht mal auf den Grund gehen?«

»Warum, Mama? Vielleicht irrst du dich.«

»Ich irre mich nicht.«

»Und falls du recht hast – nun, möglicherweise hat er Gründe, wenn er ...«

»Da! Sieh mal! Das ist er. Er geht jetzt gerade bei dem Weinausschank vorbei. Er trägt ein Tablett mit Gläsern. Siehst du ihn? Kennst du ihn?«

»Ich habe ihn auch schon gesehen heute abend. Irgendwie kommt er mir auch bekannt vor, jetzt, da du mich darauf aufmerksam gemacht hast.«

»Es ist wirklich sehr unpassend. Wenn Amely das wüßte.«

»Wir brauchen es ihr ja nicht zu sagen.«

»Nein, natürlich nicht. Aber hier sollte auch niemand etwas davon wissen. Vor allem dein Vater nicht.«

»Nein.«

Seinem Vater wäre es ziemlich egal gewesen, was der Sohn von Cousine Amely hier trieb, das wußte Arndt. Aber seine Mutter schwebte in ständiger Angst, daß ihr

Mann sich aufregen könne. Zugegeben, der Graf hatte ein etwas cholerisches Temperament, aber es waren meist überzeugende Gründe, die ihn in Rage brachten.

»Darf ich dich zu deinem Platz zurückbringen, Mama?«

»Danke, ist nicht nötig. Also, nicht wahr, du kümmerst dich darum. Und dann, weißt du – mit dieser Schwester von Martina... Übrigens, Martina sieht sehr hübsch aus, nicht?«

»Ja. Sehr hübsch.«

Es war ziemlich spät am Abend. Kein Mond, der Himmel von Wolken bedeckt.

»Na, William, zufrieden?« sagte Don Emilio. »Läuft ja alles vorzüglich. Nur die Stimmung ist ein bißchen flau.«

»Den Eindruck habe ich auch, Herr Konsul. In den vergangenen Tagen war es lustiger. Da wurde hier sehr ausgiebig gefeiert. Besonders seit Graf Gustav angekommen ist.«

»Der Gussi, ja. Den habe ich schon mal kennengelernt. Ich habe mich gerade vorhin mit ihm darüber unterhalten. Es war in Rom. Er erinnert sich noch gut daran. Ein wundervolles Fest bei dem Conte Delano. Ist auch schon an die zehn Jahre her. Ein amüsanter Bursche, dieser Gussi. Und wissen Sie was, William, ganz unerhört charmant finde ich Señora Joana. Ich habe mich vorhin lange mit ihr unterhalten. Also, die sollten wir nicht wieder aus den Augen verlieren, William. Was meinen Sie?«

»Herr Konsul haben recht. Wir sollten sie auf unsere Liste setzen.«

»Ja, nicht wahr? Das habe ich auch gedacht. Eine Frau mit Rasse. Sie ist schon länger hier?«

»Seit einer Woche, Herr Konsul. Ich hatte das Vergnügen, die Señora zu bedienen. Eine Frau von Welt. Und dabei ganz natürlich, wenn ich so sagen darf.«

»Sie lebt in Mexico?«

»Sie hält sich wohl viel in Europa auf.«

»Also, notieren Sie auf alle Fälle die Adresse, William. Wir werden sie in Zukunft einladen, wenn ein gegebener Anlaß vorhanden ist.«

»Sehr wohl, Herr Konsul.«

»Schauen S' nur, kaum einer tanzt. Ist halt zu warm. In Italien war es nicht so warm wie hier. Kaum zu glauben.«

»Der Föhn, Herr Konsul.«

Auf Don Emilios Stirn standen kleine Schweißtropfen. William sah es mit Besorgnis.

»Wollen Herr Konsul sich nicht lieber an einen Tisch da hinten bei den Bäumen setzen? Da ist es kühler. Die vielen Lampen hier machen unnötig Hitze.«

»Ja, Sie haben recht, William. Und bringen Sie mir ein Mineralwasser. Nein, nichts anderes, nur ein Mineralwasser. Und schön kalt.«

Zur gleichen Zeit, Helen zu ihrer Mutter: »Du bist so blaß, ist dir nicht gut?«

»Dieses blöde Kleid. Ist mir viel zu eng. Und ich hab' so viel von dem Hummer gegessen.«

»Aber Mama!«

»Er war so gut. Und ich esse doch so gern Hummer. Ach, es ist schrecklich, wenn man alt wird, man verträgt nichts mehr. Ich glaube, ich werde bald zu Bett gehen. Morgen wird es auch ein anstrengender Tag.«

»Ich hoffe auch, daß ich mich bald zurückziehen kann. Der Ball ist ja hauptsächlich für die jungen Leute.«

»Otto sollte sich auch hinlegen. Ich finde, er sieht heute schlecht aus.«

»Er ist schlecht gelaunt. Man kann ihn kaum ansprechen.«

»Warum?«

»Weiß ich auch nicht. Das paßt ihm eben alles nicht. Er

hat kein Verständnis dafür, daß man schließlich Verpflichtungen hat.«

»Vielleicht ist es wirklich ein bißchen viel, was du hier aufgezogen hast, mein Kind. Ein richtiges Monsterfest.«

»Ich habe von dem Minister nichts gehört. Ob er wohl morgen kommt?«

Baronin Sophie pustete. Das Kleid war wirklich sehr eng. »Ist ja nicht so wichtig«, meinte sie. »Also, ich denke, ich verschwinde jetzt bald.«

»Ist gut, Mama.«

Endlich gelang es Arndt, diesen blonden Jüngling zu erwischen. »Ach – entschuldigen Sie.«

»Herr Graf haben einen Wunsch?«

»Kennen wir uns nicht?«

»Glaube ich nicht. Oder sollte ich Herrn Graf schon mal irgendwo bedient haben?«

Dieses freche Grinsen. Arndt erkannte ihn jetzt auch. »Bist du nicht Knud-Dietmar?«

»Fabelhaft, wie Herr Graf diesen schwierigen Namen aussprechen. Da merkt man gleich die geübte Diplomatenzunge. Herr Graf werden keinerlei Schwierigkeiten haben, auch die kompliziertesten exotischen Wortgebilde über Hochdero Lippen zu bringen.«

»Also weißt du! Was machst du denn hier?«

»Siehste doch.«

»Was soll das denn bedeuten?«

»Is'n Job, nicht? Ganz klarer Fall. Vom Studenten-Schnelldienst vermittelt.«

»Aber warum denn, um Himmels willen? Ihr seid doch ganz gut betucht, das wird doch für dein Studium reichen.«

»Ach, nicht wegen des schnöden Mammons. Mehr so studienhalber.«

»Studienhalber?«

»Na, klar doch. Menschen muß man studieren, wo man sie findet. Bloß auf der Uni, das wird langweilig, die kenne ich alle. Die reden immer dasselbe.«

»Wie peinlich, wenn das herauskommt.«

»Was soll denn daran peinlich sein? Mensch, sei doch bloß nicht so tüterich. Ist doch keine Schande, zu arbeiten. Überhaupt, das laß dir mal gesagt sein: Dienstleistungsberufe sind *die* Berufe der Zukunft. Mit Akademikern kannst du demnächst die Straßen pflastern. Aber ein gut geschulter Herrschaftsdiener, das ist ein gesuchter Mann. Und macht direkt Spaß, das habe ich hier gemerkt. Ich find' das echt prima. So lustig wie hier hab' ich lange nicht mehr gelebt.«

»Du hast reichlich merkwürdige Ansichten.«

»Hab' ich, war schon immer so. Wie biste denn drauf gekommen, daß ich ich bin?«

»Ich nicht, Mama.«

»Tante Cornelia. Ist sie nicht echt süß? Die läßt keinen von der Sippe verkommen.«

»Was sage ich ihr bloß?«

»Sag halt, ich bin ein Doppelgänger. Ein Bastard derer von Bettersberg, Seitensprung vom Vater. Nö, besser noch von meiner Mami, das ist noch feiner.«

»Knud-Dietmar!«

»Brich dir nicht die Zunge ab. Hier heiße ich Knuddel.«

»Knuddel?«

»Hübscher Name, nicht? Und jetzt muß ich los. Gläser waschen. Hasta la vista, Cousin. Ach ja, was ich noch sagen wollte: Heiraten werde ich auch demnächst, nicht nur du. Hier gibt es so eine süße schokoladenbraune Puppe. Haste die schon gesehen? Die bringe ich ins Schloß meiner Väter. Wenn du willst, kannst du mein Trauzeuge sein.«

Es war so gegen halb zwölf, eine halbe Stunde vor Mitternacht, da sagte Graf Gussi zu Señora Ramirez: »Bei unserer Hochzeit wird es lustiger sein, bella mia.«

»Ja, komisch, nicht? Ich weiß auch nicht, mir ist so lätschert zumute. Weißt du, was ich jetzt möchte? Schwimmen.«

»Ein Pool fehlt hier auf dem Gelände.«

»Fehlt wirklich. Wenn wir sie alle hineinschmeißen könnten, würden sie vielleicht munter. Zu Hause habe ich einen herrlichen Pool. Riesengroß. Und ganz klares Wasser.«

»Habe nie gedacht, daß ich mal in Mexico leben werde. Aber je mehr ich daran denke, um so besser gefällt es mir. Ich hatte schon immer was für die Azteken übrig. Stolzes Volk. Liegen mir irgendwie.«

»Hör mal, nachgerade wirst du komisch. Du tust gerade so, als ob.«

»Als ob was?«

»Na, daß ich hier mit dir so ein bißchen Unfug treibe, das heißt ja noch lange nicht, daß ich dich wirklich heirate.«

»Schöne Cousine, denkst du gar nicht an deine Tugend?«

»Mit der lebe ich in bestem Einvernehmen. Und heiraten wollte ich eigentlich nicht mehr.«

»Warum denn nicht?«

»Ich war es schon fünfmal.«

»Heinrich der Achte hatte auch sechs Frauen.«

»Heinrich der Achte hatte ...« Joana blieb vor Erstaunen der hübsche Mund offenstehen. »Was hat denn das damit zu tun?«

»Gar nichts. Fiel mir nur gerade so ein. Als Beispiel, daß so was vorkommt.«

»Also erstens bin ich nicht Heinrich der Achte, und zweitens ...«

»Zweitens?«

»Was tue ich mit sechs Frauen?«

»Darling! Es war nur ein Beispiel. Unpassend. Ich gebe es zu. Du bist Joana die Einmalige und kannst spielend sechs Männer verkraften. Und hiermit bitte ich dich in allem Ernst um deine süße kleine Hand. Oder muß ich deinen Schwager Otto fragen?«

»Wir kennen uns seit vier Tagen.«

»Gut. Warten wir noch vier weitere Tage. Dann frage ich dich wieder. Ich tu's wirklich nicht nur wegen deines Geldes. Natürlich auch. Aber du gefällst mir außerdem. Wo fahren wir denn von hier aus hin?«

»Ich will ein paar Tage nach Madrid. Da leben Verwandte von Señor Ramirez, sehr reizende Leute. Ich trage einen schwarzen Schleier um mein Haupt und bin eine Witwe.«

»Wird dir entzückend stehen.«

»Und dann wollte ich vielleicht noch vierzehn Tage nach Marbella. Ehe der Urlaubsrummel losgeht.«

»Blendende Idee. In Marbella hat ein guter Freund von mir ein paar Hotels. Weißt du das? Wir heiraten in Marbella. Nur die Spanier können Feste feiern. Da ist das hier ein Klacks dagegen. Ich kaufe mir einen Sombrero und ein weißes Pferd. Einen echten Andalusier, und du mußt hinten auf der Kruppe sitzen.«

»Auf der Kruppe von dem Andalusier?«

»Das ist dort so üblich. Die Pferde sind daran gewöhnt.«

»Aber ich nicht.«

In diesem Augenblick kam Daniela vorbei. »Gussi, alter Schürzenjäger. Ich bin eifersüchtig. Du hast nur Augen für diese Dame. Mit mir hast du nicht ein einziges Mal getanzt.«

»Es ist viel zu warm zum Tanzen. Und um diese Dame muß ich mich sehr intensiv kümmern, denn ich will ihr einreden, daß sie mich heiraten soll.«

»Nein!«

»Ja. Gefällt sie dir?«

»Doch. Sehr chic. Aber eifersüchtig bin ich trotzdem. Und es paßt einfach nicht zu dir, ein Ehemann zu sein.«

»Finde ich auch«, sagte Joana.

»Ich werd's euch beweisen, daß ich ein großartiger Ehemann sein kann, wenn ich will. Bisher habe ich nur nie richtig gewollt. Ich war zu jung und unreif. Unerfahren, wißt ihr.«

»Und nun bildest du dir ein, erfahren und reif zu sein. Und alt etwa auch?« fragte Daniela.

»Von alt kann keine Rede sein, du freches Frauenzimmer. Ein bißchen reifer vielleicht. Und erfahren? ... Nun, ich habe einige Erfahrungen gemacht, das war dringend notwendig. Ehe ich die nicht gemacht hatte, konnte ich kein brauchbarer Ehemann sein. Ist doch logisch.«

Joana und Daniela blickten sich an und lachten.

»Klingt wirklich logisch«, gab Daniela zu. »Ein Ehemann, der seine Erfahrungen erst machen muß, wird notwendigerweise ein treuloser Ehemann sein. Doch hat er alles hinter sich, dann wird er endlich tugendhaft.«

»Bei dieser Frau?« Gussi wies auf Joana. »Das dürfte schwierig sein.«

»Würde ich dir auch nicht raten«, sagte Joana. »Für ein langweiliges Leben bin ich nicht geschaffen. Noch nicht. Dafür reichen meine Erfahrungen noch nicht aus.«

»Ist das nicht seltsam«, sprach Graf Gussi sinnend und legte die Fingerspitzen zusammen, »daß man immer meint, ein tugendhaftes Leben müsse unbedingt auch ein langweiliges Leben sein. Woher wohl kommt dieses Vorurteil?«

Im gleichen Augenblick betraten der Engel Cornelia und ihr Mann, Graf Alexander Friedrich, die Tanzfläche und begannen sehr harmonisch einen English-Waltz zu tanzen.

Sie sahen ihnen zu, dann sagte Daniela: »Nein. Wie Beispiel zeigt. Es war immer ein sehr tugendhaftes Leben, glaube ich. Aber langweilig war es nie. Das weiß ich auch. Und glücklich sind sie auch.«

Sie machte ein ganz verwundertes Gesicht, als sei ihr diese Erkenntnis neu, und das war sie wohl auch. Und dann fügte sie hinzu: »Eigentlich sind sie zu beneiden!«

»Das hört sich aus deinem Mund überraschend an, Daniela.«

»Ich werde eben auch älter und reifer, Onkel Gussi. Und mit gewissen Erfahrungen langt es mir auch bald.«

»Was willst du tun? Auch heiraten?«

»Dazu müßte ich erst einmal das passende Objekt haben. Die Männer, die ich mag, sind meistens schon verheiratet.«

»Aha. Hast du wieder mal so einen?«

»Und das Schlimmste ist, ich liebe ihn wahnsinnig.«

»Oh«, sagte Joana, »wie kann man nur.«

»Du mußt das nicht so ernst nehmen«, meinte Gussi. »Das behauptet sie jedesmal. Das hat sie von mir.«

Gräfin Cornelia und ihr Mann beendeten den Tanz; er küßte ihre Hand und kam langsam mit ihr herangeschritten. Das Kleid der Gräfin war dunkelblau und sehr konservativ. Aber sie war trotzdem eine schöne Frau, auf ihre Art.

»Au weia«, sagte Daniela, »sie kommen zu uns. Bleibt bei mir.«

»Was hast du ausgefressen?«

»Ich habe noch einen Verweis von Mama zu erwarten. Weil ich erst heute abend hier eingetroffen bin. Und sie weiß, daß ich gestern in Konstanz weggefahren bin. Sie hat nämlich angerufen. Meine Freundin, die den Laden macht, hat es mir gesagt, als ich anrief.«

»Das kommt davon«, sagte Gussi tadelnd.

»Wovon?«

»Von der wahnsinnigen Liebe. Da siehst du es.«

Gussi erhob sich, sein Bruder und Cornelia traten tatsächlich an ihren Tisch.

»Was für ein gelungenes Fest!« sagte die Gräfin. »Wie schön für die Kinder. Sie werden gern daran zurückdenken.«

»Ja, besonders in Korea«, sagte Daniela vorlaut. »Ist es nicht schrecklich, daß Arndt so weit fortgeht?«

»Das ist bei seinem Beruf nun einmal nicht anders. Damit mußte man rechnen.«

Cornelia lächelte. Daniela wußte es besser. Sie wußte, wie sehr ihre Mutter bei dem Gedanken an die Trennung litt. Sie liebte ihren Sohn über alles. Sie war so stolz auf ihn. Und sie lebte für die Stunden, in denen er bei ihr war. Und bis jetzt war er oft dagewesen.

Ein Ober kam mit einem Tablett gefüllter Sektgläser.

»Ein Glas trinke ich noch«, sagte Gräfin Cornelia. »Das letzte für heute. Wir gehen jetzt schlafen. Morgen wird es ein langer Tag. Und es ist immer noch so warm.«

Jeder hatte ein Glas in der Hand. Sie tranken sich höflich zu und lächelten einander an. Die Gegenwart von Gräfin Cornelia wirkte immer so; sogar Joana benahm sich wie ein artiges kleines Mädchen.

»Ihnen macht die Wärme wohl nicht viel aus, Señora«, sprach die Gräfin weiter. »Sie sind von Mexico her sicher ganz andere Temperaturen gewohnt.«

»Mexico hat ein sehr angenehmes Klima. Wir liegen sehr hoch. Die Luft ist immer frisch und trocken, auch wenn es warm ist. Und so etwas wie hier, so einen Föhn, das gibt es nicht. Da – der Wind!«

Auf einmal, ganz plötzlich war der Wind gekommen. Bisher hatte der Föhn auf der Lauer gelegen, geduckt am Berghang. Manchmal war er in den letzten Tagen kurz aufgewacht, hatte geatmet, ein wenig geweht, auch schon mal sacht geblasen; aber jetzt fegte er herunter, es war ihm langweilig geworden, er blieb übers Tal, daß die Röcke der Frauen wehten, die Frisuren flogen, die Kerzen flackerten.

Es war schon kein Wind mehr, es war ein Sturm. Und das machte dem Fest ein schnelles Ende

Otto benutzte die Verwirrung, die der Sturmüberfall schuf, um zu verschwinden. Er verließ den Schauplatz des Festes und umrundete in weitem Bogen das Haus. Sah die dahinjagenden Wolken am Himmel, dazwischen das weiße Gesicht des Mondes. Die Bäume bogen sich im Wind.

Herrlich! Das gefiel ihm. Regen würde folgen, das wußte er. Also würde es die Hochzeit doch verregnen, genau wie Martina es prophezeit hatte. Na, ihm war es egal. Nein, nicht einmal das – der Regen war ihm lieber.

Durch den Hintereingang, wie heute schon einmal, betrat er das Haus, sprach eine Verwünschung aus gegen den Architekten, weil der keine Hintertreppe eingebaut hatte, stiefelte vorsichtig bis zur Halle, spähte hinein. Natürlich, voll von Menschen. Die hatten sich vor dem Sturm hineingeflüchtet. Na, am besten, er ging mit geschäftiger Miene mitten durch, so, als hätte er etwas Bestimmtes vor. Diese Miene hatte er übrigens schon als Bub aufgesetzt, wenn er seinem Vater beibringen wollte, daß er, der Schüler des Alten Realgymnasiums, Wichtigeres zu tun habe, als in der Werkstatt Farben anzurühren oder Leimtöpfe zu den Kunden zu tragen. Er war stets erfolgreich gewesen mit diesem Gesichtsausdruck. Meister Kannegießer hatte den geistigen Anforderungen, die die Zeit seines gescheiten Sohnes beanspruchten, immer den Vorrang gelassen. Er wußte ja nicht, daß es sich manchmal nur darum handelte, mit den Spezis in den Isarauen Fußball zu spielen, oder, später dann, ebendort mit Anna Hand in Hand spazierenzugehen.

Auch jetzt also kam Otto unangefochten durch die Halle, eiligen Schrittes, ohne rechts und links zu blicken. Sie waren auch alle viel zu sehr mit sich und dem plötzlichen Wetterumschwung beschäftigt. Was das wohl geben wird, was meinen Sie? Ein Jammer, wenn es morgen regnen würde.

Die Köche und Ober und Serviermädchen räumten die Reste des Büfetts ins Haus, schon war der reich verzierte Fasanenhahn, der als Dekoration gedient hatte, zusammen mit der Zuckerguß-Rokokodame durch die Luft gesegelt, und Scherben hatte es auch gegeben. Auch das angestammte Personal raste hinaus und hinein, die Musiker hatten sich ebenfalls ins Haus gerettet.

Nur der von Bettersberg war nirgends zu erblicken. Er hatte seine Tätigkeit für heute beendet. Falls einer ihn gesucht hätte, hätte er ihn im Weinkeller gefunden, wo er mit dem einen Arm die Milchschokoladene an sich preßte und mit dem anderen eine Flasche nach der anderen prüfend hochhob.

»Wir suchen uns jetzt einen ganz besonderen Tropfen, Sweetie. Und den nehmen wir mit ins Bettchen, ja? Ich hab' den ganzen Abend nur Cola getrunken, jetzt möchte ich auch mal was Vernünftiges. Für mich ist heute Feierabend. So muß ich mich ja auch nicht ausbeuten lassen, oder? Der Arndt hat ganz recht, warum mach' ich das eigentlich. Und weißt du, was ich mir ausgedacht habe, so als Supergag? Morgen gebe ich mich zu erkennen, mache mich fein und reihe mich unter die Gäste ein. Findst'n das? Ist doch echt gut, was? Von meinen Leuten haben sie gar keinen eingeladen, ist eigentlich unerhört. Irgendwie verwandt sind wir nun schließlich auch mit den Kannegießers. Also werde ich die Familie repräsentieren. Ich freue mich schon auf das Gesicht von dem feinen William. Was? Das wird'n echter Hit.«

Natürlich verstand die Milchschokoladene kein Wort von dem, was er da hinbrabbelte, aber das war ja auch nicht nötig; das, worauf es ankam, verstand sie gut genug.

Sie sah süß aus, heute war sie in Weiß. Sahneweiß exakt, Schokoladenpudding mit Schlagsahne; sie hatte genügend Aufsehen erregt. Getan hatte sie nicht viel, war zwischen den Gästen herumgehopst, hatte mal ein Glas oder ein Tellerchen hin- und hergetragen, bloß um die Berechtigung zu haben, dabeizusein, und hatte es genossen, daß alle Männer ihr nachsahen, heute ganz besonders, denn da alle Frauen lange Kleider trugen, war ihr Supermini doppelt attraktiv.

»Schön, daß wir uns gefunden haben, nicht, Schnuckelchen«, plapperte Knuddel weiter und küßte die samtweiche Wange. »Du bist für mich so bekömmlich. Schon allein, daß wir nie verschiedener Meinung sein können, oder, falls ja, nichts davon wissen, denk doch bloß mal, wie günstig. Bist du eigentlich das, was man eine Kreolin nennt? Ich habe keine Ahnung, weißt du. Das war doch dem König Ludwig seine, die Lola Montez ... oder bilde ich mir das nur ein? Oder bist du einfach eine kleine Mulattin? Egal, nicht? Auf jeden Fall bist du eine gelungene Mischung. Ah, hier, der ist gut, ein Württemberger Trollinger, der liegt mir. Paß auf, der wird dir auch schmekken. Soll ich lieber zwei Flaschen nehmen – was meinst du? Bißchen was zu essen habe ich auch für uns beiseite gelegt, Stück vom Rehrücken, Cumberland nicht vergessen, alles da, bißchen Gänseleberparfait und einen prachtvollen Käse. Jetzt machen wir es uns gemütlich. Hast du noch mit deiner Señora zu tun? Nö, nicht? Die ist ja mit Onkel Gussi beschäftigt. Also, ich schlage vor, wir ziehen uns zurück. Ich komme zu dir, und dann feiern wir. Morgen kann ich ausschlafen, denn, wie gesagt, ich betrachte mich nicht mehr als im Dienst befindlich. So, siehst du, den Wein tun wir in das Körbchen hier, Papa hat an alles gedacht. Und nun gehst du voraus, ich folge dir in Kürze.« Er gab ihr einen Klaps auf den Popo, die Milchschokoladene kicherte eine Tonleiter und hopste die Kellertreppe hinauf. »Freiheit, Gleichheit, Brüderlichkeit«, rief Knuddel ihr nach, »eine feine Sache. Der Mensch sollte niemals Rassenvorurteile haben. Mensch ist Mensch, nicht? Kennst du das denn? Liberté, Egalité, Fraternité, hm? Schon mal davon gehört?«

»Napoleon«, zwitscherte Maria die Treppe herunter, ehe sie verschwand.

»Na, stimmt nicht ganz«, murmelte Knuddel, »der hat's nicht erfunden. Aber das ist ja auch nicht wichtig. Grau, Freund, ist alles Theorie. Auf die Praxis kommt's an. Vielleicht sollte ich meine Doktorarbeit darüber machen? Über die Beseitigung aller Rassentrennung mittels Liebe. So was in der Art. Wär' doch gar nicht schlecht. Geht noch besser als mit der Partei. Make love, not politics.«

Doch zurück zu Otto. Die Kellerszene war nur eine Abschweifung, ganz unwichtig.

Otto also war es gelungen, unbelästigt durch die Halle zu kommen, auch noch die Treppe hinauf. Es ging ziemlich durcheinander, wie gesagt, und dann war er um die Biegung der Treppe, atmete auf und glaubte sich schon gerettet in seinem Zimmer, da merkte er, daß ihm jemand nachkam. Er blickte über die Schulter.

Seine Tochter Iso!

Otto blieb stehen und wandte sich um.

»Ich sah dich eben hinaufgehen...«, begann Iso; ihre Stimme klang befangen.

»Ja?«

»Ich dachte mir, daß du vielleicht schlafen gehst.«

»Ja. Das habe ich vor.«

»Ich wollte mich von dir verabschieden, Vater.«

»Was heißt das? Wirst du morgen nicht hiersein?«

»Nein.«

»Komm mit herauf«, sagte Otto. »Wenn wir hier auf der Treppe stehenbleiben, kommt am Ende noch jemand.«

Schweigend gingen sie nebeneinander her, das letzte Stück der Treppe, dann über den Flur des Oberstocks, auf dem einige hübsche alte bemalte Truhen standen, bis zum Ende des Ganges, wo die beiden Zimmer lagen, die Helen und Otto bewohnten.

Otto öffnete die Tür und wies seine Tochter mit einer Handbewegung hinein.

Eine kleine Lampe brannte, das Bett war zurückgeschlagen, Ottos Pyjama lag bereit, auf dem Tisch standen eine Flasche Mineralwasser und eine Flasche Bier, beides in einer Kühlbox. Irgend jemand in diesem Haus wußte, daß er gern vor dem Schlafengehen noch ein Glas Bier trank. Im Zweifelsfall William. Bisher hatte er sich immer sein Bier selber im Kühlschrank geholt.

»Prima Service«, sagte Iso. Es klang ein wenig spöttisch. Otto öffnete die Bierflasche und schenkte sich ein. »Ja, nicht? Dabei ist es heute das dritte Mal, daß ich hier draußen übernachte. Leider. Ich wünschte, ich könnte öfter hier sein. Denn wenn nicht so ein Rummel ist wie heute, ist es schön hier. Gefällt dir der Hof?«

»Ja. Ich kann mir vorstellen, daß du dich hier wohl fühlst.«

»Weißt du, was ich möchte? Später möchte ich einmal hier leben. Wenn ich mich zur Ruhe gesetzt habe.«

»Das bringst du ja doch nicht fertig.«

»Aber ganz bestimmt bringe ich das fertig. Vielleicht früher, als jeder denkt. Manchmal habe ich das alles satt.«

»Und wer soll das Werk leiten? Max Ludwig ist ja noch zu jung. Bis der mal studiert hat, das dauert noch eine Weile.«

»Wenn er überhaupt studiert. Er ist nicht besonders begabt. Und das Werk wird er nach meiner Meinung niemals leiten können. Aber es wird sich schon einer finden. Wird es eben ein Fremder sein, macht ja nichts. Meine Töchter haben kein Interesse dafür, heiraten die falschen Männer.«

»Woher weißt du das?«

»Was?«

»Daß ich den falschen Mann geheiratet habe.«

»Mein liebes Kind, ich weiß überhaupt nicht, daß du verheiratet bist. Du hattest nicht die Güte, mir das mitzuteilen. Und mit falschem Mann meinte ich in diesem Fall, ein Mann, der den falschen Beruf hat. Also für das Werk als mein Nachfolger nicht in Frage kommt.«

»Ach so.«

»Du bist verheiratet?«

»Ja. Aber nicht mehr lange. Ich lebe schon seit drei Jahren von meinem Mann getrennt und werde mich demnächst von ihm scheiden lassen.«

»Aha. Nun, da ist es ja wohl nicht mehr nötig, daß ich mich für ihn interessiere«, sagte Otto müde. »Aber es tut mir leid, daß du nicht glücklich bist.«

»Glücklich!« Iso spuckte das Wort geradezu aus. »Was ist das denn? Glück. Kannst du es mir sagen?«

»Oh, Iso, erwarte nicht, jetzt mitten in der Nacht, mit mir eine philosophische Diskussion zu führen. Jeder hat sein eigenes Glück.«

»Und für dich ist es das Werk. Deine Arbeit. Ich weiß«, sagte Iso. Und es klang bitter.

»Nicht nur.«

»Doch. Nur. Solange ich dich kannte, war es nichts anderes. Denn sonst war für nichts in deinem Leben Raum.«

»Soll das ein Vorwurf sein?«

»Vielleicht. Ach nein, eigentlich nicht. Ist ja nun auch egal.«

»Glück bedeutete für mich auch deine Mutter«, sagte

Otto. »Es war das Schlimmste, was mich betroffen hat, daß ich sie so früh verloren habe.«

Er schwieg. Er dachte an Helen. Auch Iso dachte an ihre Stiefmutter. Hatte er Anna mehr geliebt als Helen? Konnte man es überhaupt vergleichen: die Gefühle eines jungen, ziemlich heißblütigen Mannes, ein Mann mit einem noch unschuldigen Herzen, einem unverdorbenen Geist, einfach in Ansprüchen und Erwartungen? Und der Erfolgsmann dagegen, der aufgestiegen war und reich geworden, aber auch älter und kälter, der Enttäuschungen kannte und der die Arbeit zum Mittelpunkt seines Lebens gemacht hatte. Waren es nicht zwei Menschen, der Otto, der Anna geheiratet, und der Otto, der Helen in sein Leben setzte wie eine fremde Blüte?

Und Otto fragte sich in dieser Stunde, ob er Helen eigentlich wirklich jemals geliebt hatte? Ob das, was er als Liebe angesehen hatte, nicht etwas ganz anderes gewesen war. Aber vielleicht hatte nicht nur das Glück, sondern auch die Liebe viele Gesichter. Und so, wie jede Lebenszeit, jede Lebensphase ihr eigenes Glück hatte, so hatte sie wohl auch ihre eigene Art von Liebe. Oder eben doch nicht? Verlor sich die Fähigkeit, zu lieben?

»Glück bedeuteten für mich auch meine Kinder«, sagte Otto nach einer Weile. »Du, Iso. Du warst das einzige, was mir geblieben war, damals.«

»Nur hattest du keine Verwendung für mich.«

»Du hast mich verlassen. Und du willst mir beibringen, daß es meine Schuld war. Willst du dich damit rechtfertigen?«

»Das habe ich nicht nötig«, sagte Iso hochfahrend.

»Wie du meinst. Wenn man Unrecht getan hat, halte ich es für gut, daß man es einsieht und bereut. Wenn ich also an dir gesündigt habe, mein Kind, dann verzeih es mir. Es ist dann ein großer Irrtum gewesen, denn ich wollte nur das Beste für dich.«

»Gesündigt!« wiederholte Iso mit einem ärgerlichen Auflachen. »Was für ein Wort! Du hast nicht an mir gesündigt, Vater, und du hast mein Bestes gewollt, das weiß ich auch. Alles, was geschehen ist, war genauso meine Schuld. Und daß ich Helen nicht ausstehen konnte, dafür kann ich auch nichts. Das war schon so, als ich ein Kind war. Und ihr ging es genauso mit mir. Sie hat sich auch keine Mühe gegeben.«

»Das mag sein. Ihr habt euch beide nicht bemüht. Sie nicht, als du ein Kind warst und als es ihre Aufgabe gewesen wäre, dich zu verstehen. Und du nicht, als du alt genug warst und so vernünftig hättest sein sollen, um dich deinerseits zu bemühen, sie zu verstehen. Und du hast *mich* dafür bestraft, indem du fortgegangen bist. Und nie etwas von dir hast hören lassen.«

»Ich gebe zu, daß ich mich dumm benommen habe. Ich gehe wieder, Vater. Aber ich möchte mit dir in Verbindung bleiben. Und vielleicht, wenn du einmal Zeit und Ruhe hast, können wir uns treffen und versuchen...«

»Ja? Iso?«

»Als ich noch sehr klein war, saß ich gern auf deinem Schoß. Und du warst so warm und gut anzufassen, und du erzähltest mir irgend etwas, und ich hörte dir so gern zu. Ich hatte dich sehr lieb, Vater. Aber dann wurde deine Arbeit immer wichtiger, und dann kam Helen, dann die anderen Kinder. Ich habe sie alle gehaßt: deine Arbeit, Helen und die anderen Kinder. Und dann habe ich auch dich nicht mehr geliebt. Aber ich möchte gern versuchen, ob ich nicht den Vater wiederfinde, den ich einmal hatte. Den Vater, den ich so geliebt hatte. Er war für mich der liebste Mensch.«

Sie blickten sich lange schweigend an. Isos Unterlippe zitterte ein wenig. Otto faßte ihre Hand, zog sie zu sich heran, und dann schlang sie beide Arme um ihn, und er hielt sie fest.

»Willst du einen Schluck Bier?« fragte er dann. Sie waren beide etwas verlegen.

»Danke, gern.« Sie nahm sein Glas und trank daraus.

»Mußt du wirklich schon wieder weg?«

»Ich will morgen nicht mehr hiersein. Ich fahre zurück nach Berlin. Aber wenn es dir recht ist, komme ich nach Semesterschluß sehr gern hierher, auf diesen Hof.«

»Gut. Dann mache ich Urlaub, und wir werden viel Zeit füreinander haben. Heißt das, daß du noch studierst?«

»Ich studiere wieder. Ich habe lange ausgesetzt. Ich habe Zeit verloren mit allen möglichen Dummheiten. Eine Zeitlang habe ich mich wirklich aktiv mit Politik beschäftigt. Oder mit dem, was ich dafür hielt. Es kann übrigens sein, daß ich es in Zukunft wieder tue, aber auf andere, seriöse Art. Ich studiere zur Zeit Betriebspsychologie, und ich mache nächsten Winter mein Diplom. Wenn du willst, kannst du mich dann in deiner Firma anstellen.«

Otto lachte. »Eine gute Idee. Betriebspsychologie! Hört sich doll an. Ich werde mich sehr freuen, Iso, wenn du kommst. Ende Juli, ja?«

»Ja.« Sie sah jetzt jung und gelöst aus, und sie lächelte.

»Du siehst deiner Mutter ähnlich«, sagte Otto. »Sie war etwas kleiner als du, aber sie hatte die gleichen dunklen Augen, das gleiche Haar. Und hier – diese Linie.« Er fuhr mit dem Zeigefinger über Isos Wange, dann hinab zum Kinn. »Ein sehr entschiedenes, festes Kinn. Genau wie du. Du wirst das alles noch schaffen, Iso. Ich freue mich, wenn du dein Studium mit einem Abschluß beendest. Ich freue mich, wenn du einen Beruf haben wirst, der dir Spaß macht und mit dem du Geld verdienen kannst. Meine Kinder haben alle nicht begriffen, wie wichtig es ist, sich ein eigenes Leben zu schaffen und etwas fertigzubringen. Woran liegt das bloß?«

»Doch, ich habe es jetzt begriffen. Und seit ich es weiß, arbeite ich sehr viel.«

»Und dieser Mann?«

»Kümmere dich nicht darum. Er spielt keine Rolle. Er wollte sich nicht scheiden lassen, aber nun habe ich eine Möglichkeit, die Scheidung zu bekommen. Dein Geld, weißt du. Eine Frau, die regelmäßig jeden Monat einen ansehnlichen Scheck erhält, ist für viele Männer eine brauchbare Erwerbung. Aber jetzt hat er schon lange nichts mehr von mir gesehen und gehört, geschweige denn von deinem Geld.«

»Aber jedenfalls habt ihr beide eine Zeitlang überhaupt nichts getan?«

»Ich gebe es zu.«

»Vielleicht hätte ich dir kein Geld schicken sollen. Aber ich dachte immer, es gibt dir einen gewissen Halt.«

»Doch, das hat es schon. Aber du hast natürlich recht, besser ist selbstverdientes Geld. Und noch eins, Vater: Falls dir einer erzählt, wie ich mich gestern hier aufgeführt habe, als ich herkam, das brauchst du weiter nicht ernst zu nehmen. Das habe ich mir so ausgedacht. Hauptsächlich wegen Helen.«

Otto lächelte. »Na, dann wird sie es mir auch erzählen. Aber hältst du es für möglich, daß du nun langsam erwachsen wirst?«

»Ich bin auf dem besten Weg dazu. Und nun gehe ich. Du mußt schlafen.«

»Du nicht?«

»Ich bin nicht müde. Ich hole jetzt meinen Hund und fahre nach München hinein. Übernachte dort irgendwo in einem Hotel. Auf Wiedersehen, Vater! Bis zum Juli.«

Otto blickte lange auf die Tür, die sich hinter Iso geschlossen hatte. Dann trank er sein Bier aus. Dehnte sich und begann langsam, sich auszuziehen.

Der Abend hatte einen guten Abschluß gefunden. Er war nicht mehr schlecht gelaunt. War doch gut, daß er herausgefahren war. Eine Tochter verlor er morgen. Aber die andere würde zurückkommen. Sogar mit Diplom... Betriebspsychologin! Er lachte leise vor sich hin. Was es alles gab. Annas Tochter!

Als er aus dem Bad kam, streckte Helen den Kopf zur Tür herein. »Schläfst du schon?«

»So gut wie.«

»Ich will dich nicht stören. Ich bin auch todmüde.« Aber dann kam sie doch ins Zimmer, ließ sich seufzend in einen Sessel sinken.

»Was sagst du zu dem Sturm? Unten hat es alles durcheinandergewirbelt. Wenn das nun morgen auch so ist?«

»Warten wir ab. Vielleicht stürmt es morgen nicht mehr. War doch gut, daß es jetzt erst angefangen hat, nicht? Und da gehen die Leute wenigstens nicht so spät ins Bett. Hat auch sein Gutes. Also dann, gute Nacht.«

»Weißt du, wenn ich mir's recht überlege...«, begann Helen.

»Morgen, Helen, morgen. Oder noch besser übermorgen. Geh jetzt schlafen. Denk an deine Schönheit.«

»Ach ja, du hast recht. Gute Nacht.«

Sie küßte ihn auf die Wange und verschwand durch die Verbindungstür in ihr Zimmer.

Otto streckte sich zufrieden im Bett aus.

Er wollte jetzt allein sein.

Und noch ein bißchen über Iso nachdenken.

Nachtgespräche

Eine Stunde später herrschte Stille im Haus. Der Versuch, das Fest noch einmal in Gang zu bringen, nachdem der Sturm alles ins Haus getrieben hatte, war fehlgeschlagen. Nicht einmal die jungen Leute zeigten Lust dazu. Die Band tat ihr Bestes, doch nach vier Nummern gab sie auf. Keiner mochte mehr tanzen.

Und dann war es sehr schnell gegangen. Manche waren schon vorher weggefahren. Jetzt startete ein Wagen nach dem anderen; die meisten fuhren selbst. Wer keinen Wagen hatte oder nicht fahren wollte, wurde von Erich oder William zu seinem Quartier gebracht. Ja, William fuhr auch zwei Touren, denn Knuddel war nicht mehr zu erblicken.

William kam noch einmal zurück und ging mit prüfendem Blick durch das Haus – es war leidlich aufgeräumt, die Mädchen waren ebenfalls schlafen gegangen; er traf nur noch Erich an.

»Wo ist eigentlich Ihr Kollege geblieben?« fragte William.

»Keine Ahnung«, antwortete Erich, obwohl er durchaus eine Ahnung hatte.

»War zu erwarten«, meinte William, zu müde, um sich zu ärgern. »Doch Sie waren eine große Hilfe in diesen Tagen, Herr Wilcken, das möchte ich Ihnen denn doch sagen. Und ich bin mir bewußt, wie ungewohnt diese Tätigkeit für Sie ist.«

»Es ist eine erholsame Abwechslung für mich«, sagte Erich gleichmütig.

»Ich fahre hinunter. Schließen Sie ab?«

»Ja. Gute Nacht.«

Denn William mußte in seiner Kommandozentrale in der ›Post‹ schlafen, nachdem er sich am Abend zuvor entschlossen hatte, sein kleines Zimmer auf dem Hof für Iso frei zu machen. (Daß Iso inzwischen abgereist war, wußte er nicht.) Erich blieb unter der Tür stehen und sah dem Wagen nach. Es war sehr dunkel, der Föhnsturm brauste gewaltig, die Wipfel der Bäume bogen sich, Papierfetzen jagten über die zertretene Wiese.

Die enge Jacke hatte er endlich ausgezogen, die Luft tat ihm gut, und die aufgewühlte Natur da draußen schien sein Freund zu sein. Keine milde Maiennacht, wozu auch. So war es viel besser.

Als er sich schließlich umwandte und widerstrebend ins Haus zurücktrat, sah er sie auf der Treppe stehen.

Wie lange stand sie dort schon? Sie stand regungslos auf halber Höhe. Sie sah aus, wie sie den ganzen Abend ausgesehen hatte. Sie trug noch das rosenfarbige Kleid, Arme und Schultern waren nackt, das Haar immer noch hochgesteckt. Was hatte sie getan in der letzten Stunde?

Er ging langsam durch die Halle, blieb am Fuß der Treppe stehen und sah sie an. Wie eine Erscheinung kam es ihm vor, wie ein Traum.

Sie schwiegen beide und blickten sich an. Irgend etwas hatte sich verändert.

Wären die Journalisten noch dagewesen und hätten das gesehen, so hätte sicherlich einer gesagt: »Wie schade, daß sie nicht singen.«

Vielleicht wäre ein anderer darauf gekommen, woran dieses Bild erinnerte: ›Arabella‹, letzter Akt, letzte Szene. Sie war nicht die Tochter eines verarmten Adligen und er kein Nabob aus östlichen Wäldern, sie trug kein Glas Wasser in der Hand, nicht wirklich und nicht sichtbar jedenfalls, aber sie meinte es so.

»Warum schlafen Sie nicht?« fragte er endlich. Sein Ton war barsch.

»Ich kann nicht schlafen. Ich will nicht schlafen.« Sie kam langsam, ganz langsam zwei Stufen herunter, blieb dann wieder stehen. »Ich bin so ... ich weiß auch nicht, was ich bin. Durcheinander. Ich muß nachdenken. Es ist ... weil ich nicht weiß, was ich tun soll.« Und nun kam sie auch noch die letzten Stufen herab, stand dicht vor ihm.

»Was soll ich denn tun?«

Er ballte die Hände zu Fäusten, um sich selbst festzuhalten. Damit seine Arme sich nicht hoben, ganz von selbst, und sich um sie legten.

»Ich verstehe Ihre Frage nicht«, sagte er abweisend.

»Das glaube ich nicht.«

»Was glauben Sie nicht?«

»Daß Sie mich nicht verstehen. Daß Sie meine Frage nicht verstehen.«

Die Starrheit fiel von seinem Gesicht, es wurde hilflos, weich, er spürte es selbst und trat zurück von ihr.

Martina ging an ihm vorbei auf die offene Tür zu. Dabei sagte sie, jetzt in ganz alltäglichem Ton: »Außerdem wollte ich mich bei Ihnen entschuldigen.«

»Entschuldigen? Warum? Für was?«

»Ich war vorhin sehr unfreundlich, nicht? Aber es ist diese ganze Stimmung. Ich bin so ...«

Sie ließ auch diesen Satz in der Luft hängen, trat durch die Tür ins Freie, ging hinaus; der Sturm packte sie, wirbelte den Rock ihres Kleides hoch, löste ihr Haar.

Er sah ihr nach, und als sie nicht stehenblieb, sondern weiterging, immer weiter in die Dunkelheit hinein, lief er ihr nach.

»Martina!« Er faßte ihren Arm. »Wo wollen Sie denn hin?« Sie schien nicht zu hören, lief einfach weiter, er nebenher.

»Wo gehen Sie denn hin, Martina?«

»Fort! Ich will fort!«

Er packte ihren Arm fester, zwang sie stehenzubleiben.

»Sie können doch nicht einfach fortlaufen, mitten in der Nacht.«

»O doch. Das kann ich. Kommen Sie mit? Laufen wir beide fort? Ja? Komm!«

Mit einem Ruck befreite sie ihren Arm, begann zu laufen, schnell, immer schneller, in das Dunkel hinein, auf den Wald zu; die Silbersandalen mit den hohen Absätzen behinderten sie, sie schleuderte sie weg und lief ohne Schuhe weiter.

Einen Augenblick war er ratlos. Was war mit ihr los? Was für ein seltsamer Ausbruch? Das paßte nicht zu dem kühlen Mädchen. Was hatte sie so aus der Fassung gebracht? Aber auch er war nicht imstande, klar und vernünftig zu denken; er lief schon, lief ihr nach, fand sie am Waldrand hingekauert. »Verdammt!« sagte sie. »Ich bin auf einen Stein getreten.«

»Das kommt davon«, sagte er vorwurfsvoll. »Was ist eigentlich los mit Ihnen?«

»Ich weiß auch nicht.« Es klang ungeduldig. Sie richtete sich auf, lehnte sich an einen Baumstamm.

»Stellen Sie doch nicht so dumme Fragen. Sagen Sie mir lieber, was ich tun soll.«

»Ich?«

»Ja, Sie. Können wir denn nicht einfach fortlaufen?«

»Ich weiß nicht, wer hier die dummen Fragen stellt«, sagte er energisch. »Und nun los. Kommen Sie, Sie müssen schlafen gehen.«

»Ich muß gar nichts, und ich will nicht schlafen gehen. Au!« Sie hatte den Fuß gehoben, tastete mit dem Finger daran herum. Es war so dunkel, er sah nur vage, was sie tat. »Es war kein Stein, es muß eine Scherbe gewesen sein. Es blutet, ich merke, daß es blutet. Es sind ja allerhand Gläser kaputtgegangen, nicht?«

»Hier sieht man nichts. Kommen Sie zurück ins Haus, da kann ich es verbinden.«

»Ich will nicht zurück«, sagte sie eigensinnig. »Es ist doch schön hier. Hören Sie, wie das braust. Ich liebe den Sturm.«

Er schwieg, und sie lachte leise.

»Ich kann Ihr Gesicht nicht sehen, aber ich kann mir vorstellen, daß Sie strafend dreinblicken. Was mache ich nur mit diesem verrückten Mädchen, denken Sie. Die rennt hier nachts durch die Gegend und spinnt. Wahrscheinlich hat sie zuviel getrunken. Ja, es ist wahr, ich habe viel getrunken. Aber ich bin nicht betrunken. Kein bißchen. Ich weiß genau, was ich will. Nein, ich weiß es eben nicht. Ich weiß nur, was ich nicht will. Ach! Ich glaube, ich habe doch einen sitzen.«

Sie hatte hastig gesprochen, sie war ihm ganz nahe, er spürte ihren Atem, dazu der Sturm, der über ihnen heulte – es war eine so unwahrscheinliche Situation, daß es auch ihm schwerfiel, vernünftig zu denken und zu handeln. Aber ehe er etwas sagen konnte, sprach sie weiter, auf einmal ganz nüchtern und sachlich.

»Mir paßt es nicht, was Sie hier machen. Ich will nicht, daß Sie in diesem Haus den Diener spielen. Ich will das nicht. Ich möchte es morgen nicht noch einmal mit ansehen, daß Sie in dieser lächerlichen Kluft hier rumlaufen und der ganzen Sippe die Gläser vor die Nase setzen. Ich verbiete Ihnen das.«

Er lachte auf. Nicht verärgert, nur verwundert.

»Ich verbiete es Ihnen, hören Sie. Dieser William ist ein Idiot, einen Mann wie Sie so zu entwürdigen.«

»Ich fühle mich nicht entwürdigt. Lieber Himmel. Doch nicht davon.«

»Ich werde Sie morgen mit meinem Vater bekannt machen. Er kann Ihnen einen prima Job in der Bayern-Chemie verschaffen.«

»Danke, Fräulein Kannegießer«, sagte er kühl. »Ich brauche keine Protektion.«

»Ach, blasen Sie sich nur nicht so auf. Warum brauchen Sie das nicht? Jeder braucht es. Sie haben genug Zeit verloren. Warum waren Sie im Zuchthaus?«

»Das ist doch jetzt unwichtig.«

»Ich will es wissen. Sagen Sie es mir!«

»Nein.«

»Sind Sie ein Gegner des Regimes da drüben?«

»Keineswegs.«

»Warum hat man Sie dann eingesperrt? Es muß doch einen Grund haben. Ich werde Iso fragen, die wird es mir sagen.«

»Ich hatte Bücher aus dem Westen, die ich nicht hätte haben dürfen.«

»Bücher? Was für Bücher? Politik oder Pornographie?«

Er mußte wieder lachen. »Nein, Fachbücher. Für mein Studium.«

»Das ist doch kein Grund, einen Menschen einzusperren.«

»Doch, es war ein Grund. Drüben, wie Sie es nennen, ist das ein Grund. Es gab keinen anderen.«

»Das verstehe ich nicht.« Plötzlich spürte er ihre Hand an seiner Wange. »War es schlimm!«

»Darüber möchte ich nun wirklich nicht sprechen.«

»Warum wollen Sie nicht, daß mein Vater etwas für Sie tut? Es gibt da so eine Stiftung im Werk. Für Nachwuchs und begabte Leute. Sie vergeben Forschungsaufträge und finanzieren längere Arbeiten und so was alles. Ich weiß es nicht genau. Ich habe mich nicht darum gekümmert. Ich habe gelebt wie in einer verdammten Zuckerdose. Aber ich will da raus. Ich will endlich richtig leben. Ich will auch arbeiten. Ich möchte endlich ein richtiger normaler Mensch sein. Verstehen Sie das?«

Er schwieg. Es war schwer, darauf etwas zu sagen. Sie war so erregt, so gereizt, sie war ganz außer sich. Und er wußte nicht, warum. »Verstehen Sie mich denn nicht?«

»Das können Sie kaum von mir verlangen. Sie sind irgendwie mit Ihrem Dasein unzufrieden. Vermutlich nichts als eine Laune.«

»Ach, wie reizend! Eine Laune. Das war so typisch männlich gesprochen. Eine Laune – weiter fällt euch nichts ein.«

»Außerdem ändert sich Ihr Leben ja grundlegend. Sie heiraten morgen.«

»Ich heirate heute. Es dauert gar nicht mehr lange. Und es wird eine sehr stürmische Hochzeit.«

Sie lehnte immer noch an dem Baumstamm; den einen Fuß hatte sie hochgezogen und umklammerte ihn mit der Hand.

»Ich möchte noch etwas wissen. Wie sind Sie da rausgekommen? Aus dem Zuchthaus?«

»Ich bin begnadigt und entlassen worden.«

»Und dann?«

»Was dann?«

»Ich meine, wie sind Sie hierhergekommen, hier herüber, zu uns?«

»Über die Ostsee.«

»Geschwommen?«

»Nein, nein, mit einem Boot. Ein Ruderboot. Aber ich hatte einen Außenborder, und als ich weit genug draußen war, konnte ich ihn anstellen.«

»War das nicht sehr gefährlich?«

»Nun ja, es konnte schiefgehen.«

»Und wo sind Sie an Land gegangen?«

»Gar nicht. Ein Dampfer hat mich aufgefischt, am nächsten Tag. So eine Fähre, die zwischen Travemünde und Dänemark spazierenfährt. Was glauben Sie, was die Touristen für einen Spaß daran hatten. Am liebsten hätten sie mich alle adoptiert.«

»Sie müssen mir das ganz genau erzählen.«

»Aber nicht jetzt.«

»Haben Sie noch Familie drüben?«

»Meine Mutter.«

»Ihre Mutter? Ist... sie ganz allein?«

»Ja. Jetzt ist sie ganz allein. Mein Vater lebt nicht mehr.« Eine Weile blieb es still zwischen ihnen. Auch die Luft war auf einmal still. Der Sturm schien Atem zu holen, er hatte ausgesetzt.

»In zwei Jahren«, sagte er leise, »wenn sie sechzig ist, dann kommt sie.«

Plötzlich spürte er ihre Arme um seinen Hals. Ganz leicht und locker umarmte sie ihn, legte ihre Wange an seine. Nichts sonst. »Die zwei Jahre werden vorbeigehen«, sagte sie. »Da! Hören Sie!« Sie bog den Kopf zurück. »Es regnet.«

Dicke, schwere Tropfen platschten auf die Blätter über ihnen. Noch schützten sie die Bäume, unter denen sie standen, aber so heftig, wie der Sturm gekommen war, kam der Regen. Binnen weniger Minuten rauschte es herab wie ein Wasserfall, drang durch die Blätter; über der Wiese lag ein dichter Regenschleier – das Haus, das Licht aus der offenen Tür waren nicht mehr zu sehen.

Martina ließ ihn los. Sie lachte. »Es regnet!« Sie trat hinaus auf die Wiese, mitten in den Regen hinein, breitete die Arme aus, warf den Kopf in den Nacken. Im Nu war sie pitschnaß, ihr Kleid, ihr Haar. Sie schauderte zusammen; es hatte sich jäh abgekühlt.

Erich riß sie zurück unter die Bäume, sie fiel gegen ihn, lehnte sich an ihn und lachte. »Jetzt ist aber Schluß«, sagte er. »Los! Wir laufen schnell.«

»Aber ich kann nicht laufen. Mir tut der Fuß weh. Sie müssen mich tragen. Na los – worauf warten Sie noch?«

Ihr nasser Körper drehte sich an seinem, sie standen jetzt Brust an Brust, ihr Mund war dicht vor seinem.

»Von mir aus können wir auch hierbleiben«, sagte sie leise und lockend. »Der Wald ist herrlich im Regen. Ach!«

Jetzt hatte er endlich die Arme um sie geschlossen, hielt sie fest. Dann spürte er ihre Lippen. Es war ein langer Kuß. Sie vergaßen, wo sie waren und wer sie waren.

Er trug sie wirklich über die Wiese ins Haus zurück. Er ging langsam. Sie hatte die Arme um seinen Hals gelegt, den Kopf zurückgebogen. Der Regen rann über ihr Gesicht, er hüllte sie ein. Vor der Haustür setzte er sie nieder. Und was nun? Was sollte nun geschehen?

Aber Martina war ganz unbefangen; sie ging ohne Zögern ins Haus und betrachtete erst einmal ihren Fuß.

»Siehst du!«

Sie hatte wirklich einen Schnitt in der Fußsohle; sicher hatte es geblutet, aber der Regen hatte das Blut abgewaschen. »Ich werde ein Pflaster draufpappen«, erklärte sie, als sei im Augenblick nichts wichtiger als ihr Fuß. Er hatte inzwischen die Tür zugesperrt, blickte sich nun mißtrauisch um. Nein, es war niemand da. Die Halle, die Treppe, alles leer und still.

Martina fuhr sich mit beiden Händen durch das nasse Haar. »Ich muß ja toll aussehen. Muß ich morgen auch noch zum Friseur.«

»Du solltest erst einmal heiß duschen«, sagte er. »Du wirst dich erkälten.«

»Ach, das macht ja nichts.« Sie schlang wieder beide Arme um seinen Hals und küßte ihn, sehr leidenschaftlich, sehr hingebungsvoll. Das Kleid war nur noch ein nasser Fetzen, sie war wie nackt in seinem Arm.

Doch er schob sie weg, sah sich wieder um. Das Haus war voller Menschen, und es war ja immerhin möglich, daß ein anderer auch nicht schlafen konnte.

»Ist doch egal, ob uns einer sieht«, sagte Martina lässig. »Dann wissen sie es wenigstens. Und morgen sprichst du mit meinem Vater, hörst du? Darauf bestehe ich.«

»Morgen ...«, sagte er.

»Heute«, berichtigte sie, aber es klang durchaus nicht

betrübt. Sie wirkte überhaupt sehr gelassen, durchaus Herrin der Situation. Der Ausbruch schien vorüber, sie hatte sich wieder in der Hand. »Dann gehe ich also jetzt schlafen«, sagte sie, »und du auch.« Sie ging zur Treppe, er folgte ihr. Auf der ersten Stufe wandte sie sich um, beugte sich vor und berührte leicht seine Lippen mit ihren Lippen. »Gute Nacht. Und sei dir über eines klar: Ich meine das ernst.« Hochaufgerichtet, leicht und rasch schritt sie die Treppe hinauf, drehte sich nicht mehr um. Er stand und sah ihr sprachlos nach. Was sollte das heißen: ›Ich meine das ernst‹?

Martina ging geradewegs auf das Eckzimmer zu, in dem Joana wohnte. Sie würde schlafen, aber das half nichts. Sie mußte mit Joana reden.

Die Tür war verschlossen. Sie klopfte leise, rüttelte an der Tür, und überraschend schnell wurde sie aufgemacht. Joana schaute heraus, hübsch und rosig anzusehen, nicht einmal abgeschminkt, geschweige denn cremebedeckt.

»Mon dieu, was willst du denn?«

»Ich muß mit dir sprechen.«

»Jetzt? Wie siehst du denn aus? Du bist ja klatschnaß!«

»Es regnet ganz fürchterlich. Hast du das nicht gehört?«

»Wieso warst du denn draußen?«

»Ich war eben. Laß mich rein.«

»O nein, mein Schatz, das geht nicht.«

»Aber ich muß mit dir reden.«

»Ich bin nicht allein.«

»Oh!«

»Hat es nicht Zeit bis morgen früh?«

»Morgen früh ist es zu spät. Komm mit in mein Zimmer, bitte, Joana!«

»Momenterl«, sagte Joana. Sie ging ins Zimmer zurück. Martina hörte sie sprechen, hörte eine Stimme. Gussi? Nun ja, warum nicht?

Joana kam in einem seidenen Morgenrock und sagte,

ins Zimmer zurückgewandt: »Und du verschwindest jetzt hier, ich muß wenigstens ein paar Stunden schlafen. Wie soll ich denn morgen aussehen?«

»Schön wie immer«, klang es von innen. »Liebe ist die beste Kosmetik, das weiß schließlich jeder.«

Martina schwieg. Sie ging eilig den Gang entlang zu ihrem Zimmer; sie fröstelte, ihr war jetzt kalt.

»Also?« fragte Joana. »Was gibt es?«

»Du mußt mir helfen. Ich kann Arndt nicht heiraten.«

»Was?«

»Ich kann ihn nicht heiraten.«

»Warum denn nicht?«

»Ich will einen anderen Mann.«

»Einen anderen Mann? Wen denn, um Himmels willen?«

»Einen, den ich liebe.«

»Ich dachte, du liebst Arndt?«

»Ich dachte es auch. Aber ich wußte bis jetzt nicht, wie es ist.«

»Was?«

»Na, wenn man jemand wirklich liebt«, sagte Martina ungeduldig.

»Und das merkst du jetzt? Bist du übergeschnappt?«

»Gib mir einen Rat.«

»Du machst mir Spaß. Was soll ich dir denn für einen Rat geben? Jetzt, mitten in der Nacht. Ein paar Stunden vor deiner Hochzeit? Das Haus voller Gäste. Was heißt das Haus? Der ganze Landkreis voller Gäste. Wie stellst du dir das eigentlich vor?«

»Ich weiß es nicht.«

»Ich bin auch mal auf und davon gegangen kurz vor meiner Hochzeit. Aber nicht soo kurz. Es war immerhin fünf Tage vorher. Vermutlich hast du das von mir geerbt. Aber bedenke bitte, was du anrichtest. Ich spreche gar nicht von deiner Mutter oder deinem Vater oder von dem ganzen Skandal. Ich spreche von Arndt. Seine Eltern. Du kannst ihm das nicht antun. Du hättest dir das etwas früher überlegen müssen, mein Kind. Es wäre ein furchtbarer Eklat. Und eine große Kränkung. Also wirklich, Martina. Ich bin auch gelegentlich in meinem Leben rücksichtslos gewesen, aber das geht zu weit. Wer ist denn dieser Mann, den du angeblich so plötzlich liebst? Und zieh endlich diesen nassen Fummel aus. Du zitterst ja. Du wirst dich erkälten.«

»Ja«, sagte Martina, »du hast recht. Es wäre gemein. Ich habe Arndt sehr gern. Wirklich. Ich mag ihn. Und ich mag seine Eltern. Was soll ich denn bloß machen?«

Joana zog den Reißverschluß auf, und Martina ließ das nasse Kleid auf den Boden fallen, stieg heraus, setzte sich auf einen Stuhl und betrachtete wieder einmal ihren Fuß. »Da hab' ich mich geschnitten. Aber das hilft ja auch nicht. Wenn ich mir wenigstens den Fuß gebrochen hätte, das wäre ein Grund.«

»Du bist verrückt, Martina!«

»Ja, du hast recht. Entschuldige, daß ich dich gestört habe. Bitte, sag Gussi nichts davon. Er ist schließlich sein Onkel.«

»Soll das heißen, daß du zur Vernunft gekommen bist?«

»Ja. Vielleicht. Ich werde jetzt schlafen. Und bitte, wirklich, sag Gussi nichts. Erzähl ihm irgend etwas, wenn er dich fragt. Dir wird schon was einfallen.«

»Kein Mann unter Gottes Sonne bekommt von mir eine Antwort auf eine Frage, die ich nicht beantworten will. Also – alles okay?«

»Alles okay. Und danke. Gute Nacht, Joana!«

»Gute Nacht, Schätzchen«, Joana zögerte. »Irgendwie kommst du mir ja komisch vor. Wirst du auf und davon gehen in dieser Nacht?«

»Nein. Bestimmt nicht. Ich verspreche es dir. Ich bleibe da.«

Schreck am Hochzeitsmorgen

Jedoch: Am Morgen des Hochzeitstags war die Braut nicht da. Helen schaute gegen halb neun in Martinas Zimmer – es war leer. Nur der Hund hatte es sich auf dem Fußende des benutzten Bettes bequem gemacht und sprang eilig herunter, als er Helen erblickte, und wedelte schuldbewußt mit der Rute. Auf dem Boden lag ein trauriger Klecks. Helen hob ihn mit spitzen Fingern auf... Martinas Abendkleid? Wie sah das denn aus?

Zunächst machte sich Helen weiter keine Gedanken. Martina war also schon aufgestanden, um so besser.

Sie ging hinunter. Alles sah tipptopp aus. William war am Werk, die beiden Studenten, die Mädchen; im Frühstückszimmer saßen Graf Alexander Friedrich und Gräfin Cornelia beim Frühstück.

»Wie schade, daß es regnet«, sagte Helen. »Das Wetter war so herrlich in den letzten Tagen.«

Vielleicht würde es bis Mittag aufhören, meinte der Graf. Aber es sah nicht so aus. Es war ein stetiger, ruhiger Regen, einer von der Art, der tagelang so weitermachen konnte. Helen bestellte bei Zenzi Frühstück für sich und Otto und fragte, ob einer Martina gesehen habe.

»Das Fräulein ist ausgeritten«, teilte Zenzi mit.

»Ausgeritten? Bei dem Wetter!«

»Deine Tochter ist unmöglich«, erklärte Helen kurz darauf Otto, als sie in seinem Zimmer gelandet war. »Weißt du, was sie macht am Morgen ihres Hochzeitstages?«

»Keine Ahnung.«

»Sie reitet spazieren. Dieser verfluchte Gaul. Das ist ihr die Hauptsache.«

Otto lachte erheitert. »Sieht ihr ähnlich. Sie wird schon rechtzeitig dasein.«

Eine Weile verbreitete sich Helen über das Wetter. Währenddessen kam Zenzi mit dem Frühstück. Aber sie kamen nicht dazu, in Ruhe zu frühstücken, denn kurz darauf kam Zenzi wieder angestürzt; William folgte ihr auf dem Fuße, und dem wieder folgte das Roserl und der Grainzinger.

»O mei, o mei!« rief die Zenzi, nachdem sie, ohne anzuklopfen, ins Zimmer gekommen war, und rang die Hände. »Jetzt so was aber aa! Mei, was is des! Das Fräulein...«

Otto hob die Braue, Helen starrte Zenzi und die nachfolgende Mannschaft entgeistert an.

»Das gnädige Fräulein...«, begann William. Auch ihm schien es die Sprache verschlagen zu haben.

»Was gibt es?« fragte Otto scharf.

»Der Schturmi ist alloa kemma!« schrie das Roserl. »Mei, o mei!«

»Was soll das heißen?« fragte Otto und sah William an.

»Es stimmt. Das Pferd ist gerade angekommen. Ohne Reiterin.« Sie liefen alle hinunter; vor dem Stall fanden sie den Rest der Firma. Erich Wilcken hatte Stormy am Zügel, der friedlich und unschuldig dreinblickte und es wichtig hatte, in den Stall zu kommen. Er fand das Wetter zu ungemütlich, um noch länger draußen herumzustehen. Von innen wieherte schon aufgeregt der Wallach.

Die Verwirrung war vollkommen. Zunächst redeten alle durcheinander, bis Otto energisch »Ruhe!« befahl.

»Wir müssen sie suchen«, sagte Erich Wilcken. »Anscheinend ist sie gestürzt.« Er führte Stormy in den Stall und nahm ihm den Sattel ab.

Ob einer wisse, welchen Weg sie reite, wollte Otto wissen. Nein, das wußten sie nicht. Mal hierhin, mal dorthin.

»Der Gaul ist von dort gekommen«, sagte Josef und

wies nach dem Wald im Westen. »Ich hab' ihn kommen sehn.«

»Vielleicht sollte man den Hund mitnehmen«, schlug William vor. »Das gnädige Fräulein hatte ihn heute nicht dabei, soweit ich mich erinnere.«

»Er ist oben in ihrem Zimmer«, schluchzte Helen.

Helen war total aufgelöst; Otto führte sie ins Haus zurück, deponierte sie in einem Sessel in der Halle. Graf und Gräfin hatten inzwischen auch mitbekommen, was passiert war, und standen ratlos bei Helen.

Kurz darauf ging die Suchmannschaft los: Otto, William, der Grainzinger, Erich Wilcken. Und natürlich Boy. Sie brauchten nicht weit zu gehen. Durch das Wäldchen durch, einmal links herum, da lag sie am Waldsaum. Boy hatte sie schnell aufgestöbert.

Sie lag da, blaß, ganz verrenkt, ein dicker Ast lag neben ihr, sie war bewußtlos und wieder einmal total durchnäßt. Otto preßte die Lippen zusammen; sein Blick war finster. Erich Wilcken kniete neben ihr nieder, fühlte ihren Puls, zog ihr Augenlid hoch. Dann wollte er sie aufheben.

»Wir sollten lieber eine Bahre nehmen«, sagte Otto. »Falls sie was gebrochen hat.«

Also mußte sie noch länger im Regen liegen, bis sie von zu Hause eine Art Trage geholt hatten. Eine Bahre war nicht vorhanden, aber die Männer wußten sich zu helfen und bastelten aus Decken und Stangen schnell etwas zusammen.

Als man sie auf das Gestell legte, stöhnte sie und schlug die Augen auf. Aber sie schien keinen zu sehen, stöhnte wieder und schloß die Augen.

Und dann also der Einzug in den Hochzeitshof mit der bewußtlosen Braut. Helens hysterisches Schluchzen, die angstvollen Gesichter, Ottos steinerne Miene. Auch Joana, die man inzwischen verständigt hatte, war aufgestanden und beobachtete mit unergründlicher Miene den traurigen Einmarsch. Den Arzt hatte man inzwischen angerufen; er war glücklicherweise zu Hause gewesen und würde gleich kommen.

Vorsichtig wurde Martina, die immer noch bewußtlos war, auf ihr Bett gelegt, und dann wurde Joana aktiv.

»Alle raus!« sagte sie. »Ich bleibe hier, bis der Arzt kommt. Otto, kümmere dich um Helen, sie schnappt gleich über. Wird schon nicht so schlimm sein. Ich bin schon oft vom Pferd gefallen.«

»Es muß dieser Ast gewesen sein, der neben ihr lag«, sagte Otto. »Er wird sie getroffen haben. Ich verstehe das nicht, es ist doch gar kein Wind mehr.«

»Vielleicht hing er lose, vom Sturm von heut nacht her«, sagte Joana gleichgültig. »So was kommt vor. Jetzt seid so gut und verschwindet hier.«

»Kann ich Ihnen nicht helfen?« fragte Constanze, Arndts Schwester.

»Nein, wirklich nicht. Im Moment kann man ja nichts tun. Es ist besser, man faßt sie nicht an, ehe der Arzt sie gesehen hat. Rufen Sie lieber noch einmal an, ob er schon unterwegs ist.«

Fast drängte Joana sie alle zum Zimmer hinaus; man hörte ihre Stimmen auf dem Flur, hörte Helens lautes Schluchzen, die beruhigende Stimme von Baronin Sophie, ein paar aufmunternde Worte von Gussi.

Joana schloß mit Nachdruck die Tür. Wandte sich dann um. »Wir sind allein«, sagte sie. »Du kannst aufwachen!«

Finale

Es war gar nicht so leicht gewesen, das alles zu inszenieren. Bis sie bloß Stormy dazu gebracht hatte, nach Hause zu laufen. Er hatte ihr verwundert zugesehen, wie sie sich malerisch auf dem Boden drapierte, den dicken Ast neben ihren Kopf legte, mehrere Stellungen ausprobierte. Verdammt naß war es im Gras. Diesmal würde sie sich bestimmt erkälten.

Als es ihm zu langweilig wurde, hatte Stormy angefangen zu grasen. Sie mußte wieder aufstehen und scheuchte ihn davon. Er fand das lustig, machte ein paar Hopser und graste weiter.

Sie mußte ihn richtig anschreien und ihm mit der Gerte einen kräftigen Schlag versetzen; da war er beleidigt und galoppierte davon. Sie hatte extra eine Stelle gewählt, die nicht weit vom Hause entfernt war, damit er ungefährdet heimkam. Auch war es ja wichtig, daß er kam, damit sie merkten, was vorgefallen war. Hoffentlich fand man sie bald. Es war eklig kalt und naß.

Das Schwierigste aber war es, die Ohnmächtige zu spielen. Also stöhnte sie ein paarmal und öffnete auch hin und wieder die Augen; so ging es leichter. Sie war nicht sicher, ob sie Erich getäuscht hatte – er war ihr erstaunlich ruhig und ungerührt vorgekommen. Na ja, er konnte sich wohl am besten einen Reim auf diese Geschichte machen.

Und nun lag sie im Bett, die Augen weit geöffnet, und sah Joana an.

»Aus dir kann noch was werden«, sagte Joana. »Das hast du dir gut ausgedacht.«

Martina verzog den Mund zu einem Lächeln, dann

legte sie sich ein Kissen übers Gesicht, weil sie niesen mußte. Joana setzte sich auf den Bettrand.

»An sich ist die Idee nicht schlecht, so verliert keiner das Gesicht. Wir müssen nur den Arzt dazu bekommen, daß er mitspielt.«

»Das mußt du hinkriegen«, flüsterte Martina.

»Ein Glück, daß ich ihn schon kenne. Er ist sehr nett. Was soll ich ihm denn sagen?«

»Am besten die Wahrheit.«

»Und was ist die Wahrheit?«

»Daß ich nicht heiraten kann, weil ich einen anderen Mann liebe.«

»Darf ich wissen, wer?« Joana flüsterte nun auch.

»Das wirst du dann schon sehen.«

Dr. Rupert war sichtlich erschüttert, als er erfuhr, wozu man ihn mißbrauchen wollte. So etwas, sagte er, sei ihm in seiner lebenslangen Praxis noch nicht vorgekommen. Und das könne man ihm nicht zumuten.

Zuvor hatte er das Gefühl gehabt, in ein Trauerhaus zu kommen. Otto hatte ihn empfangen, zwar gefaßt, aber sichtlich in großer Sorge um seine Tochter. Alle standen und saßen herum und machten belämmerte Gesichter. Und das alles an diesem Tag! Der Doktor war selbst ganz beklommen, als er in das Krankenzimmer trat.

Da war zunächst einmal die Señora aus Mexico, die kannte er ja bereits.

Sie machte »Pscht!« und scheuchte alle wieder hinaus, auch Otto.

Zu ihm sagte sie noch unter der Tür: »Ich habe gerade mit ihr gesprochen. Sie war bei Bewußtsein. Es kann wirklich nicht so schlimm sein.«

Dr. Rupert näherte sich vorsichtig dem Bett, auf dem das verunglückte Mädchen lag. Das Mädchen war naß und schmutzig, es war blaß und klapperte ein wenig mit den Zähnen; aber der Blick war klar.

Martina hob die Hand und streckte sie dem Arzt entgegen. »Bitte«, flüsterte sie, »bitte, bitte, lieber Doktor.« Daraus konnte er natürlich nicht schlau werden, aber er begriff, daß irgend etwas nicht stimmte. Und dann klärte Joana ihn auf.

Und dann eben sagte er, so etwas sei ihm noch nicht vorgekommen. Und das könne man mit ihm nicht machen. Er sei schließlich Arzt und kein Schauspieler. Und überhaupt: Es vertrage sich nicht mit dem hippokratischen Eid. Das sagte er wirklich. Und dem konnte man entnehmen, wie verwirrt der arme Doktor war, denn so ein Satz war ihm in seinem ganzen achtunddreißigjährigen Berufsleben noch nicht über die Lippen gekommen.

Zusammen mit Joana zog er Martina aus, damit sie endlich die nassen Sachen vom Leib bekam. Dann mußte Martina wieder niesen; Joana drückte ihr schnell ein Kissen auf den Kopf, denn es war sicher nicht üblich, daß Halbtote niesen. Martina drehte sich um und preßte ihr Gesicht ins Kissen; ihre Schultern zuckten – man wußte nicht, ob sie weinte oder lachte.

Dann nahm sie des Doktors Hand und bat leise und inständig: »Bitte, lieber Doktor, Sie müssen mir helfen. Es ist ja nicht meinetwegen. Sehen Sie, mein Verlobter ist so ein anständiger Mensch. Ich will ihm das nicht antun. Jetzt, in letzter Minute. Es wäre so eine Gemeinheit. Es würde ihn lächerlich machen. Und seine ganze Familie ist hier, sie sind alle so nett zu mir gewesen. Und auch meine Eltern, vor allem meine Mutter, sie hat sich soviel Mühe gegeben mit dieser Hochzeit, sie würde mir das nie verzeihen und ...«

»Ihr müssen Sie nachher eine Beruhigungsspritze verpassen«, meinte Joana sachlich. »Meine Schwägerin hat total durchgedreht. Wissen Sie, sie lebt und stirbt seit Monaten für diese Hochzeit.«

»Und wenn man bedenkt, was das alles gekostet hat«, sagte Dr. Rupert versonnen.

Otto, dem das alles zu lange dauerte – denn er hatte große Angst um Martina –, streckte nach einer Weile den Kopf zur Tür herein. Er war ganz blaß, voller Sorgenfalten; Martina sah es noch, ehe sie rasch die Augen wieder schloß, und fühlte große Gewissensbisse. Armer Papusch, ihm das anzutun! Ihm mußte sie gleich nachher die Wahrheit sagen. Er durfte sich keine unnötigen Sorgen machen.

»Nun?« fragte Otto.

Dr. Rupert stand langsam auf.

»Komm rein«, sagte Joana. »Es ist nicht so schlimm, wie es ausgesehen hat. Nicht, Doktor?«

Beschwörend blickte sie den Arzt an. Der räusperte sich, machte hm und tja, fuhr sich mit der Hand durch sein graues Haar, blickte Herrn Kannegießer verzweifelt an und sagte schließlich, daß es keineswegs lebensgefährlich sei: eine Gehirnerschütterung, doch ja, ziemlich stark sogar, die junge Dame müsse unbedingt liegenbleiben, und zwar für längere Zeit. Das Bein müsse man morgen röntgen, möglicherweise sei es gebrochen, vielleicht auch nur verstaucht. Hm, tja, also wirklich, es sei nicht so schlimm, aber immerhin, man dürfe mit derartigen Unfallfolgen nicht spaßen, die junge Dame, wie gesagt, müsse absolute Ruhe haben, keine Gespräche, keine Besuche, auch nicht von den Angehörigen, tja, so sei es nun leider, ausgerechnet heute, es täte ihm schrecklich leid. Aber man müsse froh sein, daß nichts Schlimmeres passiert sei.

Otto stand vor dem Arzt, hörte ihm zu und kam zu der Erkenntnis, daß dieser Dorfdoktor doch wohl ein rechter Depp sei und daß man unbedingt noch heute den Professor aus München kommen lassen müsse, der sonst die Familie behandelte. Aber immerhin, es klang alles beruhigend, er war erleichtert.

Er blickte zu Martina hin, die war jetzt zugedeckt bis zum Hals, sie hatte die Augen offen und sah ihn an.

Er trat ans Bett. »Aber Tina!« sagte er; seine Stimme war ganz weich und bebte ein wenig.

Martina schob die Hand unter der Bettdecke hervor, ergriff ihres Vaters Hand; ihre Augen füllten sich mit Tränen.

»Verzeih mir!« flüsterte sie.

Das begriff Otto nicht ganz. Was hatte er denn zu verzeihen? Er wagte es nicht, sich auf den Bettrand zu setzen – sicher mußte man jede Erschütterung vermeiden; aber Joana hatte ihm schon einen Stuhl herangeschoben. Er setzte sich, immer noch Martinas Hand in seiner Hand; ganz vorsichtig, als sei sie aus Glas, hielt er sie fest.

Der Arzt war verstummt und stand da mit bekümmerter Miene. Joana legte Otto die Hand auf die Schulter. »Also«, sagte sie, »kein Grund zur Hoftrauer. Ist ja Pech, daß es gerade heute passiert ist, aber der Herr Doktor hat ganz recht: Es hätte schlimmer sein können. Martina hat einen Knall. Was muß sie auch heute noch reiten? Sicher hat sie gehetzt und hat nicht aufgepaßt. Zur Strafe kann sie heute nicht heiraten, das hat sie davon. Muß die Geschichte eben verschoben werden, nicht? Wird es eben eine Hochzeit im Juli statt im Mai. Wichtigkeit!«

Sie drückte aufmunternd Ottos Schulter. »Nicht? Ist alles halb so schlimm.«

»Ja«, sagte Otto und blickte dankbar zu ihr auf. »Du bist doch ein recht vernünftiges Frauenzimmer. Ich bin froh, daß du da bist.«

»Papusch?« flüsterte Martina.

»Du erkennst mich?«

»Ja, Papusch.«

»Hast du Schmerzen?«

»Nicht sehr.«

»Sie muß vor allem Ruhe haben«, wiederholte Dr. Rupert. Seine Stimme klang nun etwas fester. Der Karren lief, zurück konnte er nicht mehr. Also denn, in Gottes Namen. Diese verrückten Weiber!

»Ja«, sagte Otto, »ich geh' gleich. Sagen Sie, Doktor, wäre es nicht besser, wenn meine Tochter ins Krankenhaus käme?«

»Das ist in diesem Fall wirklich nicht nötig. Sie hat doch hier alles, was sie braucht. Pflege und beste Bedienung. Sie muß nur liegenbleiben, nicht sprechen, nicht lesen, das Zimmer immer etwas verdunkelt halten, nur leichte Kost. Ich komme dann am Nachmittag noch mal vorbei.«

»Und das Bein?«

»Sie liegt ja. Da kann nichts passieren.«

Komischer Arzt, dachte Otto wieder. Die Leute auf dem Lande waren ja wohl doch viel robuster als die Städter, auch heute noch.

»Ich mach' das alles schon«, sagte Joana fröhlich. »Ich kümmere mich um Martina. Kümmere du dich um Helen. Das wird viel schwieriger sein. Ich hab' gedacht, der Doktor könnte ihr vielleicht eine Spritze geben. Irgendeinen Tranquilizer. Und zuerst einmal, Otto, mußt du ihr beibringen, daß heute keine Hochzeit stattfindet.«

»Ach, zum Teufel mit der Hochzeit«, sagte Otto unwirsch. »Hauptsache, meine Kleine wird wieder ganz gesund. Heiraten kann sie immer noch.«

Ein Lächeln erschien um Martinas Mund. Sie drückte seine Hand. »Papusch! Lieber Papusch!«

Man würde sich ein falsches Bild von Otto machen, wenn man annähme, daß es ihn die geringste Mühe oder gar Überwindung kostete, das gesamte Ensemble von der Spielplanänderung zu unterrichten. Schwierigkeiten hatten ihn noch nie aus der Ruhe gebracht. Nur die Angst um Martina hatte ihn bedrückt. Aber nun war er ganz Herr der Situation.

Mitten in der Halle stehend, souverän und bestimmt,

teilte er der versammelten Mannschaft mit, daß die Hochzeit heute leider ausfallen müsse. Er klopfte Arndt tröstend auf die Schulter, der inzwischen auch eingetroffen war, sprach ein paar Worte mit dem gräflichen Elternpaar und verbot es generell, Martinas Zimmer zu betreten; auch Arndt wurde auf später vertröstet. Der Arzt habe Ruhe angeordnet, strikte Ruhe, man würde auch noch einen Arzt aus München kommen lassen, selbstverständlich, aber im Augenblick sei zu ernster Besorgnis kein Anlaß.

Und nun – das galt William – müsse man wohl daran denken, die rundum in der Landschaft verstreuten Hochzeitsgäste von der veränderten Situation zu unterrichten.

Ja. Das wäre es. Und ihm möge man nun bitte einen Schnaps bringen.

Joana und Dr. Rupert hatten sich das von oben, am Kopf der Treppe stehend, angehört.

»Gut, was?« murmelte Joana. »Das ist ein Mann. Kein Wunder, daß aus ihm geworden ist, was er ist.«

»Was machen wir denn, wenn ein Arzt aus München kommt?«

»Das werde ich schon verhindern.«

Aus dem Zimmer Martinas klang mehrmaliges heftiges Niesen. »Sie müssen dem armen Kind etwas gegen diese Erkältung verschreiben«, meinte Joana. »Ich schicke dann gleich jemanden in die Apotheke. Gibt es in Endershausen eine Apotheke«

»Nein. In Prien.«

»Macht nichts. Sind ja Wagen genug da.«

Sie gingen zurück in Martinas Zimmer, die ihnen neugierig entgegensah. »Na?« fragte sie.

»Dein Vater hat das prima hingekriegt. Sie sind alle bleich und gefaßt, und keiner hat es auch nur gewagt, piep zu sagen. Besuch darfst du nicht haben, hat dein Vater angeordnet. Arndt auch nicht. Jetzt trinken sie erst mal einen Schnaps. Ich werde auch hinuntergehen und sehen, daß ich einen abkriege. Sie auch, Doktor?... Aber erst verschreibt er dir was gegen den Schnupfen...«

»Halsschmerzen habe ich auch.«

»Du bekommst dann einen schönen heißen Tee. Macht richtig Spaß, einen Kranken zu pflegen, der nicht krank ist.«

»Aber ich bin krank«, sagte Martina und nieste wieder. »Bis heute abend habe ich bestimmt Fieber. Erkältungen sind bei mir immer ganz gräßlich.«

»So.« Dr. Rupert war fertig mit dem Rezept. »Ich gehe jetzt. Komm' ich halt am Nachmittag noch einmal heraus. Damit's echt ausschaut.«

»Ich danke, danke, danke Ihnen, Herr Doktor«, sagte Martina. »Ich werde Ihnen das nie vergessen. Sie machen zwei Menschen glücklich.«

»Na, dann gute Besserung«, sagte der Doktor. »Ich weiß nur noch nicht, wie ich mit meinem Gewissen zurechtkommen soll.«

»Wenn Sie in Ihrem Leben nie ein größeres Verbrechen begangen haben«, sagte Joana, »kommen Sie bestimmt in den Himmel, Doktor.«

»Ich danke auch dir vielmals. Kann dir gar nicht sagen, wie du mir geholfen hast. Werd' ich dir nie vergessen«, sagte Martina, als sie mit Joana allein war. »Ohne dich wäre das nichts geworden.« Sie nieste wieder. »Ist Stormy gut angekommen?«

»Der ist im Stall. Einer von den Studenten hat ihn abgesattelt.«

»Erich.«

»Heißt er Erich? Ich weiß nicht. Aber das ist ein zuverlässiger Mensch, den schicke ich gleich mal in die Apotheke.«

»Tu das. Und wenn er zurückkommt, Joana, bitte, dann soll er mir das Zeug selber raufbringen, ja?«

»Warum denn das?«

»Ich seh' nicht ein, warum ich allein leiden soll. Er kann sich ruhig anstecken.«

»Der?«

»Ja, der.«

»Großer Gott, und ich habe nichts davon gemerkt. Neulich hab' ich euch mal beobachtet im Stall, stimmt. Aber ich hab' das nicht ernst genommen. Liebes Kind, ist das nicht ein bißchen übereilt?«

»Nein. Das ist in Ordnung.«

»So. Aha. Na, du mußt es ja wissen. Weißt du, ich habe mir auch allerhand geleistet in meinem Leben, aber du bist mir noch über. Also jetzt gehe ich erst mal runter, einen Schnaps trinken. Ach, und das ganze schöne Essen, die guten Sachen vom Käfer! Was wird bloß daraus werden?«

»Sind ja noch ein paar Leute da, die was essen müssen. Und sicher gibt es irgendwo in der Gegend ein Altersheim oder ein Waisenhaus oder irgend so was. Da fällt Papusch bestimmt was ein.«

Dann war sie endlich allein.

Im Hals kratzte es, in der Nase krabbelte es. Sie bekam nun wirklich Kopfschmerzen, ganz ohne Gehirnerschütterung, und sie merkte, wie das Fieber langsam in ihr anstieg.

Aber das machte nichts.

Das war nur gerecht. Wenigstens war sie ein bißchen krank, das beruhigte ihr Gewissen.

Denn ein schlechtes Gewissen hatte sie natürlich schon, wenn sie an Arndt dachte. Sie dachte eine Weile an ihn, dann nicht mehr.

Dann wartete sie auf den, der ihr die Tabletten bringen sollte.

PS

Noch einen kleinen Gedanken sollte man an den armen William verschwenden. Für ihn war es ein heißer Tag.

Kurzfristig eine Hochzeit abzusagen war mindestens so strapaziös, wie langfristig eine Hochzeit vorzubereiten. Was für ein Aufruhr – Fragen, Fragen, Fragen, Teilnahme, Bedauern, Telefon und wieder Telefon, Presse. William kam nicht zur Besinnung.

In der ›Post‹ in Endershausen übrigens machten sie das Geschäft ihres Lebens. Die meisten der verhinderten Hochzeitsgäste fanden sich dort zusammen; schon am Vormittag waren die Gaststube, das Nebenzimmer und dann auch noch das Hinterzimmer voll besetzt.

Und da die Endershausener natürlich auch neugierig waren, ließen sie die Arbeit Arbeit sein und fanden sich ebenfalls in der ›Post‹ ein. Sogar der Pfarrer ließ sich kurz sehen. Es wurde unendlich viel getrunken und gegessen, besonders nachdem man wußte, die Braut sei nicht gefährlich verletzt. Schließlich mußte man auf ihre Gesundheit trinken. Auf ihre baldige Genesung. Und auf die dann hoffentlich bald stattfindende Hochzeit.

Das taten sie alle miteinander, die Hochzeitsgäste und die Endershausener; es fand gewissermaßen eine Verbrüderung statt zwischen Stadt und Land, wie man sie in diesen Breiten selten, eigentlich noch nie, erlebt hatte.

Mit Haltung, wie nicht anders zu erwarten, trug der Bräutigam den Schicksalsschlag, der ihn getroffen hatte.

Als er schließlich zu einem kurzen Besuch am Krankenbett zugelassen wurde, sagte Arndt: »Wir wollen Gott danken, daß es so glimpflich abgegangen ist. Gräm dich nicht, Liebste. Hauptsache, du wirst bald wieder gesund.

Ich muß eben noch ein wenig auf dich warten. Es fällt mir schwer, gewiß. Aber es wird mir dadurch leichtgemacht, daß dir nichts Schlimmeres passiert ist. In Zukunft werde ich sehr gut auf dich aufpassen müssen, das sehe ich schon. Aber nun weine doch nicht. Bitte, Liebling, weine nicht.«

Große Tränen rollten über Martinas Wangen, und sie sagte, was sie schon zu ihrem Vater gesagt hatte, nur hatte es diesmal eine andere Bedeutung: »Verzeih mir! Bitte, verzeih mir!«

»Ich wüßte nicht, was ich dir zu verzeihen hätte. Du warst vielleicht ein wenig leichtsinnig. Am frühen Morgen auszureiten, an solch einem Tag. Und spät ins Bett bist du auch gegangen. Weißt du, ich bin ganz froh bei dem Gedanken, daß du das Pferd nicht nach Korea mitnehmen kannst. Ich hätte keine ruhige Minute. Und du wirst dann sowieso viel anderes zu tun haben. Ganz neue Aufgaben.«

Martina wischte sich die Tränen weg. »Na ja, eben«, sagte sie. »Wozu braucht der Mensch ein Pferd? Wo ich doch erst mal Koreanisch lernen muß, nicht?« Sie mußte heftig niesen und griff sich anschließend stöhnend an den Kopf.

»Erkältet bis du auch«, meinte Arndt tadelnd.

»Kein Wunder, ich habe da ja im Regen gelegen.« Sie nieste wieder.

»Das Niesen ist sicher sehr schlecht bei einer Gehirnerschütterung. Kann dir der Arzt denn nichts dagegen verschreiben?«

»Doch, hat er ja schon.«

Sie griff nach den Tabletten, die auf dem Nachttisch lagen. Erich hatte sie gebracht, vor einer halben Stunde. Es war nur ein kurzer Besuch gewesen, notgedrungen. Zu ihm hatte sie nicht gesagt: ›Verzeih mir!‹ Sie hatte ihn nur stumm angesehen, etwas unsicher, wie er das Ganze aufnehmen würde, seriöser Mensch, der er nun einmal war.

Erst hatte er auch nichts gesagt, nur den Kopf geschüttelt. »Was sollte ich denn machen?« hatte sie gefragt. »War doch eine gute Idee? Oder nicht?«

»Du bist vielleicht eine Nummer«, sagte er. Er lächelte, seine Augen waren hell und glücklich.

Martina hob die Hand und legte sie an seine Wange. »Sag noch was anderes zu mir.«

»Ich glaube«, sagte er und beugte sich herunter zu ihr, »ich glaube, ich liebe dich.«

Joana lehnte vorsorglich an der Tür und sah ihnen zu, als sie sich küßten. »Okay«, sagte sie dann, »genug für heute. Alles andere später. Jetzt kriegen Sie erst mal einen Schnupfen, das haben Sie davon.«

Arndt küßte Martina nicht. Nicht weil er Angst hatte, sich anzustecken, das wollen wir ihm nicht unterstellen, sondern weil sie ja krank war und geschont werden mußte. Er küßte nur ihre Hand, wünschte ihr gute Besserung und ging dann, auf Joanas mahnenden Blick hin.

»Ich schäme mich so«, sagte Martina, als sie mit Joana allein war.

»Hoffentlich.«

»Was meinst du, wann ich es ihm sagen soll?«

»Das hat noch Zeit. Jetzt bist du erst eine Weile krank. Eine Zeitlang wird man über die mißglückte Hochzeit reden. Dann wird man es vergessen. Und wenn man beginnt, einen neuen Termin zu planen, wirst du deinen Verflossenen aufklären.«

»Ob er sehr leiden wird?« fragte Martina besorgt.

»Er wird's überleben. Ich glaube nicht, daß er der Typ ist, der an gebrochenem Herzen stirbt.«

Ein wirklich bedauernswertes Opfer war Helen. Irgendwann hatte sie aufgehört zu weinen. Sie war total erschöpft. Otto saß bei ihr, hatte ihr gut zugeredet; dann hatte er geschimpft, sie solle sich nicht versündigen, sie könnten froh sein, daß es so ausgegangen sei.

Es regnete immer noch sacht vor sich hin. Der Himmel war grau, es war kühl. Helen hatte eine nasse Kompresse auf der schmerzenden Stirn. Da klopfte William an die Tür. Und machte ein ziemlich ratloses Gesicht, nachdem er eingetreten war.

»Gnädige Frau!« sagte er. »Der Herr Minister sind soeben vorgefahren!«

Noch ein PS

Nun soll bloß keiner denken, es hätte keine Hochzeit gegeben auf dem Hof.

Die Hochzeit fand statt, genau anderthalb Jahre später. Es war nicht Mai, es war November. Das Wetter war das gleiche, grau, trüb und kühl, Nebel auf den Wiesen statt gelben und weißen Blümchen, fast kein Laub mehr an den Bäumen, nur letzte, trockene Reste von braunem Gold. Auf der Kampenwand, ganz oben, lag schon Schnee.

Die Familie war unter sich, es war eine ruhige, einfache Hochzeit, ohne großen Aufwand.

Nur William hatte man eingeladen; das war man ihm schuldig. Und in seiner Begleitung waren Don Emilio und Madame Anastasia gekommen. Das waren die einzigen fremden Gäste. Denn Gräfin Joana und ihr Mann gehörten schließlich zur Familie, ebenso Iso, die zu dieser Zeit sowieso wieder in München lebte und mit ihrer Familie auf fast normalem, nur manchmal etwas kratzbürstigem Fuß stand.

Helen war nicht so ganz glücklich. Die erste Fassung hatte ihr besser gefallen. Aber dafür war Otto um so zufriedener. Er blickte mit Wohlgefallen auf seinen neuen Schwiegersohn. Dabei hatte es allerhand Ärger gegeben zuvor. Der Bursche war verdammt eigensinnig. Er wollte doch um keinen Preis in die Firma eintreten; er könne sich selber einen Job besorgen, hatte er gesagt.

Aber schließlich war Martina sehr energisch geworden. »Hör zu, Erich«, hatte sie gesagt. »Ich hab' schon mal eine Hochzeit platzen lassen. Ich weiß, wie man so was macht. Ich heirate dich hauptsächlich deswegen, damit Papusch etwas entlastet wird. Ich will nicht, daß er sich totarbeitet.

Er ist mir wichtiger als alle anderen. Ja, du brauchst gar kein so dummes Gesicht zu machen. Ich will ihn noch lange haben. Mir würde zum Beispiel Kinderkriegen gar keinen Spaß machen, wenn ich ihn nicht als Großvater dazu hätte. Ehrlich, das ist mein Ernst! Also, du wirst gefälligst in das Werk eintreten und sehen, daß du dich möglichst bald einarbeitest. Und fang nicht wieder an, mir den Unterschied zwischen Chemie und Biologie zu erklären. Das ist mir schnurzegal. Macht ihr eben in Zukunft Biochemie, was immer das auch ist.«

An diesem Punkt von Martinas Vortrag hatten Otto und Erich sich angesehen, und dann hatten beide laut gelacht.

Ach ja, und nicht zu vergessen: Stormy bekam am Hochzeitstag eine Krippe voll gelber Rüben. Die anderen Pferde natürlich auch, obwohl sie sich weiter nicht um das junge Paar verdient gemacht hatten. Aber sie sollten nicht neidisch zuschauen und zuhören müssen, wie Stormy seine Rüben zerknackte. Ja, es stimmt: Es gab noch ein drittes Pferd im Stall, einen schönen, kräftigen Schimmel mit prächtigem, starkem Hals und stolzer Haltung. Er hieß Silvio und war ein Hochzeitsgeschenk Martinas für ihren Mann.